KNAUR

Im Knaur Verlag sind bereits folgende Weihnachtskrimi-Anthologien erschienen:

Maria, Mord und Mandelplätzchen
Glöckchen, Gift und Gänsebraten
Süßer die Schreie nie klingen
Stollen, Schnee und Sensenmann
Türchen, Tod und Tannenbaum
Plätzchen, Punsch und Psychokiller
Kerzen, Killer, Krippenspiel
Makronen, Mistel, Meuchelmord
Lametta, Lichter, Leichenschmaus

Über die Herausgeberin:

Monika Johanna Beck, geboren in Nördlingen, studierte Buch- und Literaturwissenschaft in Erlangen, Stockholm und München. Sie arbeitet in der Verlagsbranche.

Monika Beck (Hrsg.)

Rentier, Raubmord, Rauschgoldengel

24 Weihnachtskrimis
von Heiligenhafen bis Zermatt

KNAUR

Besuchen Sie uns im Internet:
www.knaur.de

Aus Verantwortung für die Umwelt hat sich die Verlagsgruppe Droemer Knaur zu einer nachhaltigen Buchproduktion verpflichtet. Der bewusste Umgang mit unseren Ressourcen, der Schutz unseres Klimas und der Natur gehören zu unseren obersten Unternehmenszielen. Gemeinsam mit unseren Partnern und Lieferanten setzen wir uns für eine klimaneutrale Buchproduktion ein, die den Erwerb von Klimazertifikaten zur Kompensation des CO_2-Ausstoßes einschließt.
Weitere Informationen finden Sie unter: www.klimaneutralerverlag.de

MIX
Papier aus verantwortungsvollen Quellen
FSC® C083411

Originalausgabe Oktober 2020
Knaur Taschenbuch

Ein Imprint der Verlagsgruppe
Droemer Knaur GmbH & Co. KG, München

Redaktion: Monika Beck
Covergestaltung: ZERO Werbeagentur, München
Coverabbildung: PixxWerk, München
Illustrationen im Innenteil von Shutterstock.com:
Ozz Design, Enola99d, John David Bigl, Najwa
Satz: Daniela Schulz, Rheda-Wiedenbrück
Druck und Bindung: CPI books GmbH, Leck
ISBN 978-3-426-52651-4

2 4 5 3 1

Inhalt

Die Tatorte
N
100 km
Heiligenhafen
Grömitz
Neu-
harlingersiel
Juist
Jever
Hamburg
Leeu-
warden
Kreuzberg
Berlin
Münster
Essen
Köln
Bad Neuenahr
Bad Nauheim
Königreich
Bayern
Altmühltal
München
Landkreis
Rottweil
Voralpenland
Lechbruck
am See
Bodensee
St. Pölten
Berner
Oberland
Zermatt

Süßer die Schreie nie klingen
als zu der Weihnachtszeit.
Hörst du die Mörderlein singen
wieder von Rach' und Streit.
Wie sie erklingen in blutiger Nacht
Wie sie erklingen in blutiger Nacht.
Schreie mit mörderischem Klang,
klinget die Erde entlang!

Oh, wenn die Mörderlein singen,
bald schon ist's endgültig aus –
können's dich finden
überall von Nord bis Süd.
Schützet die Schwester, den Nachbarn, euch selbst.
Schützet die Schwester, den Nachbarn, euch selbst.
Schreie mit mörderischem Klang,
klinget die Erde entlang!

Regine Kölpin

Ein besonderes Weihnachtsgeschenk

Jever

Über die Autorin:

Regine Kölpin, geb. 1964 in Oberhausen (Nordrhein-Westfalen), lebt seit ihrer Kindheit in Friesland an der Nordsee. Sie hat für namhafte Verlage zahlreiche Romane und Kurztexte publiziert und ist auch als Herausgeberin tätig. Regine Kölpin wurde mehrfach ausgezeichnet, z.B. mit dem Stipendium Tatort Töwerland/Titel: Starke Frau Frieslands. Mit ihrem Mann Frank Kölpin lebt sie in einem kleinen Dorf an der Küste. Dort konzipieren sie gemeinsam Musik- und Bühnenprojekte und genießen ihr Großfamiliendasein mit fünf erwachsenen Kindern und mehreren Enkeln oder lassen sich auf ihren Reisen mit dem Wohnmobil zu Neuem inspirieren.
Mehr Infos unter: www.regine-koelpin.de

Hajo schlug den Handywecker aus, der ihn passend zur Vorweihnachtszeit mit *Kling, Glöckchen* weckte. Da war er eigen. Jede Jahreszeit bekam bei ihm einen eigenen Ton.

Hajo streckte sich und gähnte. Es war fast elf, da sollte er aufstehen. Also quälte er sich aus dem Bett und bewunderte seinen hochgewachsenen Körper im Spiegel. Das machte ihn wach, und wie jeden Morgen klopfte er sich auf die Schulter. Ja, er war ein cooler Typ.

Hajo entsprach zwar von seiner Lebensweise her nicht so ganz dem Durchschnitt eines pflichtbewussten Bürgers, aber er war der Ansicht, dass man schließlich nicht alles und schon gar nicht um jeden Preis mitmachen musste.

Regelmäßiges Arbeiten mit festen Strukturen lehnte er deshalb auch ab.

Hajo machte das punktuell, wie er so schön sagte, und sein Tätigkeitsschwerpunkt lag in der friesischen Bierstadt Jever. Er hatte sich für die alternative Schiene entschieden und arbeitete lieber als KK. KK war die Abkürzung für Kleinkrimineller. In dieser Position hatte man nun mal keine regelmäßigen Arbeitszeiten. Man machte seinen Bruch, wenn ein geeignetes Objekt ausgekundschaftet war.

Das konnte in der Vorweihnachtszeit sehr stressig sein, denn nun waren die Wohnungen und Häuser wie ein Warenhaus gefüllt, und Hajo musste öfter arbeiten, damit er ein gewisses Geldpolster für das restliche Jahr hatte.

In der Regel war er in seinem Job finanziell einigermaßen flüssig, und er hatte ständig den gewissen Kick, den andere sich beim Tatort auf dem Sofa oder draußen beim Bungee-Jumping holen mussten. Adrenalin pur! Und morgens konnte er ausschlafen.

Vormittags ging er nie los – da war er noch nicht am Start. Die beste Zeit für einen anständigen Einbruch war die Dämmerung. Bei alten Leuten ging es auch nachts, wenn sie schliefen.

Nach dem Mittagessen kundschaftete Hajo seine Objekte aus. Wenn es dämmerte oder später in der Nacht stieg er ein. Das lief lange supergut, nur leider pfuschte ihm in der letzten Zeit ständig eine andere Bande dazwischen. Seine Trefferquote war deshalb in den vergangenen Wochen hundsmiserabel, denn oft war ihm ein anderer zuvorgekommen. Es musste sich bald dringend etwas ändern, wenn er weiter rentabel agieren wollte.

Hajo schlurfte in die Küche und brühte sich einen löslichen Kaffee auf. Dazu eine Zigarette, und der Tag konnte beginnen. Er wollte sich eben die Fluppe anzünden, als es an der Haustür klingelte.

Es war ein Paketbote, der bei ihm ein Päckchen für den Nachbarn abgeben wollte. Er selbst bekam selten Post. Meist nur eine Karte von Tante Mathilda zu Weihnachten. Darauf konnte er eigentlich auch verzichten, aber warum sollte er sich beschweren? Es war sein einziges und deshalb auch besonderes Weihnachtsgeschenk. Was das anging, waren seine Ansprüche nicht sonderlich hoch.

Während Hajo den Erhalt des Päckchens unterschrieb, kam ihm plötzlich eine Idee, wie er seiner Konkurrenz vielleicht schon bald eine Nasenlänge voraus sein konnte.

»Brauchen Sie in der Weihnachtszeit nicht mehr Personal bei den Paketdiensten?«, fragte er beiläufig.

»Erst mal kriegen«, grummelte der Bote. »Will ja keiner machen. In der Vorweihnachtszeit ist die Hölle los! Das tut sich doch keiner an. Die Leute bestellen wie verrückt im Internet.

Sie glauben es nicht! Der totale Konsumterror.« Der Mann hatte es eilig und war deshalb nicht zu Small Talk aufgelegt; er verschwand mit schnellem Schritt.

Als Hajo wieder in der Küche saß, dachte er über seine Eingebung nach. Fakt war: Die Konkurrenz zwang ihn zum Handeln.

Wenn er nun als Zusteller bei einem Paketdienst anfing, käme er ganz leicht in fremde Wohnungen und Häuser. Er könnte auskundschaften, wie gut jemand eingerichtet war. Wie schwer oder leicht die Schlösser zu knacken waren. Welche Fluchtmöglichkeiten sich boten. Ob es Alarmanlagen gab und ob die Opfer allein lebten. Das alles auf dem Silbertablett serviert und völlig risikofrei. Was musste er sonst aufpassen, dass man ihn nicht beim Beobachten bemerkte.

»Das ist die Lösung, Hajo«, machte er sich selbst Mut. »So kannst du dir ein bisschen Weihnachtsgeld und Schmuck zusammenstehlen und dir ein *wirklich* besonderes Geschenk zu Weihnachten machen.« Da griff er schon zum Hörer.

Den Job beim Paketdienst zu bekommen, war kinderleicht. Zwar gab es nur Mindestlohn, und die Arbeitszeiten waren unterirdisch, aber Hajo sah das alles als Investition in eine goldene Zukunft.

»Nun werde ich schneller als die anderen sein«, sagte er laut zu sich, als er Jever durchquerte und zu seiner Wohnung am Kirchplatz zurückging. »Bin jetzt an der Quelle und kann mir alle Opfer perfekt aussuchen. Was für eine gute Idee so kurz vor Weihnachten. Auf diese Weise schalte ich die Konkurrenz einfach aus. Ich bin auf dem besten Weg, ein GK, ein Großkrimineller, zu werden.« Hajo rieb sich voller Vorfreude die Hände. »Jetzt kommt mein großer Coup.«

Doch als er an der Prinzengraft vorbeischlenderte, fielen Hajo erste Zweifel an. Verdammt, was hatte er getan? Er würde tatsächlich künftig arbeiten gehen. Frühmorgens aufstehen und pünktlich auf der Maloche sein. Ja, er brachte ein sehr großes Opfer!

Hajo musste sich bei diesen Gedanken kurz auf eine der Bänke setzen. Er rang nach Luft. »Das kann ich doch gar nicht.«

Arbeiten zu gehen würde ihn maßlos überfordern. »Außerdem hab ich nun Doppelschichten, wenn man zum Austragen der Pakete noch meine Zeit als Einbrecher hinzuzählt. Muss dann zweimal arbeiten, das ist ja krass. Hauptsache, es lohnt sich wirklich.« Schwerfällig stand Hajo auf und schlurfte weiter. Trotzdem würde er das durchziehen.

Hajo hatte jetzt eine Woche Paketdienst hinter sich: mit Einblicken in viele verschiedene Wohnungen und Häuser. Mal wurde er fündig, mal nicht. Am besten lief es, wenn er mit seinen zukünftigen Kunden ins Gespräch kam und ihnen wichtige Infos entlocken konnte. Inzwischen hatte er da ein paar erfolgreiche Strategien entwickelt.

Aber das Arbeiten schlauchte ihn, und er war froh, dass morgen Sonntag war und er einen Tag freihatte. Hajo sah sich in der Fußgängerzone der Neuen Straße aufmerksam um. Es war Mittag, und ihm knurrte der Magen, aber er musste noch zwei Päckchen zustellen. Hajo war völlig erschöpft. Es war erstaunlich, was und wie viel die Leute im Internet bestellten! Parkbänke, Laternen, Weinpakete, ja, sogar Barhocker. Lange würde er den Stress nicht durchhalten. Wie viel angenehmer war doch das einfache Diebesleben gewesen. Er sehnte sich so danach zurück. Zum Glück war diese Schufterei nicht von Dauer. Er würde im neuen Jahr bestimmt andere Wege finden, der Konkurrenz ein Schnippchen zu schlagen. Hajo schaute sich um.

Die Menschen strömten hektisch an ihm vorbei, bogen nach links oder rechts in die Geschäfte ab, kamen wieder heraus und reihten sich in den fließenden Strom ein. Überall hingen Weihnachtssterne und Lichterketten, die am Abend ihren Glanz verbreiten würden. Das Pflaster war feucht, an den Hausrändern lagen schmutzige Schneereste. Aus einigen Geschäften dudelte Weihnachtsmusik. Am lautesten war *Jingle Bells* zu hören.

Hajo atmete einmal tief ein und hielt das Päckchen mit der Hand umklammert. Es war recht schwer, er musste es rasch zustellen, wenn ihm die Hände nicht abfrieren sollten.

Er hatte ohnehin genug gesehen. Die Neue Straße war zu belebt. Hajo brauchte Ruhe zum Arbeiten, das galt auch für das Ausspionieren. Außerdem waren die Geschäfte in der Regel mit Alarmanlagen gesichert.

Hajo zuckte zusammen, weil sich drei verkleidete Weihnachtsmänner an ihm vorbeischoben und ihn so heftig anrempelten, dass ihm das Paket fast aus den Armen rutschte. Kurz hob er die Faust und wollte laut werden, als er die Hand wieder senkte. Nicht auffallen!

Das hatte er im Darknet recherchiert. Auf der Seite Handbuch für KKs war zu finden: »Du bleibst unsichtbar, egal, wo du bist. Keiner soll sich je an dich erinnern.«

Das galt ganz besonders, wenn er Päckchen zugestellt hatte.

Also schwieg Hajo und legte sich nicht mit den Weihnachtsmännern an.

Die drei Männer hatten ihren Fauxpas ohnehin nicht bemerkt und stolperten weiter durch die rot geklinkerte Straße. In den Händen hielten sie Glühweinbecher, die sie wahrscheinlich vom Weihnachtsmarkt am Alten Markt mitgenommen hatten. Samstags öffnete der schon um elf.

»Das ist auch nicht mehr so schön wie früher«, murmelte Hajo. Er hatte den Weihnachtsmarkt vor dem Jever'schen Schloss geliebt. Es war zauberhafter. Gemütlicher. Das Pferdekarussell vor dem rosafarbigen Gebäude. Ringsum der Park. Aber da war er noch ein kleiner Junge gewesen.

Es brachte aber nichts, über den Weihnachtsmarkt nachzusinnen. Er sollte besser verschwinden, bevor jemand auf ihn aufmerksam wurde.

»Vor mir liegt bestimmt eine wunderbare Karriere als GK. Ich mache schließlich alles, um richtig gut zu werden«, murmelte er. »Sogar arbeiten.«

»Wo wollen Sie denn hin, junger Mann?« Eine etwa dreißigjährige Frau tippte ihm auf die Schulter. Sie war ihm vorhin am Kirchplatz schon aufgefallen und musterte ihn eine Spur zu neugierig. »Kann ich Ihnen helfen? Sorry, dass ich Sie einfach so anspreche, aber Sie wirken ein wenig verloren.«

Hajo schrak zusammen und ließ schon wieder fast das Paket fallen.

Die Frau war in eine Daunenjacke gekleidet und hatte das halbe Gesicht unter einem gestrickten Loop versteckt. »Nicht, dass Sie mir erfrieren. Da kommt gleich noch eine Ladung Schnee von oben. Ist zwar super, aber wir kennen das hier an der Küste eher nicht.« Sie legte den Kopf in den Nacken und warf einen prüfenden Blick zum Himmel, der in der Tat düster wirkte. »Ich glaube, es dauert nicht mehr lange, dann schüttelt Frau Holle ihre Federbetten über uns aus.«

»Ich muss dann«, sagte Hajo und wollte gehen, aber die Frau stellte sich ihm in den Weg. Sie musterte seine Jacke. »Sie sind vom Paketdienst?« Dann nickte sie. »Ach, die blauen Phantome. Die sollen fix sein. Muss ich mir merken.«

Hajo mühte sich ein Grinsen ab. »Ich wollte in das Geschäft dort. Ich habe nur das Weihnachtsflair ein bisschen genossen.« Er nickte der Frau kurz zu, überquerte die Straße und betrat den Bekleidungsladen. Es war stickig dort. Und warm. Hajo gab das Paket ab, ließ sich den Empfang gegenzeichnen und stürzte regelrecht wieder hinaus. Von der Frau war keine Spur mehr zu sehen.

Das ist gut, dachte er. Ich soll schließlich nicht auffallen.

»Nun schnell zum Auto und das letzte Päckchen abgeben. Viel rausgefunden habe ich heute nicht«, murmelte Hajo. Er schlitterte über das feuchte Pflaster zu seinem weißen Lieferwagen, den er am Brunnen vor dem Haus der Getreuen abgestellt hatte. Dann begann es zu schneien. Ganz wie es die Frau vorhergesagt hatte.

Auch zu Beginn der Woche war das Wetter noch sehr durchwachsen. Hajo hatte seine Schicht fast geschafft. Das letzte Ziel lag in der Großen Burgstraße. Dort gab es kaum noch Geschäfte. Alles dichtgemacht in den letzten Jahren. Die Stadt blutete immer mehr aus.

Vielleicht fand er hier in der ruhigen Gegend eine geeignete Wohnung, die er in der Nacht knacken könnte. Noch zwei Tage bis Weihnachten. Bislang hatte er für den heutigen Diebeszug nur eine Villa in der Schlosserstraße im Blick. Groß, einfach zu knacken und keine Alarmanlage.

Aber es musste doch noch mehr drin sein.

Hajo hielt vor der angegebenen Adresse, klingelte und wartete darauf, dass ihm geöffnet wurde. Die Tür sprang mit einem Surren auf, und er lief die Treppe hinauf in den ersten Stock, wo eine alte Frau mit weißem Haar und Dutt auf ihn wartete. »Oh, mein Paket, wie schön. Endlich ist es da.«

Interessiert schaute Hajo in den Flur und saugte den ersten Eindruck mit seinem KK-Blick in sich auf.

Das könnte glatt was sein! Hajo notierte in seinen Gedanken schnell sämtliche Eindrücke. Frau alt, Wohnung gut eingerichtet. Sieht nicht aus, als würde es der Alten schlecht gehen. Sie lebt allein. Einfaches Schloss an der Eingangstür. Haustür besser gesichert, aber machbar. Perfekt.

»Es ist kalt draußen, und Sie sehen verfroren aus, junger Mann. Kommen Sie doch kurz rein. Ich habe Tee fertig. Oder müssen Sie weiter?«

Hajo schluckte, und in ihm kam heimliche Vorfreude auf. Das war die Gelegenheit, an noch mehr wichtige Infos zu kommen. Außerdem würde ihm eine Tasse Tee nach dem langen Arbeitstag guttun. Die Alte würde ihm nichts Böses zutrauen und auch nach dem Bruch nicht auf die Idee kommen, dass er etwas damit zu tun hatte. Er setzte sein gewinnendes Lächeln auf, das zog immer.

»Ich hab kurz Zeit.« Hajo schob sich in den Flur und folgte der alten Frau in die Küche, die wider Erwarten hochmodern ausgestattet war. Überhaupt wirkte die ganze Wohnung sehr exklusiv und ganz anders als sonst bei Damen fortgeschrittenen Alters. Ein Glücksgriff!

»Setzen Sie sich doch!« Die Frau zeigte auf einen der Stühle am Küchentisch.

Dort stand ein Adventsgesteck mit roter Kerze und Schleife. Es roch ein wenig nach Zimt und frischem Gebäck. Im Radio dudelte *Last Christmas*.

Hajo war schon voll in Weihnachtsstimmung, und es juckte ihm in den Fingern bei der Vorstellung, dass er heute Nacht so richtig zugreifen konnte.

Die Frau nahm eine kleine Teetasse mit aufgemalter Rose aus dem weiß lackierten Schrank und stellte sie auf den Tisch. Dann legte sie, ohne zu fragen, einen Kluntje in die Tasse und schenkte ein. »So muss das in Friesland«, erklärte sie mit einem Lächeln. »Wer sind Sie denn überhaupt, mien Jung?«

Hajo überlegte eine Weile. Er konnte schlecht seinen wirklichen Namen nennen, denn er würde wiederkommen.

Mit Kennerblick hatte er ausgelotet, wo das Schlafzimmer lag. Dort bewahrten alte Damen meist den Schmuck auf. Und er hatte auch schon ausgemacht, wo die Geldkassette im Küchenschrank stand. Gleich neben den Tassen. Auch typisch. Alte Frauen waren leicht zu durchschauen. Hier würde er ein müheloses Spiel haben.

Die Frau schaute ihn noch immer mit schräg gestelltem Kopf an. »Und, wie heißen Sie nun? Also, ich bin Tant Gundi. Lass uns Du sagen.«

»Ha … Hannes«, sagte Hajo. »Mein Name ist Hannes.«

»Und macht es Spaß, Pakete auszufahren?« Tant Gundi kratzte mit dem lila lackierten Fingernagel über die Tischplatte.

Hannes zuckte müde mit den Schultern. »Einträglich ist das nicht, aber ich komme zurecht.« Das hatte er wunderbar ausgedrückt. Er war unschlagbar! Nun würde Tant Gundi Mitleid mit ihm haben. Und das lenkte davon ab, was er wirklich tat. Keiner dachte dann daran, dass er ein Kleinkrimineller sein könnte. Und dass er plante, aufzusteigen. Ihm schwebte schon ein Name vor: Hajo, der schreckliche Friese!

Man durfte schließlich träumen.

»Jo, das kann ich mir denken, dass man nur eben über die Runden kommt.« Tant Gundi spitzte die Lippen. »Hast du denn nichts anderes gelernt?«

»Hat sich nicht ergeben«, antwortete Hajo ausweichend. Er nahm einen Schluck Tee und achtete darauf, dass seine Hände nicht vor Aufregung zitterten, denn Tant Gundi stand auf und öffnete den Küchenschrank ein weiteres Mal.

Sie nahm die Geldkassette heraus und stellte sie auf die Arbeitsfläche. Die Schatulle war unverschlossen, und schon bei dem kurzen Blick erkannte Hajo mehrere 50- und 100-Euro-Scheine.

Tant Gundi wühlte im Schrank, förderte schließlich eine bunte Blechdose zutage und stellte die Kassette zurück.

»Ich hab auch noch Weihnachtskekse. Heute Morgen frisch gebacken. Was wäre denn das Fest ohne Plätzchen!« Tant Gundi nahm etwas Spritzgebäck heraus. Erst als es vor Hajo auf dem Teller lag, wirkte sie zufrieden.

»Ich bin so froh, wenn mal jemand vorbeikommt«, sagte Tant Gundi nun. »Ist schon komisch, immer so allein.«

Fast bekam Hajo Mitleid, aber das durfte er nicht haben. Im Schrank wartete sein Weihnachtsgeschenk. Mal was anderes, als immer nur diese blöde Karte von Tante Mathilda. Er trank seinen Tee und verabschiedete sich rasch.

Gerade, als Hajo zu Hause aus dem Lieferwagen stieg, begann es wieder zu schneien. So wie es aussah, würde es sich gleich zu einem echten Schneesturm auswachsen.

Ihm war kalt. Es war trotz seiner Auskundschafterei in der letzten Zeit mies gelaufen. Er musste Heizgeld sparen. Hajo nahm sich ein Bier, wickelte sich in eine Wolldecke und ließ sich im winzigen Wohnbereich unter der Schräge auf seinem zerrupften grauen Sessel fallen. Er griff nach der Fernbedienung des Full-HD-50-Zoll-Fernsehers, die auf dem zerkratzten grauen Resopaltisch lag. Seine Glotze war ihm das Wichtigste. Hajo überlegte eine Weile, dann stand sein Plan für heute Abend fest. Er wollte zuerst in die Villa in der Schlosserstraße einsteigen.

Das Ding sah zwar eher ärmlich aus, aber in solchen Häusern war immer was zu finden. Villenbesitzer waren schließlich per se nicht arm. Und wenn die Oma aus der Großen Burgstraße schlief, würde er sich die Geldkassette holen.

Indessen plagte Hajo das schlechte Gewissen Tant Gundi gegenüber. Das waren völlig neue Gedanken!

Aber die alte Frau war so nett zu ihm gewesen. Und sie war einsam. Sie hatte ihm Tee gekocht und Kekse hingestellt. Tant Gundi erinnerte ihn irgendwie an seine Oma.

Hajo trank das Bier auf ex.

So etwas wie eben durfte er gar nicht denken. Omas waren zum Ausrauben da. Echte KKs mit Karrierewünschen hatten kein Mitleid.

Er rülpste laut. »Tant Gundi passt mir wunderbar in den Kram. Da werde ich endlich schneller sein als die anderen«, frohlockte Hajo.

Gegen neun wollte er los. Erst zur Villa, sich warmlaufen. Bis er da fertig war, würde Tant Gundi wahrscheinlich tief und fest schlafen.

Um kurz vor neun zog Hajo sich um. Schwarze Hose, schwarze Jacke, schwarzer Schal. Die Sturmhaube steckte er sich in die Tasche.

Als er vor die Tür trat, war es eiskalt. Sein Atem verflüchtigte sich in einer weißen Wolke.

Es schneite zwar nicht mehr, aber ganz Jever sah nun aus wie gepudert. Die Weihnachtsbeleuchtung war noch an, und das Licht brach sich in den weißen Schneekristallen. Es sah wunderschön aus, nur blieb von jedem Schritt ein Abdruck zurück. Für einen Einbruch war das denkbar ungünstig.

Hajo zuckte zusammen, als das allabendliche Marienläuten einsetzte. Es war eine merkwürdige Stadt, in der man seit mehr als 450 Jahren darauf wartete, dass eine Herrscherin zurückkehrte, das Zepter wieder in die Hand nahm, und dafür jeden

Abend, im Sommer um zehn und im Winter um neun, die Kirchenglocke schlagen ließ.

Hajo zog den Schal fest ins Gesicht, denn der aufgezogene, scharfe Ostwind biss sich in seine Haut. Mühsam stapfte er weiter, bis er vor der Villa stand. Hajo stellte sich unter die Laterne auf der gegenüberliegenden Straßenseite und trat so heftig gegen den Pfahl, dass sie ausging.

Die Dunkelheit war sein Freund. Nun hieß es kurz warten. Genau beobachten. Alles ausloten. Doch die Luft schien rein zu sein. Nur die Spuren im Schnee beunruhigten ihn etwas. Allerdings führten etliche zur Villa hin und auch wieder zurück.

Hajo öffnete die Gartenpforte. Sie quietschte in den Angeln. »Könnten die auch mal besser ölen«, brummte er. »Wie soll man bei einem solchen Lärm in Ruhe einbrechen?«

Er umrundete den großen weißen Bau mit der Veranda und leuchtete ins Innere. »Hier komme ich gut rein.« Hajo hebelte das Fenster auf, und kurz darauf stand er auf dem Fischgrätparkett im Wohnraum der Villa. »Keine Alarmanlage. Hab ich gut beobachtet.«

Verdammt, warum quatschte er ständig mit sich selbst? Musste er sich Mut zusprechen?

Hajo schlich durch die Räume. Leider waren sämtliche Möbel mit weißen Laken abgedeckt. Hier lebte derzeit keiner. Fußstapfen vor dem Haus hin oder her. Hajo huschte trotzdem die Holztreppe hinauf, fand das Schlafzimmer und einen Tresor. Der war allerdings weit geöffnet, eine kleine Perlenkette hing noch heraus.

»So ein Schiet«, fluchte er. »Hier war schon wer. Das waren also die Spuren draußen! Dann nichts wie weg.«

Er hoffte, dass wenigstens der Bruch bei Tant Gundi funktionierte, sonst war Weihnachten gelaufen, und er musste wie eh und je mit Tante Mathildas Karte vorliebnehmen.

Beim Rausgehen erkannte Hajo, wo die Konkurrenz eingestiegen war. »Lachhaft«, kommentierte er verächtlich. »Einfach das Fenster eingeschlagen.«

Hajo verließ die Villa. Kurz darauf hörte er Martinshörner. Bloß weg hier!

Weil die Polizei an diesem Abend ständig Streife fuhr, beschloss Hajo, noch auf ein Bier in die Pütt am Alten Markt zu gehen. Er trank drei Gläser, wartete, bis der Weihnachtsmarkt schloss, trank noch etwas und machte sich dann auf den Weg. Es war ein Uhr in der Nacht, als er sich an der Schlossgraft vorbei in Richtung Große Burgstraße aufmachte.

Die Weihnachtsbeleuchtung war inzwischen ausgeschaltet, und die Stadt lag einsam und dunkel vor ihm.

»Optimale Verhältnisse, optimale Location«, quetschte Hajo zwischen den Zähnen hervor. »So will ich es haben.«

Noch ein kurzer prüfender Blick, so wie es sich für einen guten KK gehörte. Es war ruhig, in Jever waren bereits alle schlafen gegangen.

»Nun werde *ich* mal wieder der Erste sein«, knurrte Hajo, während er sich am Schloss der Haustür zu schaffen machte. Sie sprang schnell auf. Profi war eben Profi!

Hajo huschte in den Flur und schlich die Treppe hoch ins erste Stockwerk.

»Das Haus schläft«, flüsterte er. Trotzdem war Hajo unruhig. Ihm zitterten die Hände, als er vor der Haustür Tant Gundis stand.

Schnell den Dietrich ins Schloss. Zack, war die Tür auf.

Im Flur roch es ein bisschen zitronig und so gar nicht nach Schlaf und alter Frau. Hinzu kam der Duft von Zimt und Tanne. Von Spritzgebäck und Vanille.

Hajo hielt kurz inne, schloss dann aber schnell die Tür zum Treppenhaus.

Er lauschte in die Dunkelheit. Die Wohnung war zu still. Viel zu still.Müsste man nicht ein Schnarchen hören? Das Knarren eines Bettes?

»Jetzt steigere dich nicht in etwas hinein, was es gar nicht gibt«, wies Hajo sich selbst zurecht. »Du holst dir jetzt dein Weihnachtsgeschenk, und dann nichts wie weg hier.«

Er tappte langsam weiter in die topmoderne Küche.

Noch zwei Meter bis zum Schrank. Gleich war es geschafft. Hajo machte den nächsten Schritt. Doch plötzlich ging das Licht an, und er spürte einen derben Schlag auf den Hinterkopf.

Als er aufwachte, hämmerte sein Schädel. Vorsichtig öffnete er ein Auge und erkannte den gefliesten Boden von Tant Gundis Küche. Seine Beine und Hände waren gefesselt. Verdammt, was war passiert?

»Na, wach geworden, mien Jung?« Tant Gundis Stimme.

Hajo wollte sich den Schädel reiben, aber es ging mit den gefesselten Händen nicht. »Was ist passiert? War ich zu laut?«

Das wäre natürlich ein schlimmer Fauxpas für einen KK.

Tant Gundi lachte leise auf. »Nö, du warst vorbildlich. Gute Arbeit.«

Hajo wagte nun, den Kopf zu heben. Tant Gundi saß am Küchentisch und hatte eine Tasse Tee vor sich stehen. »Ich habe schon auf dich gewartet. Es wurde aber auch Zeit. Ich bin eine alte Frau und muss irgendwann mal ins Bett.«

»Du hast auf mich gewartet?« Hajo stöhnte leise auf. Sein Kopf schmerzte furchtbar.

»Ich wusste, dass du kommst. Du hast meinen Köder mit der Geldkassette wunderbar geschluckt.«

Hajo zog die Stirn kraus. »Deinen Köder?« So richtig bekam er die Zusammenhänge nicht kombiniert. »Du hast mich angelockt? Mit dem Paket?«

»So sieht es aus, mien Jung.« Mit zusammengezogenen Brauen schüttelte Tant Gundi missbilligend den Kopf.

»Du bist mir schon viel zu lange ein Ärgernis. Immer diese Milchbubi-Einbrüche! So etwas muss professionell angegangen werden, Hannes. Ach, so heißt du ja gar nicht.«

»Woher weißt du das alles? Dass ich nicht Hannes bin. Dass ich als KK arbeite. Pakete nur austrage, damit ich mich umsehen kann ...« Shit, was schmerzte der Kopf.

»Tant Gundi weiß alles. Ich bin in meiner Stadt überall.«

»In deiner Stadt?« Allmählich kam sich Hajo mit seiner Fragerei blöd vor, aber noch verstand er nicht so ganz.

»Du begreifst wirklich nur langsam, Hajo.« Tant Gundi nippte noch einmal am Tee. »Der ist nun schon kalt. Ich muss ins Bett. Wo waren wir stehen geblieben? Ach ja, in meiner Stadt. Ich bin eine direkte Nachfahrin der Cousine Fräulein Marias. Da muss man in Jever, wie schon in alten Zeiten, Grenzen setzen. Das verstehst du sicher.«

In Hajo wirbelten die Gedanken durcheinander, aber nun setzten sich die Puzzleteile endlich zusammen.

»*Du* bist die Konkurrenz? *Du* bist diejenige, die mir das Geschäft kaputt macht. Aber du bist eine alte Frau, wie kannst du ...«

Tant Gundi seufzte verhalten. »Ich habe Mitarbeiter. Meine Nichte Laura müsste gleich zurück sein. Dann haben wir es geschafft. Sie hat dich auch als Paketboten beobachtet.«

Hajo wurde heiß und kalt. Die Frau am Kirchplatz und in der Fußgängerzone! Das war ihm gleich merkwürdig vorgekommen. Mist: Oberstes Gebot des KK. Misstrauisch sein. Seiner Intuition vertrauen. Das hatte er selbst versiebt.

»Was passiert jetzt mit mir?«

Tant Gundi stand auf und strich Hajo bedauernd über sein rotes Haar. »Ich mag keine Konkurrenz. Wirklich nicht. Sorry, aber als Geschäftsfrau kann ich kein Mitleid haben.«

Es rumorte an der Wohnungstür. Kurz darauf schob sich die Frau aus der Fußgängerzone in die Küche.

»Hallo, Tant Gundi!«

»Hallo, Laura. Da liegt er.« Sie zeigte auf Hajo. »Dann kann der nächste Akt beginnen, und ich komme endlich ins Bett. Der Junge hat sich sehr viel Zeit gelassen.«

Laura angelte das Handy aus ihrer Hosentasche, tippte drei Zahlen ein und meldete mit aufgeregter Stimme einen Einbruch. »Ja, bitte kommen Sie. Wir haben den Täter schon überwältigt. Aber meine Oma und ich haben furchtbare Angst.«

Kurz darauf zerhackten Blaulichter die Nacht.

Die Polizisten stürmten mit ihren Pistolen in der Hand in Tant Gundis Küche.

»Aber das ist ganz anders«, rief Hajo. »Das ist die wahre Täterin! Sie leitet einen Einbrecherring. Ich bin doch nur ein KK.«

»Das erzähl du mal deiner Großmutter«, sagte der Polizist lächelnd. »Endlich haben wir dich. Und die Fußspuren an der Villa in der Schlosserstraße werden wir dir sicher auch zuordnen können. Auf dich wartet jetzt erst einmal eine komfortable Zelle mit fließendem Wasser und eigenem WC in der Ecke. Das wird ein tristes Weihnachtsfest, glaube ich.«

Als die Handschellen sich um seine Gelenke schlossen, wusste Hajo, dass er dieses Jahr besser auf sein Weihnachtsgeschenk hätte verzichten und mit der Karte von Tante Mathilda vorliebnehmen sollen.

Gert Anhalt

Der King muss sterben

Bad Nauheim

Über den Autor:

Gert Anhalt, Jahrgang 1963, studierte Japanologie in Marburg und Tokio und berichtete zehn Jahre lang für das Zweite Deutsche Fernsehen aus China und Japan. Er hat zahlreiche Spannungsromane und Krimis veröffentlicht, deren Handlungen oft in Fernost angesiedelt sind. Seine Krimis mit dem Helden Hamada Ken waren zweimal für den Glauser-Krimipreis nominiert.

Bad Nauheim, 1958

Blaugraue Schneewolken türmten sich im Osten der Wetterau auf, und erste Flocken irrlichterten durch die Straßen, ein eiskalter Wind trieb sie vor sich her. Karl Kreuzer hätte eigentlich frieren müssen in seiner dünnen Jacke, aber er spürte die Dezemberkälte gar nicht. Im Gegenteil. Ihm war richtig heiß.

Ich mache ihn fertig … war alles, was er denken konnte. Nach außen hin schien er ruhig, lässig. Aber innerlich brodelte Karl Kreuzer wie ein Vulkan kurz vor dem Ausbruch. Es dröhnte wie ein Donnerwetter in seinem Hirn. *Ich mache ihn fertig …* Immer schneller, wie ein verrücktes Karussell raste der Gedanke durch seinen Kopf. Lichtblitze zuckten dazu, wovon jeder einzelne in Blutrot und Hassgelb eine neue Gewaltfantasie beleuchtete. *Ich schlage ihm die Zähne ein … Ich trete ihm in die Eier … Ich drehe ihm den Hals um … Ich breche ihm das Nasenbein …*

Karl, der Halbstarke, wie ihn die Nachbarn nannten, war immer schon ein Einzelgänger gewesen, und er hielt sich auch hier etwas abseits der Gruppe von Gleichaltrigen, die sich wieder im Dämmerlicht auf dem Bürgersteig vor dem Hotel Villa Grunewald versammelt hatte. Einige Jungens waren auch dabei – Lackaffen, wie dieser dämliche Lars Lohmeyer – gekleidet und frisiert wie ihr Idol, mit Schmalzlocke, Kippe im Mundwinkel und Ami-Jeanshosen. Die meisten der Wartenden aber waren natürlich wie immer Mädchen. Verzückte, verblendete Mädchen, viele aus seiner alten Schule. Und das Schlimmste: Judith war auch dabei. Das schönste Mädchen der ganzen Stadt. Karl war nun wirklich kein Poet, sondern bloß ein Maurerlehrling. Aber wenn er an Judith dachte, wurde ihm ganz anders. Ihre Augen waren wie strahlende Diamanten. Ein Mund, lecker wie Kirschmarmelade. Schlank und rank, aber mit ordentlichen Brüsten. Ihr blondes, engelsgleiches Haar war meist zu einem braven Pferdeschwanz gebunden. Aber Karl wusste, dass sie ganz schön wild sein konnte. Seit ihrem ersten Kuss vor ein paar Tagen hatte sie ihn hingehalten. Ungeduldig und neugierig hatte er ihr aufgelauert und war ihr bis hierher gefolgt. Bis zur Residenz des Mannes, den er mehr hasste als jeden anderen – und er hatte viel Hass in sich.

Karl beobachtete, wie der Geländewagen mit den Militär-Nummernschildern langsam in die Straße einbog. Er hörte, wie Jugendliche im tastenden Licht der Scheinwerfer nervös kicherten und wie einige der Mädchen schon ein wenig kreischten. Er sah sie hüpfen und zappeln, als müssten sie dringend aufs Klo. Die Arme angewinkelt, die Hälse gereckt, die Hände umklammerten wie im Krampf Fotosammlungen, Poesiealben und Hefte, in die ihr Angebeteter vielleicht ein paar sinnlose englische Worte kritzeln würde …

»Da ist er … oh … ich glaube, ich kann ihn sehen …!«

War das Judith? War das ihre Stimme? Wie konnte sich ein anständiges, deutsches Mädchen nur so vor einem Amerikaner erniedrigen?

Der Jeep aus Friedberg rollte vor der Gruppe aus, und ihm entstieg schwungvoll mit einem Lachen der junge Mann, den sie alle so liebten. Olivgrün die Uniform mit runder Kappe. Über der linken Brusttasche der Aufnäher »*US-Army*«, über der rechten noch größer und in Weiß sein Name: »*Presley*«.

»You girls are really killing me … you know that?« Seine Stimme klang genau wie in der Musikbox.

»Elvis, we love you!«

Das war Judith, kein Zweifel.

»Would you sign this for me, please?«

»Sure, honey, what's your name?«

Wie von Sinnen kreischten jetzt die anderen Mädchen los. Was für ein verdammter Zirkus! Das Karussell in Karls Kopf beschleunigte immer weiter, und die Blitze zuckten noch greller. *Ich beiße ihm ein Ohr ab … Ich trete ihm mit Anlauf in den Arsch … Ich dresche ihn windelweich …*

Mit verschränkten Armen hatte Karl Kreuzer an einer Mauer gelehnt, jetzt setzte er sich ruckartig in Bewegung und hielt langsam auf die Menschentraube zu, die sich vor dem imposanten Gründerzeitbau gebildet hatte, in dem der Schnulzenheini mit seiner Familie und seinen Kumpels seit ein paar Wochen wohnte. Karls Fäuste waren geballt. Sein Gesichtsausdruck musste ihn verraten haben.

»Where do you think you're going, pal?« Einer der Begleiter des Sängers, sie waren wohl nicht nur Freunde sondern auch Leibwächter, hatte sich vor ihm aufgebaut. »Back off, will you?«

»Lass mich durch, du Ami-Arsch«, zischte Karl und versuchte, sich mit gesenktem Kopf neben dem Typen vorbeizudrücken. Aber der packte ihn am Kragen und am Hosenbund und warf ihn zu Boden.

»Ami-Arsch, huh?« knurrte der Typ und grinste schräg. Ein bisschen Deutsch schien er zu verstehen.

Jetzt hatten die anderen Karl bemerkt. »Guck mal, der Karl! Der hat sich eine gefangen!«

»Hey, du siehst irgendwie niedergeschlagen aus!«

»Hahaha …«

»Ooch, jetzt flennt er auch noch …!«

Tatsächlich spürte er heiße Tränen über seine Wangen rinnen.

Lars Lohmeyer, der immer rumlief wie ein Elvis-Doppelgänger und jede Bewegung des Ami-Sängers kopierte, wackelte mit den Hüften und sang: »*You ain't nothin' but a hound dog, crying all the time …*«

Über das Hohngelächter hinweg hörte Karl Kreuzer diesen Elvis zu seiner Freundin sagen:

»Great, Judith. Then I see you at my Christmas Party …«

Da kam das Karussell in Karl Kreuzers Kopf abrupt zum Stillstand. Die Lichtblitze zuckten nicht mehr. Das Dröhnen war plötzlich weg. Er dachte nicht mehr daran, den Amerikaner zu verprügeln. Nun dachte Karl ganz kühl und klar: »*Okay, das war's. Jetzt bringe ich ihn um …*«

»Aber wieso? Ich dachte, du magst mich …!« Karl hasste den jämmerlichen, heiseren Klang seiner Stimme. Aber wenn nichts anderes half, dann würde vielleicht Mitleid Judiths Herz erweichen. Er hatte sie am letzten Schultag auf dem Heimweg abgepasst und lief fröstelnd neben ihr her. *Wie ein Hund,* dachte er grimmig. *Wie ein Hund …*

Aber er konnte nicht aufhören, sie anzubetteln. »… Mensch, bitte, weil doch Weihnachten ist! Wollen wir nicht heute Abend zusammen ins Kino gehen?«

»Ich muss noch lernen«, log sie.

»Aber es sind doch Ferien!«

»Trotzdem.« Judith war diese Begegnung mehr als unangenehm. Sie wich seinem Blick aus und eilte, so schnell es die vereiste Straße und der schneidende Wind zuließen, mit eingezogenen Schultern nach Hause.

»Ich dachte, wir wären ein Paar«, winselte er.

»Wir haben uns einmal geküsst«, widersprach sie. »Ein einziges Mal!«

Gott, wenn sie das nur ungeschehen machen könnte! Es war

letzte Woche auf Evelyns Party zum *Sweet Sixteen.* Alle ihre Freundinnen fanden Karl irgendwie schneidig, und schon deswegen musste es passieren. Karl, der Junge mit dem neuen, roten Kreidler-Moped, der so lässig filterlose Zigaretten rauchen konnte. Karl, dem die Lederjacken und die Ami-Hosen so gut standen. Der immer einen Kamm in der hinteren Hosentasche hatte und sich gerne damit so unendlich lässig durch seine provozierende Haartolle fuhr. Sie hatten eng getanzt (zu *Love me Tender* – ausgerechnet), und sie hatte sich, als sie sicher war, dass Evelyn und die Girls es sehen konnten, von ihm auf den Mund küssen lassen. Leider hatte sie dabei nicht bedacht, dass der Junge ja nicht nur Karl Kreuzer, der Teddy-Boy, war, sondern eben auch Karl, der Sohn von Hausmeister Kreuzer, einer ziemlichen Witzfigur. Karl war längst von der Schule abgegangen und hatte eine Lehre als Maurer angefangen. Er war absolut nicht der richtige Umgang für eine Fabrikantentochter wie Judith Gruber. Umso weniger, da sie ja nun endlich die Aufmerksamkeit keines Geringeren erregt hatte als Elvis Presley *himself. The King.*

»Schau mal«, sagte sie. Erleichtert und froh, dass sie das Thema wechseln konnte. Von einer Litfaßsäule lachte sie das Reklamebild eines weißbärtigen, pausbackigen Mannes an. *Trink Coca Cola,* stand daneben. »Kennst du den?«

»Sieht mir nach einem dicken Mann im roten Bademantel aus«, sagte Karl. Letztes Jahr auf dem Weihnachtsmarkt in Frankfurt hatte er mal einen bärtigen Mann im roten Mantel gesehen. Der war aber viel dünner und hatte einen Esel an der Leine, mit dem sich die Kinder fotografieren lassen konnten. »Soll das etwa der Nikolaus sein?«

»Ganz falsch. Das ist Santa! Der kommt an Weihnachten und bringt den Kindern ihre Geschenke. Er kommt durch den Schornstein. Und er hat Rentiere. Die Amis sind ganz verrückt nach Santa, hast du das gewusst?«

»Nein, wusste ich nicht«, knurrte er.

»Tja …«, seufzte sie, als müsse ihm doch jetzt endlich klar werden, dass sie nun mal in unterschiedlichen Welten lebten. »Ich muss dann mal weiter. Frohe Weihnachten, Karl.«

Er unternahm einen letzten, kläglichen Versuch. »Willst du nicht mit mir feiern?«

»Bin schon eingeladen«, flötete sie im Weggehen.

»Da kann ich doch einfach mitkommen? Bitte.«

»Leider nein. Ist eine rein amerikanische Feier. Da kommen nur geladene Gäste rein. Und hoffentlich Santa … Lebe wohl, Karl!«

Er sah ihr nach, sah ihren lustigen, blonden Pferdeschwanz wackeln, bis sie hinter einer Hecke verschwunden war. Er konnte sich nicht erinnern, jemals so wütend gewesen zu sein. Dann fing sich sein hohler Blick in dem Reklamebild auf der Litfaßsäule.

Santa.

Der feiste, rotgesichtige Santa.

Mit dem weißen Bart, dem fetten Lachen und den weit aufgerissenen Augen.

»Drecksvolk, diese Amis …«, rülpste Ludwig Kreuzer und öffnete sich eine weitere Flasche Bier. Er ließ den Kronkorken quer über den Tisch tanzen und sank grimmig in seinen Sessel. »Verdammtes Drecksvolk. Haben unser Land zerstört. Und jetzt kommen sie uns mit dieser Negermusik. Was sie mit ihren Bomben nicht erreicht haben, das zersetzen sie nun langsam mit diesem ganzen minderwertigen Dreck.«

Karls Vater hatte keine hohe Meinung von den »Besatzern«, wie er sie auch heute noch nannte. Sie waren schuld, dass er alles verloren hatte. Frau gestorben, Haus zerbombt, Flucht aus Kassel nach Bad Nauheim. Totalschaden, Totalverlust, Neuanfang in dieser langweiligen, kleinen Stadt, deren einziger Vorteil darin bestand, dass hier niemand etwas von seiner Vergangenheit wusste. Seine schwarze SS-Uniform, die einmal jedermann Respekt eingeflößt hatte, lag versteckt irgendwo unter dem Dach. Heute trug er einen lächerlichen blauen Kittel und war Hausmeister am Gymnasium, von dem sein Sohn Karl längst gefeuert worden war, weil er nur sein Moped und andere Flausen im Kopf hatte. Auch seine Meinung von Karl war keine vorteilhafte. Der Junge, da gab es kein Vertun, dieser Junge war ein Dackel. Kein Charakter, keine Haltung, kein Rückgrat, kein Kampfgeist.

»Und jetzt lässt sich mein feiner Herr Sohn auch noch von einem dahergelaufenen amerikanischen Schmalzbubi die Braut ausspannen!«, höhnte er.

Karl war wütend auf sich selbst und wünschte, er hätte doch lieber nichts gesagt. Sein Vater schaffte es immer, ihn wie einen kompletten Versager aussehen zu lassen. Seit Mutter gestorben war, bekam er daheim nur noch Verachtung zu spüren. Weil er angeblich zu weich war, weil er nichts taugte, weil er nicht so war wie sein Vater Ludwig, der es damals allen Widersachern gezeigt hatte.

»Ich kann mir das nicht bieten lassen«, grollte der Junge, und sein Vater nickte grimmig dazu.

»Jetzt musst du endlich zeigen, dass ein wahrer Mann in dir steckt und nicht nur ein verdammter Dackel«, sagte er. »Du musst dem Schnulzen-Ami eine Lektion erteilen. Am besten eine, die er nie vergisst.«

Ludwig Kreuzer erhob sich schwer seufzend aus seinem Sessel und schlappte wortlos zum Gasofen in der Küche, vor dem er mit einem weiteren schweren Seufzer niederkniete.

Während sich Karl noch fragte, was sein Vater vorhatte, langte dieser mit dem rechten Arm hinter den Ofen und brachte ein handliches, in hellen Stoff eingeschlagenes Päckchen zum Vorschein.

»Waltherchen … da bist du ja …«, hörte Karl ihn sagen. Mit einer zärtlichen Wärme in der Stimme, die sein Sohn von ihm niemals vernommen hatte. Es war seine alte SS-Dienstwaffe, eine Walther PPK.

Karl schnürte es die Kehle zu, als Ludwig ihm die Waffe vors Gesicht hielt. Er griff zu und fühlte sofort eine unheimliche Macht in sich aufsteigen.

»Waltherchen hat schon so manches hässliche Problem gelöst«, grinste er und kippte den Rest seines Bieres hinunter. Die PPK war das zuverlässigste Tötungswerkzeug, das man sich nur wünschen konnte. Idiotensicher sogar für einen Idioten wie seinen Sohn. Nichts, wirklich nichts hatte der in seinem Leben richtiggemacht. Kein Wunder, dass Deutschland keine Zukunft hatte mit Trotteln wie diesem. Aber vielleicht gab es ja doch noch eine Gelegenheit, die Dinge geradezurücken und den Amis zu zeigen, wer in diesem Land die Herrenrasse war.

»Wirst du nah genug an diese Heulboje herankommen? Und kommst du nach dem Schuss auch schnell genug weg? Ich will dich danach nicht im Kittchen besuchen, kapiert?« Wenn es das Schicksal doch noch gut mit ihm meinte, dann würde es vielleicht gelingen, aus diesem Dackel doch noch einen passablen Werwolf zu machen und den Ami dort zu beißen, wo es wehtat.

»Ich habe einen Plan«, sagte Karl so mannhaft wie er eben konnte.

Santa sei Dank …

Es war der letzte Tag des Weihnachtsmarktes, der Tag vor Heiligabend. »*O du fröhliche …*«, intonierten die Turmbläser auf dem Altan der Nikolaikirche hoch über dem Treiben des Frankfurter Weihnachtsmarktes. Und es klang in der Abenddämmerung so schön und feierlich, als musizierten die Engel in der Höh. Wie ein Diamantenregen rieselten einzelne Schneeflocken nieder; der Geruch von Mandeln, Zimt und Lebkuchen umwehte die vielen Buden und Verkaufsstände, zwischen denen sich dicht gedrängt die braven Frankfurter Bürger tummelten. Spielwaren und Haushaltswaren, Bethmännchen, Quetschemännchen und Lebkuchenherzen wurden überall feilgeboten, aber Karl hatte keinen Sinn für weihnachtliche Dekoration oder Leckerbissen. Er war bis auf die Knochen durchgefroren nach der einstündigen Fahrt mit seiner Kreidler durch den Winterwind. Und tatsächlich hatte er den Mann mit dem roten Mantel und dem angeklebten, weißen Rauschebart gefunden, der mit seinem krank aussehenden Eselchen als Fotomotiv für die Kinder und ihre vor Stolz platzenden Eltern posierte. Sein Kompagnon, der Fotograf, gab Anweisungen und bediente die Kamera. Die Bilder gab es im neuen Jahr für fünf Mark je Abzug.

Karl hielt sich nicht lange bei der Vorrede auf. Als die letzte kleine Familie beseelt abgerückt und der Fotograf anderweitig beschäftigt war, näherte er sich dem Nikolaus.

»Kann ich mir Ihren Mantel und den Bart ausleihen?«, fragte er unvermittelt.

Der Nikolaus sah ihn verwundet an. »Wieso das denn?«

»Ich will meine Verlobte überraschen«, sagte der Junge.

»Ausgeschlossen«, erwiderte der Mann, der hinter dem falschen Rauschebart ein mageres Gesicht und tief liegende Augen verbarg. Er hatte bei näherem Hinsehen gar keine Ähnlichkeit mit dem fröhlichen, dicken Santa aus der Reklame.

»Ich zahle auch gut dafür. Hier sind 20 Mark!« Ein kleines

Vermögen. Anscheinend nicht nur für ihn. Als der Nikolaus reflexartig nach dem Geldschein greifen wollte, wusste Karl, dass er gewonnen hatte.

»Ich will 30 Mark«, sagte der Mann. Das Geld konnte er gut gebrauchen. Nun, da der Markt schloss, waren er und sein Esel wieder fast ein Jahr lang auf Almosen und Gelegenheitsarbeit angewiesen. Zwei Wochen Nikolaus, ein Jahr Fußabtreter – das war sein Leben. Der verfrorene Idiot mit der albernen Haartolle kam ihm da gerade recht. Der alte, rote Mantel war höchstens noch fünf Mark wert. Den falschen Bart hatte er selbst aus Watteballen zusammengeklebt. »Und zehn Mark als Pfand, damit du ihn auch zurückbringst.«

»25 Mark. Und fünf Mark als Sicherheit.« Mehr konnte Karl beim besten Willen nicht aufbringen. »Ich nehme ihn jetzt mit und bringe ihn nach den Feiertagen zurück.«

Dann wäre alles vollbracht, und die Welt würde voller Staunen erfahren, dass Elvis, the *King of Rock 'n' Roll* in good old *Germany* von Santa, dem Weihnachtsmann, erschossen worden war.

»Pension Schröder in Heddernheim. Zweimal klingeln. Und jetzt das Geld …«

In einem dunklen Hauseingang am Rossmarkt legte der Nikolaus seine Arbeitskleidung ab und überreichte sie dem Halbstarken. Ohne seinen Mantel sah der dünne Mann wirklich ziemlich erbärmlich aus. Der Esel hustete fortwährend und sah aus, als habe er Fieber.

»Na dann, viel Glück …«, wünschte der ehemalige Nikolaus.

»*Häh?*«

»Mit deiner Verlobten …«

»Ach, ja. Danke. Sie wird begeistert sein …«

Der Neuschnee, der seit dem Nachmittag des Heiligabend von böigen Winden aus dem Vogelsberg herübergetrieben wurde, ging mit den Eisresten auf den Bürgersteigen und Straßen auf dem Weg zur Villa Grunewald eine tückische Verbindung ein. So hieß das Hotel, in dem der Amerikaner und seine Gefolgschaft seit zwei Monaten residierten. Zweimal wäre Karl Kreuzer fast ausgerutscht und hingefallen, konnte in letzter Sekunde aber durch geschickte Verrenkungen den drohenden Sturz abwenden. Obwohl – besonders schmerzhaft wäre der sicherlich nicht geworden, denn Karl war unter dem roten Nikolausmantel mit Kissen und Handtüchern derart gut gepolstert, dass er seinen Körperumfang fast verdoppelt hatte. Er war dick, dieser Santa, und Karl war nur ein *»halbes Hemd«*, wie man hier sagte. Das Wattegestrüpp des falschen Bartes, hinter dem er sein Gesicht versteckte, kitzelte und juckte wie verrückt. Die Walther PPK, die er mit der Rechten fest umklammert hielt, schien mit jedem Schritt schwerer zu werden.

»Nur noch ein paar Minuten«, dachte er, schwindlig und atemlos vor Anspannung, *»dann wird es vollbracht sein.«*

Mit pochendem Herzen bog er in den Vorgarten der Elvis-Villa ein. Aus den Fenstern im Erdgeschoss fiel ein weihnachtlicher Glanz von Kerzenlicht und Goldlametta; bis hierher hörte man die Partygeräusche: Gespräche, Lachen und Musik. Karl erklomm die Stufen zum Eingang, wäre ein drittes Mal fast gestürzt, weil jemand es versäumt hatte, die Treppe freizuräumen und ordentlich zu streuen. Leise fluchend betätigte er die Klingel, zupfte sich den Mantel gerade und nahm die Pistole in einen eisernen, entschlossenen Griff.

Nun gab es kein Zurück mehr.

Die Tür öffnete sich, und im Rahmen erschien der Elvis-Jünger, der ihn anderntags so unsanft aufs Trottoir geworfen hatte.

Für einen Moment dachte Karl, der Kerl könnte ihn trotz seiner Aufmachung erkennen – aber die Sorge war unbegründet. Im Gegenteil. Das Kostüm wirkte Wunder.

»It's Santa!«, jubelte der Grobian, als sei er wieder ein kleiner Junge. »Look everybody! Santa is here. Come in, Santa!«

Mit großem Hurra begrüßte ihn die Feiergemeinde. Etwas ungeschickt winkte Karl zurück und betrachtete die Szene, die sich ihm bot. Gut zwanzig Leute mochten es sein, die sich bei Früchtepunsch und Weihnachtsplätzchen um den Weihnachtsbaum im Hotelfoyer versammelt hatten. Er erkannte niemanden, es waren wohl vor allem Amerikaner, manche in Uniform. Judith sah er nicht. Aber er sah seinen Feind. Elvis hockte, in schwarzes Leder gekleidet und die Gitarre lässig auf dem Schoß, mit dem Rücken zu ihm und war gerade im Begriff, einen Song anzustimmen.

»Sit down, Santa«, forderte ihn jemand auf und drückte ihm ein Glas Erdbeerbowle in die Hand. »Listen to this guy, he is really good …«

Und da begann der King auch schon zu singen,

I'll have a blue christmas without you
I'll be so blue just thinking about you
Decorations of red and our green christmas tree
Won't be the same, dear, if you're not here with me.

Alle lauschten wie verzaubert auf sein typisches Timbre, seine fachmännisch gesetzten, flotten Gitarrenakkorde. Die Mädchen seufzten und jauchzten, als sei ihnen der Messias erschienen.

Rasend vor Wut und Eifersucht, durchdrungen von dem brennenden Wunsch, endlich mal etwas richtigzumachen, riss Karl Kreuzer die Dienstwaffe seines Vaters aus der Manteltasche und feuerte zweimal auf den direkt vor ihm sitzenden Sänger. Der Getroffene zuckte zusammen, wand sich unter der Gewalt der Kugeln und fuhr, das Gesicht schmerz- und schreckensverzerrt, zu ihm herum. Schreie, Aufruhr, Chaos – jetzt ging es ums Überleben!

Der Attentäter drehte auf dem Absatz und rannte los wie ein wilder Stier, räumte den Leibwächter, der ihn hereingelassen hatte, aus dem Weg.

»Geschafft, geschafft, geschafft. Du hast den King erschossen. Du bist ein Held. Judith wird dich lieben!«, jubilierte ein triumphaler Chor in seinem Kopf, als er den Ausgang und die Treppe erreichte.

Nur hundert Meter, da wartete die Kreidler. Doch dann kreischte der imaginäre Chor plötzlich:

»Oh weh, oh weh, der Held ist gestürzt!«

Ein falscher Schritt auf dem schneeglatten Stufen. Mit dem Schwung der kopflosen Flucht trug es ihn weit. Der Chor verstummte, Gedanken rissen ab, während Karl für einen kurzen Moment zu fliegen schien. Das Gesicht seines Opfers tauchte plötzlich vor ihm auf. Etwas erschien ihm plötzlich sonderbar. Was war es nur? Das erschrockene Gesicht des Sängers, damit stimmte etwas nicht. Konnte es sein, dass er wieder, wie immer, versagt hatte? Dass sein Vater am Ende doch recht hatte und Karl zu nichts taugte? Doch da löste sich das nebelhafte Gesicht seines Opfers auf und wich einer viel erschreckenderen Ansicht. Ein Hund. Ein kleiner Hund, ein Dackel aus schwarzem Metall. Am Eingangstor des Hotels trittfest in den Boden eingelassen, damit sich die Gäste an seinem langen, geduldigen Dackelrücken Schnee oder Straßendreck von den Schuhsohlen schaben konnten. Karls Sturz endete mit großer Wucht jäh und final auf diesem Dackel.

Kopf voran.

Stirn auf scharfkantiges Eisen.

Das Letzte, was er hörte, war das Knacken seines Schädelknochens. Das Letzte, was er sah, war ein greller Blitz.

»Glück gehabt«, erklärte der Arzt. »Es ist nur ein Streifschuss am Arm. Zwei Wochen, und du bist wieder wie neu.«

»Danke, Doktor«, sagte Lars Lohmeyer, der beste Elvis-Imitator weit und breit. »Für einen Moment dachte ich wirklich: das war's. *Return to Sender,* wenn Sie wissen, was ich meine …«

In etwas gedrückter Stimmung standen die amerikanischen Partygäste im Foyer und sprachen dem Punsch und härteren Sachen zu. Die Polizei war erschienen und sogar der Bürgermeister. Der stand mit dem diensthabenden Beamten und dem ranghöchsten US-Militär etwas abseits.

»Ich denke, das Beste wird sein, wir machen keine große Sache daraus«, sagte soeben der Amerikaner. »Für mich war das ein Dummer-Jungen-Streich, sonst nichts. Trauriges Ende, aber der *Bad Boy* hat es anscheinend so gewollt.« Er zuckte die Achseln.

»Sie haben ganz recht, Colonel«, pflichtete der Bürgermeister bei, und der Polizist nickte zustimmend. »Das war ein Streit unter Teenagern, nichts weiter. Was soll es denn sonst gewesen sein? Ein Mordanschlag auf Elvis Presley? Den Ehrengast unserer Stadt …? Nicht auszudenken, welche Schlagzeilen das weltweit gäbe.«

»So was könnte sogar ganz unerwartete politische Folgen haben«, warnte der Amerikaner düster.

»Um Himmels willen! Verzeihen Sie – wo ist er eigentlich? Der Elvis?«

»Oh, der hat von der ganzen Aufregung gar nichts mitbekommen. Er hat eine sehr private Weihnachtsfeier oben in seinem Zimmer und wünschte, nicht gestört zu werden. Deswegen hat ja dieser Lars Lohmeyer die Gäste hier gut unterhalten. Er ist wirklich nicht schlecht, der Junge …«

»Sehr schön«, resümierte der Bürgermeister. »Dann ist ja alles wieder gut. Ich wünsche noch einen schönen Abend und frohe Weihnacht …«

Till Raether

Entwurfsordner

Essen-Kettwig

Über den Autor:

Till Raether, geboren 1969 in Koblenz, arbeitet als freier Autor in Hamburg, unter anderem für *Brigitte, Brigitte Woman* und das *SZ-Magazin.* Seine Kriminalromane über den hochsensiblen Kommissar Adam Danowski (Rowohlt Polaris) wurden mehrfach für Preise nominiert, *Blutapfel* wurde mit Milan Peschel verfilmt. Demnächst erscheint von Raether der Roman *Treue Seelen* (btb). Er ist verheiratet und hat zwei Kinder.

Weihnachtsrundbrief_final.doc

~~Liebe Freundinnen und Freunde, liebe Nachbarn, liebe Verwandte,~~

Ihr Lieben!

Nun geht ein doch recht turbulentes Jahr zu Ende. Sicher muss auch von euch der eine oder andere erst mal durchatmen und ist froh, jetzt zu den Feiertagen die Gelegenheit zu haben, mal im Kreise der Familie die Seele baumeln zu lassen. Wer dachte, 2018 war hart, der hatte 2019 noch nicht erlebt! ☺

Auch bei uns, euren Fromers aus Essen-Kettwig, war dieses Jahr einiges in Bewegung. ~~Schade, dass Ihr so wenig von euch erzählt, aber dafür muss man sich natürlich auch die Zeit nehmen wollen in dieser schnellebigen Zeit.~~

Wie ihr vielleicht aus meinem letzten Jahresendrundbrief noch wisst, ist Mareike nun mit ihrem Marcel nach Würzburg gezogen. Da heißt es immer die Augen offen halten nach Supersparpreisen bei der Bahn. Mareike kommt gut voran mit ihrer Dissertation, die dortige Fakultät ist viel besser als hier bei uns an der Massen-Uni, sie sind dort führend in pharmazeutischer Forschung in Würzburg. Marcel ~~ist immer noch dabei,~~ hat den Webshop für seine Handpuppen richtig nach vorn gebracht, wenn der Weihnachtsrummel vorbei ist, will er damit an den Start gehen. ~~Er hat erklärt, dass es besser wäre, damit bis nach Weihnachten zu warten, weil~~

~~Diese Handpuppen sind der Renner~~

~~Diese Handpuppen sind der ALLERLETZTE SCHEISS~~

Aber für uns ist es natürlich hart, dass das »Nesthäkchen« Mareike aus dem Haus ist. Sie hasst es, wenn ich sie so nenne, aber dafür nennt sie mich »o.k., Boomer«! ☺ ~~Einmal hat sie bei unserem Besuch in der Küche »diese Bitch« gesagt als sie dachte, dass ich sie nicht höre, man wundert sich über die Anglifizierung unserer~~

Auch hat sie mir ausdrücklich verboten, dieses Jahr an dieser Stelle noch einmal etwas darüber zu schreiben, wie schön es ~~für Thomas und mich~~ wäre, noch einmal »kleine Kinderfüßchen trapsen zu hören«. Zu spät, Mareike! ☺ Aber kein Druck. Denn: In dieser Hinsicht sind wir aber natürlich gut versorgt mit den »Berliner Enkeln«. Justus, Jokin und ~~Jannis~~ Yannis fordern von ihren Großeltern alles, wenn wir uns an einem Wochenende in der Hauptstadt um sie kümmern. Dann ist Bespaßung rund um die Uhr angesagt! Die Eltern stürzen sich ins kulturelle Leben und machen die Hauptstadt unsicher. So konnten wir diesen Sommer einmal dort antreten und im Viertel, wo Annika, unsere Große, und ihr Jost wohnen, eine schöne Pension kennenlernen, denn ~~die beiden leben doch recht beengt mit den drei Jungs~~ in der Dreieinhalbzimmerwohnung wäre es nach »Dienstschluss« für unsere Nerven wohl doch etwas eng gewesen! Jost ~~verbringt die ganze Zeit~~ ist sehr gefordert in seiner Kanzlei, dies war das erste Jahr für ihn als Partner, aber Annika hält ihm den Rücken frei und hilft ihm, wenn er wieder Akten mit nach Hause bringt, es ist ja für sie auch nicht umsonst gewesen, dass sie Jus studiert hat. So kann sie abends noch die eine oder andere Erbschaftsangelegenheit regeln, ~~aber in der eigenen Familie ist das hoffentlich nicht so bald nötig~~! Jost kann die 450 Euro, die er ihr als Reno zahlt, sogar von der Steuer absetzen, es ist eine Freude, die beiden zusammen leben, lieben, lachen und arbeiten zu sehen. Das Jurastudium läuft Mareike ja nicht weg! Die drei Jungs, Justus, Jokin und ~~Jannis~~ Yannis gehen in die zweite und vierte Klasse und entwickeln sich prächtig, aber man hat schon alle Hände voll zu tun mit ihnen. Thomas genießt seine Rolle als Großvater denn auch lieber vom Sessel aus, ~~ihr kennt ihn ja~~ die Bandscheibe fordert natürlich ihren Tribut~~, auch in Kettwig im Haushalt ist da nicht viel zu holen~~. Er hat ein wohlwollendes Auge auf alles und er soll ja auch keine neuen Probleme mit der Bandscheibe bekommen! Sicher erinnert Ihr euch an die Schilderung in unserem Rundbrief vom vorvorigen Jahr, leider muss Thomas nun immer noch Schmerzmittel nehmen, aber er schlägt sich tapfer. Wenn das Leben dir Zitronen gibt, mach tarte au citron! In den Ferien konnte ich ihn das eine oder andere Wochenende in der neu verordneten Reha besuchen, dort ~~war er anscheinend, so deutete ich die ausgelassene Mittagsrunde, die bei meinem Eintreffen verstummte, der Schwarm verschiedener »Bitches«~~ konnten wir ein paar schöne Rundwanderungen zwischen Braunlage und Bad Harzburg machen, Thomas gibt hier natürlich das Tempo vor, und ich übe mich in Entschleunigung!!!

Ich selbst habe ja noch eine Weile zur Pensionierung, darüber bin ich auch recht glücklich, denn wir haben doch einiges vor in der Gemeinde, und ich empfinde die Arbeit in der Küsterei nach wie vor als sehr erfüllend. Dreißig Jahre ~~sind wie im Fluge vergangen~~, Kinder, wie die Zeit vergeht. Gerade in der Adventszeit könnt ihr euch den Trubel sicher vorstellen, Feste wollen gefeiert, der Basar will veranstaltet werden. Meine Highlights sind natürlich die jährlichen Gemeindefahrten im Frühjahr nach Jerusalem und Tel Aviv, und im Herbst/Winter zu unserer Partnergemeinde nach Sankt Petersburg. Sicher erinnert ihr euch an Pater Dimitri, der voriges Jahr bei dem Besuch der Partnergemeinde bei uns in Essen-Kettwig ~~so ein wunderbarer Gast war, und der während des Besuches der Partnergemeinde in Mareikes altem Zimmer geschlafen hat, wo ich nun meine~~

~~Nähsachen habe. Durch Pater Dimitri habe ich~~ eine so beeindruckende Predigt am ökumenischen Silvestergottesdienst gehalten hat: »Wir sind unruhig, denn wieder ist ein Jahr vorüber, und wieder sind wir dem Tode ein Jahr näher gekommen, und wer wird uns nun trösten.« Ein Gänsehaut-Moment!

Kommendes Jahr werde ich in dieser Hinsicht jedoch etwas kürzertreten, Jörg sagt, für ihn ist die Hitze nichts im Nahen Osten und die Kälte nichts in Russland, und ich freu mich ja, dass er mich nicht mal hier und da zwei Wochen entbehren kann. Seine Sparsamkeit ist ja nun auch legendär, wir haben ihr viel zu verdanken und werden eines Tages noch lange von ihr zehren! ~~Wer den Pfennig nicht ehrt,~~

Natürlich hat das nun zu Ende gehende Jahr auch Trauriges mit sich gebracht. Ich möchte mich noch einmal ganz lieb bei ~~allen~~ denen von euch bedanken, die im Juni so lieb und trostreich zum Tode meiner Mutti geschrieben haben. Dass ich nicht bei ihr sein konnte, ist für mich nur schwer zu verkraften gewesen, aber niemand wusste, dass es so schnell gehen würde, und es hätte rund zwei Tage gedauert, um die »Symphony of the Seas« vor Alaska zu erreichen ~~und Thomas war noch in der Reha~~. Aber meine Mutter ist gegangen, wie sie es sich gewünscht hätte und wie sie gelebt hat: ~~Das Geld mit beiden Händen~~ im bescheidenen Luxus, für den ~~sie und~~ mein Vater sein Leben lang gearbeitet hat. Nun liegen sie nebeneinander in der Eifel und sind endlich wieder vereint.

Ansonsten versuche ich, regelmäßig meinen Sport zu machen, aber es ist doch

Weihnachtsrundbrief_finalNEU.doc

Ihr Lieben,
Nun geht ein doch recht turbulentes Jahr zu Ende. Sicher muss auch von euch der eine oder andere erst mal durchatmen und ist froh, jetzt zu den Feiertagen die Gelegenheit zu haben, mal die Seele baumeln zu lassen. Wer dachte, 2018 war hart, der hatte 2019 noch nicht erlebt!
Umso glücklicher bin ich, dass wir, eure Fromers aus Essen-Kettwig, so gut durchs Jahr gekommen sind. Wir haben kleine Brötchen gebacken. Thomas geht es gut, er ist aktiv und hilfsbereit, packt mit an und ist seinen Enkelkindern ein wunderbarer Großvater. Auch wenn ich ihn nie als solchen gesehen habe: Opa Thomas! Schwer vorstellbar. Aber gemeinsam Oma und Opa werden, das ist vielleicht das größte Glück. Mit Begeisterung haben wir uns auf unsere Berliner Enkel Justus, Jokin und ~~Jannis~~ Yannis gestürzt, wann immer uns unsere Große, Annika, und ihr Mann, ~~Yost~~ Jost, uns gelassen haben. Diese Juristen-Familie ist eine Freude, alles was Recht ist! ☺ Ebenso wie Mareike und Marcel, die in Würzburg ~~mit Hunderten Handpuppen in einer Art Puppenhaus~~ leben.
Besonders gern denken wir natürlich an den Besuch unserer Partnergemeinde aus St. Petersburg zum Jahreswechsel vor einem Jahr, als Pater Dimitri einige ~~Nächte~~ Tage unser Gast war. Ich freue mich darauf, ihn im nächsten Jahr

Weihnachtsrundbrief_finalNEU2.doc

Ihr Lieben!
Nun geht ein doch recht turbulentes Jahr zu Ende. Wer dachte, 2019 war hart, der hatte 2020 noch nicht erlebt! Der Tod meiner

Mutter, das könnt ihr euch denken, war der schwerste Schock für mich, kaum dass ich den Abschied von meinem Vater verwunden hatte, vor nun schon fünf Jahren. Es kommt mir gar nicht so lange her vor, aber ich denke, die Rehas wegen der Bandscheibe von Thomas haben mich abgelenkt und mir keine Zeit gelassen, auf »dumme Gedanken« zu kommen. Wie etwa den »dummen Gedanken«, hier alles hinzuwerfen und in einer kleinen Almhütte in der Nähe von Zermatt noch einmal neu anzufangen, man meint, beim Aufwachen die Kuhglocken zu hören, und die Luft riecht nach Wiesen vorm Fenster und schneebedeckten Gipfeln am Horizont

~~Und alle, die in mehr oder weniger geschichten Andeutungen gefragt haben übers Jahr nach Muttis Tod: Nicht einen Cent, nein, es ist alles weg, die Kreuzfahrten, die~~

Weihnachtsrundbrief_final_final.doc

Ihr Lieben!

Nun geht ein doch recht turbulentes Jahr zu Ende. Wer dachte, 2018 war hart, der hatte 2019 noch nicht erlebt! Und sicher habt ihr Verständnis dafür, dass ich mich, anders als in den vorigen Jahren, nach den Ereignissen des ersten Adventswochenendes kurzfassen werde. Betrachtet dies bitte als kleines Lebenszeichen von mir, es geht mir den Umständen entsprechend gut, und ich möchte euch ~~allen~~ von Herzen danken für die lieben Anrufe, Mails und WhatsApp-Nachrichten und die lieben Wünsche auf Facebook.

Der Tod meiner Mutter war ein schwerer Schlag für mich, von dem ich mich gerade anfing zu erholen, als mein geliebter Thomas nun also so kurz vor Heiligabend völlig überraschend verunglückte, während ich in der Küsterei war. Dort unterhielt ich mich noch mit der Pfarrerin Fr. Dr. Stelling-Borch über die Requisiten fürs Krippenspiel, sonst wäre ich vielleicht rechtzeitig zu Hause gewesen. Der Notarzt, den ich dann gleich gerufen habe, konnte mir nicht sagen, wie lange der arme Thomas dort nun schon lag, vielleicht fand sein Sturz schon in dem Moment statt, als ich gerade das Haus verlassen hatte. Dies sind Gedanken, die mich nun immer umtreiben werden.Sicher versteht ihr, dass ich unser Haus in Kettwig nun nicht länger allein bewohnen möchte, die Erinnerungen sind doch zu schmerzhaft, und ich denke nicht, dass ich die Kellertreppe noch einmal betreten kann. ~~Schon seit Jahren haben wir sie, weil sie so steil ist, »die Todestreppe« genannt, ich denke, dieses Bonmot stammt von Yost~~

Der Plan, den Thomas für uns hatte, nämlich unseren Lebensabend gemeinsam in Essen-Kettwig zu verbringen und den Kindern eines Tages das Haus und die Ersparnisse zu überlassen, wird sich nun schon einmal nicht in die Tat umsetzen lassen. ~~Es bricht mir das Herz, dass~~ Ohne ~~meinen~~ Thomas habe ich keine Kraft, in Kettwig zu bleiben.

Weihnachtsrundbrief_final_final2.doc

Ihr Lieben!

Nun geht ein doch recht turbulentes Jahr zu Ende. Wer dachte, 2019 war hart, der hatte 2020 noch nicht erlebt! Und sicher habt ihr Verständnis dafür, dass ich mich hier nun nur ganz kurz bis auf Weiteres von euch verabschiede.

Denn bestimmt habt ihr Verständnis dafür, dass ich mich nach den beiden Schicksalsschlägen dieses Jahres eine Weile zurückziehe. Der tragische Unglückstod von Thomas wirft natürlich viele Pläne, die man über so ein Eheleben zu zweit gemacht hatte, über den Haufen. Glücklicherweise habe ich (eine, wie ich gelernt habe, »hoch motivierte Verkäuferin«! ☺) eine nette Familie gefunden, die unser Haus schon zum Februar übernehmen wird.

Denn sicherlich könnt ihr nachvollziehen, dass ich in dieser schweren Zeit vor allem zwei Dinge brauche: spirituellen Beistand und einen Orts- oder, wie wir früher gesagt haben: Tapetenwechsel. Schon lange haben Thomas und ich davon geträumt, uns irgendwo in der Nähe von Zermatt, wo wir auf Hochzeitsreise waren, eine Almhütte in den Bergen zu kaufen, mit ein paar Hektar Wiese, darauf die Kühe vom Nachbarn, um dort ~~meinen~~ unseren Lebensabend zu verbringen. Nun bin ich gezwungen, diesen Plan allein in die Tat umzusetzen: Das passende Objekt ist gefunden, nur eben mit meinem Thomas werde ich dort nicht einziehen und abends auf die Walliser Alpen schauen können.

Ich hoffe, dass ich in der Einsamkeit und Abgeschiedenheit wieder zu mir selbst finden werde. Glücklicherweise hat sich Pater Dimitri von unserer St. Petersburger Partnergemeinde bereit erklärt, mir vor Ort für ~~einige Monate~~ ein paar Wochen spirituellen Beistand zu leisten, im Gebet~~t und durch lange Spaziergänge auf den alten Ziegenwegen, die sich zwischen Frühblühern und Kräutern und verwilderten Hecken die Berge hinaufschlängeln, wo man schon aus halber Höhe einen Blick auf die Windmühlenlandschaft und die flirrenden Buchten hat, der seinesgleichen sucht. Ganz zu schweigen von philosophischen Gesprächen abends beim Grillenzirpen, bei einer Schachtel Fortuna Rot, einer Kerze im Windlicht und dem Rosé vom~~

Weihnachtsrundbrief_final_final3.doc

Tschüssikowski, bitches!

Andreas Gößling

Alles schläft, einsam wacht

Berlin

Über den Autor:

Andreas Gößling, 1958 in Gelnhausen geboren, lebt als Schriftsteller und Verleger bei Berlin. Der Germanist, Politik- und Kommunikationswissenschaftler hat zahlreiche Romane und Sachbücher für erwachsene und junge Leser publiziert. Die True-Crime-Thriller *Zerschunden, Zersetzt* und *Zerbrochen* zusammen mit Michael Tsokos waren allesamt Top-Ten-Bestseller auf der *Spiegel*-Liste. Zuletzt erschien *Rattenflut* als dritter und abschließender Teil seiner mit *Wolfswut* und *Drosselbrut* gestarteten True-Crime-Reihe bei Knaur.

Ich lebe nicht wirklich auf der Straße, aber als ich von dieser niedlichen Aktion hörte – »*Weihnachten einsam? Feiere doch gemeinsam!*« –, packte ich sofort ein paar Sachen in einen Penny-Beutel und riegelte meinen guten, alten Bauwagen hinter mir ab.

»*Die Obdachlosenhilfe bringt Nichtsesshafte und Familien mit Herz für ein gemeinsames Weihnachtsfest zusammen.*« Genau das Richtige für mich, auch wenn ich Christkindkitsch zum Kotzen finde. Aber es ist Ewigkeiten her, dass ich mal unter Leuten war, außer alle paar Wochen beim Discounter. Ist ein ziemlicher Fußmarsch von meinem Datschendschungel, aber Bewegung hält ja fit. Was allerdings ein seltsamer Spruch für jemanden ist, der längst Geschichte sein sollte. Wenn der Plan damals geklappt hätte.

Hat er nicht, sonst wäre ich jetzt nicht hier. In meinem modrigen Parka auf dem Weg zur Bahnhofsmission, wo sie die einsamen Weihnachtsmänner auf warmherzige Familien verteilen wollen. Zum Einsamen, oder was? Früher, als ich selbst noch Beruf und Familie hatte, wäre mir so ein verlauster Zausel nie ins Haus gekommen. Sowieso waren die Feiertage doch immer der reinste Albtraum. Die Kinder schrien, und Lilly nörgelte an mir herum. Die ganze Scheißwut kocht wieder in mir hoch, wenn ich an »unsere« letzte Weihnacht denke, also denk ich lieber nicht dran. Ist ja logisch.

Hätte ich öfter logisch gehandelt, würde ich nicht im Bauwagen hausen. Sondern, du angeschimmeltes Genie? Ist ja gut. Vielleicht im Knast, vielleicht aber auch in meiner Villa in

Belize, von der ich so lange geträumt habe, bis ich gefühlt schon unter Palmen auf der Veranda saß. Stattdessen stand ich kurz darauf im Schneeregen, und Lilly schrie hinter mir her, dass sie mich nie wieder sehen wollte.

Hey, nicht dran denken jetzt. Wenn's gut läuft, kriegst du heute deine zweite Chance. Also verkack's nicht, Vollidiot.

In der S-Bahn genieße ich die Privilegien aller stinkenden Penner: jede Menge Platz. Bis zwei wirklich übel riechende Burschen mir gegenüber auf die Bank sacken und abwechselnd rülpsen. Früher hätte ich solche Typen hochkant vor die Tür gekickt. Aus dem *Tomcat,* der Spelunke am Westhafen, in der ich ein paar Wochen lang Rausschmeißer war. Bis der Scheißchef mich rausgeschmissen hat, weil ihm wer gesteckt hat, dass ich einen Deal mit dem Getränkelieferanten hatte.

War aber auch besser so. Wenn die Russen spitzkriegten, dass ich sie gelinkt hatte, würden sie meinen knochigen Arsch in Salzsäure marinieren. Also musste ich mich unsichtbar machen. Den Unterschlupf hatte ich mir schon vor Jahren vorsorglich hergerichtet, mit moribundem Bauwagen und baumhohem Bambusverhau, in dem niemand einen Koffer voller Schwarzgeld vermutet hätte. Sogar ich selbst konnte es kaum glauben, wenn ich das Versteck ab und zu aufbuddelte und ein paar Scheinchen entnahm.

Bahnhofsmission am Zoo, Männerduschraum. Schwankende Gestalten im Wasserdampf, dazu der Gestank krustiger Körper. Die Kerle könnten sofort bei einem Zombiestreifen mitmimen, Maske überflüssig.

In der Umkleide beeile ich mich, in den Anzug von der Kleiderkammer zu springen, der extra für heute zur Verfügung gestellt wird. Vom KaDeWem-auch-immer. Muss ja keiner mitkriegen, dass ich optisch aus der Reihe tanze neben all den rotäugigen Blähbäuchen. Ein Penner, der weder säuft noch die Krätze hat, ist hoch verdächtig. Aber die Anweisung der Missionsmatrone, meinen Bart festlich zu stutzen, habe ich sogar übererfüllt und glotze glatt rasiert aus dem Spiegel. Die Fratze kommt mir übel bekannt vor.

Meine heilige Familie heißt Berger, wie in Schuldenberg. Mutter Marie, 42, Tochter Paula, 17, Sohn Max, 15. Und was ist mit Papa? Die Matrone zuckt mit den Schultern. »Steht hier nicht. Die wollten einen Gast mit deinen Merkmalen. Mitte-Ende vierzig, mittelgroß, vorzeigbar. Haste ein Problem damit, Carl?«

Ich schüttle sanft. Den Kopf, was sonst. »Nicht die blaue Bohne, Mylady.« Noch so ein Wunder, und ich glaub ans fucking Christkind. Mit Ende vierzig zum ersten Mal.

»Dann steig jetzt in die Bahn, und ab nach Lichterfelde. Findste das, oder brauchste einen Plan?« Ich schüttle noch sanfter. Meinen Kopf, wessen sonst. Mein Zehn-Stufen-Plan steht seit drei Jahren fest, beim ersten Versuch kam ich bis neun.

»Hier, die Geschenke. Sonst lassen die dich gar nicht erst rein.« Sie reicht mir die Papiertasche mit dem Aufdruck »*Berlin hilft!*«. Inhalt: dreimal bunt verpackter Krimskrams, in einer »Heilwerkstatt« zusammengemurkst.

»Na super«, brumme ich und marschiere aus der Tür. Papptasche links, den Penny-Beutel mit meinem Firlefanz rechts. Hier wird nüscht mehr heil.

Plötzlich und unerwartet habe ich wacklige Beine, als ich in LIO aus der Bahn steige. Lichterfelde-Ost, schimmernd im weihnachtlichen Lichtermeer. Hey, hier im Kiez hab ich fünfzehn Jahre mit meiner Familie gelebt. In unserem schnuckligen Altbaunest im Dachjuchhee, Derfflingerstraße. Die ist allerdings nach einem General benannt, das hätte mich warnen sollen. *It's the war, stupid.* Der Ehekrieg und all das. Immerhin hat mich der alte Haudrauf zu dem Plan inspiriert, mit Kanonendonner abzutreten. Vier Schädel, vier Schüsse. Nur als es ans Ausführen gehen sollte, zitterten mir die Hände, schlimmer sogar als jetzt die Knie. Ich schlotterte immer noch, als meine Kinder mich die Treppe runterbrachten, links Linda, damals 15, rechts mein zwei Jahre älterer Sohn. Mischas Griff spüre ich bis heute an meinem Unterarm. Und die ungenutzte Wumme unter der Achsel.

Du gottverfluchter Loser, beschimpfte ich mich auf dem Weg nach unten, nennst Mischa nach St. Ebenso und wunderst dich, dass er dich aus deinem Paradies schmeißt? Weil ich angeblich vom Apfel gekostet hatte, meiner sündenschönen Assistentin Sarah. Dabei lief zwischen uns rein gar nichts, sie hatte schlicht kein Interesse. Aber als Lilly Sarahs Bild auf meiner Firmenwebsite entdeckte – »*Carl Reiter, der Kiezmakler, dem man vertrauen kann*« –, brach bei uns die Hölle los. »Du fickst die Schlampe, während ich mir hier die Augen ausheule. Du bist so ein Schwein, Carly.«

Schön wär's ja, dachte ich. Wenn schon untergehen, dann zwischen den Schenkeln einer knackfrischen Sarah. Mein Maklergeschäft war da längst leckgeschlagen, der Berliner Immobilienmarkt ist von Haien verseucht wie die Küsten Hawaiis. Die Konkurrenten mit den robusten Rechtsabteilungen kaperten einfach meine Angebote, auch wenn in den Verträgen, die ich mit meinen Kunden abschloss, fett »Alleinauftrag« stand. Ich hätte vor Gericht gehen können, aber »*Der Kiezmakler, der seine Kunden verklagt*«, ist ein jämmerlicher Claim.

Also schöpfte ich von früh bis spät Wasser aus dem lecken Kahn und soff doch langsam, aber sicher ab. Nur dass jetzt auch noch Sarah mit im Boot saß und sich die Nägel lackierte, während ich rackerte, um uns über Wasser zu halten. Uns? Wer zur Hölle ist »wir«? Für mich die teuflischste aller Fragen.

Trotzdem werde ich immer wehmütiger, während ich die Lorenzstraße hochtigere. Ich mochte meinen Kiez, gerade weil hier praktisch in jeder Allee ein paar Mietskasernen aus der Nachkriegszeit stehen, eingepfercht zwischen Gründerzeit und Jugendstil. LIO, das war für mich immer die altgediente Nutte, die ihre Narben stolz zur Schau trägt. *C'est la guerre,* wie der Pariserverächter sagt.

Damals … Jeder zweite Gedanke fängt plötzlich mit diesem Zweisilber an. Fast schon flenne ich in meinen verflossenen Bart. Hier bin ich mit Klein-Linda immer den Gehweg hoch und runter, bis das Gör endlich mit dem verdammten Kinderrad fahren konnte. Ohne alle paar Meter umzukippen und mörderisch loszuplärren. Wie mich die kleine Kröte damals genervt hat! Und wie viel ich jetzt trotzdem dafür geben würde, wenn alles wieder wie damals wäre. Na ja, nicht direkt alles, nicht der geschäftliche Schlamassel, nicht die ewigen Streitereien mit Lilly, oder sogar auch die?

Mit abgewendetem Blick trotte ich an »unserem« Haus vorbei. Lilly und die Kinder sind drei Wochen nach meinem Rausschmiss gleichfalls ausgezogen, keine Ahnung, wohin. Wenn ich dran denke, wie sie mich angeglotzt hat, als ich ganz langsam aufstand, wie sie mit einem Schlag zu begreifen schien, was jetzt passieren würde … Scheiße, ich hätte es zu Ende bringen müssen, aber mir fehlte plötzlich der Mumm. Warum nur, warum? Verflucht noch mal, reiß dich zusammen. Das hier ist deine Chance, doch noch einen akzeptablen Abgang hinzulegen: vier Ausrufezeichen, die Punkte aus Blei und die Striche aus Blut.

Berlin ist ja die Stadt der Netzwerke. Kleinunternehmer und Freiberufler treffen sich zwanglos in Hotellobbys oder Hinterzimmern und preisen ihre Produkte in dreisten bis dämlichen

Pitches an. Dabei gilt es, möglichst so zu tun, als ob einem das Wasser nicht bis Unterkante Großmaul stünde. »I wo, ich bin nur hier, weil ich so ein geselliger Typ bin.« Grins-grins. Das Problem dabei: Du versuchst, dein Zeug an Leute zu verhökern, die nicht mal wissen, wie sie die nächste Miete zahlen sollen.

Bei einem einzigen dieser Meetings landete ich einen echten Treffer. Uppercut direkt unter mein gläsernes Kinn. Zwei 120-Kilo-Russen zerrten mich in eine düstere Ecke der Lobby: »Wir suchen Immo gegen Cash.« Ob ich vermitteln könne? »Na klar«, sagte ich. »Was soll's denn sein?« Die Antwort kam wie aus der Wumme geschossen, die das Jackett des breiteren Brockens beulte: »Baugrundstücke ab zwei Hektar, Stadtrandlage.« Ich fokussierte kurz auf meinen Schließmuskel. »Na klar«, sagte ich erneut.

Nachdem die Dollarstapel meiner neuen Geschäftspartner in einer Waschanlage aufgefrischt worden waren, ging der Deal über die Bühne. Die Russen bekamen die Brachfläche im Südosten Berlins, die ich seit Jahr und Tag zu verticken versuchte. Sogar meine Hai-Rivalen hielten sich von der toxischen Gemarkung fern. Unklare Vorgeschichte, eventuell von der Sowjetarmee genutzt, mutmaßlich verseucht mit Tonnen chemischer Abfälle. Doch von diesen Risiken war in den liebevoll frisierten Papieren nichts zu lesen, die an einem bitterkalten Wintertag den Besitzer wechselten.

In Anerkennung meiner Bemühungen händigten mir die Herren mit den Brummbärstimmen einen Koffer voller Euronoten aus, exakt siebzig Riesen. Das war am vierten Advent vor drei Jahren, und ich erinnere mich, als wäre es gestern gewesen, wie ich aus der Tür des sauteuer geschmierten Notars ging und mir sagte: Du bist praktisch tot, Carly. Es fühlte sich großartig an.

Ich war es so müde. Lilly. Das Leben. Die Welt. Mich selbst. Ich war absolut und unumkehrbar gescheitert. Als Unternehmer. Als Ehemann. Als Familienvater. Als was auch immer. Durch den Deal mit den Russen hatte ich mir selbst die Schwertspitze in die Schwarte gedrückt. Also blieb mir keine Option mehr außer Harakiri. »Erweitert«, wie der Fachmann sagt, aber Harakiri. Nur kam ich an meinem persönlichen Doomsday leider nur bis Schritt neun.

Zietenstraße, ein Mix aus älteren Wohnblocks, modernen Mehrfamilienhäusern und bescheidenen Eigenheimen. Während ich das holprige Trottoir hochtrotte, im matten Laternenlicht Hausnummern entziffere, schwöre ich mich auf den Sieg ein. Die Dreckspräsente aus der »Heilwerkstatt« habe ich am Bahnhof in die Tonne gestopft. Die Papptasche birgt nur noch Hilfreiches. Diesmal ziehst du es durch!

»*Fam. Berger*« steht in fröhlicher Schnörkelschrift auf dem gut beleuchteten Klingelschild. Tatsächlich ein Einfamilienhaus, wie in meinen schönsten Träumen. Als Makler hätte ich die Nase gerümpft, das hier ist mehr Butze als Villa. Aber fürs Finale wie geschaffen. Der eingeschossige Klinkerbau thront in einem weitläufigen Garten. Heute ist wirklich dein Glückstag, Carly. Die Nachbarn werden nicht mal mitkriegen, was hier abgeht.

Den Daumen schon am Klingelknopf, hole ich tief Luft. Mein Plan steht fest, x-mal durchgespielt. Ein paar Parameter haben sich geändert, kein Problem. Der Sohn jünger als damals Mischa, ganz klar ein Pluspunkt. Marie (Lilly), Paula (Linda), Max (Mischa), diesmal kriege ich euch. Und zuletzt »mich selbst«.

Ich klingele, fast sofort ertönt der Summer. Sieg und Tod, feure ich mich an und drücke das Gartentürchen auf.

Marie Berger hat ein nettes Lächeln und um die Hüften ein paar Kilo zu viel. Definitiv der mütterliche Typ, das macht es nicht leichter. Aber kein Problem, sage ich mir, halte dich einfach an deinen Plan.

Eins. Schüttele ihre weiche, warme Hand und danke ihr für die Einladung. Das kommt offenbar glaubwürdig rüber, kein Wunder, ich hätte heulen können vor Dankbarkeit. Von den Kids nichts zu sehen, während ich meinen porösen Parka an der Garderobe entsorge. Umso besser kommt das Nadelstreifending zur Geltung und wird von der Hausherrin auch entsprechend gelobt.

Zwei. Folge ihr ins Wohn-Esszimmer, die Papptasche in der Hand. Auch hier keine Kids. Funkelnder Christbaum vor der Verandatür, daneben eine schlammbraune Ledercouch im Landhausstil. Alles optimal. Ich murmele: »Darf ich?«, tapse schon Richtung Tanne, um die herum gold- und silberfarben verpackte Geschenke liegen. Das Holz im Kaminfeuer knackt, als ich mich mit dito knackenden Knien zusammenfalte und meine »kleinen Aufmerksamkeiten«, wie ich begleitend brumme, aus der Tüte ziehe. Linkshändig stapele ich die ramponierten Präsente, während ich mit rechts den stählernen Rest unter die Couch schiebe.

Drei. Nehme über meiner Waffensammlung Platz, Marie vis à vis im Sessel. Sie trägt ein blumig gemustertes Kleid, weit geschnitten, um mittige Herausforderungen zu kaschieren. Die braunen Haare schulterlang, was sie jünger aussehen lässt. Und sanfter. Sie ist das Gegenteil von Lilly, schießt es mir durch den Kopf. Spielt keine Rolle, halte dich an deinen Plan.

Marie hat Mumm Extra Dry eingeschenkt. »Ich freue mich, dass ich mich um Sie kümmern darf«, sagt sie und sieht mich irgendwie merkwürdig an. Sie hebt ihr Glas und prostet mir zu. »Auf eine wundervolle Zeit.« Ich nicke und genehmige mir gleichfalls einen Schluck. Mumm kann ich brauchen, nur mit Alk muss ich vorsichtig sein. Seit fast drei Jahren bin ich so gut wie trocken, aber wie schnell es in mir drunter und drüber geht, wenn ich ein paar Gläser intus habe, ist unvergessen. »Köstlich«, sage ich, setze mein Glas auf dem blumig gekachelten Couchtisch ab und stelle mir vor, wie sie mit Lillys Strandkleid aussieht.

Vier. Als Marie aus dem Zimmer geht, um nach der Gans im Ofen zu sehen, fische ich Glock und Dolch unter der Couch hervor und verstecke sie im Bücherregal neben dem Kamin. Oberstes Fach, hinter dicken Lederschwarten. Besser so. Als Marie zurückkehrt, sitze ich wieder auf der Couch und lächle.

Fünf. »Hey, da ist ja der Sohnemann«, sage ich in munterem Tonfall, als ein magerer Knabe ins Zimmer gestreunt kommt. »Eben wollte ich deine Mutter nach dir fragen«, fahre ich fort, angespornt durch seinen erwartungsvollen, fast schon hungrigen Blick. »Max, oder? Wie geht's dir so? Kommst du in der Schule zurecht?«

»Die Schule ist kein Problem.« Er setzt sich neben mich. »Ich komm nur nicht damit klar, dass mein Dad weg ist.« Die Mutter sieht uns beide beschwörend an, aber ich lasse den Jungen nicht aus den Augen. »Haben Sie Kinder?«, fragt Max. Seine Stimme klingt heiser, entweder vom Stimmbruch oder weil ihm das hier nahegeht.

»Einen Jungen«, sage ich, »Mischa, nicht viel älter als du. Und ein Mädchen, etwa so wie deine Schwester. Sie heißt Linda.« Ich schlucke, jetzt auch ein bisschen mitgenommen.

»Und Sie sind trotzdem abgehauen?« Sein Gesicht verdüstert sich. »Wegen einer neuen Frau?«

»Nein, so war das nicht.« Ich gerate kurz ins Schlingern. »Ich bin nicht abgehauen.« Ich muss mich nicht verstellen, um wie ein geprügelter Hund auszusehen. »Ich wollte sie nie verlassen.

Meine Frau nicht« – Seitenblick zur Mutter – »und meine Kinder noch weniger. Es war nur so …« Ich ringe um die optimale Formulierung. Nicht zu wehleidig, vor allem nicht selbstgerecht. »Sie waren enttäuscht von mir, weißt du? Es lief beruflich nicht gut, deshalb gab es öfter Streit. Trotzdem war es nicht fair.« Ich muss heftig schlucken. »Mich einfach so vor die Tür zu setzen.«

Sechs. Mutter und Sohn starren mich an. Wechseln einen Blick, offenbar verwirrt. Wodurch? Keine Zeit, drüber nachzudenken. Der Junge nimmt meine Hand, zieht mich mit sich hoch. »Wollen Sie mal sehen?« Ohne meine Antwort abzuwarten, zieht er mich hinter sich her. Aus der Tür, durch die Diele, die ächzende Holztreppe hoch. Vages Gefühl von Kontrollverlust, dabei läuft es unheimlich gut. Ihr Vertrauen zu gewinnen schien mir immer der schwierigste Part. Aber gerade das geht wie geschmiert. Der Junge hält meine Hand mit seiner schwitzigen Rechten fest, zieht mich den Flur entlang, dreht sich andauernd nach mir um. »Hier, mein Zimmer.« Er stößt eine Tür auf, sieht mich halb stolz, halb verlegen an.

»Hey, das ist ja«, sage ich. Ja, was eigentlich? An den Wänden hängen Hämmer und Sägen. In allen Ecken schimmert es stählern.

Max macht Licht, boxt mir gegen den Unterarm. Wie früher wahrscheinlich bei seinem Dad. »Jetzt sag doch was«, bettelt er.

»Wow«, sage ich. »Du bist ein Tüftler, ja?«

Er nickt eifrig. »Das hab ich alles von dir, Dad.«

»Wirklich toll«, sage ich. Dabei macht mich das Durcheinander aus Bett, Werkbank, Laptop, Schleifeisen, Schulbüchern, Säge, Speichenrädern, benutzten Socken, metallisch funkelnden Bauteilen ratlos. »Woran arbeitest du, Max?«, frage ich und sehe ihn respektvoll an.

Er zuckt mit den Schultern. »Ich probier nur so rum.« Plötzlich macht er ein Gesicht, als ob er ein schlechtes Gewissen hätte.

Wie das jetzt wieder? Mit den Kindern kenne sich einer aus. Vielleicht ist ihm eingefallen, dass hier irgendwo ein Pornoheft rumliegt? Hey, dafür musst du dich doch nicht schämen, Kleiner. Nicht vor Daddy. Aber da zerrt er mich schon wieder nach draußen, die Treppe runter, ins Wohnzimmer zurück.

Sieben. »Sie müssen ihm das bitte nachsehen«, sagt Marie. »Vor etwas mehr als einem Jahr hat mein Mann mich – uns – praktisch über Nacht verlassen. Wegen seiner Sekretärin.« Sie rollt mit den Augen. »Gelebtes Klischee, verstehen Sie? Die Kleine ist zwanzig Jahre jünger als ich.«

»Und fünf älter als ich.« Auch Paula ist mittlerweile da. Sie sitzt neben mir auf der Couch, und das ist ein echtes Problem. Krass lange Beine, ziemlich kurzer Rock. »Der arme Max leidet furchtbar. Sein Selbstbewusstsein ist im Arsch.« Sie sieht mich irgendwie seltsam an.

»Paula, bitte«, sagt die Mutter. »Wir wollen unseren Gast doch nicht mit unseren Sorgen belasten. Zum Glück habe ich schnell Arbeit gefunden, ich bin Krankenschwester. Aber jetzt erzählen Sie doch mal, lieber Herr Reiter. Wie ist es Ihnen ergangen, nachdem Sie von Ihrer Familie …?« Sie spricht nicht zu Ende.

»Es kommt mir immer noch wie ein Albtraum vor«, sage ich bedrückt. »Noch vor drei Jahren habe ich ganz hier in der Nähe gewohnt. Als meine Familie mich verstoßen hat, kam mir auf einmal alles sinnlos vor.« Ich senke den Kopf und verharre schweigend. Mein Herz hämmert wie verrückt, und plötzlich sehe ich wieder die Hämmer in Max' Werkstattzimmer vor mir, säuberlich an der Wand aufgehängt. Was soll das?

Als ich den Kopf hebe, finde ich Mutter und Tochter in stiller Zwiesprache. Sie durchbohren sich gegenseitig mit Blicken. Max, der zwischen ihnen am Boden kauert, sieht sie abwechselnd an wie ein Schiedsrichter beim Tennis. Was geht hier eigentlich ab? Falsche Frage, Carly. Du ziehst deinen Plan durch, und basta. »Wann macht ihr normalerweise Bescherung, Max?«, frage ich. »Vor oder nach dem Essen?«

»Jetzt«, sagt Paula und zieht das pinkfarbene Top über den Apfelbrüstchen noch straffer.

Acht. Sie schenken sich gegenseitig irgendwelchen Kram, rascheln mit Geschenkpapier, lachen, umarmen sich, und ich schaue zu. Die Mama kriegt Fellpantoffeln von den Kids und freut sich wie blöd. Paula bekommt Unmengen Klunker, das Zeug sieht auf zehn Meter unecht aus. Sie fuchtelt herum, funkelnd und klirrend, fängt an zu schreien, vor Begeisterung, wie sich dann herausstellt. Der Junge bekommt noch mehr Werkzeug, eine Superbohrmaschine oder so, und probiert sämtliche Knöpfe und Hebel durch.

»Jetzt haben wir Sie auf die Folter gespannt, Carl. Ich darf doch Carl sagen?« Marie sieht ein bisschen erhitzt aus, vielleicht vom Sekt, vielleicht vom Backofen, in den sie alle Viertelstunde den Kopf steckt. Keine Ahnung, wie es der Gans so geht, mein Puls jedenfalls rast.

Auf dem Parkett unterm Christbaum liegen nur noch meine recycelten Geschenke. Plus ein bauschiges Paket, golden verpackt und größer als meine drei zusammen.

Ich nicke. »Und gerne auch Du sagen, wenn's recht ist.«

Darauf trinken wir erneut. Auch Linda bekommt ein Glas Mumm, der Junge trinkt zur Feier des Tages Cola. »Wie Dad.« Er grinst mich an. »Nur ohne Bacardi«, ergänzt Paula.

Ich proste, trinke, nicke, grinse. Allmählich kriege ich Schwierigkeiten, mein Verhalten zu kontrollieren. Andauernd starre ich zum Bücherregal, was aber nicht weiter auffällt.

»Wir haben auch etwas für dich, Carl«, sagt Marie und gluckst mit Paula um die Wette.

»Und ich was für euch«, sage ich mit enger Kehle. Ich erhebe mich nicht ohne Mühe, sammle meine Geschenke auf und verteile sie. Die Anhänger sind noch genauso original wie das Papier. Max bekommt *»Für Mischa«*, Paula *»Für Linda«*, Marie *»Für Lilly«*. »Hoffentlich findet ihr das nicht unangemessen oder so«, murmle ich. »Meine Familie wollte die Geschenke nicht haben, und seitdem trage ich sie mit mir herum.«

Von Paulas Gesicht kann ich »So sieht das Zeug auch aus« ablesen, aber alle scheinen schwer gerührt. Verlegen fummeln sie an den Schleifen herum, nur Max reißt das Einwickelpapier einfach auf. »Hey, das sind Strandshorts, oder?« Er hält das himmelblaue Teil hoch und strahlt mich an. »Für unseren nächsten Urlaub, super!« Er hechtet auf die Couch und umarmt mich in kindlicher Dankbarkeit. »Danke, Dad, vielen, vielen Dank«, stammelt er mir ins Ohr.

Das darf doch nicht wahr sein, meine Augen werden feucht. »Ist ja gut«, knurre ich.

Als ich wieder freie Sicht habe, steht Marie neben dem Sessel und hält das zartrosa Strandkleid probeweise vor sich. »Deine Ex ist wohl ein bisschen schlanker als ich, Carl«, sagt sie und sieht noch erhitzter aus. »Ich weiß nicht, ob ich da reinpasse.«

»Probier's an, Mum«, sagt Max, »du auch, Paula.«

Das Mädchen hat Lindas pinkfarbenen Bikini auf den Knien ausgebreitet, links Höschen, rechts Oberteil. Soweit es da etwas auszubreiten gibt. »Linda hat sich den gewünscht«, sage ich, »von mir aus hätte ich ihr so ein Ding nie gekauft.«

Paula wechselt einen langen Blick mit Marie. »Jetzt erst mal du, Carl.«

Neun. Wir stehen um den festlich gedeckten Esstisch herum. Kerzen flackern, die knusperbraune Gans dampft auf poppig gemustertem Porzellan. Wir heben die Gläser, schon wieder. Ich weiß gar nicht mehr, wo ich hinschauen soll. In Lillys Strandkleid sieht Marie hinreißend aus. Ihre üppigen Formen zeichnen sich durch den dünnen Stoff ab, der bei Lilly Falten ohne Ende geworfen hätte. Max in Badeshorts wirkt beunruhigend muskulös und männlich, fast so, als hätte er mit Mischas Hose auch dessen Identität übergestreift. Aber das bilde ich mir sicher nur sektbedingt ein. Sexbedingt, hätte ich fast gedacht, in Paulas Richtung kann ich nicht mal den kleinsten Blick riskieren, bis auf die paar pinkfarbenen Streifen ist sie nackt. Es fühlt sich an, als hätte ich die Glock plötzlich vorn in der Hose.

In der Pyjamahose, um genau zu sein. Zum Glück trage ich über dem silbergrau gestreiften Schlafanzug auch noch einen Morgenmantel aus blauem Samtfrottee. Das Nadelstreifenteil liegt auf der Couch, schlaff wie abgestreifte Schlangenhaut. »Lieber Carl«, vollendet Marie ihren Toast, »wir wünschen dir so sehr, dass du bald ein Zuhause hast, in dem du unser Geschenk möglichst oft tragen kannst.«

Ziemlich schräger Trinkspruch, aber bestimmt lieb gemeint. Ich nippe von meinem Sekt, stelle das Glas ab und mache mich auf dem Weg. Plötzlich wieder ganz ruhig. Nur noch Schritt zehn, dann hast du's geschafft.

Ich umrunde die Kleine, ohne sie zu berühren, und steuere auf das Bücherregal zu. Im Vorbeigehen lächle ich den Jungen an, der schon wieder sein neues Werkzeug in der Hand hat. Badeshorts und Bohrmaschine, bizarre Kombi, denke ich noch, dann sehe ich in den Augenwinkeln, wie der Junge die Maschine hebt und auf mich zielt. Eine Art Silberblitz rast auf mich zu, ich spüre ein Brennen seitlich am Hals, die Bücher vor mir fangen an zu flackern, dann krache ich zu Boden wie ein gefällter Baum.

Mein Kopf ist voll Nebel, alles schmeckt wattig, aber sie füttern mich mit unheimlichem Engagement. »Die Gans ist köstlich, Carl«, flötet Marie und schiebt mir eine Gabel voll in den Mund. »Bestimmt hat Dad Durst«, ruft der Junge und hält mir das Weinglas hin. Ich will den Kopf schütteln, doch das geht nicht, ein metallisch kaltes Band verläuft in Stirnhöhe um meinen Kopf und fixiert mich an der Rücklehne meines Sessels.

»Ist das Teil nicht super, Dad?«, flüstert mir Max ins Ohr. »Jetzt sag doch was.« Er boxt mir spielerisch gegen den Arm.

Ja, wirklich super. Ich sitze in einer Art Rollstuhl, von Marie aus dem Krankenhaus abgezweigt, wie sie mir errötend verriet. Und von Max in unermüdlicher Heimarbeit umgebaut. Stählerne Spangen fixieren meine Fußknöchel und Handgelenke. Die Rücklehne lässt sich bis in die Horizontale kippen, »stufenlos und mit Fernbedienung«, wie mir der Junge erklärt hat. Seine Augen leuchten, als er es mir vorführt. Surrend senkt der Elektromotor die Lehne nach hinten, und ich werde mit hinabgezogen, wie ich auch mit dem Kopf rucke und an meinen Handfesseln zerre. Die Beine kann ich aus irgendeinem Grund nicht einmal fühlen.

»Fahr mich wieder hoch.« Der Junge gehorcht. »Und gib mir die Fernbedienung.« Er schiebt sich das Ding in den Bund seiner Badeshorts, als hätte er mich nicht gehört.

»Noch ein bisschen Kloß?« Paula hält mir ihre beiden vor die Nase, dann kommt von links eine Gabel voll Kartoffelkloß mit Bratensoße ins Bild. Mit der Fingerspitze kitzelt mich Paula an den Lippen, bis ich sie öffne, und schiebt mir die Gabel in den Mund. »Braver Paps.«

»Warum sitze ich in diesem Krankenstuhl?«

»Aber Dad, das haben wir dir doch erklärt.« Max sieht mich erschrocken an. »Echt schon wieder vergessen?«

Ich hebe zaghaft die Schultern.

»Du hattest einen neuen Schub, Schatz«, sagt Marie mit rücksichtsvoll gedämpfter Stimme. »Du bist umgefallen, du hast sogar das Bewusstsein verloren. Ich habe dir *Ecedrisin* gegeben, du weißt doch, dein Medikament. Es ruft Taubheit und Lähmungserscheinungen hervor, wenn man es einnimmt, ohne an MS zu leiden. Aber wenn alles stimmt, kann es die Krankheit fast zum Stillstand bringen.« Sie sieht mich voll liebevoller Besorgnis an.

»MS?« Meine Stimme versagt fast. »Multiple …? Aber das habe ich nicht!«

»Bitte, Carl. Verleugnung ist eine ganz natürliche Reaktion, das hat uns die Therapeutin ja erklärt. Aber so, wie es jetzt mit dir steht, bleibt uns nichts mehr übrig, als den Tatsachen ins Auge zu sehen.«

»Und was sind das für …?« Der Rest geht im Motorsurren unter. Mein Stuhl fährt ein Stück rückwärts, schwenkt nach rechts und eiert mit mir auf die offene Tür zu. »Bring ihn ins Bad, Schatz«, sagt Marie. »Bevor noch mehr danebengeht. Ich komme sofort und helfe ihm.«

Max trottet neben mir her, die Fernbedienung in der Hand. Er sieht stolz und glücklich aus. Und dann sehr erleichtert, als seine Mutter übernimmt.

Sie macht sich an mir zu schaffen. Ihr Gesicht so dicht vor meinem, dass ihr Atem mich an der Nase kitzelt. »Spürst du das, Carl? Was ich hier unten mache?«

»Wie? Nein, nichts. Was machst du denn?«

»Ich tu's gern«, flüstert sie. Mein Gesicht wird feucht von ihren Tränen. »Wirklich, Schatz, ich liebe dich auch so.«

Sie bringt mich zurück ins Wohnzimmer. Die Kids sind nicht mehr da, der Tisch ist abgeräumt. Die kleine Standuhr oben im Regal zeigt kurz nach Mitternacht. So spät schon? Wie lange war ich ohnmächtig? Was zur Hölle passiert hier? »Ich bin nicht dein Schatz«, sage ich. »Wie hieß er eigentlich?«

Sie lächelt unter Tränen. »Bitte, Liebling«, flüstert sie. »Carl, du heißt Carl.«

Ich starre sie an. Fokussiere dich auf deinen Plan, sage ich mir. Schritt zehn. Ich muss es nur irgendwie rüber zum Regal schaffen, dann kann es immer noch gut ausgehen.

»Frohe Weihnachten.« Marie streift meine Lippen mit ihren. »Schlaf gut, Carl.« Sie breitet eine Decke über mich, schaltet das Licht aus und lässt mich allein.

Mich und den leuchtenden Christbaum vor der Verandatür.

Neun Komma neun. Warten, bis die Wirkung dieser Scheißarznei nachlässt, die mir der Junge in den Hals geschossen hat. In der Zwischenzeit einen Weg finden, mich von dem verfluchten Rollstuhl loszumachen. Kein unlösbares Problem, ich habe ja noch die halbe Nacht Zeit. Dann *zehn,* die Glock greifen und Finale.

Im Haus ist es still geworden. Ich stelle mir vor, wie sie in Lillys Kleid schläft, die Kleine in Lindas Bikini und der Junge neben der Werkbank in Mischas Badeshorts. Damals gehörte noch das Voucherheft zu meinen Geschenken, vierzehn Tage Thailand, aber Lilly hörte trotzdem nicht auf, mich anzuschreien. Mit erstaunlichem Geschick schmiss sie das Heft aus drei Metern ins Kaminfeuer. Vielleicht nur ein Zufallstreffer, sage ich mir, richte meinen Blick auf das oberste Fach im Bücherregal und konzentriere mich auf Schritt neun Komma neun.

Jan Jacobs

Die Bernsteinphiole

Köln

Über den Autor:

Jan Jacobs (* 1975) ist in den Niederlanden aufgewachsen und hat dort studiert. Er arbeitete als Journalist und betreute als Verlagslektor Kriminalromane und Thriller, bevor er sich als Schriftsteller selbstständig machte. Privat ist er von Gesetzeshütern umgeben, seine Schwägerin und sein Nachbar sind Polizisten. Familienurlaube führen ihn fast immer an die Strände oder auf die Inseln seiner zweiten Heimat Holland. In seiner Freizeit segelt er am liebsten auf dem Ijsselmeer.
Die Vorliebe für unser Nachbarland hat ihn zu seiner Holland-Krimi-Reihe um die Protagonistin »Mevrouw Commissaris« Griet Gerritsen inspiriert, aus der zuletzt *Die Tote in der Gracht* (2020) bei Knaur erschien. In *Die Bernsteinphiole* stellt Jacobs nun deren Ermittlerkollegen aus den Holland-Krimis, Pieter de Vries, vor einen kniffligen Fall auf dem Kölner Weihnachtsmarkt.
Mehr Infos unter: https://www.jan-jacobs.de/

Drei Tage bis Heiligabend, und Pieter de Vries, *Hoofdinspecteur* bei der Polizei in Leeuwarden, hatte sich den Tagesausflug auf den Kölner Weihnachtsmarkt wirklich ganz anders vorgestellt. Er blickte hinab zu der Person, die reglos am Boden lag. Der Sanitäter, der neben ihr kniete, schüttelte nur wortlos den Kopf, was wohl bedeutete sollte, dass nichts mehr zu machen war. Pieter massierte sich den grau melierten Bart, dann ließ er den Blick durch die Runde schweifen, betrachtete die Gruppe, die sich um das Opfer herum versammelt hatte, darunter seine Frau Nettie und einige seiner besten Freunde: Ruud und Geert Lodewijk, die in Pieters Straße schräg gegenüber wohnten. Ruuds rothaarige Schwester Jola mit ihrem Mann Henrik. Der alte Kees, der wegen seiner Krankheit auf den Rollstuhl angewiesen war. Und Antje, die Reiseleiterin. Was Pieter in ihren Gesichtern lesen konnte, gefiel ihm ganz und gar nicht: Keiner der Anwesenden schien über das, was geschehen war, sonderlich überrascht zu sein.

Durch die Sprossenfenster der Hütte drang der Schein der bunten Weihnachtslichter. Hier drinnen hingegen herrschte Totenstille. Pieter bemerkte, wie seine Frau Nettie Richtung Tür ging. Mit einer Hand gebot er ihr Einhalt. Dann rückte er seine karierte Schiebermütze zurecht und sagte: »*Blijve staan* – stehen bleiben. Niemand verlässt den Raum. Hier wurde ein Verbrechen verübt.«

Netties Augen weiteten sich. »Willst du sagen …«

Pieter erwiderte nichts, sondern überlegte. Bislang hatte er nur einen vagen Verdacht gehabt, doch nun glaubte er zu wissen, was hier gespielt wurde.

Kurz entschlossen kniete sich Pieter neben das Opfer und öffnete ihm die rechte Hand. Eine kleine, bernsteinfarbene Phiole befand sich darin. Sie enthielt eine Flüssigkeit, von der das Opfer soeben getrunken hatte.

Pieter schraubte den Verschluss ab, schnüffelte daran und führte sie an die Lippen. Er hörte Nettie rufen: »Pieter, um Himmels willen!« Dann schloss er die Augen und trank das Fläschchen in einem Schluck leer.

Sechs Stunden zuvor. Pieter stand mit Nettie am Stehtisch einer Autobahnraststätte kurz hinter der deutschen Grenze. Der Bus war heute Morgen zeitig um neun Uhr in Leeuwarden losgefahren. Sie waren gut vorangekommen und hatten den Grenzübergang bei Elten in weniger als zwei Stunden Fahrt erreicht. Pieter verstand deshalb nicht ganz, warum sie bereits jetzt eine Pause einlegen mussten. Wobei das aktuell nicht seine größte Sorge war. Vorsichtig kauend betrachtete er den Keks in seiner Hand von beiden Seiten.

»Na hör mal, du schaust ja, als würde ich dich vergiften wollen«, meinte Nettie.

»Ift … ein biffchen trocken«, erwiderte Pieter.

»*Nou, kom op* – ach, komm schon, es sind meine ersten veganen Weihnachtsplätzchen. Also gib mir eine Chance.«

Pieter versuchte, die Krümel, die ihm am Gaumen klebten, mit einem Schluck Kaffee runterzuspülen. Der Keks schmeckte nach getrockneter Blumenerde.

Eigentlich hatte er sich wie immer auf den Ausflug zum Kölner Weihnachtsmarkt gefreut. Seine Frau und er fuhren jedes Jahr rund um seinen Geburtstag, um ein paar schöne Stunden zu verbringen und mal abzuspannen.

Pieter konnte ein wenig Erholung gut gebrauchen, immerhin hatte er gerade die Ermittlungen in einem kniffligen Giftmord beendet, der durch die Medien gegangen war. Eine aufreibende und nicht ganz ungefährliche Sache. Sicher, die meiste Aufmerksamkeit hatten seine Kolleginnen Griet und Noemi auf sich gezogen, dennoch steckte man in Pieters Alter den Trubel nicht mehr so leicht weg wie früher. *Een dagje uit,* einfach mal rauskommen und einen Gang runterschalten, das hatte er sich redlich verdient.

Doch dieses Jahr war alles anders. Nicht nur, dass es sein Fünfzigster war, den er vor ein paar Tagen begangen hatte. Auch hatte Nettie darauf bestanden, dass sie – wenn Pieter schon nicht groß feiern wollte – dieses Mal mit den besten Freunden nach Köln fuhren. Sie hatte also weder Kosten noch Mühe gescheut und eine Busfahrt mit Reiseleitung gebucht. Pieter konnte den Aufwand nicht wirklich nachvollziehen, doch er wollte kein Spielverderber sein. Mehr als alles andere beschäftigte ihn allerdings der Umstand, dass der diesjährige Weihnachtsmarktbesuch, zumindest in Sachen Proviant und Verpflegung, ein ziemlicher Reinfall werden würde.

Seine Kollegin Griet war Veganerin und hatte sich mit Nettie angefreundet, was wiederum dazu geführt hatte, dass Pieters Frau nun ebenfalls von diesem Ernährungsfimmel befallen war. Nun hatte er buchstäblich den Salat: Zum Frühstück gab es Obst und Birchermüsli, zum Mittagessen Brote mit Gemüsestreichpaste, abends irgendwas mit Tofu.

Natürlich hatten Nettie und er gestritten. Dummerweise waren die Kinder aber ins Lager seiner Frau gewechselt, womit alle weiteren Diskussionen ein jähes Ende gefunden hatten.

Und wie hatte er sich doch darauf gefreut, am späteren Nachmittag in eine deutsche Bratwurst zu beißen, die, das musste man den Deutschen lassen, den labbrigen *worstjes* in seiner Heimat einfach überlegen waren.

Jetzt würde daraus dieses Jahr wohl nichts werden.

Um für Schönwetter zu sorgen und guten Willen zu beweisen, angelte Pieter sich einen weiteren Keks aus der Tupperdose. Immerhin, dachte er, trugen sie ihre Meinungsverschiedenheiten nicht in aller Öffentlichkeit aus – ganz im Gegensatz zu ihren Nachbarn, den Lodewijks, die sich am Tisch gegenüber lautstark in der Wolle hatten.

Pieter konnte Ruud und Geert Lodewijk eigentlich gut leiden. Die beiden gehörten zu jener Sorte von Nachbarn, mit denen man sich anfreundete, ohne dass sie darin einen Freibrief sahen, sich alle naselang in das Privatleben der anderen einzumischen. Die beiden betrieben in Leeuwarden ein Rundfahrtgeschäft mit *pramen,* historischen Motorbooten, mit denen sie die Touristen über die Grachten schipperten. Das einzige Problem mit ihnen war, dass sie gern und beherzt stritten – bei offenem Fenster, im Garten und manchmal auch in der Einfahrt vor dem Haus oder wie jetzt in aller Öffentlichkeit.

Pieter war froh, dass ein Zeitungsständer den Tisch, an dem Nettie und er standen, zur Hälfte verdeckte. So fiel nicht auf, dass Nettie neugierig zu den Lodewijks hinüberäugte und die Ohren spitzte. Allerdings kam auch Pieter nicht umhin, den Streit mit anzuhören.

»Was soll das bedeuten?«, schnaubte Geert, ein hochgewachsener Mann mit krausen Haaren, Nickelbrille und einem Schnauzer, der an den Seiten nach oben gezwirbelt war.

»Ich meine nur, es ist schön, dass wir endlich mal wieder etwas gemeinsam unternehmen«, erwiderte Ruud, zwei Köpfe kleiner und das blonde Haar zu einem Zopf gebunden.

»Ach, wirklich.« Geert schnalzte mit der Zunge. »Und warum sagst du das mit so einem Unterton?«

»Tue ich das?«

»Ich weiß nicht, was du willst. Wir sehen uns doch jeden Tag bei der Arbeit, außerdem … wir leben unter einem Dach.«

Ruud lachte verächtlich. »Wenn es deine Vorstellung des Zusammenlebens ist, dass sich einer ständig in seine Garage verzieht.«

Pieter wusste, worauf Ruud anspielte. Geert besaß einen Oldtimer, ein VW-Käfer-Cabrio. Der Wagen war sein Augapfel, und er hatte ihm sogar einen Namen gegeben, wenn auch keinen besonders einfallsreichen: *Bella.*

Die meisten Menschen hätten ihm wohl schlicht einen Spleen für seine stundenlangen Schraubereien an diesem Auto attestiert, doch Pieter wusste es besser, hatte bei zu vielen Ermittlungen in die Abgründe geblickt, die sich hinter manch properer Reihenhausfassade auftaten. Die Kinder der Lodewijks waren aus dem Haus, und wenn ein Ehemann dann lieber an einem Vergaser oder Auspufftopf bastelte, anstatt etwas mit seiner Frau zu unternehmen, dann stand es mit einer Ehe oft nicht zum Besten.

Ruud war eine vielseitig interessierte Frau und ihr größtes Talent wohl das Theaterspiel, das sie als Hobby pflegte.

Geert dagegen kannte nur seine *Bella.* Und Pieter war nicht entgangen, dass er neuerdings noch mehr Zeit mit dem Gefährt verbrachte und damit inzwischen sogar im tiefsten Winter seine Runden drehte.

»Du musst sie wirklich lieben.« Ruud sprach etwas leiser.

»Das hatten wir doch schon … so ist es nicht.«

»Ich mach das nicht mehr mit. Du weißt, was du zu tun hast.«

»Es ist nicht so einfach.«

»Mir egal. Wenn dir was an mir liegt, musst du dich trennen.«

Geert schüttelte wortlos den Kopf, wandte sich ab und ging in Richtung Ausgang davon. Ruud blickte ihm einen Moment hinterher, dann sah Pieter, wie sie in ihre Handtasche griff und ein kleines Fläschchen hervorholte, eine bernsteinfarbene Phiole mit schwarzem Verschluss und flüssigem Inhalt. Ruud drehte das Fläschchen nachdenklich zwischen den Fingern. Als sie aufsah und Pieters Blick bemerkte, ließ sie es rasch wieder in der Tasche verschwinden.

»Wetten, sie vergiften uns noch mit dem Zeug?«, meinte Geert und lachte, als sich der Weihnachtsmarkt-Express, eine grüngelbe Bimmelbahn, in Bewegung setzte. Der Bus hatte in der Nähe des Rheins geparkt, und die kleine Eisenbahn würde sie nun vom Schokoladenmuseum aus zum Weihnachtsmarkt auf dem Alten Markt bringen. Pieter hatte sich in einem der hinteren Waggons neben Geert gesetzt, der nach dem Streit und der Busfahrt offenbar Abstand zu seiner Frau suchte. Ruud saß ein paar Plätze weiter vorne neben ihrer Schwester Jola und deren Mann Henrik.

»Ach«, erwiderte Pieter, »ich wusste gar nicht, dass Ruud jetzt auch vegan kocht.«

»Das hat sie sich wohl von deiner Frau abgeschaut.« Ein leiser Vorwurf klang in Geerts Stimme mit.

»Und, wie schmeckt dir dieser vegane Kram?«

»Unter uns?« Geert hob fragend die Augenbrauen. »Gruselig. Und satt wird man davon auch nicht.«

Pieter betrachtete seinen Freund von der Seite. Nun, wo der es sagte, fiel ihm auf, dass Geerts Wangen ein wenig eingefallen waren, auch die Haut schien blasser. Sie saßen eine Weile schweigend nebeneinander, während die Bahn durch die geschmückten Gassen der Kölner Altstadt zuckelte. Pieter ging der Streit, den Geert mit seiner Ehefrau gehabt hatte, nicht aus dem Sinn. Deshalb fragte er möglichst nonchalant: »Sonst alles in Ordnung bei euch?«

»Ach, wie man's nimmt. Ruud ist eifersüchtig.«

»Wirklich? Worauf?«

»Eine andere Frau.«

Pieter musste vor Überraschung ein ziemlich dummes Gesicht machen. »*Grappje* – war ein Scherz. Es ist nur wegen *Bella.*«

»Verstehe … Du fährst in letzter Zeit oft mit ihr.«

»Tja, weißt du, früher habe ich immer davon geträumt, meinen Lebensabend im Warmen zu verbringen … auf Curaçao zum Beispiel. Doch jetzt scheint das warme Wetter zu uns zu kommen. Der Klimawandel hat eben auch was Gutes, du kannst jetzt das ganze Jahr über Cabrio fahren. Ein Traum.«

»Und das … ist alles?«

»Wie meinst du das?«

»Ich bin selbst lange genug verheiratet. Ich weiß, wie es ist.«

Geert kniff die Mundwinkel zusammen und seufzte. »Dann weißt du, dass es schön ist, mal für sich zu sein. Nur die Straße, der Horizont und ich.«

»Wo fährst du eigentlich immer hin?«

»Über den *Afsluitdijk.* Der Blick über das Meer zu beiden Seiten – unbezahlbar. Ich bin erst vergangenes Wochenende wieder dort gewesen.«

Die Bimmelbahn stieß einen Pfiff aus und kam mit quietschenden Rädern am Alter Markt zum Stehen. Sie zwängten sich aus der engen Bahn, und als Geert ihm dabei nahe kam, wehte Pieter der dezente Geruch von Alkohol entgegen – was bei einem Weihnachtsmarktbesuch vielleicht nicht weiter ungewöhnlich gewesen wäre, allerdings handelte es sich bei Pieters Nachbarn um jemanden, der nicht dafür bekannt war, dass er dem Hochprozentigen übermäßig zusprach.

Antje, die Reiseleiterin, von der Pieter noch immer nicht genau wusste, wozu sie sie eigentlich brauchten, hatte ein vorspringendes Kinn mit einem Grübchen, was ihrem Äußeren einen ungeduldigen, impulsiven Charakter gab. Sie erklärte der Gruppe nun den weiteren Tagesablauf. Sie würden sich zunächst hier den Weihnachtsmarkt ansehen und dann weiter zu dem am Dom gehen. »Wenn sich alle an unseren Plan halten«, sagte Antje, »treffen wir uns um 18 Uhr in der Blockhütte, wo es dann … die Überraschung gibt.« Während alle bestätigend nickten oder lächelten, verdrehte Pieter innerlich die Augen. Er hasste Gruppenreisen mit Zeitplänen, das führte nur zu unnötigem Stress. Außerdem verstand er nicht wirklich, wovon die junge Dame sprach. »Was für eine Überraschung meint sie?«, fragte er Nettie.

Doch seine Frau zuckte nur mit den Schultern und lächelte verschmitzt. »Eine Überraschung halt.«

»Nicht meinetwegen, oder?«

»Wart's einfach ab.«

Während Nettie immer wieder stehen blieb, um Christbaumschmuck, Strickware oder andere Handwerkskunst an den vielen Verkaufsständen zu begutachten, wehte Pieter der Essensduft in die Nase. Eine Bratwurst oder ein schönes Steak, das wäre es jetzt gewesen … Doch nicht einmal an eine Portion Reibekuchen war zu denken, wurden sie doch, wie ihn seine Tochter belehrt hatte, in tierischem Fett gebraten. Es lief schließlich auf eine Portion Champignons hinaus.

Pieter spießte mit der Holzgabel lustlos einen Pilz auf. »Sag mal, was erzählt man sich eigentlich so über Ruud und Geert?« Nettie war den Tag über zu Hause und bestens über den Nachbarschaftsfunk informiert, während sich Pieter üblicherweise nicht für die Gerüchteküche interessierte.

»Na ja … Man munkelt so manches über seine langen Ausfahrten mit *Bella*. Neuerdings kurvt er selbst im Winter mit dem Ding rum.«

»Ist mir nicht entgangen. Er meinte eben, Ruud sei schon ganz eifersüchtig.«

»Ehrlich gesagt …« Nettie legte den Kopf zur Seite. »Ich glaube, das hat nicht nur mit dem Auto zu tun. Es ist nur ein Gerücht, aber … Geert scheint ein Auge auf seine Schwägerin geworfen zu haben.«

»Nein!« Pieter ließ die Gabel sinken. »Jola?«

Nettie nickte.

Ruuds Schwester war mit ihren langen roten Haaren und der sportlichen Figur das, was man nach allgemeinem Dafürhalten als eine attraktive Frau bezeichnete. Dennoch mochte Pieter sich nicht vorstellen, dass Geert seine Frau mit deren eigener Schwester betrog.

»Vielleicht redest du mal mit Kees«, meinte Nettie. »Er bekommt so manches mit …« Sie blickte zum gegenüberliegenden Essensstand, wo Kees, der Nachbar der Lodewijks, in seinem Rollstuhl an einem Tisch saß und seine dampfende Bratwurst aß. Sie war so frisch und heiß, dass sie in der kalten Luft dampfte. Pieter lief das Wasser im Mund zusammen. Ohne Zögern setzte er sich in Bewegung.

»Pieter?« Er drehte sich im Gehen noch einmal zu seiner Frau herum. »Untersteh dich!«

Kees schaute sich um, als wolle er sichergehen, dass niemand von ihrem Gespräch mitbekam. »Geert stattet Jola regelmäßig Besuche ab …« Er machte ein vielsagendes Gesicht. Er litt schon seit langer Zeit an Multipler Sklerose, doch erst in den vergangenen Jahren war die Krankheit so weit fortgeschritten, dass er an den Rollstuhl gefesselt war. Seine Tage waren einsam, und wie Pieter wusste, hatte er darüber die Eigenart entwickelt, Dinge zu erfinden, um die Aufmerksamkeit seiner Mitmenschen zu erlangen.

»Hm. Und was findest du daran ungewöhnlich? Sie ist seine Schwägerin, da schaut man schon mal vorbei.«

»Schon, aber er kommt immer, wenn Jola allein zu Hause ist.«

»Tatsächlich.« Pieter massierte sich den Bart. »Was genau hast du denn gesehen?«

»Nun ja … Geert hält immer in der Einfahrt. Er steigt aus, geht ins Haus, und dann bleibt er dort eine Weile. Ich nehme an, die beiden … du weißt schon.«

»Weiß ich nicht.« Als Ermittler konnte Pieter wenig damit anfangen, wenn Leute etwas im Ungefähren ließen. »Du musst schon etwas konkreter werden.«

Kees rollte mit den Augen. »Sie treiben es miteinander, okay?«

»Du hast es gesehen?«

»Nein, aber was soll er denn sonst bei ihr machen?«

»Wäre das alles nicht ein bisschen auffällig? Wenn ich mit meiner Schwägerin fremdgehen würde, würde ich zumindest mein Auto nicht in ihrer Einfahrt parken, wo alle Welt es sieht.«

Kees hob die Schultern.

»Seit wann geht das so?«

»Bestimmt schon ein oder zwei Monate.«

»Und Henrik war nie zu Hause, wenn Geert kam?«

»So ist es«, bestätigte Kees. »Auch letztes Mal war Jola allein. Allerdings blieben sie nicht im Haus. Geert hielt auf der Straße, Jola kam raus, und sie fuhren fort.«

»Und wann war das?«

»Letztes Wochenende.«

»*Bedankt,* Kees.« Pieter wandte sich ab und zwängte sich zwischen zwei Holzbuden hindurch auf die Rückseite des Weihnachtsmarkts, raus aus dem Gedränge.

Vielleicht gab es eine Möglichkeit zu überprüfen, ob Kees' Geschichte stimmte. Er zog sein Smartphone aus der Jackentasche und wählte die Nummer seiner Kollegin in Leeuwarden. Nach ein paarmal klingeln ging Noemi ran.

»Du musst mir einen Gefallen tun«, sagte Pieter.

Pieter ging auf Henrik zu, den Mann von Jola. Er stand allein an einer der größeren Holzhütten. Pieter verwickelte ihn in ein zunächst belangloses Gespräch, dann lenkte er das Thema unauffällig auf Jola.

Aus dem Augenwinkel bemerkte Pieter, wie zwei Personen durch die Menge in ihre Richtung kamen – es war Geert, der Kees im Rollstuhl vor sich herschob. Die beiden blieben nicht stehen, sondern bewegten sich weiter zu einer Bude gegenüber, die Schokolade verkaufte. Pieter entging allerdings nicht, dass Kees, als er auf gleicher Höhe mit ihnen war, kurz den Daumen der rechten Hand reckte und Henrik unmerklich zunickte, was dieser erwiderte. Während Pieter sich noch wunderte, was das bedeuten sollte, meinte Henrik: »Wusstest du eigentlich, dass er verkaufen will?«

Pieter stutzte. »Wer will was verkaufen?«

»Geert.« Henrik vertilgte den letzten Bissen seines Steakbrötchens. »Er will sein Geschäft verkaufen.«

»*Serieus* – ernsthaft? Warum sollte er das tun?«

»Keine Ahnung«, sagte Henrik, »ist nur Hörensagen. Er hat neulich mit einem Bekannten von mir darüber gesprochen.«

»Weiß Ruud davon?«

»Das musst du sie selbst fragen«, Henrik hob die Schultern. »Wer weiß, vielleicht will er sie ja am Ende verlassen, weil sie ihn mit ihrer veganen Küche vergiftet …«

Jola trat zu ihnen an den Tisch und setzte ihr breites attraktives Lächeln auf. Sie trug eine Baumwollmütze, unter der ihr langes rotes Haar hervorquoll.

»Ich unterbreche euch hoffentlich nicht bei einem wichtigen Gespräch?«, meinte sie.

»Aber nein«, sagte Henrik.

»Du hast da Ketchup …« Jola deutete auf sein Kinn.

»Hast du ein Taschentuch?«

»Sicher.«

Sie griff in ihre Handtasche und holte ein Paket Taschentücher heraus. Während sie ihrem Mann das Kinn abwischte, blieb Pieters Blick auf der Handtasche hängen. Darin steckte eine zusammengerollte Broschüre. Den Titel konnte Pieter nicht vollständig entziffern, ein Wort allerdings war deutlich zu lesen: *Curaçao.*

Schließlich war es Zeit weiterzugehen. Antje, die Reiseleiterin, führte die Gruppe zum Weihnachtsmarkt auf den Vorplatz des Kölner Doms und wies rechts auf eine Holzhütte in der Nähe des Römisch Germanischen Museums, die für die Gruppe angemietet sei. Dort könne man sich jederzeit aufhalten, wenn man in Ruhe einen Glühwein trinken oder etwas essen wollte, erklärte sie. Spätestens um 18 Uhr sollten sich aber dann alle dort einfinden – für die große Überraschung.

Pieter blickte hoch zu den hell angestrahlten Türmen des Kölner Doms. Eine einmalige Kulisse, die er gerne genossen hätte. Ihm war zwar immer noch nicht wohl dabei, dass seine Frau und Freunde seinetwegen einen solchen Aufwand betrieben, doch seine Gedanken kreisten um etwas ganz anderes.

Geert schien in seiner Ehe nicht glücklich zu sein. Dafür sprachen der Streit zwischen ihm und Ruud auf der Raststätte heute Morgen. Dazu die vielen Stunden, die er in seiner Garage zubrachte, sowie der Umstand, dass er offenbar neuerdings zur Flasche griff. Und dann seine langen Ausfahrten mit dem Oldtimer, die ihn scheinbar zu seiner Schwägerin Jola führten, und das immer ausgerechnet dann, wenn ihr Mann Henrik nicht daheim war. Pieter erinnerte sich daran, wie Geert davon gesprochen hatte, dass er früher davon geträumt hatte, seinen Lebensabend auf Curaçao zu verbringen. Ein

Zufall, dass Jola, seine Angebetete, ausgerechnet eine Broschüre dieser Insel mit sich herumtrug? Vielleicht war dies auch die Erklärung, warum Geert – falls es stimmte – sein Rundfahrtgeschäft so überraschend verkaufen wollte. Plante er, mit Jola durchzubrennen und auf der Insel ein neues Leben zu beginnen?

Und was, wenn seine Frau Ruud irgendwie von all dem Wind bekommen hatte? Was hatte sie zu ihrem Mann auf der Raststätte gesagt? *Wenn dir etwas an mir liegt, musst du dich trennen.* Hatte sie etwa gar nicht den Oldtimer, sondern ihre Schwester Jola gemeint? Sie wäre nicht nur die gehörnte Ehefrau, nein, mit dem Verkauf der Firma würde ihr auch die Existenzgrundlage genommen.

Ein ungeheurer Verdacht keimte in Pieter auf, als er an Geerts Worte dachte: *Wetten, sie vergiften uns noch mit dem Zeug?*

Pieters Smartphone vibrierte. Seine Kollegin Noemi hatte ihm ein Foto geschickt.

Auf dem *Afsluitdijk* gab es eine Verkehrsüberwachungsanlage. Pieter hatte Noemi gebeten, sich die Bilder vom vergangenen Wochenende anzusehen. Er hatte ihr das Kennzeichen von Geerts Oldtimer durchgegeben, das er auswendig kannte. Wie es schien, war seine Kollegin fündig geworden – erstaunlich schnell sogar. Pieter öffnete die Datei, ein Blitzerfoto, das ein VW-Käfer-Cabrio zeigte.

Üblicherweise war auf solchen Bildern nur der Fahrzeugführer zu sehen, alle anderen Insassen wurden geschwärzt. Auf diesem Foto war dies allerdings noch nicht geschehen: Am Steuer saß Geert, neben ihm auf dem Beifahrersitz Jola. Also entsprach das, was Kees gesagt hatte, tatsächlich der Wahrheit.

Auf der Rückbank war allerdings noch eine dritte Person zu sehen. Pieter hob unwillkürlich die Augenbrauen, als er das Gesicht erkannte: Antje, die Reiseleiterin.

Und da war noch ein Detail, das ihm ziemlich seltsam vorkam …

»Du könntest dir ein Beispiel an ihm nehmen«, sagte Nettie, während sie die Christbaumkugel in der Hand drehte. »*Er* macht nicht so ein Theater.« Sie deutete mit einem Nicken auf Geert, der sich in die Warteschlange an einem Asia-Stand eingereiht hatte. Ruud war schon zu der Blockhütte vorgegangen.

Die Dämmerung war hereingebrochen, und es hatte zu schneien begonnen. Pieter schlug den Kragen seines Mantels hoch, als ein paar Flocken in seinen Nacken rieselten.

Er beobachtete, wie Geert bestellte, zwei Portionen entgegennahm und damit hinüber zu der Hütte ging. Er stellte die Teller kurz auf dem Stehtisch vor dem Eingang ab, griff in die Jackentasche und holte ein Stofftuch heraus. Er stand mit dem Rücken zu Pieter, sodass er nicht genau sehen konnte, was Geert tat. Schließlich schob er das Taschentuch wieder in die Jacke und betrat die Hütte. Doch kaum war die Tür hinter ihm zugefallen, kam er schon wieder heraus und ging zurück zu dem Asia-Stand. Hatte er etwas vergessen? Die Warteschlange war jedenfalls lang genug, dass er nicht sofort an die Reihe kam. Das war die Chance.

»Bin gleich wieder da«, sagte Pieter zu Nettie und ging hinüber zu der Holzhütte. Im Inneren waren die einzigen Lichtquellen ein paar Teelichter, die auf den drei Stehtischen im Raum verteilt standen. Ruud lehnte an einem davon, vor sich die beiden Teller mit Asia-Nudeln. Auf ihrem Gesicht lag jener Ausdruck von Überraschung, den Pieter schon bei so vielen Leuten gesehen hatte, die er eines Verbrechens überführt hatte.

»Hallo, Ruud«, sagte er, und sein Blick wanderte zu der Bernsteinphiole, die sie in der Hand hielt und gerade aufschrauben wollte.

»Was ist da drin?«, fragte er, als er sich zu Ruud an den Tisch stellte. Manchmal kam man einer Sache schneller auf den Grund, wenn man sich nicht lange mit der Vorrede aufhielt.

»Ich … bin mir nicht sicher.« Sie stellte die Phiole neben dem Teller ab. Ihre Hand zitterte.

»Gibt es etwas, worüber wir reden müssen, Ruud?«

»Wie meinst du das?«

Pieter blickte ihr einen Moment forschend in die Augen. »Es ist kaum zu übersehen, dass ihr Schwierigkeiten habt. Ihr streitet häufig, Geert verkriecht sich in der Garage …«

Ruud schenkte ihm einen strafenden Blick. »Das geht dich wohl kaum etwas an, Pieter de Vries.«

»Kommt ganz drauf an.«

»Worauf denn?«

»Geert will das Geschäft verkaufen …« Ruud wollte etwas erwidern, doch Pieter signalisierte ihr mit erhobener Hand, ihn nicht zu unterbrechen. »… und außerdem hat er eine Affäre mit deiner Schwester.«

Es gab nur zwei Möglichkeiten: Entweder er hatte sich gerade lächerlich gemacht, oder er hatte ins Schwarze getroffen.

Ruuds Reaktion zeigte ihm, dass Letzteres der Fall war.

Statt eine Reaktion zu zeigen, sah Ruud ihn nur schweigend an, in ihrem Blick lag Wissen. Und da war noch etwas anderes: Es schien beinahe, als würde sie sich darüber freuen, dass er es herausgefunden hatte.

»Und?«, meinte sie mit erhobener Augenbraue.

Pieter schaute zu dem Fläschchen auf dem Tisch, und sie folgte seinem Blick. Er brauchte seine Vermutung nicht auszusprechen. Ruud lachte. »Echt? Du denkst, ich will ihn vergiften?«

»Ich bin Menschen begegnet, die aus schlechteren Gründen … etwas Unüberlegtes getan haben.«

»Pieter«, sie schüttelte den Kopf, »ich glaube, du bist ein wenig überarbeitet.«

»Was ist da drin?«

»Wie ich schon sagte, ich bin mir nicht sicher.« Sie nahm die Phiole in die Hand, betrachtete sie kurz und reichte sie Pieter. Dann widmete sie sich ungerührt ihrer Mahlzeit, als wäre nichts gewesen. »Hab ich heute Morgen in der Garage gefunden.«

Pieter drehte das Fläschchen zwischen den Fingern und hielt abrupt inne. »Du hast was?«

»Ich wollte sehen, was Geert die ganze Zeit in der Garage treibt«, sagte Ruud kauend. »Offenbar war er nicht nur mit seinem Auto beschäftigt … da waren noch mehr davon.«

Vor seinem inneren Auge sah Pieter wieder, wie Geert die beiden Teller mit den Nudeln zur Blockhütte trug, sie dort auf dem Stehtisch vor dem Eingang abstellte und das Stofftuch aus seiner Jackentasche zog.

»Warte …«, sagte er. Doch es war zu spät.

Ruud hatte bereits eine weitere Gabel in den Mund geschoben. Sie blickte ihn zuerst verständnislos an. Im nächsten Moment entfuhr ihr ein Würgelaut. Sie griff sich mit beiden Händen an den Hals, hustete und taumelte in die Mitte des Raums, ehe sie der Länge nach auf den Boden sackte.

Pieter eilte zu ihr. Draußen schlugen die Glocken des Kölner Doms zur vollen Stunde. 18 Uhr. Die Tür öffnete sich, und die übrigen Mitglieder der Reisegruppe betraten die Hütte. Vorneweg Antje, die Reiseleiterin. »Oh, mein Gott«, entfuhr es ihr. »Ich hol Hilfe!«

Der Sanitäter war in die Blockhütte gestürmt und hatte sich sofort über Ruud gebeugt, ihren Puls ertastet, die Atmung kontrolliert. In dem Moment, als er aufblickte und Pieter sein Gesicht sah, begriff er plötzlich alles.

Die ganze Zeit über hatte er so ein unbestimmtes Gefühl gehabt, dass irgendetwas an der Sache nicht stimmte.

Nun wusste er es: Alles war zu perfekt gewesen. Alle waren viel zu redselig gewesen. Die Dinge hatten sich zu einfach zusammengefügt. So war es in Wahrheit nie.

Geert und Ruud, die sich in aller Öffentlichkeit zu laut und zu detailreich gestritten hatten. Ruud, die etwas zu unbedarft mit der Phiole herumhantierte, sodass Pieter sie hatte sehen müssen. Geert, der frei von der Leber plauderte, wie schlimm seine Ehe war und dass er von Curaçao träumte. Jola, die rein zufällig und gut sichtbar eine Broschüre über eben diese Insel bei sich trug. Kees, der – ebenfalls rein zufällig – ganz genau beobachtet hatte, wie Geert und Jola ihre Affäre auslebten. Henrik, der just in dem Moment, als Kees ihm ein Zeichen gab, aus heiterem Himmel erzählte, dass Geert seine Firma verkaufen wollte.

Und natürlich Nettie. Nettie, die beharrlich auf dieser Gruppenreise bestanden, unbedingt und unnötigerweise eine Reiseleitung gewollt hatte, die diese Hütte angemietet und eine »Überraschung« für ihn vorbereitet hatte. Nettie, die immer im rechten Moment zur Stelle war, um Pieter auf etwas aufmerksam zu machen – wie zum Beispiel die Phiole. Und Nettie, die ihn überhaupt erst auf die Idee gebracht hatte, dass hinter dem Streit der Lodewijks mehr stecken könnte.

Dann war da noch das Blitzerfoto. Nicht nur hatte Noemi es viel zu schnell aufgetrieben. Da war noch ein anderes Detail, das Pieter an der Echtheit zweifeln ließ: Auf dem Bild fehlte die sonst übliche Geschwindigkeitsangabe, die bei dieser Art von

Verkehrsvergehen obligatorisch war. Folglich war es gefälscht. Allerdings erklärte das nicht, warum neben Geert und Jola auch noch Antje, die Reiseleiterin, in dem Wagen gesessen hatte – es sei denn, jemand hatte hier absichtlich eine Fährte gelegt ...

Es war am Ende das Gesicht des Sanitäters, das Pieter verriet, welches Spiel hier gespielt wurde: das Grübchen im Mundwinkel, die markanten Gesichtszüge, die Ähnlichkeit zu Antje, die einfach nicht zu übersehen war. Pieter wäre jede Wette eingegangen, dass sie Geschwister waren. Und er hatte auch keine Zweifel mehr, dass es sich bei den beiden um Schaupieler handelte – genauso talentiert wie Ruud.

Pieter bemerkte aus dem Augenwinkel, wie Nettie, die Anführerin der Bande, sich in Richtung Tür orientierte. Also schön, dachte er, würde er das Spiel eben bis zum Ende mitmachen.

»*Blijve staan* – stehen bleiben«, sagte er. »Niemand verlässt den Raum. Hier wurde ein Verbrechen verübt.«

Ein letztes Rätsel galt es noch zu lösen. Pieter schraubte die Phiole auf, die Ruud angeblich in der Garage ihres Mannes gefunden hatte. Er wollte wissen, was sich darin befand.

»Pieter, um Himmels willen!«, rief Nettie.

Er schloss die Augen und trank die Phiole in einem Schluck leer. Zunächst war da nichts. Dann breitete sich ein süßlicher Geschmack auf seiner Zunge aus, gefolgt von einem Brennen, das ihm die Kehle hinablief und ihm die Magenwände zu verätzen schien. Er hustete, stieß ein Krächzen aus und musste sich am Stehtisch abstützen, als er um Luft rang.

Die Runde prustete los, und auch Ruud öffnete jetzt endlich wieder die Augen und setzte sich auf.

Pieter schüttelte angewidert den Kopf. »*Schrobbelèr!* Und zwar der schlimmste, den ich je getrunken habe!«

Schrobbelèr war ein Kräuterlikör. Er wurde in Tilburg gebraut, der Heimatstadt von Geert. Diesen hier musste Pieters

Nachbar in der Garage allerdings selbst gebrannt haben – und man konnte den Versuch nur als gründlich misslungen bezeichnen.

Pieter sah, wie Geert eine Tasche hervorholte und damit begann, jedem eine der bernsteinfarbenen Phiolen in die Hand zu drücken. »Die Pieter-de-Vries-Geburtstags-Edition«, sagte er. »Stoßen wir an auf deinen Ehrentag. Und darauf, dass wir alle deine berühmte Spürnase einmal live erleben durften!«

»Wir waren uns wirklich nicht sicher, ob es funktionieren würde«, sagte Nettie und stimmte einen Applaus an.

Antje reichte Pieter die Hand und erklärte mit einem Lächeln: »Üblicherweise veranstalten wir solche Krimispiele nicht mit echten Profis.«

»Das Kompliment kann ich nur zurückgeben«, erwiderte Pieter. »Ihr wart alle brillant.« Und dann an Nettie gewandt: »Eines würde mich allerdings noch interessieren. Was ist mit Noemi? Ist sie ebenfalls eingeweiht?«

Nettie grinste verschlagen. »Wie gesagt, es gibt noch eine Überraschung.« Sie ging zur Tür und öffnete.

Draußen standen Pieters Kolleginnen Noemi und Griet. Vor sich hielten sie etwas, in dessen Genuss zu kommen er sich nicht mehr hatte träumen lassen: zwei Teller mit gestapelten dampfenden Bratwürsten, die direkt vom Grill kamen.

»Die hast du dir redlich verdient«, sagte Nettie und drückte ihm einen Kuss auf die Wange. »Ausnahmsweise.«

Pieter trat nach draußen und ließ den Blick über die bunt beleuchteten Marktbuden schweifen, hinüber zum Dom, der sich hell erleuchtet in den Nachthimmel erhob. Dicke Schneeflocken fielen zu ihm herab, als er eine Bratwurst nahm, die Augen schloss und genussvoll zubiss.

Nun konnte Weihnachten endlich kommen.

Judith Merchant

Nikolaus beim süßen Paul

Juist

Über die Autorin:

Judith Merchant studierte Literaturwissenschaft und unterrichtet heute Creative Writing an der Friedrich-Wilhelms-Universität Bonn. Für ihre Kurzgeschichten wurde sie zweimal mit dem Friedrich-Glauser-Preis ausgezeichnet. Nach der Veröffentlichung ihrer Rheinkrimi-Serie (darunter *Nibelungenmord* und *Loreley singt nicht mehr*) zog Judith Merchant von der Idylle in die Großstadt. Zuletzt von Judith Merchant erschienen ist ihr Thriller *ATME!*.

Übers Meer würde er kommen mit einem Schiff, also, klar mit einem Schiff, wie sonst sollte der Nikolaus übers Meer kommen, er war ja nicht Moses oder so. Ob er einen lila Samtmantel tragen würde und eine stilechte Mitra? Oder ob es eher so die rot-weiße Coca-Cola-Version des Weihnachtsmannes war? Hier auf Juist war ja sehr vieles anders als bei Mira zu Hause. Darum fuhr sie ja auch so gern hierhin. Weil man sich schließlich am allerbesten da erholte, wo es anders war. Zum Beispiel auf Juist.

Im Dezember war sie allerdings noch nie hier gewesen, darum wusste sie auch diese Nikolaus-Sache nicht. Und sie würde den Nikolaus auch heute nicht sehen, wenn er mit dem Schiff über das Meer kam und dann auf einer Kutsche durchs Dorf fuhr, wie Paul ihr verraten hatte. Ach, Paul!

Mira seufzte. Und zwar vor Glück, nicht vor Kummer. Dann riss sie den Blick vom grauen Meer, nahm ihren Mut zusammen und ging die Strandstraße entlang. In den Schaufenstern sah sie zwischen maritimer Deko – Netze, Schiffe, Kompasse – eine ganze Menge Allwetterjacken, Gummistiefel und Schals. Vor allem Schals, ja. Mehrere, vermutlich, weil die so schnell nass wurden. Aber kein Kleid. Dabei brauchte sie so dringend ein Kleid!

Zu Hause hatte Mira einen ganzen Schrank voller Kleider, aber die hatte sie nicht eingepackt, natürlich nicht. Nach Juist nahm man kein Kleid mit. Sie hatte doch nicht ahnen können, dass sie ein Date haben würde! Mit Paul!

»Erde an Mira«, sagte eine Stimme. »Erde an Mira, bitte kommen!«

Mira drehte sich um, und da stand Cornelia. Wo kam die her? »Wo kommst du her?«, fragte sie.

Cornelia schüttelte den Kopf, beinahe entrüstet sah sie aus. »Du bist gerade schnurstracks an mir vorbeigerannt, obwohl ich dich dreimal beim Namen gerufen habe!«

»Wirklich?«, fragte Mira verwirrt.

Cornelia nickte. »So schlimm aufgeregt wegen diesem Paul?«

Mira nickte und seufzte, und dann seufzte sie gleich noch einmal.

»Ach, Süße«, stöhnte Cornelia. »Hast du denn wenigstens dein blödes Kleid gefunden?«

Mira zuckte die Achseln. »Bisher nicht.«

Cornelia hakte sie unter. »Ich verrate dir mal was: Du brauchst kein Kleid, du brauchst einen Plan. Wir trinken jetzt erstmal einen Tee mit Rum. Und dann besprechen wir das.« Sanft dirigierte sie die Freundin in Richtung Baumann's. Und wirklich, als die beiden den vierten Tee mit Rum getrunken hatten, sah die Welt schon ganz anders aus. Zumindest für Cornelia.

»Hoffentlich wartet keine böse Überraschung auf dich«, grinste diese, winkte der Kellnerin und bestellte einen neuen Tee mit Rum.

»Wie meinst du das?«

»Na, nicht, dass da statt Kerzen und Rosen ein Berg Krabben auf einem Resopaltisch unter einer flimmernden Neonröhre auf dich wartet. Und die musst du dann alle pulen, ehe du mit ihm knutschen darfst.« Cornelia kicherte.

»Sehr witzig«, sagte Mira schwach.

»Du musst versuchen, das locker zu sehen«, erklärte Cornelia. »Ich hab eine Idee!«

»Na?«

»Rein interessemäßig. Ethnologisch. Du betrittst eine echte

Insulaner-Wohnung und kannst einen echten Insulaner küssen. Du guckst dir einfach alles ganz genau an, und nachher berichtest du mir alles ganz genau.«

»Alles?«

Cornelia kicherte und nippte an ihrem Grog. »Nur das, was jugendfrei ist. Obwohl, der Rest interessiert mich auch.«

Mira schloss die Augen. »Wenn ich an das Nicht-Jugendfreie denke, werde ich noch aufgeregter.«

»Stopp!«, rief Cornelia und hob die Hand. »Du bist Ethnologin! Du erforschst eine seltene Spezies. Es gibt nicht viele echte Juister, nur die Hälfte davon ist männlich, und auch von denen sind nicht alle im fortpflanzungsfähigen Alter. Freu dich, dass du so ein Exemplar vor die Linse kriegst.«

Mira runzelte die Stirn. »Warum vor die Linse?«

Cornelia seufzte. »Vergiss es. Aber mal echt, wenn du nicht irgendeine Strategie fährst, stehst du das nicht mal bis zum Abend durch.«

»Wenn ich Paul sehe, stehe ich gar nichts mehr durch«, jammerte Mira.

»Konzentrier dich erst mal auf seinen Lebensraum, das interessiert mich besonders!«, befahl Cornelia. »Wie ist er eingerichtet, welche Materialien, welche Details? Das sagt sicher viel über ihn aus. Wir kennen ja nur diese maritime Treibholz-Deko, wer weiß, wie so ein Insulaner tatsächlich haust.«

In diesem Moment klingelte Miras Handy, und sie schrie erschreckt auf, als sie den Anrufer sah.

Paul.

Gerade wollte sie den Anruf annehmen, aber Cornelia riss es ihr aus der Hand. »Der sagt ab!«, rief sie. »Geh nicht dran!«

»Aber …« Mira kämpfte, und sie gewann den Kampf um ihr Handy. Mit zitternder Hand hielt sie es ans Ohr. »Hallo?«

»Ich bin's«, sagte Pauls Stimme.

Mira schickte ein Stoßgebet zum Himmel. Lieber Gott, lass ihn nicht absagen!

Pauls Stimme klang fest. »Du, ich freu mich schon riesig auf heute Abend. Ich koche was. Aber ich hab gedacht, ehe dir komische Gerüchte zu Ohren kommen, muss ich dir noch etwas sagen …«

Doch das kriegte Mira schon gar nicht mehr mit.

Sie dankte dem Himmel, dass er sie erhört hatte.

Als sie klingelte, hatte Mira wieder einen Puls von mindestens 190. Und das lag nicht daran, dass sie sich vor dem Krabbenpulen fürchtete.

»Ich bin eine Ethnologin«, murmelte sie. Dieses Mantra hatte Cornelia ihr eingeschärft und sogar auf einen Zettel geschrieben, der jetzt in ihrer Handtasche steckte, weil das Kleid keine Taschen hatte.

Der Türöffner summte, und sie trat ein. Ihre Beine zitterten. Dritter Stock, hatte er gesagt. Und als sie endlich oben angekommen war und er vor ihr stand, war plötzlich alles anders. Es war magisch! Jede Aufregung war wie fortgeblasen, ebenso all der Blödsinn, den Cornelia ihr erzählt hatte, sie stand einfach nur vor ihm. Und strahlte. Und er strahlte auch.

Magisch, ja, das war es. Und sie war auch keine Ethnologin mehr, sie sah ihn einfach nur an, und sie war so … so verliebt in ihn. In Paul. Ach, Paul! Er hatte sogar ein Hemd angezogen, was sie total süß fand. Außerdem sah er so gut darin aus!

»Gut siehst du aus«, sagte er. »Komm rein.«

»Danke«, sagte sie. »Du auch.« Dann strahlten sie wieder wie zwei Idioten.

Und weil Mira so doll strahlte, sah sie auch nur indirekt und aus zugekniffenen Augen, dass es hinter Paul ganz anders aussah, als sie sich eine Insulaner-Wohnung vorgestellt hatte. Keine maritime Einrichtung, kein Treibholzarrangement auf dem Sideboard. Überhaupt kein Sideboard. Aber immerhin, auch keine Krabben, die sie pulen …

»Ich hab gekocht«, sagte er. »Rouladen mit Herzoginkartoffeln. Rezept von meiner Mutter.«

»Wow«, sagte sie und setzte sich. Und strahlte. Auf dem Küchentisch hatte er ein weißes Tischtuch ausgebreitet, Kerzen brannten, und vor ihrem Teller stand eine Vase mit einer einzelnen roten Rose inmitten von Tannenzweigen. Und ein Schokoladennikolaus.

»Der ist für dich«, sagte Paul. Wie süß von ihm!

Mira überlegte, warum sie ihm eigentlich keinen Nikolaus mitgebracht hatte, erinnerte sich aber dann daran, dass sie gedacht hätte, dass das blöd wäre für den Fall, dass er, Paul, keinen für sie besorgt hatte, und dann hörte sie auf zu überlegen und lächelte stattdessen einfach weiter, weil sie sich so freute, weil alles so schön war und Paul so süß.

»Warum lachst du so?«, fragte Paul.

»Ach nichts«, sagte Mira.

»Möchtest du Wein?«, fragte er.

Sie nickte.

»Ich hoffe, du hast Hunger mitgebracht«, sagte Paul. Sie nickte wieder. Und strahlte.

»Ich dachte, ich mach mal richtiges Essen. Krabben kriegen die Touristen hier ja genug«, sagte Paul.

Sie nickte und strahlte und strahlte und nickte. Ach, Paul! Wie süß der war!

Das Essen war vorzüglich. Wie der Wein. Und Paul … ach! Und wie gut er aussah in seinem Hemd. Und wie gut der kochen konnte! Rundum perfekt, dachte Mira. Wie wohl der Rest der Wohnung aussah? Wenn sie jetzt fragte, ob Paul ihr die Wohnung zeigt, war das nicht, na ja, irgendwie aufdringlich? Klang das nicht nach, hm, Briefmarkensammlung?

»Was denkst du?«, fragte Paul.

»Ich muss mal auf Klo«, sagte Mira.

»Erste Tür links«, sagte Paul.

Mira erhob sich und ging ins Badezimmer. Der Weg durch den Flur war komisch, weil der so gar kein bisschen aussah wie die Ferienwohnungen. Gar nicht wie Juist. Eher so nach Fernsehen. Also altem Fernsehen. Witzig, oder?

Mira öffnete die Badezimmertür. Es war perfekt sauber und aufgeräumt, ach, Paul! Und es war grün gekachelt, so ein bisschen Siebziger, avocadogrün. Oder erbsengrün, also, Dosenerbsen, nicht frische Erbsen. Miras Blick streifte den Duschvorhang, sie wusste selbst nicht, warum. Der Duschvorhang irritierte sie. Er war eher Vintage, der Vorhang. Auch dosenerbsengrün. Ganz anders als der in der Ferienwohnung, der neu war, so, wie ein Duschvorhang eigentlich sein musste, neu und mit Muscheln, so wie alles in der Ferienwohnung. Aber das war eben Touristenkram. Interessant, wie anders offenbar das war, was den Insulanern gefiel.

Mira setzte sich auf den geschlossenen Klodeckel und sah sich genau um. Interessanter als hier war es im Juister Küstenmuseum auch nicht, fand sie.

Ein altes Bad, alt sah auch der Badezimmerteppich aus, den man wohl ebenfalls avocadogrün nennen würde, ebenso wie die Klofußumpuschelung. Hieß das Klofußumpuschelung? Ja, das Wort hatte Mira mal gelesen. So etwas gab's doch gar nicht mehr! Sie kicherte. Paul war total retro. Wie süß!

Sie wusch sich ausgiebig die Hände mit der nach Lavendel duftenden Handseife. Lavendel? Sie wunderte sich. Lavendel kam ihr so ganz und gar unpassend für Juist vor, aber vielleicht waren das dumme Vorurteile einer Frau vom Festland, sie kannte sich ja nicht aus. Sie kannte ja nur das Touristen-Juist. Das blau-weiße Treibholz-Zeug mit Meeresbrise. Was für eine interessante Erfahrung das heute war!

»Wie aufregend«, flüsterte sie und zwinkerte sich im Badezimmerspiegel zu, dann glitt ihr Blick zur Seite, und da sah sie es.

Erst die beiden Zahnbürsten einträchtig nebeneinander im Zahnputzbecher, eine rot, eine grün. Dann den geblümten Bademantel am Haken. Dann die Schminkutensilien auf der Ablage.

Miras Stimmung kippte schlagartig. Fluchtartig verließ sie das Bad. Stumm betrat sie die Küche und setzte sich wieder an den Tisch. Der kam ihr jetzt weniger romantisch vor als vorher.

»Was ist los?«, fragte Paul.

»Nichts«, sagte sie und nahm einen Schluck Wein. »Aber … Ich hab eben den Duschvorhang gesehen.«

»Den Duschvorhang?«

»Na, und die anderen Sachen im Bad.«

Er sah sie an, als würde sie plötzlich Chinesisch reden oder so.

Sie gab sich einen Ruck. »Ich habe eure beiden Zahnbürsten da nebeneinander im Zahnputzbecher gesehen. Und ihren Bademantel.«

»Oh«, sagte er. Jetzt sah er ganz betroffen aus.

Sie musste schlucken. Nicht, dass er jetzt dachte, dass sie nicht tolerant genug war, also, nein, echt nicht. Hastig sagte sie: »Ist jetzt kein Vorwurf, wirklich nicht, aber … Als ich das so gesehen habe, ist mir wieder eingefallen, wie schwierig alles ist.« Und am liebsten hätte sie hinterhergeschrien: Obwohl du so toll gekocht hast und so ein süßes Hemd anhast und dann der süße Nikolaus, das war so lieb von dir, und du und alles, ach, Paul!

»Ich hab dir das doch alles erklärt«, sagte er unsicher. Etwas in Mira geriet ins Wanken. Es war ja nicht seine Schuld, dass sie nicht die einzige Frau in seinem Leben war. Oder? Also, nicht direkt.

Und wie er sie so süß ansah mit seinen traurigen braunen Augen … Sie musste einfach toleranter sein.

Er tat ihr leid, ach, Paul! Für ihn war es auch nicht einfach, das wusste sie. Aber für sie ja auch nicht. Aber für ihn ja auch nicht. Aber für sie eben auch nicht. Sie trank noch einen Schluck Wein. Und dann noch einen.

»Mehr Wein?«, fragte er. Er sah total unglücklich aus, auf eine total süße Art.

Sie nickte entschlossen. »Ja, gern.«

Er schenkte ihr nach, und dann prosteten sie einander zu und tranken. Mira würde nachher betrunken sein, aber war das nicht egal?

Sie trank noch einmal, und dann nickte sie. »Es ist sehr selbstlos, dass du dich so um deine Mutter kümmerst.«

Denn so, hatte Mira beschlossen, würde sie die Sache fortan betrachten. Dass seine Mutter für Paul die beste Freundin war, war doch eigentlich nett. Dass Mira seine quasi erste Beziehung war, fand sie total süß. Dass er zuerst Angst gehabt hatte, Mutter von Mira zu erzählen, war ja angesichts der Umstände echt normal. Na ja, verständlich zumindest. Sie lächelte ihn an. Er nahm ihre Hand. Ihre Lippen trafen sich über dem Küchentisch zu einem langen Kuss.

»Wir sind jetzt ein richtiges Paar«, hauchte sie. »Es fehlt nur noch eins …«

»Willst du mit mir zusammen die Küche sauber machen«, flüsterte er in ihr Ohr.

Sie kicherte. Oh, sie hatte wirklich einen Schwips! »Okay!«

Sie reichte ihm nacheinander die Teller, er wischte sie sorgfältig mit Küchenkrepp ab und räumte sie in die Spülmaschine. Es war, als wären sie ein Wesen mit vier Händen, so einträchtig räumten sie auf. Dann sah Mira in die Spülmaschine und stutzte. »Wofür hast du denn die Geflügelschere gebraucht?«, fragte sie argwöhnisch. »Es gab doch gar kein Geflügel.«

Paul zuckte die Achseln.

»Paul?«

Er sah ganz schuldbewusst aus.

Und da begriff sie, was sie schon die ganze Zeit hätte spüren müssen. Dass hier etwas nicht stimmte. Dass es bereits kleine Signale gegeben hatte, schwache Signale. Signale, die sie ignoriert hatte, weil er so süß war. Mit einer Art Vorahnung öffnete sie die Tür unter der Spüle, um an den Mülleimer zu kommen, und stutzte erneut. »Was machen denn diese Plastikverpackungen da drin?«

Er holte tief Luft. »Mira, ich muss dir was gestehen!«

»Was?«, flüsterte sie.

Er stammelte: »Ich habe …« Dann verstummte er.

»Sag es!«, forderte sie mit erstickter Stimme.

»Ich hab das Essen im Friesenhof geholt.«

»Du hast gelogen?«, fragte sie.

»Ich wollte doch so gern für dich kochen. Aber ich kann gar nicht kochen.«

Für einen Augenblick war sie sprachlos. Dann nickte sie langsam. »Jetzt weiß ich, was nicht stimmt. Es hat gar nicht nach Essen gerochen.« Sie schnupperte. Das, was da in der Luft lag, war Zitrone. Sehr viel Zitrone. Und etwas Scharfes. »Nur nach Putzmitteln. Es riecht sogar sehr nach Putzmitteln.«

Er nickte zerknirscht. »Ich hab eben sehr sauber gemacht. Putzen kann ich gut.«

Mira betrachtete Paul, der so supersüß aussah, wenn er zerknirscht war, und dann gab sie sich einen Ruck. Vielleicht war es auch der Schwips, der ihr einen Ruck gab. Sie war verliebt, er war verliebt, und eigentlich stellte sie sich echt an. Woher kam dieses Misstrauen? Das lag an diesem Badezimmer und diesem Duschvorhang, das wusste sie. Und das war sehr spießig von ihr. Sie war eine spießige Touristin, die dachte, dass auf Juist alle Duschvorhänge maritimblau sein mussten oder zumindest mit Muscheln bedruckt. Sie war ja so albern!

»Das ist doch eigentlich perfekt«, flüsterte sie. »Kochen kann ich. Putzen kannst du. Wir sind ein perfektes Paar.«

Das fand Paul offenbar auch, denn er beugte sich vor. Sie versanken in einem innigen Kuss, bis Mira sich etwas zerzaust aus der Umarmung befreite. »Willst du mir dein Zimmer zeigen? Und … Wo ist sie eigentlich?«

»Sie?«, fragte Paul.

»Na, deine Mutter.«

Er richtete sich auf. »Ausgegangen«, sagte er.

»Puh! Ich bin ja froh, dass sie kein Problem damit hat, dass ich in ihrer Küche sitze. So, wie du zuerst über sie geredet hast, dachte ich schon, sie wäre etwas fixiert auf dich!«

»Ach, du redest von Mama«, murmelte Paul.

Mira kicherte. Sie war wieder total gut gelaunt! Das war, weil Paul so süß war und so gut küssen konnte und weil sie diesen winzig kleinen Schwips hatte. »Na klar, von wem sonst?« Und dann roch sie wieder sehr viel Zitrone, und darum fiel ihr etwas ein. »Ach ja – wenn du so gut putzen kannst, musst du dringend mal im Hausflur gucken. Da, wo der zusammengerollte Teppich liegt, tropft es raus, da ist schon eine richtige Lache. Und sag mal, wofür hast du jetzt eigentlich die Geflügelschere gebraucht?«

»Nicht vom Putzen reden«, flüsterte Paul ihr ins Ohr. »Lass uns einfach genießen, dass Mama nicht da ist.«

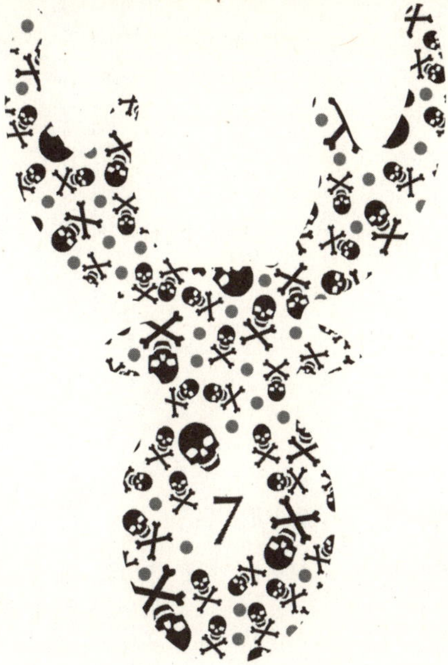

Dina El-Nawab /
Markus Stromiedel

Tote halten keine Vorträge

Bad Neuenahr

Über die Autoren:

Dina El-Nawab ist ein versierter Krimiprofi: Als Drehbuchautorin schreibt sie für beliebte Serien wie *Großstadtrevier, Notruf Hafenkante* und *Morden im Norden,* als Fernsehredakteurin hat sie Krimiserien für die ARD betreut. Ihr Relaunch für *Der Fahnder* wurde für den Deutschen Fernsehpreis nominiert. Inzwischen schreibt Dina El-Nawab auch Kinder- und Jugendbücher, und das mit großem Erfolg: Ihr Buch *Eric Fail – Geht's noch peinlicher?* stand 2018 auf der Shortlist des Zürcher Kinderbuchpreises.

Markus Stromiedel ist als Krimiautor »Vater« einiger höchst erfolgreicher »Kinder«: Aus seiner Feder stammt die Figur des Kieler Tatort-Kommissars Klaus Borowski sowie des ZDF-Staatsanwaltes Bernd Reuther. Nach seinen Anfängen als Journalist, Dramaturg und Producer schreibt Stromiedel seit vielen Jahren als Drehbuchautor, an seinem Schreibtisch entstanden Bücher u.a. für den *Tatort* und viele weitere bekannte Krimireihen und -serien. Filme nach seinen Drehbüchern gehören zu den erfolgreichsten Produktionen im deutschen Fernsehen. Als Prosaautor schuf er für seine Politthriller-Trilogie die Figur des Berliner Hauptkommissars Paul Selig und die beiden Sci-Fi-Thriller *Die Kuppel* und *Zone 5.* Für jugendliche Leser entstand die erfolgreiche Fantasy-Trilogie *Der Torwächter.*

Es war erst elf Uhr am Morgen, und Leon wünschte sich schon das Ende des Tages herbei. Teilnahmslos sah er die hügelige Landschaft mit ihren kahlen Weinbergen an sich vorüberziehen. Bruno saß am Steuer und pfiff in Endlosschleife *Jingle Bells* vor sich hin. Wie immer fuhr er rasant, nahm schnittig die Kurven der Bundesstraße, hielt dabei präzise seine Spur, als gleite er auf Schienen.

»Aus mir hätte auch ein richtig guter Rennfahrer werden können.« Bruno machte eine Pause, bevor er weitersprach. »Da ist Zielgenauigkeit genauso gefragt.« Er zwinkerte Leon zu.

»Wenn du das sagst …«, antwortete Leon teilnahmslos.

Bruno stippte genervt seine Basecap aus der Stirn. »Du gehst mir so was von auf den Sack mit deinem Depri-Getue.«

»Wenn du einen Animateur suchst, bin ich der Falsche.«

»Du bist *immer* der Falsche. Ich bin nur zu gutmütig, um dich hängen zu lassen.« Bruno verzog den Mund zu einem breiten Grinsen. »Dich hängen lassen, das ist das Einzige, was du auch ohne mich hinbekommst.«

Die Straße folgte dem Flusslauf in einer lang gestreckten Kurve, dann tauchte das Ortsschild von Bad Neuenahr neben der Fahrbahn auf. Bruno reduzierte das Tempo und fuhr durch den Ort, den Anweisungen des Navis folgend, bis sie in eine kleine Straße einbogen. Ohne Interesse sah Leon aus dem Fenster: frei stehende Einfamilienhäuser auf großen Grundstücken, auf den Auffahrten dunkle SUVs, in den Fenstern dezenter Weihnachtsschmuck – wer hier wohnte, hatte ausgesorgt. Leon war froh, als das Navi verkündete, sie seien am Ziel angekommen, denn das hieß, er würde das Gespräch mit Bruno beenden und den Wagen endlich verlassen können.

Brunos selbstgefällige Überheblichkeit war nicht zum Aushalten. Was konnte er, Leon, dafür, dass ihm schon seit Langem der Sinn seiner Arbeit abhandengekommen war? Was hatte er davon, fremde Menschen im Auftrag anderer fremder Menschen umzubringen – vom Honorar mal abgesehen? Vielleicht hätte er sie ja gemocht. Vielleicht hätten sie sogar Freunde werden können, echte Freunde, die einen ernst nahmen und die einem Mut machten, anstatt immer auf ihm rumzuhacken. Warum ließ er nicht alles hinter sich und zeigte Bruno einen Vogel?

Stattdessen verbrachte er seine Zeit mit jemandem, der damit prahlte, seine Nägel selbst mit einer Gartenschere besser schneiden zu können als jede Maniküre.

»He da, jemand zu Hause?«

Brunos unsanfter Weckruf holte Leon aus seinen Gedanken. Bruno hatte den Wagen zwei Häuser vor ihrem Ziel geparkt und stieg bereits aus. Leon stülpte sich seine Basecap über den Kopf, überprüfte, ob die Waffe mit dem aufgeschraubten Schalldämpfer in der Tasche seiner Monteursjacke steckte, und zog sich seine Handschuhe an.

»Hab ich's dir nicht gesagt?«, stellte Bruno zufrieden fest, »beste Arbeitsbedingungen hier.«

Leon sah sich beim Aussteigen um. Hohe Hecken umrahmten die villenartigen Häuser – einen besseren Sichtschutz konnte es in der Tat nicht geben. Fröstelnd zog Leon die Schultern hoch, nach der langen Fahrt im beheizten Wagen war es ungemütlich kalt.

»Wen besuchen wir?«, fragte er, während er einen abgegriffenen Handwerkskoffer aus dem Kofferraum hob.

»Hausnummer 4. Einen Psychofritzen.«

Leon gefiel es nicht, wie abfällig sich Bruno über Menschen äußerte, die anderen halfen, ihre Probleme loszuwerden. Psychologen bekamen das immerhin hin, ohne jemanden umzubringen.

»Hat der Mann einen Namen?«

»Irgendwas mit Berg. Bergheim. Oder Bergmann.«

Bruno kramte einen Zettel aus seiner Hosentasche, während sie durch das offene Tor zum Haus gingen und er unauffällig die Umgebung scannte. »Hab's gleich … Soll ja alles seine Richtigkeit haben. Hier steht's: Bergfeld.«

Beunruhigt horchte Leon auf. »Thomas Bergfeld?«

»Genau der. Du kennst ihn?«

Leon fing an zu zittern, so wie häufiger in letzter Zeit. »Warum hast du mir das nicht gesagt?«, zischelte er mit gesenkter Stimme, denn sie waren inzwischen an der Eingangstür angekommen.

Bruno schien die Aufregung seines Kollegen nicht im Geringsten zu beeindrucken. »Schuldet der Typ dir was?«

Leon schüttelte den Kopf.

»Na also«, antwortete Bruno, während er sein Ohr an die Eingangstür legte und lauschte, ob er Schritte hörte. »Dann hör auf zu flennen und mach gefälligst deine Arbeit. Die Luft ist rein. Los geht's.«

Mit einer Selbstverständlichkeit, als wäre er ein Chirurg im OP und Leon die Krankenschwester, hielt Bruno seine Hand auf. Zögerlich holte Leon das Picking-Set zum Knacken des Türschlosses aus dem Koffer und legte es in Brunos Hand. Noch immer zitterte er bei dem Gedanken an ihren Auftrag.

»Der Mann ist der Beste aller Motivationspsychologen … eine Koryphäe!«, erregte sich Leon. »Wo er auftritt, sind die Säle voll.«

»Was kratzt dich das?«

»Aber …«, stammelte Leon hilflos, »jemand so Berühmtes können wir doch nicht umbringen!«

Ungerührt pickte Bruno im Türschloss herum. »Ich kenn ihn nicht, also kann er nicht so berühmt sein.«

Leon ließ resigniert die Schultern sinken. Er hatte keine Idee, wie er Bruno umstimmen sollte. Sein Kollege kannte nur einen einzigen Maßstab: sich selbst.

Argwöhnisch blickte Bruno Leon von der Seite an.

»He, du kriegst jetzt doch nicht kalte Füße? So was kann ich echt nicht gebrauchen! Kannst du mir verraten, was los ist?«

»Nach Weihnachten tritt Bergfeld in Köln auf«, entgegnete Leon bedrückt. »Im Gürzenich! Ich habe eine Eintrittskarte.«

Bruno unterbrach für einen Moment seine Arbeit und drehte sich zu Leon um.

»Klar! Wenn das so ist«, spottete er, »dann gehe ich zu unserem Auftraggeber und sage ihm: ›Pech gehabt, mein Kollege hat leider eine Eintrittskarte!‹. Mann, muss man dir denn alles vorkauen? Verhökere deine Karte gefälligst im Internet, bevor Bergfelds Tod die Runde macht. Wenn der so berühmt ist, kannst du ja den doppelten Preis verlangen. Dann machst du sogar noch ein Geschäft damit.«

»Es geht nicht ums Geld!«

»Wo ist dann das Problem?«

»Dass Tote keine Vorträge halten können!«

»Da kannst du Gift drauf nehmen.« Amüsiert sah Bruno Leons verzweifelten Blick. »Muss ja ein Wahnsinns-Vortrag sein, den du da verpasst. Bestimmt was mit Sex-Kram.«

»Blödsinn.«

Bruno grinste. »Kannst es ruhig zugeben. Für so was hätte ich Verständnis.«

»Jeder hat sein Glück selbst in der Hand.«

Bruno zog die Augenbrauen hoch. »Oha, stille Wasser sind tief … Wusste gar nicht, dass du so versaut sein kannst.«

»Das ist der Titel seines neuen Buches: ›Jeder hat sein Glück selbst in der Hand‹.«

»Und deswegen machst du so einen Aufstand?« Bruno schnaubte empört. »Der Psychofritze hat doch keine Ahnung. Guck mich an: Von mir kannst du das tausendmal besser lernen. Kostenlos. Bei dem Thema bin ich Weltmeister!«

Im selben Moment schnappte das Türschloss auf. Für Bruno war die Sache damit beendet, er zog den Picking-Schlüssel ab, warf Leon ohne Vorwarnung das Set zu und ging hinein. Leon hatte Mühe, die Metallhäkchen aufzufangen. Genervt verstaute er sie im Handwerkskoffer, bevor er seinem Kollegen ins Haus folgte.

Die weiträumige Diele war mit schwarz-weißen Fliesen ausgelegt, darüber erhob sich eine beeindruckende Freitreppe, sie führte hinauf ins Obergeschoss. Ein ausladender Weihnachtsbaum, der den Duft frischer Tannennadeln verströmte, schmückte den Aufgang. An der Wand hingen moderne Gemälde, ganz sicher wertvoll. Doch Leon blieb keine Zeit, das Haus seines Idols zu bewundern: Bruno stieß ihn mit dem Ellbogen an, er hatte den Zeigefinger über seine Lippen gelegt und lauschte konzentriert. Jetzt bemerkte es auch Leon: Von irgendwoher drang leise Musik zu ihnen, begleitet von einem Plätschern. Irgendwo da oben musste Bergfeld sich aufhalten. Leon konnte nichts dagegen tun, dass ihm bei dem Gedanken unprofessionell heiß wurde.

»Einfacher geht's nicht«, freute sich Bruno, während er seine Waffe zog und leise die Treppenstufen hochging. »Wir folgen Beethovens Spuren.«

»Das ist Mozart«, widersprach Leon.

Bruno beendete das Gespräch, indem er Leon das Zeichen zum Schweigen gab. Leon fügte sich und stellte den Handwerkskoffer auf den Boden ab, dann folgte er Bruno leise die Stufen nach oben. Obwohl sich alles in ihm sträubte, wusste er, hier war nicht der Ort zum Streiten.

Die Musik führte sie die Galerie entlang bis zu einer Tür, hinter der sich das Badezimmer befinden musste. Als Bruno sein Ohr an die Tür legte, hielt Leon die Luft an vor Anspannung. Bruno lächelte zufrieden, entsicherte leise seine Automatik und wartete, bis auch sein Kompagnon seine Waffe aus der Jackentasche gezogen hatte. Dann nickte er Leon zu, die Klinke herabzudrücken, so wie er es immer tat. Sie waren ein lang eingespieltes Team – Leon traute sich nicht, Brunos Anweisung zu missachten. Doch als er die Tür geöffnet hatte und Bruno mit der Waffe im Anschlag das Bad betreten wollte, sprang Leon kurz entschlossen an ihm vorbei und baute sich im Türrahmen auf. Wie eine Mauer schirmte er den Raum mit seinem Körper ab.

Bruno stieß verblüfft gegen Leons Brust. »Bist du bescheuert? Mach Platz!«, zischte er ihm zu.

»Ich habe 250 Euro für seinen Auftritt bezahlt! Verstehst du?«

»250 Euro? Für einen Vortrag?« Bruno war überrascht. »Dafür lass ich mich drei Abende von Cindy verwöhnen.«

»Lass uns den Auftrag verschieben, nur eine Woche«, flehte Leon.

Eine verärgerte Stimme aus dem Badezimmer unterbrach ihren Disput. »Ich weiß nicht, wie Sie hier hereingekommen sind und warum Sie unbedingt hier streiten müssen. Aber so geht das nicht, meine Herren, mein Bad ist privat! Außerdem wird es kalt hier. Wenn Sie also die Tür schließen würden …«

Leon wandte sich der Stimme zu. Ihm war klar, für einen Abbruch ihrer Aktion war es zu spät, und er würde die Schuld an allem zu tragen haben, was jetzt folgte. Er ließ sich von Bruno, der ihn mit einem bösen Blick bedachte, zur Seite schubsen, damit dieser ins Bad treten konnte, die Waffe noch immer im Anschlag.

Das Bad war so groß wie Leons Wohnzimmer. Thomas Bergfeld stand nackt unter einer mittig im Raum angebrachten Dusche mit einer halbrunden Glaswand, er hatte sich gerade an den entscheidenden Stellen gewaschen. Dass es Bergfeld war, konnte Leon trotz dessen fehlender Brille erkennen – es war derselbe Mann wie auf seinem Buchcover.

Bruno taxierte Bergfeld. »Ich hab's dir gesagt, alles nur Sex-Kram!«, stellte er rechthaberisch fest. »Der hat ganz eindeutig das Glück in der Hand gehabt.« Dann wandte er sich Bergfeld zu: »Haben Sie nichts zum Anziehen?«

Bergfeld hatte bereits das Wasser abgestellt und griff nach seinem Bademantel.

»Es tut mir außerordentlich leid, ich war nicht auf Besuch vorbereitet«, sagte er.

»Ein Scherzkeks«, schnaubte Bruno in Richtung Leon. »Und für so einen wolltest du ein Vermögen ausgeben?«

Leon zog es vor zu schweigen, sein vor wenigen Minuten entfesselter Mut war wie weggeweht.

»Was wollen Sie von mir? Ein handsigniertes Exemplar meines Buches?«, fragte Bergfeld, während er den Gürtel seines Bademantels zuzog.

Bruno schnaubte ein zweites Mal. »Was glauben Sie, wen Sie vor sich haben!«

»Fans?«, fragte Bergfeld. »Sie wären nicht die Ersten, die ein wenig rabiat sind. Aber eingebrochen ist bei mir tatsächlich noch niemand.« Er kniff die Augen fragend zusammen. »Ein signiertes Buch wäre zu unpersönlich. Wie wäre es mit einer Seite aus meinem Originalmanuskript? Oder ein von mir benutztes Handtuch?« Bergfeld verzog keine Miene bei seinen Worten, er schien es ernst zu meinen.

Bruno war kurz vor dem Ausrasten. »Bin ich hier von Idioten umzingelt?«

»Okay, ich höre an Ihrem Timbre, dass ich Sie falsch eingeschätzt habe. Das liegt daran, dass ich meine Brille nicht aufhabe. Ich bin sehr kurzsichtig, wissen Sie? Moment …«

Bergfeld stieg aus der Dusche auf die Badematte, angelte sich seine bereitliegende Brille und setzte sie sich auf die Nase. Dann wandte er den Blick den beiden Besuchern zu. Er stutzte.

»Oh, sie haben Waffen dabei. Dann sind Sie keine Fans.«

»Sie Blitzmerker«, antwortete Bruno. »Wenn Sie nicht das Gehirn meines Kollegen aufgeweicht hätten, dann würde Ihr eigenes längst an Ihrer Duschwand kleben.«

Bergfeld zog die Augenbrauen hoch und musterte erst Leon, der unsicher zum Boden schaute, dann Bruno. Es lag mehr Neugier als Angst in seinem Blick.

»Was bringt Sie so sehr gegen mich auf, dass Sie mich umbringen wollen?«

»Geht Sie nichts an!«

»Ich meine schon. Sie stehen hier in meinem Bad. Nicht umgekehrt. Habe ich Sie bei einem meiner Auftritte unwissentlich gekränkt?«

»Nur Idioten zahlen 250 Euro für eine Psycho-Show.«

»Die meisten meiner Zuhörer gehen sehr motiviert und glücklich nach Hause.«

»Ich sag ja: Idioten.«

»Ihr Kollege ist bestimmt kein Idiot, sonst würden Sie nicht mit ihm zusammenarbeiten.«

Bruno rümpfte die Nase, was Leon nicht entging. »Wissen Sie was: Wenn Sie so toll sind, dann beweisen Sie es, hier und jetzt. Aber ich sag Ihnen: *Mich* legen Sie nicht rein.«

»Natürlich nicht. Trinken Sie ein Glas Wein mit mir?«

Ohne eine Antwort abzuwarten, ging Bergfeld zu einem Tisch, auf dem eine gefüllte Karaffe und Gläser bereitstanden. Er drehte drei der Gläser um und schenkte sie voll.

Bruno kreuzte seine Arme vor der Brust, ohne die Waffe zu senken. »Sie glauben doch nicht, dass wir Ihnen DNA-Spuren von uns schenken. Für wie blöd halten Sie uns?«

»Sie können die Gläser gern mitnehmen«, antwortete Bergfeld unbekümmert, während er jedem von beiden ein Glas reichte. »Machen Sie es sich bitte gemütlich.«

Als keiner der beiden seiner Bitte folgte, setzte Bergfeld sich auf einen der Stühle, die neben dem Tisch standen, und schlug die Beine übereinander. »Wie viel bekommen Sie, wenn Sie mich umbringen?«

Verblüfft sahen sich Bruno und Leon an.

»Das spielt hier keine Rolle« antwortete Bruno schließlich. »Sie sollten uns keine Fragen stellen, sondern was beweisen.«

»Wir sind schon mittendrin«, antwortete Bergfeld und lächelte.

Leon setzte sich auf den Badewannenrand. »Woher wissen Sie das mit dem Auftrag?«

»Um zu wissen, dass jemand, der mit Waffe und Handschuhen in ein fremdes Haus eindringt, nichts Gutes im Sinn hat, brauche ich kein Kriminalist zu sein. Als Psychologe interessiert mich aber vor allem eines: die Motivation dahinter. Es gibt zwei mögliche Antriebe: Gefühle oder Geld. Wenn Sie mich hassen würden oder sich an mir rächen wollten, dann säßen wir hier nicht so friedlich zusammen. Folglich muss es das Geld sein. Also: Wie viel bin ich Ihrem Auftraggeber wert?«

Bruno hob abwehrend seinen Zeigefinger. »Ich weiß, was Sie vorhaben. Sie wollen uns das Doppelte bieten, damit wir Sie am Leben lassen. Aber wir sind nicht bestechlich.«

»Männer mit Moral. Darauf trinke ich einen.« Bergfeld prostete seinen Besuchern erfreut zu und nahm einen Schluck. »Einige Ihrer Vorgänger waren weniger standfest.«

»Keine Ahnung, wovon Sie reden«, sagte Bruno.

»Davon, dass Sie schon das dritte Killerteam sind, das Udo Kepgen auf mich ansetzt. Hat er Ihnen das nicht gesagt?«, fragte Bergfeld scheinbar arglos.

Leon und Bruno sahen sich entgeistert an. Bruno räusperte sich, dann setzte auch er sich. »Woher kennen Sie seinen Namen?« Er schlenkerte misstrauisch mit der Waffe herum. »Von unseren … Vorgängern?«

»Auch.« Bergfeld legte den Kopf schief. »Udo ist schon immer krankhaft neidisch auf mich gewesen, seit wir zusammen studiert haben. Seiner Meinung nach habe ich ihn sein ganzes Leben lang ausgebootet: bei den Noten, bei den Frauen, bei den Stellenangeboten. Er glaubt, mein Glück sei sein Unglück. Aber er hat unrecht. Jeder hat es selbst in der Hand, einen glücklichen Menschen aus sich zu machen. Ich, Sie, wir alle.«

Leon, der gespannt zugehört hatte, konnte nicht an sich halten. »Wirklich jeder?«, fragte er.

»Natürlich. Nehmen Sie mich: Ich könnte angesichts Ihres Besuchs verunsichert sein. Aber nein, ich freue mich, ein Glas Wein mit Ihnen zu trinken und interessante Gespräche zu führen.«

»Wie gelingt Ihnen das?« Interessiert beugte sich Leon vor.

»Das Leben ist eine Herausforderung«, antwortete Bergfeld. »Und jede Herausforderung hat einen positiven Kern.«

»Sie sind doch nicht mehr richtig im Kopf«, beschwerte sich Bruno. »Gleich sind sie mausetot, und Sie sagen uns allen Ernstes, das soll eine Herausforderung sein? So 'nen Scheiß kann nur ein Psychofritze reden.«

»Was sollte ich Ihrer Meinung nach denn jetzt tun?«

»Keine Ahnung. Beten. Um Gnade flehen. Eimerweise flennen.«

»Ah, Sie glauben, alles sei vorbestimmt: Man ist Täter oder Opfer. Sie glauben, man hat keine Wahl. Aber das stimmt nicht. Man hat immer eine Wahl. Sie könnten jetzt genauso gut auch Opfer sein. Oder ich Täter wie Sie. Wir haben alle die gleichen Möglichkeiten. Das ist eine Sache der Perspektive.«

»Was für ein Quatsch!«

»Kommen Sie, lassen Sie uns die Plätze tauschen.«

»Und was soll das bringen?«

»Probieren Sie es aus.«

»Okay, aber ich bin kein Opfer. Nur, dass das mal klar ist!«

Bergfeld und Bruno tauschten die Plätze. »Falls Sie tricksen wollen, jagen wir Ihnen eine Kugel in Ihren klugen Kopf.«

»Ich weiß.«

Auch Leon wechselte zum Tisch. »Und jetzt?«, fragte er gespannt.

»Horchen Sie in sich hinein.«

Leon konzentrierte sich, während sich sein Blick verdüsterte. »Ich fühle mich wie ein Opfer.«

»Hatten Sie das Gefühl vorher auch?«

»Nicht so deutlich wie hier.«

»Versuchen Sie, Ihr Gefühl zu beschreiben.«

»Alles ist so … sinnlos. Ich fühl mich hilflos, fehl am Platz. Irgendwie … unnütz. Ja, genau das ist es!«

Bergfeld lächelte ihn an. »Das können Sie ändern. Sie müssen es nur wollen.«

»Machen Sie ihm keine falschen Hoffnungen«, witzelte Bruno. »Was soll er dagegen tun, dass er manchmal einfach unnütz ist?«

Bergfeld schenkte Bruno einen vorwurfsvollen Blick. »Sie behandeln Ihren Kollegen nicht sehr nett.«

»Und Sie, Mr Bergfeld, haben mich noch nicht überzeugt. Sie sind für mich immer noch kein Täter und ich kein Opfer. Gucken Sie sich doch an: im Bademantel und mit Schlappen, wen soll das beeindrucken?«

»Mit Waffe wäre ich beeindruckender«, überlegte Bergfeld und streckte Bruno fordernd seine offene Hand entgegen. »Geben Sie sie mir.«

»Für wie blöd halten Sie mich?«

»Für so schlau, das Magazin vorher herauszunehmen.«

Für einen Moment zögerte Bruno, dann tat er genau das. Das Magazin verstaute er in seiner Jackentasche.

»Du behältst ihn im Auge«, befahl er Leon, der folgsam seine Waffe hob. Dann reichte Bruno Bergfeld seine Automatik. Der wog sie in seiner Hand, richtete sie einen Moment auf seine Besucher, dann nahm er sie wieder herunter.

»Nein, eindeutig falsch.«

»Hätte ich Ihnen gleich sagen können«, grinste Bruno.

»Wir sind noch nicht fertig.«

Bergfeld stand auf und ging auf Leon zu.

»Jetzt Sie.«

»Ich?«

Bergfeld nickte. »Setzen Sie sich auf meinen Platz.«

Leon zögerte und warf einen Blick zu Bruno, dann stand er auf und ging zu dem frei gewordenen Platz. Derweil setzte sich Bergfeld auf Leons Stuhl.

»Fühlen Sie sich noch genauso hilflos und unnütz?«

Leon antwortete nicht, er zuckte nur mit den Schultern, aber man sah ihm seine Unzufriedenheit an.

»Das muss nicht sein. Das Glück – es liegt in Ihrer Hand«, wiederholte Bergfeld mit Nachdruck. »Befreien Sie sich von allem, was Sie daran hindert.«

Leons Lippen zitterten unmerklich.

»Wagen Sie es«, setzte Bergfeld nach. »Das Glück ist oft nur einen Fingerbreit weit entfernt.«

Genervt rollte Bruno mit den Augen. »Ohne mich kriegt der nie was auf die Reihe. Genauso gut können Sie einem Pinguin das Bellen beibringen.«

In diesem Moment drückte Leon mit dem Finger den Abzug seiner Waffe und schoss. Bergfeld zuckte zusammen. Bruno wurde von der Wucht der Kugel in seinen Stuhl zurückgestoßen. Erstaunt blickte er an sich herunter und sah ein Loch in seiner Brust, aus dem Blut strömte.

»Was zur Hölle …«, schimpfte er. Er hob die Hand in Leons Richtung, um zurückzuschießen, als er merkte, dass Bergfeld seine Automatik hatte. »Scheiße. Das kann nicht sein, ich bin kein Opfer!«, sagte er ungläubig.

»Das ist alles eine Sache der Perspektive«, nickte Bergfeld ihm zu, während Bruno müde die Augen schloss.

»Und wie fühlen Sie sich jetzt?«, fragte Bergfeld Leon.

Seit er geschossen hatte, saß Leon erschrocken über das, was er getan hatte, stumm da und schwieg.

Bergfeld nickte ihm wohlwollend zu.

Zögernd legte sich ein Lächeln der Erleichterung auf Leons Gesicht. »Ich fühle mich besser.« Leon blickte zu Bruno, der in sich zusammengesunken war, die beige Jacke inzwischen blutrot. »Sogar erstaunlich gut.« Der Gedanke, nie wieder Brunos blöde Sprüche aushalten zu müssen, war angenehm.

»Was habe ich Ihnen gesagt? Nichts in Ihrem Leben wird so sein wie vorher.«

Für einen Moment war Leon unsicher. »Und das ist gut?«

»Das ist sehr gut, glauben Sie mir.« Bergfeld stand auf und zog eine Schublade auf, um eine Klarsichttüte herauszunehmen. Er streckte die Öffnung Leon entgegen. »Befreien Sie sich von allem, was Sie in Ihrem alten Leben festzuhalten versucht.«

Als Leon nicht sofort verstand, wies Bergfeld auf die Waffe in seiner Hand. Leon ließ sie in die Tüte fallen.

Bergfeld musterte die Waffe zufrieden, bevor er sie in die Tasche seines Bademantels steckte, zusammen mit der von Bruno. »Jetzt haben wir es bald geschafft.«

Leon runzelte die Stirn. »Was müssen wir denn schaffen?«

Für einen Moment wirkte Bergfeld ungeduldig, doch er riss sich zusammen. »Sich befreien«, wiederholte er, »sein Glück finden, darum geht es. Und das finden Sie nicht, solange Ihr toter Partner hier in meinem Bad liegt.«

Leon nickte, das klang schlüssig. Warum kam er nicht selber auf solche Sachen? Er seufzte.

Bergfeld hatte den Gürtel seines Bademantels fester gezogen, jetzt verließ er den Raum, um wenig später mit einem Leichensack zurückzukommen.

»Glücklicherweise habe ich beim letzten Mal gleich mehrere Exemplare bestellt.« Bergfeld reichte Leon den Sack. »Ich denke, Sie schaffen es alleine, Ihren Ex-Kollegen einzupacken und in den Kofferraum Ihres Wagens zu legen? Fahren Sie Ihr Auto am besten rückwärts auf die Auffahrt.« Als Leon zögerte, setzte Bergfeld nach: »Sie bekommen das hin, vertrauen Sie mir. In Ihnen steckt mehr, als Sie glauben.« Er lächelte Leon an.

Leon spürte, wie ihm Bergfelds Worte Kraft schenkten. Zum ersten Mal seit Jahren empfand Leon ein Gefühl der Zufriedenheit, und dieses Gefühl beflügelte ihn. Fühlte sich so Glück an?

Als er eine Viertelstunde später schwer atmend in das Bad zurückkehrte, hatte Bergfeld schon den Boden und den Stuhl gereinigt und sich angezogen. Gerade war er dabei, Brunos Waffe sorgfältig zu putzen. Mit seinen Latex-Handschuhen hinterließ er keine Fingerabdrücke.

Bergfeld betrachtete zufrieden sein Werk, dann reichte er Leon die Waffe.

Leon war irritiert. »Ich dachte, ich soll mich von allem aus meiner Vergangenheit befreien.«

Bergfeld lächelte beruhigend. »Kleine Symbole erinnern uns tröstend an überstandene Krisen. Außerdem … vielleicht brauchen Sie sie noch.«

Leon runzelte die Stirn, während er die Waffe nahm. »Wofür?«

»Für das Gespräch mit Ihrem Auftraggeber. Sie müssen ihm sagen, dass Bruno seinen Auftrag nicht erfüllt hat.«

»Warum sollte ich das tun?« Leon hatte Mühe, den Gedanken des Psychologen zu folgen.

»Weil«, antwortete Bergfeld geduldig, »Ihr Glück nur dann Bestand haben wird, wenn Sie überall reinen Tisch gemacht haben. Klarheit ist die Basis von Zufriedenheit. Also sorgen Sie für Klarheit.«

»Aber das wird unserem Auftraggeber nicht gefallen.«

»Das stimmt.« Bergfeld verzog betrübt das Gesicht. »Ich vergaß, wie nachtragend Udo ist.« Er schwieg einen Moment, während er Leon aufmerksam beobachtete. »Sie sollten ihm keine Möglichkeit geben, sich an Ihnen zu rächen, sondern vorher wirksame Mittel dagegen anwenden. Sie sind Profi. Sie wissen, was zu tun ist. Oder?«

Nachdenklich wog Leon die Waffe in seiner Hand.

Dass es so schwer sein würde, sein Glück zu finden, hatte er nicht geahnt. Er dachte an seinen Partner, der tot im Kofferraum des Wagens lag. Zweifel durchzuckten ihn. Irgendwas, dachte Leon, stimmte hier nicht. Doch als er Bergfelds aufmunternden Blick sah, lösten sich seine dunklen Gedanken wie in nichts auf.

»Sie haben es in Ihrer Hand«, erinnerte Bergfeld ihn.

Leon nickte nachdenklich und steckte die Waffe ein.

Mit aufmunterndem Schulterklopfen führte Bergfeld ihn zur Tür. »Ich freue mich schon, Sie bei meinem Vortrag zu sehen.

Sie werden viel lernen. Denken Sie dran: Heute ist der erste Tag eines neuen Lebens!«

Ein Gefühl der Wärme und Zuversicht durchströmte Leon. Wer hätte gedacht, dass dieser trübe Tag so gut enden würde. Wobei, ganz beendet war er noch nicht.

»Grüßen Sie Udo von mir«, sagte Bergfeld, als er die Tür öffnete und Leon aus dem Haus ließ.

Das würde Leon ganz sicher machen. Solange Udo Kepgen noch lebte.

ENDE

8

Thomas Kastura

Wagen 16

Altmühltal

Über den Autor:

Thomas Kastura, geboren 1966 in Bamberg, lebt ebendort mit seiner Frau und seinen beiden Töchtern. Er studierte Germanistik und Geschichte und arbeitet seit 1996 als Autor für den Bayerischen Rundfunk. Er hat zahlreiche Erzählungen, Jugendbücher und Kriminalromane geschrieben, u.a. *Der vierte Mörder* (2007 auf Platz 1 der KrimiWelt-Bestenliste). Unter dem Pseudonym Gordon Tyrie schreibt er Thriller, die auf den Hebriden angesiedelt sind. Zuletzt erschien *Schottensterben* (2020) bei Droemer.

Für ihren letzten Mord vor Weihnachten wollte Despina eigentlich das Auto nehmen. Doch am 23. Dezember kam das gar nicht infrage bei den vielen Staus, Baustellen und dem ganzen Verkehrschaos. Die Bahn war da schon zuverlässiger, so merkwürdig es klang. Außerdem liebte Despina die Ungezwungenheit: mit nichts als einer Umhängetasche am Ort des Geschehens eintreffen, die Zielperson ausschalten und noch am selben Abend zurückfahren. Sauber, professionell, planbar.

An einem der DB-Automaten am Münchner Hauptbahnhof löste sie ein Ticket. Despina bezahlte bar, das war anonym. Der ICE nach Berlin stand bereits auf dem Gleis. Ihre Wahl fiel auf Wagen 16, das war ihre Glückszahl. Wie die meisten Auftragskiller war sie abergläubisch.

Es waren noch genug Plätze frei. Despina entschied sich für einen Zweiersitz auf der rechten Seite und machte es sich am Fenster gemütlich. Ihre Tasche stellte sie zwischen ihren Füßen ab. Sie enthielt eine Geldbörse, ein Handy mit Prepaidkarte und einen gepolsterten Umschlag von der Größe eines Buchs. Darin befand sich eine 9-mm-Glock aus Keramik, leicht und handlich. Nach dem Hit würde sie das Ding entsorgen, in einem Mülleimer, einem Gully oder einem Fluss, je nachdem.

In Bamberg würde sie aussteigen. Knapp zwei Stunden Fahrt lagen vor ihr. Sie kannte die Stadt noch nicht, aber Despina brachte den Tod überallhin. Sie war jung und gut in dem, was sie tat. Ihr Auftrag war allerdings etwas lausig. Noch konnte sie sich ihre Morde nicht nach Lust und Laune aussuchen.

Allmählich füllte sich Wagen 16. Die übliche Mischung in der zweiten Klasse. Ein Managertyp telefonierte schon bei der Platzsuche und besprach wichtige Deals, komplex, millionenschwer. Seine Sekretärin schien schwer von Begriff zu sein, alles musste er mehrfach erklären. Er trug einen schlecht sitzenden Anzug mit hohem Polyesteranteil. Und ins Fitnessstudio konnte er auch mal wieder gehen, fand Despina, die in der Blüte ihrer durchtrainierten, skrupellosen Jahre stand. Warum hatte der Mann ein Ticket für die zweite Klasse gelöst und nicht für die erste? Vielleicht waren es in Wirklichkeit doch nur kleine Deals mit überschaubaren Summen? Er setzte sich an einen Vierertisch und klappte sein Notebook auf. Telefonierte weiter. Bekam Gesellschaft von einer Mutter mit Kind.

»Wir haben es diskutiert, Leon! Du bleibst auf deinem Platz sitzen und machst deine Hausaufgaben.« – »Hab keine Hausaufgaben! Morgen ist Weihnachten!« – »Aber du musst noch Englisch und Spanisch nacharbeiten. Komm, wir machen das gemeinsam.«

Leon war ungefähr zehn. Er begann, den Gang auf und ab zu rennen. Dabei krähte er fortwährend: »Morgen ist Weihnachten, morgen ist Weihnachten!«

Für manche von uns, dachte Despina. Nicht für alle.

Des Weiteren kamen in den Wagen 16: vier alkoholisierte Männer, die auf dem Weg zum Nürnberger Christkindlesmarkt waren und sich mit Bier und Schnaps schon mal auf Pegel brachten; ein bis zur Halskrause tätowiertes Pärchen, das seine Beziehungsprobleme unüberhörbar ausbreitete; ein junger Mann mit einem Tarnanzug und Soziopathenblick. Hardrock drang aus seinen monströsen Kopfhörern.

Das waren so die Fahrgäste in Despinas Umkreis. Nicht die allerbesten Aussichten für eine entspannte, reibungslose Reise. Sie überlegte, ob sie den ICE verlassen und kurzerhand ein

Auto knacken sollte, um nach Bamberg zu kommen. Doch in diesem Moment setzte sich der Zug in Bewegung. Der Bahnsteig zog an ihr vorbei, zu spät.

Bislang war der Platz neben ihr frei geblieben. Das änderte sich. Ein Rentner mit Outdoor-Klamotten ließ sich darauf nieder und packte ein Leberwurstbrot aus. Ehemaliger Lateinlehrer, seiner Cäsarenfrisur nach zu urteilen.

Leberwurstbrote, das wusste Despina aus Erfahrung, waren noch schlimmer als Fast-Food-Burger oder Thai-Curry. Der Geruch fraß sich direkt ins Gehirn hinein, man konnte nicht mehr klar denken.

Der Leberwurstrentner fing ein Gespräch an. »Und? Wohin sind Sie unterwegs? Beruflich oder privat?«

Sollte sie erwidern: »Ich fahre nach Bamberg, jemand hat mich angeheuert, damit ich seine Frau töte. Es soll am Nachmittag passieren, während sie den Christbaum schmückt und sonst niemand zu Hause ist. Ich gebe vor, ein Paket zu überbringen, damit mich die Zielperson hereinlässt. Dann schieße ich ihr in den Kopf und gehe wieder. Was haben Sie so vor?«

Doch Despina schwieg. Sie holte ihr Handy aus der Tasche und gab vor, beschäftigt zu sein.

Wirkte sie attraktiv? Sympathisch? Auf eine gewisse Art außergewöhnlich, sodass etwaige Zeugen sich leichter an sie erinnern konnten? Wohl kaum. Hellgrauer Freizeitanzug, schwarze Daunenjacke mit Kapuze, weiße Sneakers, dazu eine abgegriffene Basecap von undefinierbarer Farbe, tief in die Stirn gezogen, um ihr Gesicht zu verbergen. Wer einen Mord begehen wollte, machte sich nicht hübsch, sondern verwechselbar. Sie zog eine Schnute, als hätte ihr Freund gerade mit ihr Schluss gemacht. So jemanden schaute man nicht lange an.

Nach einer Weile gab der Leberwurstrentner seine Kontaktversuche auf. Hin und wieder nahm er einen Bissen von seinem

Brot und schaute hoch, als wolle er nicht verpassen, was um ihn herum geschah.

Despina hatte vergessen, In-Ear-Kopfhörer oder Ohrstöpsel mitzunehmen. Ihre Stimmung verschlechterte sich.

Die erste halbe Stunde der Fahrt war erfüllt vom Lärm der Mitreisenden. Die Betrunkenen grölten. Das Tattoo-Pärchen stritt sich immer heftiger. Der Manager bellte Anweisungen ins Telefon. Der Tarnanzug-Soziopath drehte die Musik auf. Der Junge plärrte. Seine Mutter rief eine Freundin an und ließ sich über ihr letztes Date aus. Eine Kakofonie des Grauens.

Nur der Rentner neben ihr verhielt sich relativ geräuscharm. Irgendwann hatte er sein Brot vertilgt. Nachdem sich der Leberwurstgeruch verflüchtigt hatte, bekam eine Art Opa-Mief die Oberhand. Seine Cordhose brauchte dringend einen Waschgang.

Despina blickte aus dem Fenster. Kilometer für Kilometer trug sie der Zug Bamberg entgegen. Aus welchem Grund ihr Auftraggeber seine Ehefrau loswerden wollte, war ihr egal. Ein Profi wie sie fragte nicht nach dem Motiv. Ob Eifersucht dahintersteckte, Versicherungs- oder Erbschaftsgeschichten. Oder einfach nur Überdruss, Abnutzung, die Aussicht auf etwas Besseres. Manchmal reichte das schon. Dieses Mal war es ein Rosenkrieg, beide Seiten machten sich das Leben zur Hölle.

Viele Leute kriegten sich schon wegen Nichtigkeiten in die Haare, verletzten sich bis aufs Blut. Der Hass nahm zu. In den sozialen Medien kübelte man andauernd Gemeinheiten aus. Zugleich waren so viele Menschen wie noch nie auf Dating-Plattformen unterwegs und suchten nach Liebe wie beim Klamottenkauf im Internet. Fünf Teile bestellen, eines behalten, und auch dieses nach dem Anprobieren wieder zurückschicken. So machte es auch Despina, sie unterhielt mehrere Accounts. Momentan zog sie kurze Affären vor. Für eine aufstrebende

Killerin war es wenig sinnvoll, dauerhafte Partnerschaften einzugehen, schon gar nicht mit Kollegen. Vielleicht später einmal, wenn sie in ihrer Branche etabliert war und Mitarbeiter einstellen konnte. Als Beruf hatte sie Insolvenzberaterin angegeben.

In Ingolstadt stiegen Mutter und Sohn aus. Zwei Lärmquellen weniger. Inzwischen war es ruhiger geworden, kaum mehr Gebrüll in Wagen 16. Zwei von den vier Betrunkenen waren eingedöst. Der Manager fuhrwerkte auf seinem Notebook herum. Das Pärchen hatte sich spontan versöhnt und knutschte. Der Rest hing an Smartphones oder Tablets. Apathische Gesichter im Bann der Displays.

Despina checkte ihre Dating-Bekanntschaften. Nichts Brauchbares dabei. Sie wählte nicht so sehr danach aus, wen sie interessant oder vielversprechend fand. Wichtiger waren die Ausschlusskriterien: was sie für einen Makel hielt, für ein No-Go. Ihre Liste war lang.

Vor nicht allzu langer Zeit hatte sie ein Verhältnis mit ihrem ehemaligen Mentor gehabt. »Thunderbird«, so lautete sein Deckname in der Branche. Die Trennung war äußerst unschön verlaufen. »Irgendwann zahle ich dir das heim!« Das waren seine Abschiedsworte gewesen. Gekränkter Stolz, Machogehabe, besitzergreifend. Thunderbird besaß jede Menge Makel und No-Gos.

»Gleich kommen wir ins Altmühltal.« Der Leberwurstrentner versuchte es erneut. »Da hat's Tunnel, einen nach dem anderen! Da können Sie den Empfang vergessen.«

»Danke für den Hinweis.«

»Wollen Sie nach Berlin?«

»In die Richtung, ja.«

»Ich bin seit Kurzem im Ruhestand. Meine Frau ist vor einem Jahr an Krebs gestorben. Jetzt fahre ich durch die Gegend, fast täglich, nur die langen Strecken, mit der Bahncard 100. Die habe ich noch von meiner Zeit als Verbindungsoffizier bei der Bundeswehr.«

Despina stutzte. Kein Lehrer? Dann hatte sie sich ausnahmsweise geirrt. »Das mit Ihrer Frau tut mir leid.«

»Danke. *Mir* tut es leid. Ich falle immer gleich mit der Tür ins Haus. Erzähle wildfremden Leuten ungefragt mein ganzes Leben.«

»Da sind Sie nicht der Einzige.«

»Früher war das nicht so. Man unterhielt sich höchstens übers Wetter.«

»Die Leute haben ein großes Mitteilungsbedürfnis.«

»Daran ist das Internet schuld«, meinte der Rentner. »Ich beobachte viel, wissen Sie? Mich interessiert, womit die anderen Reisenden so ihre Zeit verbringen.«

»Ist das nicht indiskret?«

»Mag schon sein. Aber das Alleinsein fällt mir schwer. Deshalb sitze ich ja nicht zu Hause herum und starre die Wand an. Ich fühle mich wohl, wenn ich unter Leuten bin. Wenn ich ihnen dabei zusehe, wie sie miteinander in Kontakt treten. Dann kommt es mir vor, als wäre ich nicht ganz so allein. Es hat ja auch sein Gutes, dass so viele in der ganzen Welt miteinander verbunden sind.«

»Online werden nicht nur Nettigkeiten ausgetauscht«, wandte Despina ein.

»Das ist mir klar. Entscheidend ist doch, überhaupt miteinander zu reden. Ins Gespräch zu kommen, oder?«

»Sie sind ein Idealist.«

»Absolut.«

Irgendwie fand sie den Mann sympathisch. Trotz Leberwurstbrot und Opa-Mief. Seine Geschichte besaß etwas Anrührendes, Despina hatte ja kein Herz aus Stein. In den Tiefen des Internets gab es bestimmt jemanden, der ihm half, seine

Trauer zu überwinden, eine verständnisvolle Frau, der vielleicht Ähnliches widerfahren war. Er sollte es mal auf einer Kontaktbörse für Witwer probieren.

Plötzlich klingelte ihr Handy.

Nur eine einzige Person hatte diese Nummer, für Notfälle, etwa, wenn der Kunde einen Auftrag in letzter Minute cancelte. Dann stellte Despina ein Ausfallhonorar in Rechnung. In der Regel wurde es klaglos bezahlt, wer legte sich schon mit einer Killerin an? Ansonsten lief alles Geschäftliche über einen sicheren Messengerdienst. Für den Tag des Hits war Funkstille vereinbart.

Es musste also wichtig sein.

»Schön, dass du anrufst, mein Schatz!«, flötete Despina, als würde sie mit ihrem Freund schäkern. »Sprich, ich höre.« Sie presste das Smartphone an ihr rechtes Ohr, damit der Rentner nichts von dem Telefonat mitbekam.

Die Stimme am anderen Ende der Leitung klang aufgeregt. »Meine Frau, sie hat alles entdeckt! Heute Morgen beim Frühstück! Ich hab mein Handy auf dem Tisch liegen lassen, unsere gesamte Korrespondenz ist da drauf! Und als ich rausging, um den Christbaum ins Haus zu bringen … da muss sie es sich unter den Nagel gerissen haben. Es ist weg! Meine Frau auch, mit dem Volvo! Wahrscheinlich kennt sie meine PIN, es ist mein Geburtsdatum. Was soll ich jetzt tun?«

Eigentlich hatten sie ausgemacht, dass jede von Despinas Mitteilungen unverzüglich zu löschen war, eine eiserne Regel. An die sich dieser Vollidiot von Auftraggeber offenbar nicht gehalten hatte.

»Schade, aber da kann man nichts machen«, gab sie im Plauderton zurück. »Das heißt, unser Date ist geplatzt.«

»Natürlich. Sie können wohl nicht frei sprechen?«

»Ich sitze im Zug.«

»Dann gehen Sie auf die Toilette, damit wir uns vernünftig unterhalten können!«

»Sicher nicht.«

»Was? Ich drehe hier am Rad, und Sie schalten auf stur?« Der Mann wurde zunehmend unwirsch. »Wie komme ich aus dieser Sache denn wieder heraus?«

»Du kriegst das schon hin.« Despina war unschlüssig, ob sie das Gespräch beenden sollte. Der Auftrag hatte sich zu einer totalen Katastrophe entwickelt. Da gab es nichts mehr zu kitten, keine Schadensbegrenzung möglich, nur noch der sofortige Abbruch. Zum Glück waren ihre Mitteilungen in dem Messengerdienst nicht zurückverfolgbar. Und ihr Alias namens ›Butterfly276‹ ließ auch keine Schlüsse zu.

»Kommen Sie mir nicht so! Haben Sie keinen Plan für solche Fälle? Meine Frau geht schnurstracks zum Staatsanwalt, wir sind ja beide Juristen.«

»Das weiß ich.« Despina hatte gründlich recherchiert. Ihre Kunden waren ihr wohlbekannt.

»Dann verbringe ich Weihnachten in Untersuchungshaft.«

»Kann sein.«

»Kann sein?«, schrie der Mann. »Kann aber auch sein, dass meine Frau jemanden auf mich ansetzt! Sie macht Strafrecht, kennt alle möglichen schrägen Typen. Zuzutrauen wär's ihr. In letzter Zeit hat sie so Andeutungen gemacht, wenn wir uns gestritten haben. Auge um Auge, Zahn um Zahn … Und jetzt hat sie den Beweis, dass ich –«

»Halt dich ein bisschen zurück«, unterbrach ihn Despina. Er hatte schon genug verfängliche Details ausgeplappert. »Am besten, du fährst über Weihnachten zu Freunden. Eine Adresse, wo du alles hinter dir lassen kannst …«

So, wie es aussah, musste der Typ nicht zu »Freunden«, sondern gleich ins Ausland flüchten. In einen Staat, mit dem

Deutschland kein Auslieferungsabkommen besaß. Kuba, Brasilien, die Mongolei. Mit versuchtem Mord war nicht zu spaßen.

»Kann auch sein, dass meine Frau jemanden auf *Sie* ansetzt! Wie würde Ihnen das gefallen?«

Er drohte ihr, aus Panik und schierer Verzweiflung. Wirklich kein angenehmer Kunde.

»Um mich abzusichern, habe ich Nachforschungen angestellt«, fuhr er fort. »Im Dark Web, ein Mandant von mir kennt sich da ziemlich gut aus. Ich weiß mindestens so viel über Sie wie Sie über mich. Ist alles auf meinem Handy – das meine Frau mir geklaut hat. Vielleicht wollen Sie jetzt mit mir reden?«

Dark Web … Das klang gar nicht gut.

»Schieß los!«, lockte sie ihn. So, wie der Mann drauf war, würde er ihr seine Dark-Web-Infos nur so an den Kopf werfen. Dann würde sie erfahren, ob sie sich Sorgen machen musste oder ob er nur bluffte.

»Thunderbird. Na, klingelt's bei Ihnen?«

Despina erstarrte.

»Ihr ehemaliger Partner, stimmt's? Überraschend auskunftsfreudig. Nachdem ich ›Butterfly276‹ in den Raum geworfen habe, hat er sich sofort bei mir gemeldet. In Wahrheit heißen Sie Despina Boutsikaki. In Ihren Kreisen scheint man sich ja bestens zu kennen.«

Damit hatte sie nicht gerechnet. »Was hat er erzählt?«

Ihr alter Lover wusste viel über sie. Sehr viel. Dass sie von München aus operierte. Wie sie bei einem Hit vorging, er hatte es ihr ja selbst beigebracht. Sogar ihre Vorliebe für die Zahl 16 kannte er, dieser miese Verräter. Hatte Thunderbird am Ende sogar ein Foto von ihr weitergegeben?

»Er hat zum Beispiel vorausgesagt, dass Sie den Zug nehmen. Damit lag er schon mal richtig.«

»Was noch?«

Der Zug fuhr in einen Tunnel. Einen von vielen im Altmühltal. Die Antwort kam nur mit Aussetzern an. »Bestimmt tragen … Jogginganzug … unauffällig …«

Dann brach die Verbindung ab. Despina versuchte es noch ein paarmal. »Hallo? Bist noch dran?« Keine Chance. Die Leitung war tot.

»Schlechte Nachrichten?«, fragte der Rentner. »Sie sehen aus, als hätten Sie einen Geist gesehen. Ihr Freund?«

»Ja … nein … es ist kompliziert.«

»Das klang dramatisch. Hat er eine andere? Das würde mir leidtun. Aber in Ihrem Alter kommen Sie schnell darüber hinweg.«

»Ich muss mal raus. Wären Sie so freundlich?«

»Gerne.« Der Rentner stand auf und ließ Despina zum Mittelgang durch.

Sie steckte ihr Smartphone ein und sah zu, dass sie davonkam. Nur weg von hier! Neugieriges Gequatsche konnte sie jetzt nicht ab. Despina verließ Wagen 16.

Die Toilette war besetzt – natürlich. Also wartete sie vor der verschlossenen Tür und versuchte, ihre Gedanken zu ordnen.

Was, wenn die rachsüchtige Gattin ihres Auftraggebers all diese Infos von Thunderbird kannte? Seit dem Frühstück heute Morgen. Oder schon seit Längerem, seit Tagen, Wochen? Wahrscheinlich hatte sie das Handy als Beweismittel gesichert. Das Geburtsdatum als PIN? Was für ein Trottel! Was, wenn die Frau als Gegenmaßnahme wirklich einen Killer auf Despina in Marsch gesetzt hatte? Sie musste ja davon ausgehen, dass ihr Leben bedroht war. Und vermutlich stand sie ihrem bescheuerten Ehemann in Gewissenlosigkeit um nichts nach.

Der ICE blieb stehen. Mitten im Tunnel. Eine Durchsage ertönte. »Aufgrund eines defekten Signals verzögert sich unsere

Weiterfahrt um circa zwanzig Minuten. Wir bitten vielmals um Entschuldigung.«

Kein Handyempfang. Alle Fahrgäste waren von der Außenwelt abgeschnitten.

Beste Voraussetzungen für einen Hit, dachte Despina. Und garantiert kein Zufall. In zwanzig Minuten konnte alles passieren. Vielleicht befand sich ihr Mörder längst im Zug.

Wenigstens war sie bewaffnet.

Dann bemerkte sie, dass sie ihre Umhängetasche an ihrem Sitzplatz vergessen hatte. Die Tasche mit der Pistole.

Ein Anfängerfehler. Ausgerechnet ihr passierte das!

Rasch zurück in Wagen 16. Sie schob sich vorbei an den Betrunkenen, dem Tattoo-Pärchen und dem halbseidenen Manager. Der Tarnanzug-Soziopath saß am Fenster.

Es kam ihr so vor, als warfen ihr alle Blicke zu. Durchdringende, aggressive, feindselige.

Der Leberwurstrentner war verschwunden.

Ebenso ihre Tasche – in der sich nicht nur die Pistole befand, sondern auch ihre Geldbörse. Sie war ausgetrickst worden.

»Alles am Körper tragen!«, hatte ihr Thunderbird eingeschärft. »Ich weiß, du magst keine Schulterholster. Aber es laufen so viele schräge Vögel herum. Was tust du, wenn dir deine Waffe von einem Kleinkriminellen geklaut wird? Der dein Vertrauen erschlichen hat? Dann bist du angeschmiert.«

Das war sie jetzt. Angeschmiert.

Sie setzte sich auf den Platz des Rentners. Zwanzig Minuten Verzögerung. Eine Signalstörung konnte man von außen herbeiführen. Thunderbird war durchaus in der Lage, sich ins System der Bahn zu hacken. Und jemanden anzuheuern, der Despina wortreich ablenkte und ihre Tasche klaute? Das passte zu ihm. Plötzlich ging das Licht aus. Stöhnen allenthalben, Protestrufe.

Wehrlos war Despina allerdings nicht. Wenn es sein musste, konnte sie jeden, der ihr zu nahe kam, mit bloßen Händen außer Gefecht setzen.

Die Frage war: Wer hatte es auf sie abgesehen?

Handytaschenlampen blitzten auf.

Sie stand wieder auf, musste in Bewegung bleiben und nicht warten, bis der Tod zu ihr kam. Die Gesellschaft anderer suchen, das bot Schutz.

Das Tattoo-Pärchen war schon wieder am Knutschen. »Verpiss dich!«, zischte die Frau.

Die Betrunkenen waren zugänglicher. »Na, suchst du Anschluss?«, sagte einer der beiden wachen Kerle. »Auf meinem Schoß wär noch ein Plätzchen frei.«

»Auf meinem auch!«, blubberte der andere und gab ihr einen Klaps auf den Po.

Gut, dass Despina die Pistole nicht griffbereit hatte. Sonst würde sie die beiden kommentarlos kaltmachen.

Der Manager hatte alles mitgekriegt. »Ignorieren Sie das einfach. Möchten Sie sich zu mir setzen?« Er wies auf den Sitz ihm gegenüber. »Diesen Burschen sollte man dringend Benehmen beibringen.«

»Stimmt.«

»Wir können die Wartezeit ja mit einem netten Gespräch überbrücken. Gerade habe ich einen hervorragenden Deal abgeschlossen. Unglaubliche Rendite, eine todsichere Sache.«

Doch der Vierertisch war Despina zu exponiert, zu offen zum Gang hin. Und der Manager, dessen Notebook eine starke Lichtquelle darstellte, verhielt sich eine Spur zu entgegenkommend. Und zu managermäßig. Auf eine unglaubliche Rendite hatte sie es momentan nicht abgesehen.

»Danke«, sagte sie, ging weiter und ließ sich neben dem Tarnanzug-Soziopathen nieder. Da war es schön dunkel.

Er sah sie entgeistert an. Nahm seinen Kopfhörer nicht ab.

»Hi«, sagte Despina.

Er drehte sich weg und fand die schwarze Fläche des Fensters interessanter.

Hier war sie richtig, dachte sie, bei einem Loser, der seine Zeit vermutlich mit Kriegsspielen und Ego-Shootern zubrachte. Der war zu kontaktscheu, um sie zu belästigen.

Dann kam der Kaffeemann. Er war schon von Weitem zu hören. »Latte! Espresso! Lecker Bierchen! Schokolade?«

Er schob seinen Servicetrolley durch Wagen 16. Die Betrunkenen nahmen je ein Bier, der Manager einen Espresso.

»Alles auf Kosten der Bahn«, sagte der hoch aufgeschossene Kaffeemann. Er verteilte Gratisgetränke und leuchtete umständlich mit einer Taschenlampe. »Sorry für die Verzögerung.«

Schließlich gelangte er zu Despina. Mit dem Trolley blieb er vor ihr stehen. »Was darf's bei Ihnen sein?«

»Espresso«, erwiderte sie.

Er bückte sich.

Plötzlich geschah vieles gleichzeitig.

Die Mündung eines Schalldämpfers erschien über der Schulter des Kaffeemanns.

Despina blickte direkt hinein.

Thunderbird. Er hatte sich hinter dem Kaffeemann versteckt, benutzte ihn als Deckung.

Ein trockenes Geräusch, plopp-plopp, wie von einer Spielzeugpistole. Die Kugeln durchbohrten die Polsterung der Sitzlehne an der Stelle, wo Despinas Kopf gewesen war. Sie hatte sich im letzten Moment geduckt.

Mit langen Beinen stieg der Kaffeemann über den Servicetrolley und rannte davon, seine Taschenlampe rollte über den Boden. Despina versuchte, sich an dem Hindernis vorbei zum Gang zu schieben.

Jemand hielt sie an der Kapuze ihrer Daunenjacke fest.

Offenbar war der Tarnanzug-Soziopath ein weiterer von Thunderbirds Komplizen. Sie fuhr den Ellbogen aus und versetzte ihm mehrere heftige Schläge ins Gesicht Richtung Nasenbein, hörte Knochen und Knorpel bersten, machte sich los.

Dabei verstrichen wertvolle Sekunden. In Wagen 16 war es jetzt stockdunkel. Nur die auf dem Boden liegende Taschenlampe des Kaffeemanns spendete etwas Licht.

Die Schalldämpfermündung suchte erneut nach einem Ziel, so viel konnte Despina erkennen. Wenn Thunderbird dies alles hier wirklich inszeniert hatte, benutzte er wahrscheinlich ein Nachtsichtgerät. Dadurch war er klar im Vorteil.

Von den Mitreisenden war nichts zu sehen und kaum etwas zu hören, nur Flüstern, Keuchen und gedämpfte Laute. Dann senkte sich Stille über Wagen 16.

Despina hielt den Atem an. Keine Möglichkeit zu fliehen oder sich zu verstecken, ohne abgeknallt zu werden. Thunderbirds Plan war aufgegangen.

Ihr blieb nur eine Hoffnung: Dass er sie nicht sofort erschoss. Dass er näher herankam, um ihren Tod auszukosten, das ganze Ausmaß ihrer Angst und Verzweiflung. Nur dann hätte sie eine winzige Chance für eine blitzschnelle Bewegung. Ihm die Waffe aus der Hand schlagen oder so etwas. Den Schalldämpfer packen und wegdrücken.

Sie richtete sich in dem Sitz auf und wartete.

Ein Fausthieb. So fühlte es sich an, als die nächste Kugel sie an der Schulter erwischte und tief in die Lehne presste. Der Schmerz war gewaltig. Ihr Arm hing nutzlos herab.

Ein Lichtstrahl richtete sich auf sie. Strich über ihr Gesicht, wanderte über ihren Körper, über ihre Verletzung und dann wieder zurück, grell, blendend.

Ein Klicken. Der Lichtstrahl wurde zu einem schwachen Glimmen. Kaminfeuerbeleuchtung.

Wie oft hatten sie vor dem offenen Kamin in seinem Chalet in der Bretagne gelegen und sich nächtelang geliebt, während draußen die Winterstürme tobten?

Der Schalldämpfer berührte ihre Stirn zwischen den Augen. Der heiße Mündungsring versengte ihre Haut, würde ein Brandmal hinterlassen.

Sie zwang sich, nicht zu zucken. Und alles weitere zu ertragen.

Jetzt spürte sie Thunderbirds Anwesenheit. Einen Schatten inmitten von Schatten, seinen dunklen Willen und die grausige Befriedigung, Despina wehrlos zu sehen. Den Mantel aus Tod und Verderben, in den er sich hüllte. Gegenwehr konnte sie abhaken. Thunderbird kannte ihr gesamtes Repertoire, er ließ sich nicht übertölpeln. Sie war geliefert.

»Schade«, sagte er. »Wir haben ein schönes Paar abgegeben.«

»Es ist nie zu spät …«, versuchte sie es.

Der Schalldämpfer bohrte sich stärker in ihre Stirn. »Viele Menschen suchen nach Liebe. Aber die meisten wollen nur Unterhaltung. Oder jemanden, dem sie ihr erbärmliches kleines Leid klagen können. Bei uns war das anders.«

»Wirklich? Das verstehe ich nicht.« Solange sie noch redeten, war sie nicht tot, dachte Despina. Also reden. Weiterreden. »Was war denn so anders bei uns?«

»Wahre Liebe ist kostbar. Man muss sich festlegen, sich ausliefern.«

»Das mache ich gerade.«

»Man muss einiges in Kauf nehmen.«

»Kein Problem damit.«

»Und vor allem darf man die wahre Liebe nicht einfach wegwerfen, nachdem man sie endlich gefunden hat.«

»Hab ich das?«

»Für Internetbekanntschaften.«

»Das war nur eine Phase«, verteidigte sie sich. »Alles nur online, virtuell.«

»Willst du mit einer Lüge auf den Lippen sterben?«

Seine Stimme war brutal und schmeichelnd zugleich. Despina hatte diese Mischung einst unwiderstehlich gefunden. Und auch jetzt wurde sie wachsweich unter seinen Worten. Sie überlegte nicht lange. »Ein Kuss wäre mir lieber.«

Er hielt inne. Schien abzuwägen, ob er sich darauf einlassen sollte. Ob es sich lohnte, dieses – überschaubare – Risiko einzugehen.

»Auftrag ist Auftrag. Das wird ein Todeskuss. Ist dir das klar?«

»Es gibt schlechtere Arten zu sterben«, sagte sie nur.

Weiterhin ruhte der Schalldämpfer auf ihrer Stirn. Thunderbirds Zeigefinger krümmte sich um den Abzug. Dabei beugte er sich vor, fand ihren Mund.

Despina gab ihr Bestes, schenkte ihm ihre Zunge, knabberte und biss ein wenig. Wahre Liebe durfte auch wehtun.

Es gefiel ihm. Zumindest drückte er nicht ab.

Sein Geruch umfing sie. Den hatte sie ganz besonders gemocht und mochte ihn noch. Nach Algen und Meer, ein Versprechen, dass es noch etwas anderes als das Töten gab, ein Haus an der See, weiße Strände, an denen die Wellen leckten. Keine Verpflichtungen, keine Zeit – oder nur eine, die unendlich langsam verrann. So wie jetzt.

Aber da war noch ein anderer Geruch. Nach ungewaschener Cordhose. Nach Opa-Mief.

Ein Schuss löste sich. Die Kugel durchschlug die Decke von Wagen 16. Jemand hatte Thunderbirds Waffe gepackt und hochgerissen, von hinten.

Dann ein kräftiger Nackenhieb mit einem Schlagstock. Despinas Ex sank auf sie, bewusstlos, die Pistole noch fest umklammert. Sie wälzte den erschlafften Körper auf den Tarnanzug-Psychopathen, er rutschte halb auf den Boden. Mit der Linken hielt sie seinen Arm fest.

»Leider konnte ich nicht früher eingreifen«, sagte der Leberwurstrentner. Er hob Thunderbirds Taschenlampe auf und leuchtete damit auf ihre Verletzung. »Wie schlimm ist es?«

»Geht schon, glatter Durchschuss.«

»Hier, um die Blutung zu stillen.« Er reichte ihr ein Taschentuch. »Pressen Sie das drauf, halten Sie durch! Der Kuss war eine gute Idee. Ich bin schon seit Jahren an Thunderbird dran, als verdeckter Ermittler. Ich habe jeden seiner Schritte verfolgt.«

»*Sie* sind Polizist?«

»Bundeskriminalamt, Abteilung Organisiertes Verbrechen. Ich wollte ihn auf frischer Tat ertappen. Und lebend wollte ich ihn auch. Deswegen habe ich Ihre Tasche mit der Waffe konfisziert.«

»Sie operieren ganz allein?«

Er zögerte.

»Wo ist das Sondereinsatzkommando?« Despina gelang es, Thunderbirds Pistole seiner Hand zu entwinden. Es war ebenfalls eine Glock. Sie richtete das Ding auf den BKA-Mann. Mit Links schoss sie nicht so gut, aber aus nächster Nähe spielte das keine Rolle.

»Was soll das?«, fragte er und wich zurück.

Ja, was sollte das? Sie überlegte. Vielleicht gab es ja doch einen Ausweg. Die Türen des ICE mussten manuell zu entriegeln sein, weil der Strom ausgefallen war. Jeder Tunnel besaß Fluchtwege, Notausgänge. Auf der nächsten Landstraße kam sie per Anhalter weiter. Auf ihrer schwarzen Daunenjacke fielen die Blutflecken kaum auf.

Despina erhob sich, das tat höllisch weh.

»Sie kommen nicht weit. Per Funk habe ich bereits Unterstützung angefordert.«

»Das glaube ich nicht. Sie machen das in Eigenregie. Sonst würde es hier vor Bullen nur so wimmeln.«

Er schwieg.

Vielleicht hatte sie recht. Ein einsamer, pensionierter Ermittler, der meinte, einen großen Fisch an der Angel zu haben. Der seine ehemaligen Kollegen mit dieser fixen Idee seit Jahren nervte. Den alle schon abgeschrieben hatten. Eventuell würde im Bahnhof von Nürnberg ein Einsatzteam auf sie warten, doch selbst das war nicht sicher.

Der Zug stand noch immer auf dem Gleis, nichts rührte sich.

»Die Geschichte mit Ihrer Frau ... Stimmt es, dass Sie verwitwet sind?«

»Ja, das stimmt. So etwas würde ich nicht erfinden.«

»Lassen Sie die Vergangenheit ziehen. Suchen Sie sich eine neue Partnerin.«

Er schüttelte den Kopf. »Ich werde nach *Ihnen* suchen.«

»Viel Glück.« Despina bat ihn, sich auf einen freien Platz zu setzen. »Danke, dass Sie mich gerettet haben.« Sie entsicherte die Pistole und zog ihm eins über. Er kippte zur Seite.

Dann schaltete sie die Taschenlampenfunktion ihres Handys ein, fand ihre Umhängetasche in einem Gepäckfach und verließ Wagen 16. Betätigte die Notentriegelung der ICE-Tür. Glitt nach draußen in die Finsternis.

Despinas Auftrag war noch nicht beendet. Noch lange nicht.

Nicola Förg

Ein frostiger Boomerang

Lechbruck am See (Ostallgäu)

Über die Autorin:

Nicola Förg hat mittlerweile 21 Kriminalromane verfasst sowie einen Islandroman *(Glück ist nichts für Feiglinge)* und an zahlreichen Anthologien mitgewirkt. Im Herbst 2019 erscheint ihr erster Weihnachtsroman *Das Winterwunder von Dublin.* Die beiden Krimiserien spielen im Voralpenland und an alpinen Tatorten. Kult-Kommissar Weinzirl ermittelt im Allgäu und Pfaffenwinkel, Nicola Förgs zweite Krimiserie hat für das Kommissarinnen-Duo Irmi Mangold und Kathi Reindl knifflige Fälle rund um Garmisch-Partenkirchen parat. Ihre Bücher wurden mehrfach für das Engagement im Tier- und Umweltschutz ausgezeichnet. Die gebürtige Oberallgäuerin lebt mit Familie sowie Ponys, Katzen, Hunden und anderem Getier auf einem Hof in Prem am Lech.

Mehr Infos unter: www.ponyhof-prem.de

Hier ist kein WLAN?« Finn blickte hektisch zwischen seiner Mutter und dem Smartphone hin und her.

»Wir wollen hier wandern, langlaufen und ausspannen. Da braucht man kein WLAN.« Katja merkte selbst, dass sie unangemessen laut wurde. Die Fahrt war die Hölle gewesen. Endlos-Baustellen, wo Tafeln nach jedem Kilometer Durchhalteparolen ausgegeben hatten: Jetzt noch 11 km. Jetzt noch 10 km. Sie hatte Kopfweh, ihr Nacken war steinhart.

»Wandern kannst du knicken. Ich will snowboarden. Warum ist hier kein Schnee?«, maulte Ronja. »Außerdem hab ich Hunger!«

»Du hättest im Auto ein Brot essen können.«

»Das war Pumpernickl. Kein Mensch isst Pumpernickl!«

»Wir gehen gleich einkaufen. Lasst uns bitte schnell ausladen.«

Katja riss an einem Koffer, nein, sie würde sich nicht provozieren lassen. Sie freute sich nämlich wirklich auf den Winterurlaub und war heilfroh, dass sie in der Feriensiedlung ein Haus hatte ergattern können. Es gehört ihrer Cousine Anita, die es mehr als Anlageobjekt gekauft hatte. Die Familie selber machte nur außerhalb der Hochsaison dort Urlaub, in den Hauptferienzeiten wurde das Haus über die Verwaltung des Feriendorfs gut vermietet. Über Weihnachten ergatterte man so ein Haus so wenig wie Superbowl-Finalkarten. Sie hatten es nur bekommen, weil eine andere Familie kurzfristig abgesagt hatte.

In drei Tagen war Heiligabend, Katja genoss die Aussicht, dass Verwandtenbesuche ausblieben. Sie musste nicht am 25. zur Schwiegermutter und deren Ente essen. »Ente frisst alles«, hatte ihr einst Lin Li im Chinarestaurant um die Ecke erklärt. Seither aß Katja keine Enten mehr, nicht mal bio und schon gar nicht beim Chinesen. Sie würde gottlob am 26. auch nicht bei ihren Eltern deren mannigfaltige Krankheitsbilder ertragen müssen. Auch nicht die steinharten Haselnussmakronen, die schon dreimal zu Einsätzen beim Zahnarzt-Notdienst geführt hatten. Und keiner wollte an Weihnachten zum Notdienst – auch die dazu verdonnerten Zahnärzte nicht. Sie hatte sich schon zu oft am Bettenwechsel-Samstag 700 Kilometer ins Ostallgäu gestaut, hatte zu oft *Last Christmas* und *The Power of Love* – und noch schlimmer *In der Weihnachtsbäckerei* – gehört und wollte nur noch eins: ihre Ruhe.

Katja hatte das Auto am zentralen Parkplatz abgestellt, zerrte ihren Koffer hinter sich her, den Weg entlang, ein paar Treppen hoch. Sie hob den blau emaillierten Blumentopf hoch, unter dem der Schlüssel lag, und schloss auf. Finn und Ronja waren hinterhergekommen, sie hatten immerhin ihre eigenen Rucksäcke mitgebracht.

»Wenn man schon nicht mal vor dem Haus parken kann«, maulte Finn.

»Ich nehm das Zimmer!«, rief Ronja und stürmte eines, das orange Gardinen hatte und einen Schaukelstuhl im Kolonialstil. Anita hatte einen Hang zum Indischen.

»Klar, weil das Bad gleich nebenan ist. Da kann Ronjalein sich stundenlang die Pickel zuspachteln.«

»Primat!«, konterte Ronja und warf die Türe zu.

»Wir packen kurz aus, dann fahren wir in den Ort. Holst du den Rest noch aus dem Auto, Schatz?«, fragte Katja.

»Hmm.« Finn trollte sich. In der Geschwindigkeit einer Wegschnecke.

Katja genoss einen kurzen Moment der Stille, schloss die Türe, sank auf das Doppelbett. Martin wollte an Heiligabend gegen Nachmittag nachkommen, er hatte noch nicht schließen wollen. Er betreute kleine Firmen und Privatleute in EDV-Sachen – und bei manchen haperte es schon daran, den Einschaltknopf zu finden. Die Stille dauerte an – und an. Kinder, die keinen Lärm machten, waren bedrohlicher als streitende Geschwister. In der Küche war keiner. Die Tür zum Wohn-Essbereich stand offen. Katja trat ein. Der Raum war großzügig, eine Wandseite war von zwei Kommoden eingenommen, die eine riesige Kühltruhe in ihre Mitte genommen hatten. Katja wusste von einem ihrer früheren Aufenthalte, dass Anita da eigentlich ein wahnsinnig scheußliches, schreiend buntes Samtplaid darübergeworfen hatte, das sie einst vom Ayurveda in Kerala mitgebracht hatte. Katja hatte extra eine Fleecedecke mit Rentieren eingepackt, die sie einzusetzen gedachte, wie auch diversen Weihnachtsschmuck. Und irgendeinen hässlichen Baum würde sie am Montag doch wohl noch ergattern?

Vor der geöffneten Kühltruhe standen Finn und Ronja. Sie hatten je eine Pizza in der Hand.

»Ihr könnt da nicht einfach was rausnehmen! Wie habt ihr die Truhe denn aufbekommen?«

Katja wusste, dass Anita immer ein dickes Vorhängeschloss an der Truhe hängen hatte, weil die Truhe ihr Eigentum war und nicht für die Gäste gedacht.

»War offen«, sagte Finn.

»Legt das zurück! Wir kaufen ja gleich ein! Das gehört Anita.«

»Oder dem da«, sagte Finn tonlos.

Katja trat unwillig einen Schritt näher, folgte Finns Blick. Ein Mann sah sie an. Ein sehr frostiger Blick war das. Sie konnte weder schreien noch irgendein Körperteil bewegen. Sie war schockgefrostet und stand menschlichem Gefriergut gegenüber. Ronja wirkt auch wie paralysiert, einzig Finn behielt den Überblick.

»Schätze, das ist nicht normal.«

Nein, war es nicht, und eine Welle von Wut brandete plötzlich durch Katjas Inneres. Sie hatte sich Erholung gewünscht, vielleicht sogar Schneefall, und nun wagte es da einer, in der Truhe rumzulungern? Tot dazu? Der Gedanke, die Truhe einfach zuzuschlagen, tat sich irgendwo auf. Auch flüsterte ein kleines Teufelchen ihr ein, einfach selber nachzuforschen, Katja Sherlock Holmes zu spielen. Und gleichzeitig war da die Rechtsanwaltsfachangestellte in ihr, das juristische Wissen und das blöde Gewissen.

»Finn, ruf die Polizei. Ronja, komm weg von hier!«

Die Würfel waren gefallen. Eine Streife kam und bald schon die Kripo, der Katja tonlos erzählte, wie sie in diesen Schlamassel geraten waren. Sie musste Anitas Kontaktdaten herausgeben, als Inhaberin einer Gefrierleiche war Anita natürlich die erste Ansprechpartnerin. Ob Katja den Mann kennen würde? Bitte schön, so genau hatte sie sich sein Gesicht dann nicht eingeprägt. Der Mann wurde schließlich der Truhe enthoben, ein kleines Männchen. Katja verwarf damit auch den Gedanken, dass Anita einen Lover entsorgt hatte. Deren Beuteschema waren große, tätowierte Kerle, die in der Truhe sicher keinen Platz gefunden hätten. Das größte akute Problem war, dass der Tatort abgeriegelt werden musste. Es war Hochsaison, Katja sah sich schon den ganzen Weg retourfahren, die fette Ente verursachte ihr jetzt schon Übelkeit. Aber in der Ferienhaussiedlung war noch ein Haus frei, allerdings weit kleiner, und Ronja und Finn würden sich ein Zimmer teilen müssen. Dieser Umstand und die Tatsache, dass die Supermärkte nun definitiv geschlossen hatten, führten zu einer schweren Meuterei; nur eine Pizza im Dorf konnte die Kids zumindest kurzzeitig befrieden. Katja aß sonst nie erst um 21.30 Uhr, der Käse lag wie ein Klumpen im Magen. Sie rief Anita an, sprach ihr auf die Mailbox. Wie sagte man der Cousine, dass ein gefrorener Mann in deren Truhe gelegen hatte?

»Otto Hirnbeis. Hausmeister Otto Hirnbeis. HOH«, sagte Kofler nachdenklich. Wegen Personalmangels war er aus Landsberg abgeordnet und aus Mangel an Familie für den Weihnachtsdienst auserkoren worden. Er hatte auf ruhige Tage gehofft. Etwas häusliche Gewalt. Was eben passierte, wenn Menschen dicht aufeinanderhockten. Und nun das. Ein gefrosteter Mann. In der Truhe der Eigentümerin, Anita Daberer, waren neben HOH vor allem Biofleisch, Gemüse, aber auch einige Pizzen und Frühlingsrollen gefunden worden. Sowie ein Hut und eine Skimütze. Wer fror Kopfbedeckungen ein?

Es war ein Leichtes gewesen, festzustellen, dass es sich bei Frosti um den Hausmeister der Ferienanlage handelte. Auch um dessen Hut. Er ging nämlich nie ohne. Eigentlich wurde HOH im Urlaub gewähnt. Er machte immer Urlaub von Mitte November bis kurz vor Weihnachten. Und nochmals nach Ostern, in touristisch wenig relevanten Zeiten. Er hätte just an dem Tag, als er aus der Truhe gehoben wurde, seinen Dienst wieder antreten sollen. Lotte Wildgruber, Chefrezeptionistin der Anlage, hatte sich nur ein klein wenig gewundert, dass er bei ihr nicht vorgesprochen hatte, sei der Otto doch ein »eigener Typ«, der wohl zuerst seinen Schuppen aufgesucht hatte. Lotte Wildgruber hatte ihn am Buß- und Bettag im November zum letzten Mal gesehen.

»Er kam hier rein, warf rund ein Dutzend Red-Bull-Dosen und zwei leere Wodkaflaschen auf den Tresen und brüllte, dass wir den Feierkids mal Einhalt gebieten müssten. Und schrie, dass ihn solch Vandalismus aber die nächsten Wochen nix mehr angehe, er sei dann mal weg.«

In weiteren Gesprächen mit Angestellten der Anlage, die Kofler am Sonntag führte, war man unisono der Meinung, dass der Mann – man solle über Tote ja nicht schlecht reden – ein ziemlicher Kotzbrocken gewesen war. Ein Tausendprozentiger. Ein Humorloser. Ein Oberkorrekter. Allein lebend. Einzelgänger. Aber andererseits brauche man so jemanden eben. Diese Touristen hätten ja null Respekt vor Eigentum und Grundstücksgrenzen.

Diese Touristen kamen auch am sonnigen Montag nach und nach an, entluden Berge an Koffern und Tüten, Klappweihnachtsbäume, Kisten mit Nahrungsmitteln, als gäbe es hier keine Supermärkte. Fast jedes Auto hatte so einen Dachsarg, aus dem Sportgeräte quollen. Rodel, Ski – nur Schnee war eben keiner da. Kofler betrachtete gerade etwas ratlos eine Frau, deren Tüte barst und sich Berge von Weihnachtskugeln über den Boden ergossen und auf ihn zurollten. Kofler klaubte einige auf, ein junger Mann neben ihm hatte auch schon eine Kugel in der Hand. Kofler hatte ihn gar nicht kommen hören. Der junge Mann war hübsch, ein arabischer Typ mit melancholischen Augen. Er stellte sich als Asif vor und flüsterte:

»Ich gestehe. Mein Frau hat gesagt, muss!«

»Was? Was wollen Sie?«

»Hab ich die Otto getötet.«

Kofler sah ihn prüfend an. Dann sich um. »Kommen Sie mit.«

Sie setzten sich ins noch geschlossene Restaurant. Es würde heute Abend die Pforten öffnen. Im Eingangsbereich stand ein etwas schütterer Baum mit Plastikkugeln. Auf jedem Tisch war die Menüempfehlung verzeichnet. 23. Dez. *Bockwurst mit Kartoffelpü oder Kartoffelsalat.* 24. Dez. *Geschlossen.* 25. Dez.

Karpfen gebacken mit Salzkartoffeln. 26. Dez. *Fondue Kinoase. 250 Gramm Fleisch / pro Person, fünf Soßen und Pommes.* Auf jedem Tisch hockte auch schon ein hässlicher Engel mit Wachskopf in einem Bukett aus Fichtenzweigen und wartete auf selige Esser.

»Erzählen Sie mir doch, was passiert ist?«

»Hab ich nur wenig Geld. Mach ich Ausbildung Elektriker. Muss enden, dann mehr Geld. Muss Frau und Kind viel sparen.«

Kofler wartete.

»Ist das hier sehr teure. Nix mieten für uns. Hat uns Piet und Frida Hilfe.«

»Wer sind Piet und Frida?«

»Holländer. Von Haus.«

»Sie haben von zwei Holländern ein Haus gemietet?«

»Ja, so lieb.«

»Ja, und?«

»Die Otto ist ein, ein Spy …«

»Spion, ja?«

»Ist ja Ferienhaus, verstehen?«

Kofler brauchte etwas, um zu schalten. »Sie meinen, das ist ein Ferienhaus und als solches eben nicht ganzjährig zu bewohnen?«

Er nickte. »Ist verboten. Scheißt sich aber kein. Gibt auch noch zwei Familie.«

Kofler musste grinsen.

»Sie meinen, das interessiert eigentlich niemanden, es gibt noch zwei weitere Parteien, die ganzjährig hier wohnen?«

»Sind aber deutsch«, sagte Asif und sah so verwundet aus, dass Kofler versucht war, ihn zu trösten. Weihnachten machte eben doch mürbe und menschlich.

»Und der Otto hat Sie denunziert?«

»Denu…?«

»Verraten? Also angezeigt?«

»Hat gesagt, ruft er morgen Polizei. Hab ich ihm gesehen nächste Tage. Mit Schneedings. Hab ich gefloht, gebittet, hat er nix gesagt. Gar nix. Nur gestanden. Und plötzlich umgefallen. Auf Stein. Kopf kaputt. Ich Mütze auf Mann.«

»Sie haben ihm eine Skimütze angezogen?«, fragte Kofler. »Die?« Er hielt ihm ein Handyfoto hin.

»Ja, meins. Und ich Panik. Leute kommen. Weiß ich, wo Schlüssel von Haus neben. Ich da. Große Truhe. Otto rein.«

»Und das war wann?«

»Montag.«

»Diesen Montag?«

Er nickte.

HOH war im November verschwunden. Wahrscheinlich war er wirklich in Urlaub gewesen und hatte sich als erste Amtshandlung den armen Asif vorgenommen. Wenn das so stimmte, war das eher ein Unfall gewesen. Natürlich hätte Asif ihn nicht einfrieren dürfen. Kofler fühlte ein unbestimmtes Unbehagen. Der Mann musste in jedem Fall aufs Revier, um das alles zu Protokoll zu geben. Kofler wollte lieber einen Dolmetscher hinzuziehen.

Und während Asif im Verhörraum hockte und Kofler nach einem Kaffee trachtete, rief ihn eine unerklärlich aufgeräumte Dame an. Ihr österreichischer Akzent war eklatant.

»Herr Kofler, freut mich, Doktor Daria Czibulski am Apparat. Grüß Sie! Ihr Eskimo könnte Ende November eingefroren worden sein.«

»Was?«

»Das Problem ist nur, dass er, dass er …, wirklich ein bizarres Detail, lieber Herr Kofler, zwischendurch wieder aufgetaut war.«

»Wie bitte?«

»Ich kann aufgrund der Gewebestruktur feststellen, dass er gefrostet wurde, auftaute und erneut gefrostet wurde. Dabei ist es immer schlecht, Tiefkühlware auftauen zu lassen und wieder einzufrieren.«

Kofler ließ ihre Worte in sich nachhallen. Ungute Bilder gaukelten vor seinen Augen umher. Er tat sich mit der Konzentration wirklich schwer. »Aber, aber, woran ist er denn gestorben?«

»Er wurde erschlagen. Das ist glasklar. So klar wie Eis.« Sie lachte. »Er wurde mit einer Eisenstange, würde ich mal sagen, getroffen. Partikel des Hutes waren in der Wunde.«

»Und dann hat man ihn in die Truhe gelegt?«

»Das wäre meine Annahme. Und dann ist selbiger wieder entstiegen.«

»Selbst?«

»Nein, er war tot. Jemand hat ihn wohl herausgenommen.«

»Herausgenommen?«, echote Kofler. »Und dann wieder eingefroren? Ich bitte Sie!«

»Lieber Herr Kofler, die genauen Wege dieses Herrn kann ich leider nicht nachvollziehen. Mein Weg führt mich jetzt zum Einkaufen, ich werde meine Mutter Olga vom Bahnhof abholen, wir werden traditionell beim Dallmayr ein Gläschen Champagner trinken, und ich hoffe, dass sich mein Mann und die Kinder benehmen – und ich werde erst wieder am 2. Januar hier auftauchen. Frohes Fest!«

»Aber …«

»Herr Kofler, ich muss. Mein Kollege ist im Bilde, falls Sie noch Fragen haben. Der Mann liegt auch wieder wohlbehalten bei uns im Kühlschrank. Ein cooler Typ, alles in allem. Baba.«

Baba? Daria und Olga Czibulski tranken Champagner, während er hier einen doppelt Gefrosteten am Start hatte? Und mehr noch: Die Geschichte von Asif konnte nicht so ganz stimmen. Zusammen mit dem Dolmetscher brachte Kofler in Erfahrung, dass Otto ganz lässig an seiner Schneefräse gelehnt und Asif einfach ignoriert hatte. Asif lauter geworden war und Fräsen-Otto plötzlich umgefallen ist. Asif vermutete einen Herzinfarkt, den er ausgelöst hatte. Otto war unglücklich auf einen Stein gefallen und hatte sich wohl eine tödliche Wunde an der Stirn zugezogen. Asif blieb dabei: Das war Montag gewesen. Davon, den Mann im November schon getötet zu haben, wollte er nichts wissen.

Asif und der Dolmetscher sahen erschöpft aus, Kofler stellte eine entscheidende Frage. »Sie sind sicher, dass der Hausmeister seinen Hut nicht aufgehabt hat?«

Asif war sich sicher. HOH war da lediglich mit haarigem Haupt gestanden, er hatte das alberne, ergraute Zöpfchen im Nacken gesehen.

Der Hut hatte in der Truhe gelegen. Die muntere Daria schien recht zu haben. Beim Herausnehmen des Mannes hatte man seinen Hut vergessen. Asif hatte dann das lädierte Haupt mit einer kaschierenden Skimütze bedeckt. Himmel und alle weihnachtlichen Heerscharen! Das war ja eine Geschichte!

Im Schuppen von HOH gab es in der Tat eine Schneefräse und, unter einem Bodenbrett verborgen, eine Eisenstange, die die KTU zu untersuchen gedachte. Die am Dienstag, an Heiligabend, auch eindeutig als Mordwaffe identifiziert wurde. Und Anita Daberer hatten sie dann schließlich auch einbestellen können, deren Truhe ja der Dreh- und Angelpunkt des Ganzen war. Man hatte sie in München am Flughafen gerade noch aufgehalten, wo sie gerade nach Ceylon hatte fliegen wollen. Zum »Ayurveda Christmas Break«. Angeblich hatte sie den Trip schon vor Monaten gebucht, in Wahrheit aber Samstagnacht. Als ihre Cousine angerufen hatte.

Anita war so ein Typ Frau, die Kofler von Beginn an gruselig fand. Groß in Gestalt und Auftreten, ihr Aufzug ein einziges Statement von »ich bin nonkonform«. Über die braunen Stiefel waren lila Stulpen geklappt, auf eine ockerfarbene Strickstrumpfhose folgte ein lila Cordrock. Darüber ein Ringelpulli in schreienden Farben, ein gebatikter Schal und eine schief sitzende Baskenmütze – ebenfalls lila. Sie hatte einen mausgrauen Anwalt mitgebracht, der natürlich recht darin behielt, dass Anitas Fingerabdrücke an der Truhe wären. Auch die Aussage, dass die halbe Ferienhausanlage wisse, wo Anita ihren Hausschlüssel lagere, war richtig.

»Frau Daberer, Ihre Gefriertruhe ist sonst abgeschlossen. Finn hat sie aber offen vorgefunden! Wer hat den Schlüssel?« Koflers Blick verfing sich in ihrem lila Lidschatten.

»Der liegt in einer Schublade.«

»In welcher?«

»In der Küche.«

»Finn hat gesagt, dass das Schloss nicht eingerastet war. Er musste keinen Schlüssel suchen. Jemand hatte wohl große Eile. Frau Daberer! Sie haben den Schlüssel! Sonst keiner! Wie kam Otto Hirnbeis in die Truhe?«

»Wie soll ich das wissen?« Sie wurde zunehmend pampiger.

»Finden Sie es nicht komisch, dass der Mann ausgerechnet bei Ihnen abgelegt wurde?«

»Ich wiederhole mich. Der Schlüsselablageplatz ist bekannt. Kapieren Sie das? Und wenn die Truhe offen war, ja dann werd ich sie wohl irgendwann mal nicht richtig zugemacht haben. So what?«

»Zweimal?«

»Was zweimal?«

»Zweimal nicht richtig zugemacht?« Kofler hatte sich für heute Abend einen Barolo gekauft und einige Leckereien wie Pastete, Trüffelsalami und ein Walnuss-Ciabatta. Und er war wild entschlossen, das zu genießen. Diese Furie würde ihm nicht Weihnachten verderben, das bei ihm eh sehr sparsam ausfiel.

»Und der Hut?«, rotzte er ihr hin.

»Welcher Hut?«

»Herr Hirnbeis trug immer einen Hut.«

»Ja und? Ein hässlicher Hut auf einem hässlichen Kopf eines hässlichen Blockwarts!«

Anita Daberer kam weiter in Fahrt. Die warnenden Blicke des Anwalts halfen da nichts.

Und er würde seine Lieblings-LPs hören, Alan Parsons und Pink Floyd. Sein Hirn begann innerlich *Let me go home* von der *Ammonia Avenue*-LP zu summen. Er würde weihnachtlich chillen, und die Alte würde ihm da keinen Strich durch die Rechnung machen. Kofler holte aus.

»Am Rasenmäher trug er aber keinen!«

»Wieso Rasenmäher? Es war eine …« Sie zuckte zusammen.

»Richtig Schneefräse. Jahreszeitenbedingt!«

Gut – es dauerte noch etwas, bis Anita Daberer mit der gesamten Geschichte rüberkam. Im Frühling, zu Zeiten der Corona-Krise, als alle mit ihrem Allerwertesten zu Hause bleiben sollten, war Anita mehrfach von ihrer Stadtwohnung in München-Sendling in das Haus gefahren. Was HOH genau registriert hatte. Und in Zeiten der totalen Ausgangssperre hatte er Anita auch angezeigt. Weil sie zudem ihre Yoga-Damen eingeladen hatte und sie Matte an Matte geturnt hatten, da war nix mit *Social Distancing.* Anita hatte eine saubere Strafe bezahlen müssen. Anita hatte sich gerächt und HOH wegen seines Feldzugs gegen die unter Naturschutz stehenden Maulwürfe angezeigt. Sie hatte das Massaker an den Tieren filmisch dokumentiert. Wutentbrannt hatte HOH im Herbst damit gekontert, dass in Anitas Haus mehr Personen urlauben würden als erlaubt. Anita hatte zehn Jungs einer Handballmannschaft das Haus überlassen, das waren nämliche mit den Wodkaflaschen gewesen. HOH hatte tatsächlich bewirkt, dass die Eigentümergemeinschaft Anita schriftlich verwarnt hatte.

Wütend wollte diese ihn zur Rede stellen, HOH hatte gerade mit seiner Eisenstange Löcher für Zaunpfähle vorgebohrt und Anita hämisch angelacht. Ihr angekündigt, dass man sie auf lange Sicht aus der Anlage haben wolle. Er ihr doch sehr zum Verkauf raten würde. Er hatte seine Stange wie ein Schwert geschwungen und in Anitas Körpermitte gedrückt. Behauptete zumindest Anita. Da war sie ausgerastet, hatte die Stange gepackt und zugeschlagen. Und HOH, der wirklich nur ein Männchen gewesen war, mit einem Strike niedergestreckt. Postwendend war das Entsetzen gekommen, sie hatte HOH die kurze Strecke bis ins Haus geschleppt, ihn in die Truhe gelegt, um erst mal einen Plan machen zu können.

Leider war ziemlich zeitgleich zur Panik und ihrer inneren Aufruhr der Anruf gekommen, dass ihre demente Mutter die polnische Pflegerin mit heißem Kaffee übergossen hätte. Woraufhin die Pflegerin verständlicherweise abgereist war. Die Agentur musste erst einmal eine neue Kraft finden, die willens war, Frau Daberer Senior entgegenzutreten. Anita musste bei der Mutter bleiben.

Zeit war ins Land gegangen, und bevor die Saison nun startete, sollte der Truhenbewohner endlich weg. Anita hatte überlegt, dass ein Abtransport im Teppich mitsamt Abwurf im Lech eher unsicher war. Es waren ja immer und überall Menschen unterwegs. Folglich hatte sie sich für den kurzen Dienstweg entschieden. Als es einen Tag schneite, hatte sie die Schneefräse neben einem Holzstapel platziert und HOH einfach dort hingelehnt. Seinen Hut aber völlig vergessen. HOH hatte langsam zu tauen begonnen, als ihn Asif angetroffen hatte. Und leider just an den Platz zurückgebracht, von dem ihn Anita so dringend lossein wollte.

»Der Blockwart ist wie ein Boomerang!«, hatte sie gebrüllt, bevor sie abgeführt wurde.

Daria hatte schon recht gehabt, Tiefkühlware zweimal einzufrieren, war falsch! Kofler summte *Nothing left to lose,* als er heimfuhr. Und genoss ruhige Tage. Er machte sich nach den Festtagen nochmals auf zur Anlage, vor allem, um nach Asif zu sehen, der auf seinen Prozess wartete. Er wollte ihn beruhigen, dass es ihn wohl nicht ganz so hart treffen würde. Vor dem Zentralgebäude traf er Katja und Finn. Die Kunde von den Machenschaften der Cousine hatte sie natürlich erreicht.

»Man kann Menschen wirklich nur vor die Stirn sehen«, jammerte Katja. »O Gott, das hätte ich Anita nie zugetraut!«

»Ich schon«, sagte Finn und entschwand auf seinem Longboard.

Man tauschte sich noch ein wenig übers Wetter aus, über den Winter, der mal wieder keiner war. Über den Schnee, der sich geweigert hatte, eine weiße Weihnacht zu zaubern. Man verabschiedete sich. Koflers Blick blieb an einem Zaun hängen. Wo ein Schild prangte.

»Gott sieht alles, dein Hausmeister noch mehr! Gott weiß alles, dein Hausmeister noch mehr. Wissen kann tödlich sein.«

Das Schild war neu. Kofler grunzte.

Wolfgang Burger /
Hilde Artmeier

Tante Bella und ihr Weihnachtsmann

Bodensee

Über die Autoren:

Wolfgang Burger promovierte an der Universität Karlsruhe (TH) zum Dr.-Ing. und war dort 35 Jahre lang als Wissenschaftler in leitenden Positionen tätig. Seit 1995 ist er schriftstellerisch tätig. Die Gesamtauflage seiner Romane beträgt fast 700 000 Exemplare. Zahlreiche seiner Romane standen auf der Spiegel-Bestsellerliste.

Hilde Artmeier studierte Biologie an der Universität Regensburg und arbeitete lange u. a. in der Pharmaindustrie und als selbstständige Übersetzerin. Heute ist die Mutter zweier erwachsener Kinder als freie Schriftstellerin tätig. 2004 erschien ihr Debütroman, neun weitere Kriminalromane folgten.

Das Autoren(ehe-)paar lebt und schreibt in Regensburg und Karlsruhe. 2019 erschien bei Knaur mit *Gleißender Tod* ihr erster gemeinsamer Thriller um das ungleiche Ermittlerpaar Linda Wanzl und Marc van Heese.
Mehr Infos unter: www.burger-artmeier.com

Zugegeben, ich bin nicht gerade das, was man einen Familienmenschen nennt. Mein Vater, ein Holländer aus Groningen, war schon desertiert, bevor ich zum ersten Mal ins Licht der Welt blinzelte, mit meiner Mutter hatte ich zeitlebens kein gutes Verhältnis, und der Rest der Verwandtschaft kann mir sowieso gestohlen bleiben. Mit einer Ausnahme – und das ist Tante Bella.

Tante Bella ist eine Schwester meiner Mutter, und ich fand sie cool, seit ich denken kann. Immer schon war sie so herrlich bunt, schräg und unnormal. Ständig hat sie irgendwas Verrücktes gemacht, das meist für einen Lacher gut war oder wenigstens für eine originelle Geschichte zum Weitererzählen. Tante Bella heißt eigentlich Isabella und lebt allein in einer modernen und nicht besonders hübschen Villa am Ufer des Bodensees, unweit der Grenze zur Schweiz. Auch Linda, meine Partnerin in privater und beruflicher Hinsicht, ist ganz vernarrt in sie, was nicht sonderlich überraschend ist. Denn was unkonventionelles Gehabe und abseitige Ideen angeht, stehen die beiden sich in nichts nach.

Tante Bella ist – vorsichtig ausgedrückt – wohlhabend, da ihr erster, viel zu früh verstorbener Ehemann ihr ein ansehnliches Vermögen vermacht hat, von dem niemand recht weiß, auf welche Weise er es eigentlich verdient hat. Manche munkeln bis heute, er habe einfach im Lotto gewonnen, andere tippen auf Handel mit Waffen oder Drogen oder gefälschten Gemälden.

Nach ihrer Witwenwerdung hat Tante Bella bald wieder geheiratet, dieses Mal einen Luftikus, dessen Qualitäten wohl eher im Bett als in der Anhäufung von Vermögen zu suchen waren. Er hieß Uwe, wenn ich mich richtig erinnere, und hat sich nach nur zwei Jahren Ehe mit dem Porsche totgefahren, den er sich von Tantchens Geld geleistet hatte. Nummer drei war ein Chirurg. Nämlich Chefarzt und Besitzer einer gut gehenden Schönheitsklinik im Allgäu, achtzehn Jahre älter als die auch nicht mehr ganz junge Braut, verheiratet und vermutlich gerade im zweiten oder dritten Frühling. Tante Bella mochte seinen Vornamen Wendelin nicht, fand ihn altbacken und unpassend für ihren ansonsten eleganten dritten Mann, der im Gegensatz zu Nummer zwei wieder deutlich mehr Geld anschaffte, als er ausgab. Da sie ihn – acht Monate nach dem Hinscheiden von Nummer zwei – am ersten Weihnachtstag in St. Moriz kennenlernte, nannte sie Wendelin anderen gegenüber immer »ihren Weihnachtsmann«. Vor den Ereignissen, von denen ich erzählen möchte, habe ich den Herrn übrigens nie persönlich kennengelernt, denn bevor dazu Gelegenheit gewesen wäre, war Wendelin schon wieder verschwunden.

Während Tante Bella keine Kinder hatte, hatte er gleich drei aus seiner ersten Ehe, die alle schon erwachsen waren und nur noch überschaubare Kosten verursachten. Mit der Mutter seiner Kinder, mit der er gerade in einem unschönen Scheidungskrieg steckte, verhielt es sich – was die Kosten betraf – ein wenig anders, aber Tante Bellas Weihnachtsmann verdiente so prächtig, dass auch seine Noch-Angetraute diesbezüglich kein Problem darstellte. Damals muss Tante Bella Mitte dreißig gewesen sein, wobei man bei ihr nie wusste, wie alt sie wirklich war. Ihre Angaben ihr Geburtsjahr betreffend schwankten stark, und ihren Ausweis zeigte sie sogar der Polizei nur ungern.

Wendelin war zwar nur ein mittelmäßiger Skifahrer und Tennisspieler, dafür aber ein guter und leidenschaftlicher Segler. Jeden Urlaub verbrachte er auf seiner Zwölf-Meter-Jacht im

Mittelmeer, fast jedes Wochenende auf der deutlich kleineren Zweitjacht auf dem Bodensee. Nachdem Tante Bellas Weihnachtsmann endlich von seiner kriegerischen Angetrauten geschieden war, wurde geheiratet, und keine vier Wochen nach der Trauung in kleinem, aber feinem Rahmen ging es auf Hochzeitsreise, zu einem Segeltörn in der Ägäis. Dabei ging Wendelin eines Nachts über Bord und tauchte nie wieder auf. Ihrem Weihnachtsmann verdankt Tante Bella übrigens die Villa mit Seeblick samt parkähnlichem Grundstück, auf dem sie seither mit großem Engagement und magerem Erfolg Rosen züchtet.

Natürlich gab es Gerüchte wegen des auffallenden Männerverschleißes meiner bunten Tante. Wendelins Ex belästigte sogar die Polizei damit, die sich wiederum an ihre griechischen Kollegen auf der Insel Lesbos wandten, welche sich allerdings kein Bein ausrissen wegen eines ertrunkenen Deutschen. Deutsche waren damals in Griechenland nicht übermäßig gut angesehen, und dass seeuntaugliche Ausländer nachts betrunken von ihren Kähnen fielen, war praktisch mehr oder weniger an der Tagesordnung. Manche wurden noch lebend oder schon tot wieder herausgefischt, manche Wochen oder Monate später an irgendeinem Strand angeschwemmt, wo sie bei übersensiblen Touristen Schreikrämpfe und Schnappatmung auslösten, andere blieben für immer verschwunden. Tante Bellas Weihnachtsmann zählte zur dritten Gruppe.

Die Ermittlungen verliefen rasch im feinen Sand der Ägäischen Inseln. Die verstoßene Ehefrau engagierte später sogar noch einen Privatdetektiv, um Tante Bella den Mord an ihrem dritten Ehemann nachzuweisen. Dieser trieb sich einige Wochen auf Lesbos und den Nachbarinseln herum, kehrte bestens erholt, knackig braun gebrannt, aber ohne nennenswerte Erfolge zurück.

So war Tante Bella wieder einmal Witwe, dieses Mal übrigens zum ersten Mal eine trauernde. Und nach dem Verschwinden ihres Weihnachtsmanns wusste sie endgültig nicht mehr, wohin mit dem vielen Geld.

Nummer vier schließlich, Adalbert mit Namen, ehelichte sie erst drei Jahre später. Er war ein Langweiler, der weder bei der Erfüllung seiner ehelichen Pflichten noch zu sonst irgendetwas gut war, wie sie oft klagte. Ihn hatte sie wohl nur geheiratet, um ihre Abende – sie muss damals schon über vierzig gewesen sein – nicht allein verbringen zu müssen. Obwohl oder vielleicht gerade weil Adalbert so unspektakulär war, hielt die Ehe mit ihm länger als alle vorangegangenen zusammen. Seit er auf den Tag genau acht Jahre nach der Trauung bei einem nächtlichen Sturz die steile Kellertreppe hinunter das Zeitliche segnete, lebt Tante Bella, zumindest soweit mir bekannt ist, allein.

Eines windigen Abends, Weihnachten stand vor der Tür, trillerte mein Telefon. Linda besuchte alte Freundinnen in Köln, ich hatte den Tag über wenig zu tun gehabt und es mir gerade in Gesellschaft eines schottischen Single Malt bequem gemacht und wollte erst gar nicht rangehen, da mir die angezeigte Nummer nichts sagte. Allerdings kannte Tante Bella meine Gewohnheiten, ließ es fünfmal klingeln, legte auf, wählte erneut, ließ es wieder klingeln, bis ich schließlich aufgab.

»Marc, du glaubst es nicht, der Weihnachtsmann ist wieder da«, raunte sie heiser. »Du musst mir helfen, Marc. Ich bin kurz davor, verrückt zu werden. Außerdem habe ich Angst.«

»Du sprichst von dem Weihnachtsmann, der in der Ägäis ertrunken ist?«

»Ist er aber nicht. Er ist gar nicht ertrunken. Vor einer halben Stunde steht er auf einmal vor meiner Tür, sieht aus und riecht wie ein Penner, und ich …«

»Du hast ihn reingelassen? Wahrscheinlich ist der Mann ein Schwindler, der es auf dein Geld abgesehen hat.«

»Ich kann ihn ja schlecht … Immerhin waren wir mal verheiratet.«

»Bist du wirklich sicher, dass er es ist?«

»Ich glaube schon. Obwohl er sich schon sehr verändert hat, das muss ich sagen.«

»Du glaubst …?«

»Nun ja. Ich sage doch, er hat sich sehr verändert.«

»Und jetzt?«

»Jetzt sitzt er in meinem Wohnzimmer und guckt einen Film über Königspinguine und spricht kaum ein Wort mit mir. Du musst herkommen, Marc, und ihn mir vom Hals schaffen. Ich fürchte mich vor ihm. Ich glaube, er ist gekommen, um sich an mir zu rächen.«

»Und wie stellst du dir das vor, das Vom-Hals-Schaffen?«

»Das ist dein Problem. Du bist doch jetzt so was wie ein Privatdetektiv?«

Wenn auch leider ein weitgehend auftrags- und entsprechend mittelloser.

Als hätte Tante Bella meinen Gedanken erraten, fügte sie: »Ich bezahle dich natürlich dafür. Was kostest du?«

»Pro Tag zwölfhundert«, verkündete ich todesmutig. »Plus Spesen.«

Als Tante Bella nicht einmal den Versuch zu handeln machte, ärgerte ich mich, nicht noch unverschämter gewesen zu sein.

»Viele Spesen wird es nicht geben«, sagte sie nur. »Essen und wohnen kannst du bei mir.«

»Was sagt er denn so, wenn er doch mal den Mund aufmacht?«

»Nur, dass er jetzt wieder da sei und dass er sich freue und dass ich mich gut gehalten habe. Was man von ihm leider gar nicht sagen kann. Immerhin hat er geduscht, und ich habe ihm ein paar Sachen von Adalbert herausgesucht, die ihm halbwegs passen.«

»Aber er muss doch irgendwie erklären, was damals passiert ist, wo er die ganze Zeit gesteckt hat.«

»Tut er aber nicht.«

»Hast du ihn denn danach gefragt?«

»Traue ich mich nicht. Ich sage doch, er macht mir Angst.«

»Wo bist du jetzt?«

»In der Küche. Die Tür kann man abschließen, und es gibt Messer. Außerdem gibt es was zu essen, und ich kann hier drin ein paar Tage überleben, falls er mir wirklich ans Leben will.«

»Ans Leben? Wieso sollte er dich denn umbringen wollen?«

»Weil eben … Marc, bitte komm her. Verhafte ihn, verprügle ihn, erschieße ihn meinetwegen. Nur bitte nicht im Wohnzimmer. Der Perser da, an dem hänge ich. Er ist noch von Nummer eins.«

»Verhaften kann ich ihn nicht, weil ich kein Polizist bin, und erschießen werde ich ihn ganz bestimmt nicht.«

»Marc, ich bin mir fast sicher, er will mir was tun! Wie er mich anguckt. Er plant irgendwas, etwas Schlimmes. Du könntest ihm auch etwas in den Wein tun. Er trinkt ständig Rotwein. Ein Schlafmittel, und wenn er weggedämmert ist, dann packst du ihn in deinen Wagen und bringst ihn irgendwohin.«

Das wäre vielleicht sogar eine Möglichkeit, denn niemand würde den Mann vermissen, den Tante Bella vor Jahren hatte für tot erklären lassen, da sie sonst Nummer vier nicht hätte heiraten können.

Am nächsten Morgen packte ich eine kleine Tasche mit dem Nötigsten, sagte Linda Bescheid, die immer noch in Köln beim Mädelstreffen war, und machte mich auf den Weg in Richtung

Süden. Linda und ich wohnen und betreiben unser kleines Ermittlungsbüro im Münsterland, weil sie dort aufgewachsen ist und sich gut auskennt.

»Er ist im Wohnzimmer«, begrüßte mich Tante Bella mit fiebrigem Blick und tonloser Stimme. Sie war ungewöhnlich blass, schien in der vergangenen Nacht kaum geschlafen zu haben, seufzte ständig und rollte immer wieder gequält die Augen zur Decke. »Er guckt gerade einen Film über Thunfische, schläft aber ständig dabei ein. Wahrscheinlich hat er es wieder mal übertrieben mit dem Rotwein.«

Auf Zehenspitzen und mit dem Zeigefinger vor dem Mund führte sie mich in die Küche, ihren Panic Room, damit ihr wiederauferstandener Weihnachtsmann uns nicht hören konnte, falls er doch mal kurz zu sich kommen sollte. Wobei es unwahrscheinlich war, dass er irgendetwas hörte, denn der Fernseher lärmte, als wäre er auf höchste Lautstärke gestellt.

»Habt ihr inzwischen geredet?«, lautete meine erste Frage, als ein Glas Orangensaft und zwei Käsebrötchen vor mir auf dem Tisch standen. »Weißt du jetzt, ob er es ist oder nicht?«

Anstelle von duftenden Tannenzweigen prangte mitten auf dem Tisch ein großer Strauß blattloser Zweige, die mit bunt bemalten Eiern behängt waren. Tante Bella hatte schon immer Gefallen daran gefunden, alte Bräuche ins Lächerliche zu ziehen.

»Gesprochen haben wir kaum etwas. Aber ich bin mir sicher, ja. Er ist es, kein Zweifel.«

Fragend hob ich die Augenbrauen. Sie zögerte, blickte auf ihre sorgfältig manikürten Hände. Die Antwort schien ihr ein wenig peinlich zu sein.

»Es ist …«, sagte sie endlich. »Er hat ein Muttermal an seinem Dings, du weißt schon. Und wie er gestern Abend fest eingeschlafen war, da hab ich seine Hose aufgeknöpft und nachgeguckt.«

»Ein Muttermal kann man nachmachen. Vielleicht – keine Ahnung –, vielleicht hat ihm jemand von diesem Muttermal erzählt? Vielleicht steckt er mit der Ex von deinem Weihnachtsmann unter einer Decke?«

Entschieden schüttelte Tante Bella den Kopf. »Es ist nicht nur das Muttermal. Wie ich so geguckt habe, da ist er nämlich aufgewacht, und … nun ja, es war wie früher. Außerdem glaub mir, Marc, ich habe es tausendmal vor Augen gehabt, das Muttermal.«

»Du hast mit ihm …?«

»Wieso nicht?«, brauste sie auf. »Irgendwie sind wir ja immer noch Mann und Frau, und wo er nun schon mal hier ist …«

Vor den Fenstern war es inzwischen dunkel geworden, und es hatte friedlich zu schneien begonnen. In der großflächig verglasten und leider ein wenig zugigen Küche der Villa war es kalt, obwohl die Heizung auf Stufe fünf stand. Tante Bella bot Tee und Rotwein an. Ich entschied mich für den Wein.

Auf der Anrichte standen zwei prächtige, große und in Goldfolie gewickelte Schokoladenosterhasen und grinsten mich triumphierend an. Tante Bella schien über die Jahre noch verrückter geworden zu sein als früher.

»Hast du zufällig auch was Richtiges zu essen im Haus?«, fragte ich, nachdem ich die Käsebrötchen vertilgt hatte. An diesem Tag ging es mir wie Linda. Ständig hat sie Hunger, und wenn sie Hunger hat, kann sie nicht denken und ist schlechter Laune. »Die Bordküche des ICE war defekt, und im Bummelzug von Stuttgart hat es auch nichts gegeben.«

»Im Kühlschrank ist noch kaltes Huhn. Baguette habe ich auch, aber das ist von gestern.«

Der Fernseher plärrte immer noch im Nachbarraum, zu dem es eine Durchreiche gab. Vielleicht war Onkel Wendelin über die Jahre schwerhörig geworden.

Tante Bella holte das Huhn aus dem doppeltürigen Kühlschrank ihrer hypermodern ausgestatteten Küche und tischte es auf.

»Wie kommst du eigentlich darauf, dass er dir was antun will? Vielleicht ist er einfach froh, wieder bei dir zu sein, und braucht nur ein wenig Zeit, um sich an die neue Situation zu gewöhnen?«

Sie schlug die graugrünen Augen nieder, errötete wie ein Teenager, der bei etwas Unanständigem ertappt wurde, gab aber keine Antwort.

»Hat er Grund, dich zu hassen?«

Verschämtes Nicken.

»Hat es mit seinem ... Unfall zu tun?«

Diesmal fiel ihr Nicken noch ein gutes Stück verzagter aus.

Ich biss vom Hühnerbein ab, knabberte am leider wirklich knochentrockenen Weißbrot, spülte mit einem ordentlichen Schluck Rioja nach. »Dann war es vielleicht gar kein Unfall?«

Sie knetete ihre immer noch schlanken Finger, schüttelte kaum merklich den Kopf und begann, anfangs flüsternd, später lauter zu erzählen.

»Er hatte getrunken. Er hat schon damals viel getrunken, aber er hat ja auch ordentlich was vertragen. In der Nacht, als es ... Er war besoffen wie ein Schwein. Und so hat er sich auch benommen, wie ein Schwein. Er hat mich beschimpft, eine Hure hat er mich genannt, ein Flittchen. Behauptet, ich würde ihn betrügen. Dabei hatten wir am Nachmittag erst herrlichsten Freiluftsex gehabt. Sehr lustig übrigens auf so einer ständig hüpfenden und schaukelnden Jacht. Man braucht eigentlich gar nichts zu machen. Einfach nur daliegen, in die Sonne blinzeln, und warten, bis es einem kommt – einfach herrlich, glaub mir!«

Verträumt sah Tante Bella auf ihre gerade ein wenig verkrampften Hände.

»Wir hatten in einer Bucht von Chios Anker geworfen, später sind wir wieder raus, weil er unbedingt noch nach Lesbos wollte, frag mich nicht, wozu und weshalb. Aber dann ist das Wetter schlechter geworden, die Wellen wurden immer höher, und später kam auch noch Sturm auf.«

»Hatte er denn Grund zur Eifersucht?«

»Natürlich nicht«, versetzte Tante Bella empört. Dann eine Spur zurückhaltender: »Zumindest nicht so, wie er dachte.«

»Was heißt das denn jetzt wieder? Ihr wart in den Flitterwochen, und du hast dem armen Kerl schon Hörner aufgesetzt?«

»Überhaupt nicht, nein! Es war nur, ich hatte damals eine Freundin, Katja. Wir hatten an dem Vormittag telefoniert, und, na gut, sie ist ein bisschen mehr als eine Freundin gewesen …«

»Und ihr wart ja nicht weit von Lesbos …«

Grinsend inspizierte Tante Bella ihre blutrot lackierten Nägel. »Wir haben am Telefon ein wenig von alten Zeiten geschwelgt, Katja hat den Witz mit Lesbos übrigens auch gemacht …«

»Und er hat es gehört.«

»Deshalb wollte er ja auf Teufel komm raus dorthin. Er würde mich da aussetzen, hat er immer wieder gebrüllt. Einen ganz roten Kopf hat er gehabt, so sehr hat er sich aufgeregt. Dabei war doch gar nichts gewesen. Nur ein wenig Spaß und Gegickel, mein Gott!«

Das Huhn schmeckte herrlich, der Rioja nicht minder. Das Baguette war dagegen wirklich eine Herausforderung für mein Gebiss. »Er war wütend, er war betrunken, dazu der Sturm, ihr habt gestritten, du hast ihn gestoßen …«

»Er hat angefangen! Er hat mich zuerst geschubst! Und mich außerdem an den Haaren gezogen, dass ich dachte, am nächsten Morgen würde ich skalpiert aufwachen. Und ich … Ich bin so wütend gewesen, ja, und da habe ich ihn auch geschubst, und die Jacht hat die ganze Zeit geschaukelt wie irre, und dann war er auf einmal nicht mehr da. Ich wollte das nicht, bitte, Marc, glaub mir. Aber ja, auf gewisse Weise habe ich ihn wohl umgebracht. Beziehungsweise eigentlich auch wieder nicht, wo er doch noch am Leben ist, wie ich jetzt weiß.«

»Was hast du weiter gemacht?«

»Ich konnte mit so einer Jacht überhaupt nicht umgehen, es war zappenduster, du glaubst nicht, wie dunkel es sein kann auf dem Meer, wenn kein Mond scheint. Immerhin habe ich es geschafft, das Funkgerät zu bedienen. Ich habe die Hafenmeisterei von Lesbos alarmiert, aber bis die mich endlich gefunden hatten, war es schon wieder hell, und der Sturm hatte sich gelegt. Die Griechen haben die ganze Sache entspannt gesehen. Sie haben mir erklärt, bei dem Seegang würde der beste Schwimmer der Welt nicht länger als eine halbe Stunde überleben. Dann haben sie die Jacht an den Haken genommen und nach Lesbos geschleppt. Ich musste eine Aussage machen und eine Menge Papiere unterschreiben, und dann durfte ich gehen.«

»Du hast Besuch, Bella?«, sagte eine sonore, nicht unfreundliche Stimme hinter mir.

»Das … Das ist Marc. Mein äh …« Tante Bella war zu Tode erschrocken vom plötzlichen Eintreten ihres Weihnachtsmanns. Offenbar hatte sie vergessen, die Küchentür abzuschließen, als sie mich einließ.

»Marc?«, fragte Wendelin wohlwollend und stark nach Rotwein riechend und reichte mit eine kräftige Rechte. »*Der* Marc, der in Afrika gearbeitet hat?«

»Marc van Heese«, stellte ich mich vor und erhob mich. »Das mit Afrika stimmt, ist aber schon eine Weile her.«

»Jetzt ist er Privatdetektiv«, fügte Tante Bella mit drohendem Unterton hinzu, damit ihr Ex- und trotzdem irgendwie Immernoch-Gatte nicht etwa auf dumme Gedanken kam.

»Wir haben gerade über Sie gesprochen«, sagte ich und rückte ihm einen Stuhl zurecht, auf dem er seufzend und ein wenig umständlich Platz nahm. »Über die Nacht, als Sie … Sie wissen schon.«

Tante Bellas Weihnachtsmann – der übrigens einen standesgemäßen, schon stark ergrauten Vollbart im Gesicht trug – lachte dröhnend und donnerte eine schwere Faust auf den Tisch. Irgendwie hatte ich mir Schönheitschirurgen immer ein wenig feinmotorischer vorgestellt. »Das war schon eine Geschichte, was, meine liebe Bella?«

Sie nickte mit immer noch schreckensweiten Augen.

»Du musst wissen«, sagte Onkel Wendelin an mich gewandt. »Bella war ganz unmöglich in der Nacht. Ist in der Flasche da noch was drin?«

Tante Bella stellte ihm eilig ein Glas hin und schenkte es randvoll. Vielleicht in der Hoffnung, er möge sich auf der Stelle totsaufen.

»Die ganze Zeit war sie schon unmöglich gewesen«, fuhr ihr ungebetener Gast gemütlich fort. »Zänkisch, giftig, verletzend. Der Meltemi blies besonders hefig in dem Herbst, die Segelei war eine einzige Schinderei. Oft mussten wir sogar unter Motor fahren, weil Madame keine Lust hatte, mal an einem Tampen zu ziehen oder sonst irgendwo Hand anzulegen. Am Nachmittag war es sogar relativ ruhig gewesen, und ich dachte, wir können es wagen, diese wunderschöne einsame Bucht zu verlassen und nach Lesbos zu schippern.«

»Und unterwegs hattet ihr wieder Streit.«

Wendelin lachte rau, aber herzlich. »Es wurde mit jeder Minute schlimmer, die Dämmerung setzte ein, und als der Sturm zu schlimm wurde, habe ich die Segel gerefft, das Steuer festgestellt, und wir haben uns in der Kajüte verbarrikadiert. Wir hatten beide schon ein wenig zu viel Athos intus. Der elende

Kahn hat nicht aufgehört zu rollen und zu bocken, und Bella hat wieder mal angefangen, mich zu beschimpfen. Ich weiß gar nicht mehr, worum es eigentlich ging. Ich habe ihr Kontra gegeben, und irgendwann musste ich raus aus der engen Kajüte, frische Luft schnappen, für eine Weile ihr Gekeife nicht mehr hören. Sie ist mir nach, hat weitergezetert, und dann ist es auf einmal über mich gekommen. Ich wollte sie erwürgen und ins Wasser werfen, ja, bei Gott, das wollte ich. Irgendwie habe ich dabei aber das Gleichgewicht verloren, und nun ja …«

»Du hast …?« Tante Bella schnappte nach Luft.

»Gleich und gleich gesellt sich gern«, hätte Linda an dieser Stelle gesagt und mit den beiden kräftig angestoßen.

»Wieso bist du nicht ertrunken?«

»Weil ich eine dieser Schwimmwesten trug, die sich von selbst aufblasen. Ich habe sie auf dem Kahn immer getragen, wenn nicht gerade Badewetter war. Bella nicht. Sie fand so etwas nicht kleidsam. Das Wasser war noch verhältnismäßig warm, es war ja gerade erst September. Ich wurde schnell abgetrieben, und eh ich michs versah, war der Kahn schon außer Sicht. Ich habe mich treiben lassen, der Sturm ließ nach, und als es irgendwann hell wurde, hat mich eine Jacht voller Russen aus dem Wasser gefischt.«

»Du wolltest …?« Tante Bella war immer noch starr vor Schreck.

»In der Zwischenzeit hatte ich viel Zeit gehabt«, fuhr Onkel Wendelin ungerührt, aber mit merklich schlechtem Gewissen fort. »Zeit, über mein Leben nachzudenken, über meine Ehe und darüber, dass ich die Liebe meines Lebens um ein Haar ermordet hätte. Über meinen Beruf habe ich nachgedacht, der mir schon lange keine Freude mehr machte. Und ich hatte eine Entscheidung getroffen, in dieser stürmischen Nacht. Ich wollte noch mal von vorne anfangen, ganz von vorne. Papiere hatte ich nicht dabei, die Russen haben nur Russisch gesprochen …«

»Er hat …!« Jetzt sah die Tante mich an. Mit runden Augen und blasser Nase. Onkel Wendelins Version der Geschichte hatte ihr Weltbild offenbar in schwere Schieflage versetzt.

Die Russen setzten ihn auf Naxos ab, er ließ sich einen Bart wachsen, schlug sich anfangs mit Hilfsarbeiten durch bei Fischern und Bauern. Tante Bellas Weihnachtsmann lernte Griechisch, besorgte sich halbwegs gut gefälschte Papiere und sah bald aus wie einer der knorrigen Inselbewohner. Irgendwann starb der Wirt der Hafentaverne, Tante Bellas vermisster Ehemann Nummer drei übernahm das Lokal und betrieb es einige Jahre lang, allerdings mit bescheidenem Erfolg. Dann gab es eines Abends Ärger mit zwei albanischen Huren und einem Syrer, von dem niemand wusste, wo er herkam, und in der folgenden Nacht brannte Onkel Wendelins Taverne ab. Er selbst überlebte nur mit knapper Not. Er hatte sich in einem Verschlag über dem Lokal eine Schlafkoje eingerichtet und nur das Gebell der herrenlosen Hunde, die sich im Hafen herumtrieben, sowie ein beherzter Sprung aus dem Fenster, der in einem Müllcontainer endete, hatten ihn gerettet.

»Er hat versucht, mich umzubringen!«, brachte Tante Bella endlich den Satz zu Ende, den ihr schon geraume Zeit auf der Zunge lag. »Dieser Dreckskerl, dieses Arschgesicht, dieser Hurensohn, diese Kanalratte, dieser … Er wollte mich erwürgen und ersäufen, Marc, hast du gehört? Hast du das gehört?«

In den folgenden zwei Tagen habe ich nicht weniger als vier Morde verhindert. In der ersten Nacht litt Wendelin plötzlich unter heftiger Atemnot. Da mein Schlafzimmer neben dem seinen lag, hörte ich ihn röcheln und keuchen. Der Notarzt kam zum Glück rasch, und als ich meinen Onkel am folgenden

Nachmittag aus der Klinik abholte, sagte mir ein Arzt, der Patient habe wohl am Abend die falschen Tabletten genommen und außerdem entschieden zu viele davon. In der zweiten Nacht stürzte er – wieder einmal betrunken und vermutlich erneut auf der Suche nach Rotwein – die wirklich verteufelt steile Kellertreppe hinunter und hätte um ein Haar das Schicksal von Ehemann Nummer vier geteilt. Im Gegensatz zu diesem brach sich Onkel Wendelin jedoch nur den Ringfinger der rechten Hand, an dem übrigens immer noch der goldene Ring steckte, den ihm Tante Bella vor einer halben Ewigkeit angesteckt hatte, nicht jedoch das Genick. Als er nach notärztlicher Versorgung wieder im Bett lag und seinen Rausch ausschlief, stellte ich Tante Bella zur Rede. Natürlich stritt sie alles ab.

»Dass Adalbert auch die Treppe runtergefallen ist, heißt doch nicht, dass ich ihn umgebracht habe!«, widersprach sie pampig. »Was kann ich denn dafür, dass die Kerle alle zu doof sind, den Handlauf zu benutzen?«

Den es an ihrer Kellertreppe allerdings gar nicht gab.

»Und wie kommst du übrigens darauf, ich hätte Wendelins Tabletten vertauscht?«

»Immerhin warst du am Nachmittag erst in der Apotheke gewesen.«

Wir stritten eine Weile herum, ohne dass etwas Sinnvolles dabei herausgekommen wäre, und ich ging früh schlafen.

Am nächsten Morgen weckten mich Geschrei und Getöse. Im Erdgeschoss tobte ein erbitterter Streit zwischen den beiden. Während ich die Treppe hinablief, verstummte Tante Bella, nachdem sie zuvor Worte gerufen hatte, die ich hier nicht wiedergeben mag. Ich riss die Küchentür auf und konnte im letzten Moment verhindern, dass Onkel Wendelin meine Tante mit der linken Hand erwürgte, während sie ihm mit letzter Kraft ein langes Küchenmesser in den Bauch zu stoßen versuchte.

Es gelang mir, die beiden zu trennen und irgendwann auch zu besänftigen. Sie waren beide völlig außer Atem, restlos erschöpft von den überstandenen Turbulenzen. Ich machte Kaffee für alle, und dann führten wir ein längeres, ernstes Gespräch zu dritt, und von da an war Ruhe.

Als ich am Morgen des Heiligen Abends die Rückreise ins Münsterland antrat, wo Linda ungeduldig auf mich wartete, die sich mit einer der Kölner Freundinnen aufs Blut zerstritten hatte, klebten die beiden aneinander wie ein frisch verliebtes Paar.

Juristisch ist die Sache nicht ganz einfach. Bis heute ist noch nicht einmal geklärt, ob Tante Bella und ihr wiedergefundener Weihnachtsmann noch verheiratet sind oder nicht, denn die Ehe wurde ja offiziell nie geschieden. Es ist nicht geklärt, wem die Villa gehört, die Tante Bella von ihrem untoten Ehemann geerbt hatte, die Aktienpakete und das nicht unbeträchtliche Barvermögen aus dem Verkauf seiner Schönheitsklinik im Allgäu. Aber all das ist den beiden nicht wichtig. Sie sind wieder vereint und irgendwie glücklich zusammen, obwohl sie immer noch viel und leidenschaftlich streiten.

Die Anschaffung einer Segeljacht ist vorläufig nicht geplant.

11

Alexander Oetker

Schneegestöber am Matterhorn

Zermatt

Über den Autor:

Alexander Oetker wurde 1982 in Berlin geboren. Er ist Fernsehjournalist und Autor. Vier Jahre leitete er das Pariser Korrespondentenbüro für die Fernsehsender RTL und n-tv, ist profunder Kenner von Politik und Gesellschaft in Frankreich. Seit 2012 ist er für RTL als politischer Korrespondent tätig. Alexander Oetker lebt in Berlin und verbringt viel Zeit in Frankreich. Zuletzt erschienen seine Bestsellerreihe um Commissaire Luc Verlain sowie der Thriller *Zara und Zoë. Tödliche Zwillinge.*

Der Schaffner pfiff laut durch seine metallene Pfeife, die Lok hupte, dann setzte sich der rot-weiße Zug langsam in Bewegung und glitt beinahe lautlos aus dem Bahnhof von Zermatt in Richtung Täsch. Nach diesem gab es heute keinen mehr, der Fahrgäste aus dem letzten Alpental auf Schweizer Boden herausfahren konnte. Zermatt war autofrei, das hieß, es gab nur diesen Zug, um von hier wegzukommen. Im Ortskern selbst fuhren nur kleine Elektrowägelchen, die Gustav Kant reichlich komisch fand. Sie surrten so lautlos an ihm vorbei, dass er schon mehrfach hatte zur Seite springen müssen. Dafür war die Luft hier unglaublich: kalt und klar und sauber, ganz anders als im smoggeplagten Berlin. In Zermatt hatte die Zukunft schon begonnen, so schien ihm. Und dennoch hatte er sich wie an den drei Abenden vorher wieder zum Bahnhof geschlichen, vor einer halben Stunde schon, hatte beobachtet, wie Dutzende Fahrgäste aus dem Zug ausstiegen, die wenigen Abreisenden in den Zug einstiegen und dieser sich dann in Bewegung setzte.

Gustav Kant hatte hinter einer Säule gestanden und dabei zugesehen. Er wusste, er würde nicht einsteigen. Sein Gepäck stand ja im Hotel. Dennoch mochte er die Möglichkeit, einsteigen zu können. Jetzt war die Möglichkeit passé.

Zermatt war eine Sackgasse. Und das hier war der Heilige Abend. Gustav Kant knurrte.

Wie hatte es so weit kommen können, dass er hier gelandet war, an dem Tag im Jahr, den er am meisten verabscheute?

Ganz einfach: Er hatte einmal im Leben Glück gehabt. Für ihn recht zweifelhaftes Glück. Die junge hübsche Verkäuferin im EDEKA in den Schönhauser-Allee-Arcaden hatte ihn angesprochen, als er gerade eine Stange Porree und zwei Schweinenackensteaks in seinen Korb gelegt hatte. Ob er denn nicht an diesem Preisausschreiben teilnehmen wolle. Er wollte nicht, aber sie lächelte so freundlich, dass er sich überwand. Er füllte das merkwürdige Rätsel aus, die Frage war:

Für welches Wahrzeichen ist Berlin berühmt? A) Fernsehturm B) Eiffelturm.

Er überlegte einen Moment, das Falsche anzukreuzen, aber dann folgte er einem Instinkt und gab die richtige Antwort, er füllte sogar noch den Schein mit seiner richtigen Adresse aus.

Einen Monat später, es war Ende August, flatterte ein Brief aus der EDEKA-Konzernzentrale ins Haus. Er hatte gewonnen. Hauptgewinn. Eine Woche Urlaub im Fünfsternehotel *Mont Cervin Palace* am Fuße des Matterhorns – und zwar über die Weihnachtsfeiertage desselben Jahres. Für zwei Personen.

Gustav Kant kam aus dem Lachen gar nicht mehr heraus. Er. In Zermatt. An Weihnachten. Der Weihnachtshasser schlechthin.

Doch dann kam er ins Grübeln: Eigentlich war es auch egal, wo er das Fest der Hiebe verbrachte. In Berlin würde er bei Cynthia am Tresen seiner Stammbar sitzen und grummelig in die beleuchteten Altbaufenster ringsum schauen. Und in der Schweiz gab es sicher auch Bars. Er hatte ernsthaft überlegt, ob er die Barfrau fragen sollte, ob sie ihn begleiten wolle – doch den Gedanken gleich wieder verworfen: Sie beide im Winterwunderland, das wäre nun wirklich mehr als ein Weihnachtswunder.

Also hatte er den Veranstalter angerufen und zu dessen Verwunderung angegeben, dass er allein reisen würde. So saß er am 21. Dezember im Zug, der ICE Richtung Interlaken hatte auf deutscher Seite noch 48 Minuten Verspätung und holte die auf wundersame Weise in der Schweiz wieder raus. Umsteigen in Spiez und in Visp, das Hotel hatte alles perfekt vorbereitet. Und schon eine Stunde später war Kant in Zermatt eingerollt. Auf dem Weg zum Hotel war er mehrere Male dem Elektroauto-Tod entgangen, er hatte die elegante Weihnachtsdeko auf der Bahnhofstraße angesehen mit einer Mischung aus Bewunderung und Abscheu. Minuten später stand er vor dem Prachtbau und wollte sich erst mal kneifen, was ihm nicht recht gelang, weil die Klimaanlage im Zug etwas stark eingestellt worden war und er einen steifen Nacken hatte. Sechs Etagen im schweizerischen Bergstil mit grünen Türmchen obenauf, es gab schmiedeeiserne Balkone vor den Fenstern und drum herum Nobelboutiquen, in denen sich Gustav Kant nach einem Blick in die Schaufenster nicht mal dann etwas leisten könnte, wenn er die Monatseinnahmen seiner Detektei mal eben verzehnfachen würde.

Seitdem hatte er schon drei Tage hier verbracht. Sein steifer Nacken war auf wundersame Weise verschwunden, durch eine Massage bei einem jungen Mann, von dessen Worten Kant nicht ein einziges verstanden hatte – so stark war der Bergdialekt des Wallisers gewesen. Doch er hatte magische Hände. Stunden hatte Gustav Kant am warmen Pool zugebracht, während er eine alte Detektivgeschichte von M.R.C. Kasasian gelesen hatte. Immer wieder war sein Blick aus dem Fenster aufs Matterhorn gefallen. Was für ein Berg – das musste er zugeben. Dieses sanfte Ansteigen, und dann der auf einmal aufragende steile Gipfel – im Licht der Sonne eine strahlend weiße Kuppe, dicht mit weichem Schnee besetzt. Über 4000 Meter Fels und Eiswüste. Dahinter lag Italien. Doch dorthin kam man nur mit dem Helikopter oder auf Skiern. Gustav Kant konnte nicht Ski fahren. Deshalb ließ ihn bei aller Herrlichkeit des Aufenthalts das Gefühl nicht los, in diesem Alpendorf ganz schön eingesperrt zu sein.

Und das auch noch inmitten von Menschen, die irgendwie ganz anders waren als er. Nicht, weil er sie nicht verstand – dieses Walliserdeutsch war aber auch eine kehlige Angelegenheit, er hatte gelesen, dass nicht mal Züricher oder Basler diesen Dialekt verstanden.

Nein, es lag eher daran, dass alle hier wohlhabend zu sein schienen. Nein, nicht wohlhabend. Reich. Er sah auf der Bahnhofstraße Frauen in eleganten Roben und Pelzmänteln, Männer mit Uhren an den Armgelenken, augenscheinlich so teuer, dass man ganze afrikanische Dörfer jahrelang ernähren könnte.

Sein Gewinn war inklusive Halbpension, und Gustav Kant hatte gut daran getan, sich im KaDeWe extra noch einen dunklen Anzug zu kaufen, ein treuloser Ehemann hatte dieses edle Kleidungsstück über die Detektei-Zahlung seiner misstrauischen Frau finanziert.

So fühlte er sich nicht ganz so unwohl am Büfett seines Nobelhotels. Es war ein gediegener Raum, in dem sich die abendliche Fütterung der zahlenden plus eines nicht zahlenden Gastes abspielte. Wie das ganze Hotel war auch dieser Raum in hellem Holz gehalten, die Tische waren schick eingedeckt, und Kant versank am ersten Abend fast in dem ausladenden Sessel.

Er hatte einen einzelnen Tisch für sich, der aufmerksame Kellner hatte ihm einen am Rande ausgewählt, von dem aus er gut beobachten konnte, ohne selbst im Zentrum der Aufmerksamkeit zu sitzen. Er war schließlich der einzige Gast, der alleine speiste. In den Weihnachtsferien. *Quelle tristesse.*

So saß er hier und aß mittlerweile zum dritten Mal Speisen, die so exklusiv waren, dass er größtenteils nicht mal die Namen der Gerichte kannte – oder er verstand schlicht die junge Schweizer Köchin nicht, die an der Show-Cooking-Station anbot, was sie in der Pfanne hatte.

Es war ihm aber auch herzlich egal, denn die Alternative erlebte er immer am Mittag. Da sein Gewinn nur Halbpension bot, war er auch heute am Heiligabend zum Metzger Bayard auf der Bahnhofstraße gegangen. Für sechs Franken hatte er sich eine Bratwurst gegönnt – dazu ein Zermatt-Bier. Sechs Franken. Das waren fast sechs Euro. Und das war das günstigste Essen weit und breit. Da gab's in Berlin ein ganzes Hauptgericht für. Allerdings ohne Matterhorn-Blick.

»So, Monsieur Kant«, sagte der freundliche Kellner, und der Detektiv erschrak. Er hatte ihn nicht kommen hören – dieser junge Kerl schlich sich aber auch immer an. »War alles recht?«

»War sehr juut«, sagte Kant und verfluchte seine Altberliner Erziehung. Nicht mal hier schaffte er es, anständiges Hochdeutsch zu sprechen.

»Das freut mich. Ich weiß, Sie gehen normalerweise früh zu Bett, darf ich Ihnen aber heute etwas empfehlen? Es ist doch die Heilige Nacht. In der Pfarrkirche von Zermatt, in St. Mauritius, ist in einer Stunde unsere Mitternachtsmesse. Das ist wirklich ganz besonders, ein Spektakel aus Kerzen und Lichtern – und dann die Orgel. Es ist wirklich … magisch.«

Gustav Kant betrachtete den Kellner, als wäre er ein Außerirdischer. Nichts lag ihm, dem heidnischen Detektiv aus der heidnischen Stadt Berlin, ferner als ein Gottesdienst ausgerechnet hier, in der erzkatholischen Schweiz. Und dennoch lag da etwas in der Stimme des jungen Mannes, eine Aufregung, beinahe ein Drängen, dass Kant nicken musste. Doch das reichte dem Kellner nicht, immer noch wartete er auf eine Reaktion.

»Gut gut, ich komme, wo ist das denn?«

»Nur die Straße hinauf, zweihundert Meter, dann sind Sie da. Es sieht aus wie eine … nun ja, Kirche.«

Kant ärgerte sich über seine – zugegeben – nicht besonders clevere Frage.

Er bedankte sich, hinterließ ein kleines Trinkgeld und ging kurz auf sein Zimmer, um sich seine Jacke zu nehmen, dazu eine Mütze, Schal und Handschuhe. Verkleidet wie ein Eskimo ging er nach unten und machte einen Schritt aus dem Hotel, um gleich darauf zu wissen, warum er sich im Funktionskleidungsgeschäft in Berlin derart ausstaffiert hatte. Herrgott, war das kalt. Der Schneefall hatte pünktlich zur Mitternachtsmesse wieder eingesetzt. Der Kellner hatte recht gehabt, er war hier noch nie so spät draußen gewesen, stets war er der erste Restaurantgast, der sich auf sein Zimmer verzogen hatte. Nun aber stand er auf der Bahnhofstraße, es war Viertel nach elf, und das Licht der gelben Laternen beleuchtete die Fassaden der schönen alten Berghäuser, vor den Lichtern tanzten die Flocken. Schon beim ersten Atemzug sah er, wie eine Wolke aus seinem Mund kam, die Kälte drang sprichwörtlich durch alle Poren seiner Kleidung. Unter seinen Füßen knirschte der harschige Schnee, dass es eine Freude war. So stapfte er die Hauptstraße des Dorfes empor, es war eine ziemliche Steigung. Doch er war nicht allein hier, in dieser Nacht. Alle Zermatter, alle Touristen, schienen nur ein Ziel zu kennen: St. Mauritius. Die Gemeinde kämpfte sich durchs Schneegestöber, Kants Jacke war im Nu schneeweiß.

Den Turm der hoch aufragenden und schlichten Kirche hatte Gustav Kant natürlich schon gesehen, er hatte sie nur wie alle Gotteshäuser geflissentlich ignoriert. Als er vor der Kirche stand, zeigte die Turmuhr zwanzig vor zwölf. Das grüne Schindeldach der Kirche war teilweise noch von Schnee bedeckt, durch die Tür strömten die Leute in Scharen nach drinnen. Er wusste, dass er sich würde beeilen müssen, wollte er noch einen Platz ergattern.

Kurz zögerte er – sollte er einfach umkehren, in sein warmes Hotelzimmer, vor den Fernseher? Doch etwas in ihm verbot ihm diesen Gedanken. So knurrte er noch einmal, dann ging er die paar Schritte und betrat die Kirche durch das breite Portal.

Drinnen verschlug es ihm wirklich den Atem: Es gab kein einziges künstliches Licht, es wäre tiefdunkel gewesen hier drinnen, doch da waren Kerzen an Kerzen – es mussten Tausende sein. Im Widerschein des warmen Lichtes saßen die Menschen dicht gedrängt in den Reihen, in der Luft lag eine Mischung aus Weihrauch und Wachs. Vorn waren die beiden goldenen Altäre nur zu erahnen. All die Besucher sprachen ganz leise, und so war es wie eine dunkle Litanei, die von Reihe zu Reihe ging. Kant hatte so etwas noch nie erlebt. Wenn er sich einmal im Jahrzehnt in eine Berliner Kirche verirrte, weil er irgendjemanden beschatten musste, dann saßen da höchstens zehn Hanseln – was das Beschatten umso schwieriger machte.

Er suchte sich einen Platz in der hintersten Reihe, genau am Rand. Neben ihm saß eine ältere Dame im Sonntagsstaat, die ihn freundlich anlächelte. Ihr Krückstock lehnte vor ihr in der Bank.

Es dauerte nicht lange, dann begann die Orgel zu spielen, das Präludium erklang, im selben Moment schlugen auch die Glocken, so laut, dass es selbst auf dem Matterhorn noch zu hören sein müsste. Der Organist hatte echt was drauf, befand Kant, er legte sich ins Zeug, schlug die Tasten, als gelte es, ein Concerto grosso hinzulegen.

Die Menschen wurden nach und nach stiller, sie ließen sich ein auf diesen Augenblick der Magie, die Frau neben ihm hatte die Augen geschlossen.

Als der Organist endete, geschah erstmal: Nichts. Was niemandem aufzufallen schien. Die Menschen saßen in ihren Bankreihen, es war gänzlich still, bis auf einen, der ab und an hustete.

Erst nach Minuten fingen einzelne Besucher an, sich umzudrehen. Vor ihm beugte sich ein Mann zu seiner Frau, beide tuschelten. Irgendwann drehte sich auch eine Frau zu der alten

Dame neben ihm um. »Was ist denn los?«, fragte sie. »Keine Ahnung, es sollte doch losgehen«, antwortete die Alte im Dialekt der Walliser. Sie schüttelten beide fragend den Kopf, der Blick zur Tür im Kirchenschiff. Nichts passierte.

Doch. Da. Die Tür öffnete sich. Die Frau neben ihm atmete auf. Doch heraus trat nicht etwa der Pfarrer, gefolgt von Dutzenden Messdienern, sondern ein kleiner Mann in Jeans und Hemd, der schnellen Schrittes in den Mittelgang trat. Er blieb an einer Reihe stehen, zwei Damen standen auf, dazu ein weiterer Herr. Sie steckten die Köpfe zusammen, immer wieder schüttelte eine Frau den Kopf, der Mann zuckte ratlos mit den Schultern. Die Verwirrung schien die Kirchenreihen zu ergreifen, es wurde bald ein Stakkato, ein Mantra: »Was ist los?«, raunten alle. Doch niemand schien die Antwort zu kennen. Dann traten auch noch die Messdiener aus der Tür im hinteren Teil der Kirche. In ihren Gewändern standen sie kurz darauf ein wenig verloren herum, aus dem Gefäß mit Weihrauch kam dichter Rauch, ohne dass die Messe schon begonnen hatte. Nun husteten deutlich mehr Besucher.

Irgendwann entschied sich der Mann in Hemd und Jeans und trat nach vorne an den Altar. Er betätigte den Knopf am Mikrofon, sodass die Rückkopplung erstmal durch die Kirche fegte. Dann räusperte er sich und sagte laut:

»Entschuldigen Sie, liebe Gläubige, es ist mir wirklich wahnsinnig unangenehm, dass das ausgerechnet heute passiert. Aber es ist eben so, ich weiß auch nicht, wieso. Wir können den Herrn Pfarrer nicht finden.«

Aus dem Raunen in den Bankreihen wurde nun ein Staunen, ein Ah! und Oh!, die Leute steckten die Köpfe zusammen, Einzelne standen auf und wollten Fragen stellen.

»Er hat sich nicht abgemeldet, und Sie wissen, dass es nicht seine Art ist. Aber er geht nicht an seine Tür, er nimmt das

Telefon nicht ab, Sie müssen wissen, dass wir ernsthaft besorgt …«

Ein Mann rief: »Polizei«, ein anderer »Ambulanz«, die Rufe unterbrachen den Mann am Mikrofon, doch er beugte sich gleich wieder vor.

»Sie wissen doch, wir sind hier abgeschnitten, besonders jetzt in der Heiligen Nacht. Niemand arbeitet. Die Polizei wäre erst morgen früh hier. Was machen wir denn bloß?«

Der letzte Satz war nicht geplant gewesen, er zeigte nur die Verzweiflung des Mannes, der die Schultern hängen ließ und vom Altar abtrat. Gustav Kant konnte es selbst nicht glauben, dass er aufstand und nach vorne ging, zu der Gruppe der vier Menschen, die sich wieder gebildet hatte. Sie hatten wieder die Köpfe zusammengesteckt, als berieten sie das weitere Vorgehen. Als Kant dazutrat, stoben die Köpfe auseinander, der Mann schaute ihn an, als würde er stören.

»Ja, bitte?«

»Entschuldigen Sie, mein Name ist Gustav Kant. Ich bin Detektiv in Berlin.«

»Ja?«

»Ich habe Übung darin, Menschen zu finden.«

»Meinen Sie?«

Der Mann schaute misstrauisch.

»Sie wollen Ihre Messe feiern, und ich würde Ihnen gerne dabei helfen.«

»Nun los, Beat, der Mann meint es gut«, sagte die ältere der beiden Frauen.

»Gut«, sagte Beat entschieden.

Er trat noch einmal ans Mikrofon und sagte:

»Wir werden den Pfarrer jetzt suchen. Bitte, gehen Sie erst mal nach Hause. Wir werden die Glocke läuten, wenn die Messe beginnen kann.«

Kant hatte erwartet, dass alle aufstehen und loslaufen, stattdessen blieb die Gemeinde genau dort, wo sie war. Niemand stand auf und bewegte sich von seinem Platz. Kant war beeindruckt. »Wo wohnt der Pfarrer? Wie heißt er denn überhaupt?«

»Er heißt Urs Hummel. Kommen Sie, ich zeige es Ihnen.«

Zusammen traten sie aus der Kirche hinaus in den Schnee, Kant zog seinen Schal enger. Es war drinnen wirklich herrlich warm gewesen. Sie gingen ein Stück bis zu einem hohen Holzhaus aus alten Balken, die von der Bergsonne ganz dunkelbraun geworden waren.

»Das ist unser Pfarrhaus«, sagte der Mann. Er klingelte beim Namen *Hummel.* Niemand reagierte.

»Gibt es eine Haushälterin?«

»Wir sind doch nicht in den Fünfzigern«, sagte der Mann. »Ich bitte Sie. Aber ich kann aufschließen.«

»Warum sagen Sie das nicht gleich?«

Vorsichtig drehte Beat den Schlüssel im Schloss, so, als beginge er eine Sünde. Dann öffnete sich die Tür. Sie stiegen zusammen die Treppe hinauf.

»Hier, in der ersten Etage, hinter dieser Glastür wohnt er.«

Die Lampe im Zimmer war angeschaltet.

Kant klopfte, doch da war niemand. Er drückte die Klinke herunter, die Tür ging auf. Langsam trat er hinein. Er ging ins Wohnzimmer und erstarrte, hinter ihm stöhnte Beat auf.

»Herrgott«, sagte er.

Kant trat näher an die Stelle heran, wo die Dielen in einen Teppich übergingen, beugte sich herab und wischte mit dem Zeigefinger durch die rote Flüssigkeit.

»Ohne Zweifel. Blut.«

»Sind Sie sicher? Oh Gott.«

»Das können Sie laut sagen. Es ist viel Blut.«

»Dass es wirklich wahr geworden ist.«

Der Mann war blass geworden.

»Was denn?«

»Das kann ich nicht … wirklich nicht, das ist eine Sache des Dorfes.«

»Mann«, sagte Gustav Kant, »hier ist vielleicht ein Verbrechen geschehen. Reden Sie …«

»Man sagt«, fing Beat schluckend an, »dass Pfarrer Hummel eine Affäre gehabt hätte.«

»Mit wem?«

»Mit Regula Hänni, der Frau des Schreiners. Und der … Carl Hänni, ist ein echt übler Bursche.«

Kant überprüfte die restlichen Zimmer.

»Los, wir dürfen keine Zeit verlieren. Hier ist keine Spur vom Pfarrer. Wir müssen zu den Hännis, vielleicht lebt er noch …«

»Sie meinen, er könnte …«

»Los, führen Sie mich hin.«

Beat ging flinken Schrittes voraus, doch Kant sah, dass der Mann zitterte. Die ganze Sache war ihm nicht geheuer – wie auch?

Sie traten aus dem Pfarrhaus und gingen die Bahnhofstraße noch ein Stück hinauf. Das hier musste das alte Zentrum des Ortes sein, es gab keine Läden mehr, nur alte Holzhäuser, die niedriger waren als im heutigen Dorfkern. Auch die Laternen waren spärlicher.

An einem zweistöckigen Trutzbau hielten sie, hinter den Balken bellte ein Hund. Beats Hand zitterte noch mehr, als er die Klingel drückte. Drinnen hörten sie laute Schritte, als trüge dort jemand Holzpantinen oder Stiefel mit Stahlkappen. Die Tür wurde aufgerissen.

»Wer stört in der Heiligen Nacht?«

Der Mann nahm die gesamte Tür ein, so gewaltig waren seine Ausmaße. Seinen Kopf musste er einziehen, um herauszusehen. Kant sah seine Hände, weil er nach Blut suchte. Er fand aber nur die sauberen Riesenpranken des Schreiners, die schwielig waren und in der Tat so groß, dass er damit ganze Holzbalken mühelos würde durchbrechen können.

»Entschuldigen Sie, Herr Hänni, ich bin Beat Schneider von der katholischen Gemeinde. Und das ist Monsieur Kant, ein Detektiv. Dürfen wir eintreten?«

»Ein Detektiv?« Hännis Stimme knarzte, als habe er so etwas noch nie gehört.

Kurz darauf standen sie in der Stube, die viel gemütlicher war, als dieser Mann aussah. Im offenen Kamin brannte ein Feuer, und eine hübsche ältere Frau kam eben mit einem Tablett mit einer Flasche Rotwein herein.

»Guten Abend, Madame Hänni«, sagte Beat. »Entschuldigen Sie die Störung.«

»Was ist denn?«, fragte sie mit besorgter Stimme.

»Wir sind auf der Suche nach Pfarrer Hummel.«

»Und Sie suchen ihn hier?«, fragte der Schreiner, und seine Stimme hatte eine drohende Färbung angekommen.

»Wir haben die Annahme, dass ihm etwas zugestoßen ist«, sagte Gustav Kant und versuchte, gleichzeitig die verschiedenen Reaktionen der Eheleute wahrzunehmen. Doch beide blieben wie angewurzelt stehen, ihre Münder weit aufgerissen. Sie schienen schon lange zusammenzuleben, dachte der Detektiv, nicht ohne einen Funken Neid zu spüren.

»Wie kommen Sie denn darauf?«, fragte Herr Hänni.

»Wir haben Blut gefunden, in seiner Wohnung.«

»Und da wollen Sie wissen, ob ich ihn …«

»Warum sollten wir das fragen?«

Der Schreiner lachte hämisch.

»Ach, Herr Detektiv, ich bitte Sie. Das ganze Dorf redet doch darüber. Dass meine Frau mir Hörner aufgesetzt haben soll – mit dem Pfarrer. Und nun soll ich ihn …«

Kant ging aufs Ganze.

»Haben Sie denn, Monsieur Hänni? Mit Ihrer Statur sollte das kein schwieriges Unterfangen sein.«

»Hör mal, du …«, schrie der Schreiner auf und wollte sich eben auf Kant stürzen, da rief die Frau:

»Reto, nicht. Hör doch auf.« Sofort blieb der gewaltige Mann stehen. »Es hat doch keinen Sinn. Wir waren den ganzen Abend zusammen, mein Mann und ich. Er hätte gar keine Gelegenheit gehabt, rauszugehen. Glauben Sie mir, Beat, wirklich nicht.«

Beat sah ihr flehendes Gesicht, und auch Kant wusste, dass die Frau die Wahrheit sagte.

»Gut, wir müssen dann morgen früh die Polizei rufen«, sagte Kant, »danke Ihnen in jedem Fall.« »Eine gute Heilige Nacht und verzeihen Sie die Störung«, fügte Beat hinzu.

Sie gingen aus dem Haus.

»Das war ja mal ein Reinfall«, sagte Kant.

»Und zwar nicht der von Schaffhausen«, sagte Beat. Kant sah ihn fragend an.

»Schweizer Witz«, sagte Beat schnell.

»Witzig.«

Hinter ihnen pfiff es, und Kant drehte sich um, suchte nach dem Ursprung des Geräuschs. Dort, da oben, da sah eine Gestalt aus dem Fenster. Es war …

»Madame Hänni«, flüsterte Kant.

»Ich weiß, wo er ist. Er hat es mir gesagt, dass er dorthin geht, wenn er nachdenken muss. Oben, auf halbem Weg zum Gornergrat, dort, auf der Riffelalp gibt es eine Hütte für Bergsteiger, die in Not geraten. Da schläft er manchmal, er fühlt sich Gott dort näher, sagt er.«

»Aber warum denn am Heiligen Abend?«, fragte Beat, doch da hatte Madame Hänni das Fenster schon wieder geschlossen.

»Können wir dorthin laufen?«, fragte Kant, vom Jagdfieber gepackt.

Beat lachte. »Nicht mal am helllichten Tag schaffen Sie das unter drei Stunden. Sie sind ein Flachland-Heini. Aber jetzt, in der Nacht … ausgeschlossen. Warten Sie.«

Gut vernetzt war er, das musste man Beat lassen. Keine zehn Minuten später standen sie vor einer hell leuchtenden gelben Pistenraupe, die die Bahnhofstraße entlanggeschrammt kam. Es schneite wenigstens nicht mehr.

»Steigt ein«, sagte die junge Frau, die eine Weste der Bergwacht trug. »Riffelalp?«

»Genau, Vroni.«

Die Frau schien nebenbei Ralleys zu fahren, denn in weniger als zwei Minuten hatten sie das Dorf hinter sich gelassen und fuhren im Schein der hellen Lichter auf die Anhöhe, die den Ort begrenzte. Auf der Pistenraupe blinkte eine gelbe Rundumleuchte.

Irgendwann stand das Fahrzeug gänzlich schräg, so steil ging es aufwärts. Kant musste sich festhalten und kam dennoch nicht umhin, das Alpenpanorama zu bewundern. Der Schnee ließ Berg und Tal taghell erscheinen. Und das Matterhorn glänzte im Mondlicht. Es war unwirklich schön, wie ein Gemälde, das sich Kant nie aufhängen würde.

Höher und höher wand sich die Raupe empor, in Vronis Gesicht konnte er ein Strahlen erkennen, als bereite ihr das eine unbändige Freude. Sie erinnerte ihn an Cynthia in Berlin.

Auf einer Lichtung bremste sie. Eine glatte, weiße Schneelandschaft breitete sich vor ihnen aus, als sei hier noch nie ein Mensch gewesen.

»Aussteigen«, sagte Vroni, und sie taten, wie ihnen geheißen. »Braucht ihr mich?«

»Kannst du warten?«

»Klar. Bescherung ist erst morgen«, sagte sie lachend.

»Da, da sind Spuren«, sagte Kant und zeigte auf das einzige Paar Schritte, dass augenscheinlich durch den Schnee gestapft war. Auf eine kleine Hütte zu, die am Rande des Hochplateaus stand. War das da ein Lichtschein?

»Los«, sagte Beat, doch Kant war schon vor ihm. Er war brennend interessiert, dieses Rätsel zu lösen. Er klopfte nicht, stattdessen öffnete er die Tür leise. Und da saß Urs Hummel am hinteren Fenster, auch in diesem Ofen war ein Feuer, und der Priester saß da in seiner Soutane und sah aufs Matterhorn und auf den Mond. Er erschrak kein bisschen, als die Männer eintraten.

»Beat. Und Sie …«

»Herr Pfarrer. Was machen Sie denn?«, fragte Beat vorwurfsvoll.

»Ich …«

»Geht es Ihnen denn gut?«, fragte Kant, »wir haben das Blut gesehen. Wurden Sie überfallen?« Er sah die Wunde am Arm und an der Hand, die der Pfarrer liederlich verbunden hatte.

»Was?«, fragte Hummel und sah an sich herab. »Ach, das meinen Sie. Nein, alles in Ordnung, das war so dumm. Ich habe die Flasche mit dem Messwein geöffnet, der Korken saß so fest, und dabei ist sie runtergefallen. Ich habe die Scherben aufheben wollen und mich dabei ganz schlimm geschnitten.«

»Und wir dachten schon …«, sagte Kant und atmete auf.

»Was dachten Sie? Wer sind Sie überhaupt?«

»Das ist ein Detektiv aus Berlin, Herr Pfarrer. Gustav Kant. Wir dachten, dass Monsieur Hänni Ihnen eins übergebraten hätte, aus Eifersucht.«

»Eifersucht worauf?«

»Weil Sie doch mit seiner Frau …«

»Regula und ich?« Hummel lachte heiser. »Ich bitte Sie. Sie ist ein so feiner Mensch. Und Reto, der ein guter Freund von mir ist, arbeitet ständig in der Schreinerei. Er ist anders als sie, das wissen sie beide. Und deshalb freut sich Reto, wenn Regula und ich Zeit miteinander verbringen. Wir lesen Gedichte zusammen, wir spielen die Orgel, das ist sehr schön. Sie ist ein sehr künstlerischer Mensch, aber sie brauchte jemanden, der sie fördert. Und das tue ich und bekomme dafür ihre wunderbare Gesellschaft. Ganz ohne Hintergedanken.«

Beat schüttelte den Kopf und rief: »Gut, Herr Pfarrer, alles schön und gut. Aber nun mal ehrlich, die Gemeinde wartet auf Sie. Es ist Weihnachten.«

»Das ist es ja«, sagte Hummel plötzlich düster und wandte den Blick zum Fenster hin. »Weihnachten. Ja, da kommen sie alle. Da sitzt die Kirche voll. Weil sie es erwarten, die Menschen, dass es da richtig heilig zugeht. Dass Wunder geschehen, dass wir sie aus ihrer hektischen und kommerziellen und eindimensionalen Welt reißen. Da muss ich liefern. Eine Predigt mit Weitsicht und Besinnlichkeit, aber bitte nicht zu religiös. Früher, ja, früher war Zermatt mal richtig katholisch. Wir haben uns auf uns besonnen, auf die Berge, das Holz, auf Gott überm Matterhorn. Doch heute geht es hier doch auch zu wie überall: Alles muss schnell gehen, und der Rubel muss rollen – und beim Kommunionsunterricht sitzen die Kinder da mit ihren Handys und hören nicht zu. Es ist … Ich weiß auch nicht. Es liegt ja nicht nur an den Menschen. Es ist Gott, der die Welt so macht, der die Regeln vorgibt. Ich konnte heute Nachmittag einfach nicht mehr, ich habe gezweifelt. Und deshalb habe ich die letzte Gornergratbahn genommen und bin hier raufgefahren, seitdem sitze ich hier und versuche, mit ihm zu reden, aber er antwortet mir einfach nicht.«

»Soll ich Ihnen mal was sagen?«, fragte Kant. »Ich bin nun wirklich der Letzte, der diesen ganzen Zirkus mit Weihrauch und Gedöns braucht – und doch fühle ich gerade, dass ich in diesem Moment ein bisschen mehr an all das glaube, als Sie es tun. Das ist doch schon mal was. Und dort unten in Ihrer Gemeinde, da sitzen die Menschen auf den harten Bänken und warten auf Sie. Weil das nun mal so ist mit den Wundern – an Weihnachten. Und das allein zeigt doch, dass die Menschen glauben. Also los, Sie sollten nicht der sein, der am wenigsten glaubt, an diesem Abend. Kommen Sie, sehen Sie es sich an – dann wird das schon wieder.«

Kant konnte selbst nicht glauben, dass er das eben gesagt hatte – und auch Beat schaute ihn an wie einen Außerirdischen.

Doch Pfarrer Hummel stand auf, zupfte seine Soutane glatt, dann löschten sie das Feuer im Ofen und gingen hinaus. Vroni hielt die Tür auf, alle stiegen ein, und dann raste die Frau wieder los, als gebe es eine Medaille zu gewinnen. Minuten später bremste sie vor der Kirche.

Drinnen saßen alle genauso da, wie Beat und Kant sie zwei Stunden zuvor zurückgelassen hatten. Die Kerzen waren mittlerweile ein Stück abgebrannt. Die Messdiener standen gelangweilt herum, doch als sie Pfarrer Hummel sahen, nahmen sie Haltung an. Auch der Organist hieb sofort in die Tasten. Der alte Pfarrer betrachtete seine Gemeinde, und Kant sah, dass er sich eine Träne aus dem Auge wischte. Der Detektiv zwinkerte ihm zu.

Mit gemessenem Schritt, hoch aufragend, ging der Pfarrer den Mittelgang entlang, hinter ihm die Messdiener. Er verbeugte sich vor dem Altar, dann drehte er sich zur Gemeinde um. »Gott sagt: Welcher Mensch ist unter euch, der hundert Schafe hat und, wenn er *eins* von ihnen verliert, nicht die neunundneunzig in der Wüste lässt und geht dem verlorenen nach, bis er's findet? Und wenn er's gefunden hat, so legt er sich's auf die Schultern voller Freude. Und wenn er heimkommt, ruft er seine Freunde und Nachbarn und spricht zu ihnen: Freut euch mit mir; denn ich habe mein Schaf gefunden, das verloren war.

An Weihnachten, meine Schwestern und Brüder, ist genau das das Wunder. Und dann kann auch ich mal das vermisste Schaf sein. Ich danke euch dafür, dass ihr mich gesucht habt.«

Diesmal war es Gustav Kant, der die Träne wegwischte. Als das Orgelspiel am Ende verklungen war, kamen sie alle zusammen: Der Pfarrer, Beat, die alte Dame, die sich als Beats Mutter herausstellte, sogar Regula und Reto Hänni waren gekommen.

»Ich habe Käsefondue zur Nacht bereitet«, sagte der massige Schreiner, und seine Frau fügte hinzu: »Das Käsefondue meines Mannes ist himmlisch.«

»Halt, hiergeblieben, Sie kommen mit, Sie Deutscher.«

Gustav Kant wollte eben verschwinden, doch die große Hand von Reto hielt ihn auf. Minuten später saßen sie zusammen um den alten Holztisch im Hause Hänni, aßen Fondue und tranken Himbeergeist und wünschten sich eine Heilige Nacht. Draußen begann der Schnee wieder zu fallen.

»Na, das ist ja ein Weihnachtswunder«, murmelte Kant, als der Intercityexpress von Interlaken nach neun Stunden Fahrt pünktlich in den Berliner Hauptbahnhof einfuhr. Er setzte sich in die Straßenbahn und ratterte durch Berlin. In der Nacht war Schnee gefallen, doch die Straßen sahen nicht aus wie im Weihnachtswunderland, eher wie eine graue matschige Piste in der Taiga.

In der Ferne hörte er die ersten Irren mit ihren Silvesterraketen, heute war Verkaufsstart.

Als er am Helmholtzplatz ausstieg, ging er schnurstracks ins Café Liebling an der Ecke, seinem zweiten Wohnzimmer.

Cynthia stand wie üblich in diesen Tagen am Tresen, sie machte die ruhigen Festtagsdienste. Aus den Lautsprechern erklang leise Rockmusik.

»Hey, Gustav«, sagte sie, und ein Lächeln huschte über ihr Gesicht. »Na, wie wars in der Schweiz? Hast du gut gegessen? Und gab es Schnee? Also, richtigen Schnee?« Sie wies hinaus zu dem Matsch vor dem Fenster.

»Es war scheußlich«, sagte er, »ein Weihnachten im Kitschparadies.«

»Hmm«, sagte sie und grinste, »dafür siehst du aber ganz schön gut gelaunt aus.«

»Du wirst mich nicht dazu kriegen, zuzugeben, dass es mir gefallen hat. Mach mir lieber ein Bier. Ach ja, und fröhliche Weihnachten nachträglich.«

Und dann zwinkerte er ihr zu, während sie an den Zapfhahn trat und ihm lächelnd ein Glas füllte.

Stefan Haenni

Lawinenwinter

Berner Oberland

Über den Autor:

Stefan Haenni lebt in Thun, wo er 1958 geboren wurde. Er studierte Pädagogik, Psychologie und Kunstgeschichte in Bern und Fribourg. Er hat mehrere Kurzgeschichten und drei Romane um den Thuner Privatdetektiv Hanspeter Feller im Gmeiner Verlag veröffentlicht. Neben dem Schreiben findet Stefan Haenni auch als bildnerischer Künstler mit Schwerpunkt auf zeitgenössischer Orientalistik Anerkennung. Er ist mit Werken in namhaften Museen und Privatsammlungen vertreten.

Seit Tagen schneit es ununterbrochen. In den Alpen herrscht Lawinengefahr der höchsten Warnstufe. Frau Holle ist im Element und schüttelt ihre Kissen. Darum sind auch im Nobelkurort Gstaad die Dächer der schmucken Chaletbauten an der Promenade mit dicken, weißen Decken belegt. An den Dachgiebeln glitzern warmtonige Lichtergirlanden. Das behäbige Wirtshaus im Dorfzentrum ist weihnachtlich herausgeputzt. Die geschnitzten Blumenkistchen, in denen im Sommer üppige Geranien erblühten, sind jetzt mit Tannenzweigen, getrockneten Silberdisteln, Tannenzapfen und orangen Lampionblumen geschmückt. Im Keller des Gasthofes ist eine kleine, etwas exklusivere Bar eingerichtet. Hier arbeitet Karel Jankulovski, ein tschechischer Barkeeper. Er misst um die eins siebzig, ist schlank, hat hellbraune Haare, eine schmale Nase mit kleinem Höcker und einen auffallend breiten Mund mit schmalen Lippen. Was ihn zum idealen Verführer stempelt, sind seine blauen Augen, denen kaum ein weiblicher Gast ein großzügiges Trinkgeld verweigert. Für Karel ist es die erste Wintersaison. Er hat sich fest vorgenommen, im kommenden Frühling mit prall gefüllten Taschen das Berner Oberland zu verlassen. Inzwischen hat er allerdings realisiert, dass er bei eher bescheidenem Gehalt und hohen Lebenshaltungskosten sein Ziel höchstwahrscheinlich nicht erreichen wird. Das verdrießt ihn, da er allabendlich eine verwöhnte, wohlbetuchte Klientel zu bedienen hat, die ohne mit der Wimper zu zucken in einer Stunde mehr ausgibt, als er in einem Monat verdient. So auch die Witwe eines deutschen Großindustriellen. Sie erscheint regelmäßig nach 23 Uhr mit ihrer Entourage, die sie großzügig mit edlen Bränden und Champagner aus renommierten Weingütern verwöhnt. Selbst Karel gegenüber zeigt sie sich spendabel. Sie ist gute zehn Zentimeter größer als er und wirkt mit ihren geschätzten 55 Jahren ausgesprochen fit und kräftig. Hohe, zinnoberrote Wangenknochen akzentuieren ihr rundliches Gesicht. Die Lippen glänzen karminrot, und bei jedem Wimpernschlag blitzt ein moosgrüner Schimmer von den Schlupflidern. Die blondierte Witwe hat sich Karel gleich mit Vornamen vorgestellt, als er ihr das erste Mal tief in die Augen geguckt hat: Heidelinde! Trotzdem erachtet es Karel als unangemessen, vom Duz-Angebot Gebrauch zu machen. Bisher hatte er noch keine Gelegenheit gefunden, mit der umschwärmten Mittfünfzigerin mehr als ein paar nette Worte auszutauschen. Das ändert sich schlagartig, als Heidelinde eines Abends ohne Begleitung in der Bar auftaucht. Wie immer ist sie elegant gekleidet. Allerding beeindruckt Karel in erster Linie ihre diamantbesetzte Armbanduhr der Edelmarke Patek Philippe, eine Large Lady's Wristwatch »Twenty-4«. Nachdem Heidelinde ihren Kamelhaarmantel der Garderobe anvertraut hat, begibt sie sich direkt an die Bar. Die Frau wirkt geknickt.

»Guten Abend, Madame!«, grüßt Karel und strahlt sie an, als verkörpere Heidelinde das Weihnachtskind.

»Abend, Karel«, brummt sie abwesend.

»Was darf ich Ihnen servieren?«

Sie überlegt kurz und meint: »Ein Glas Portwein, bitte.«

»Portwein, Madame? Das haben Sie bei mir noch nie bestellt.«

»Ich brauche was Tröstendes.«

Ohne Widerrede bückt sich Karel und fischt eine glockenförmige Flasche aus goldbraunem Glas unter dem Tresen hervor. Portwein wird in der Bar eher selten verlangt. Er präsentiert die

Flasche mit fragendem Blick. »Ein 20-jähriger Tawny-Port von edlem Charakter. Er stammt aus dem Douro-Tal im Norden Portugals und zeichnet sich durch seinen Duft nach Rosen, Mandeln und eine nuancierte Süße aus.«

Heidelinde nickt desinteressiert, worauf Karel ihr flink ein Glas kredenzt.

»Danke«, haucht sie, als wäre allein dieser Trunk imstande, ihr sofortiges Ableben noch zu verhindern. Umständlich rutscht sie auf einen der hohen Barhocker. Normalerweise beansprucht sie eines der rustikalen Salontischchen, das mit geschnitzten Stabellen umringt ist.

»Alles in Ordnung, Madame? Wo bleiben Ihre Freunde?«

Heidelinde blickt ihn verdrossen an und wiederholt in abschätzigem Ton: »Freunde? Das sind keine Freunde.«

»Oh?!«

»Bechern auf meine Kosten, solange sie nichts Besseres finden.«

»Aber Madame, wie können Sie so was sagen?«, staunt Karel in theatralischer Grandezza. »Sie sind doch allabendlich der Glanz der Hütte, Madame! Sie stehen im Zentrum der Aufmerksamkeit und genießen die unumwundene Bewunderung von Personal und Gästen!«

Heidelinde winkt ab. Dennoch hat ihr Karels Gesülze den Anflug eines Lächelns ins Gesicht gezaubert. »Vor wenigen Tagen sind ein paar sogenannte ›Promis‹ angereist. Wie jedes Jahr zu Weihnacht und Jahreswechsel. Die geben jetzt exklusive Privatpartys bei sich zu Hause. Meine sogenannten ›Freunde‹ ziehen es vor, dort eingeladen zu werden. Was zählt der ermattete Glanz einer mittelalterlichen Witwe, wenn der junge Jetset mit Glamour lockt? Hier in Gstaad richtet sich der soziale Status bekanntlich danach, wer bei wem eingeladen wird. Ich gelte offensichtlich nur als spendable Lückenbüßerin!«, verkündet Heidelinde in vernichtender Selbsteinschätzung und leert ihr Glas. »Karel, bitte noch einen Port!«

»Gerne, Madame.« Der servile Barkeeper hat in kluger Vorahnung die Flasche gar nicht erst unter dem Tresen verstaut.

Auch dieses Glas leert der Gast in wenigen Zügen. »So, jetzt geht es mir schon besser!«

»Na, sehen Sie, Madame. Und ich freue mich über Ihre bezaubernde Gesellschaft. Ich habe Zeit für Sie.«

Tatsächlich befinden sich erst wenige Gäste im Lokal, deren Bedienung der zweite Barkeeper mit Leichtigkeit bewältigt.

»Darf ich Ihnen einen Drink anbieten, Karel?«, fragt Heidelinde.

Er schaut sich verlegen um. »Also, eigentlich sollte ich nicht …«

Doch schon unterbricht sie: »Papperlapapp! Ist doch keiner da. Was nehmen Sie?«

Fragend meint Karel: »Einen Scotch?«

»Was Sie wollen, Karel!«, bekräftigt Heidelinde.

Er füllt sein Glas mit 18-jährigem Aberlouv, stößt mit der großzügigen Kundin an und leert den Whisky Scotch Single Malt in einem Zug. Danach stellt er das Glas sofort in die Spüle, nicht ohne sich erneut umzusehen.

»Und, wie läuft es bei Ihnen, Karel?«

»Nicht schlecht.« Danach lässt er allerdings die Mundwinkel hängen.

»Nicht schlecht ist nicht gut genug«, urteilt Heidelinde.

»Doch, doch«, widerspricht Karel. »Es geht.«

»Na ja, Begeisterung klingt anders. Liegt es an den Arbeitszeiten oder am Lohn?«

Er überlegt kurz. »Eher am Lohn.«

»Verstehe. Worin läge denn die Erfüllung Ihrer höchsten Gefühle?«

»Oh, mit meinen Gefühlen hat der Lohn wenig zu tun.« Dazu blickt er Heidelinde treuherzig an und ergänzt: »Meine Gefühle könnte höchstens eine Frau wie Sie erwecken.«

Jetzt errötet nicht etwa Karel, sondern Heidelinde.

Im Verlauf der weiteren Unterhaltung eröffnet er ihr, dass sein größter Weihnachtswunsch in einer eigenen Bar bestünde. Zum Beispiel bei der Bergstation einer der vielen Skilifte. Dort würde er Glühwein, Tee mit Rum oder heiße Ovomaltine ausschenken. In Tat und Wahrheit hat er diese Zukunftsvision spontan entworfen. Nie zuvor hat er mit dem Gedanken gespielt, sein eigener Herr und Meister zu werden. Dass Heidelinde die Mittel hätte, ihm diesen Traum zu erfüllen, bezweifelt er jedoch nicht.

Der Abend verläuft verheißungsvoll. Heidelinde lädt Karel schließlich zu sich nach Hause ein. Bereits in einer der nächsten Zimmerstunden darf er ihr einen Besuch abstatten. Sie reicht ihm vertraulich ihre Visitenkarte: Heidelinde Germann von Städtelein. Darunter eine Adresse in goldenen Prägelettern.

Zwei Tage danach ist es so weit! Karel stolpert über die verschneite Oldenhornstraße. Das von der Sonne braun gebrannte Holzchalet wirkt recht bescheiden. Karel ist etwas enttäuscht. Jedenfalls ahnt er nicht, dass die Gastgeberin für diese Immobilie bereits vor 20 Jahren einen zweistelligen Millionenbetrag hingeblättert hatte. Immerhin beeindruckt ihn der schiefergraue Offroader, der im gedeckten Unterstand parkt: ein BMW X3 Mx Drive Competition Steptronic.

Was sich beim anschließenden Besuch im Detail abspielt, bleibt unter der dicken Schneedecke des Giebeldaches Geheimnis des ungleichen Paares. Allein die Tatsache, dass Karel vorzeitig aus seinem Arbeitsvertrag als Barkeeper aussteigen kann und Heidelinde die geschuldete Entschädigung übernimmt, lässt keinen Zweifel am guten Einvernehmen der beiden.

Voller Tatendrang macht sich Karel kurz darauf auf die Suche nach einem geeigneten Objekt zur Verwirklichung seines Bartraumes. In der laufenden Saison sind alle infrage kommenden Lokalitäten bereits vergeben. Darum fokussiert er auf die nächste Wintersaison. Das bedingt, dass Karel solange auch privat an Heidelinde gebunden ist. Er zieht zu ihr ins Chalet und entwickelt großen Eifer beim Schmieden seiner hochtrabenden Pläne als zukünftiger Barbesitzer auf 2000 Metern. Annähernd so hoch liegt nämlich die schlichte Alphütte, die den Sommer hindurch zu einem exklusiven Treffpunkt für die sportbegeisterte Schickeria umgebaut werden soll. Sämtliche Baumaterialien müssen per Helikopter hochgeflogen werden. Die horrenden Baukosten trägt selbstverständlich Heidelinde. Trotz ihrer Großzügigkeit setzt sie Karel eine zweijährige Frist, innerhalb deren er in die Gewinnzone zu gelangen habe.

Gerade rechtzeitig zur Saisoneröffnung wird die schicke Bar fertig. In einem gehobelten Föhrenbrett ist der Name des Lokals eingebrannt: »Karels Top!«

Die Eröffnung wird von Heidelinde und Karel noch als Triumph der Liebe gefeiert. Schon bald danach macht sich der frischgebackene Chef bei seiner Gönnerin rar. Der Umsatz der Bar verharrt nach dem Höhenrausch der Eröffnungsfete vorerst unter den Erwartungen. Nicht alle, die sich beim Fest gratis und franko haben volllaufen lassen, werden Stammkunden.

Heidelinde lässt Karel vertrauensvoll schalten und walten. Dass zum Saisonende dann kaum ein Gewinn resultiert, versetzt sie jedoch in Erstaunen.

»Wie ist das möglich, Karel?«

»Wie? Was? Ich habe geschuftet wie ein Ochse, ohne mir dafür einen Lohn zu bezahlen. Einkauf und Transport der Waren sind halt ins Geld gegangen. Was hast du von der ersten Saison erwartet?«

»Ja, aber …«, beginnt sie. Dann unterbricht sie sich und meint versöhnlich: »Schauen wir mal, wie's nächsten Winter läuft. Du weißt, ich habe dir zwei Jahre Zeit gegeben, in die Gewinnzone zu gelangen.«

»Mein ich doch«, blafft Karel. »Ach ja, und den kommenden Sommer werde ich wieder mal in meiner Heimat verbringen«, verkündet er.

Heidelinde guckt überrascht. »In Tschechien?«

»Wo denn sonst?«

»Ich weiß nicht recht. Was soll ich denn dort?«, wendet sie ein.

Er kurz und bündig: »Nichts! Du brauchst mich nicht zu begleiten.«

Dass ihr Günstling ein halbes Jahr auf Distanz zu gehen beabsichtigt, ist für Heidelinde ein Affront. Sie hofft, mit dem altbewährten Argument der finanziellen Abhängigkeit zu punkten. »Wovon willst du leben? Ich schicke dir jedenfalls keine Scheine nach.«

Es funktioniert nicht mehr. Tatsächlich hat Karel bereits in der ersten Saison einen ansehnlichen Gewinn erarbeitet. Den hat er jedoch regelmäßig in die eigene Tasche gesteckt, ohne die Bücher damit unnötig zu belasten. Er würde in Tschechien also keine existenzielle Not erleiden.

Zähneknirschend akzeptiert Heidelinde Karels Ansinnen.

Nach seiner Rückkehr ins Saanenland normalisiert sich die Beziehung zwischen Heidelinde und Karel wieder. Einer zweiten, hoffentlich erfolgreicheren Wintersaison steht aus Heidelindes Sicht nichts im Wege.

Als er Mitte März erneut behauptet, trotz hohen Umsatzes keinen nennenswerten Gewinn erzielt zu haben, besteht Heidelinde auf eine Buchprüfung. Der Steuerberater stellt Karel ein vernichtendes Zeugnis aus. Ganz offensichtlich hat Karel in großem Stil Geld hinterzogen und veruntreut.

»Karel, ich erwarte von dir, dass du mir die Hälfte des tatsächlichen Geschäftsgewinns auf den Tisch blätterst. Andernfalls …«

Unbeeindruckt mault der Gerügte: »Sonst was?«

»Andernfalls werde ich dich verklagen!«

Jetzt reißt Karel seine schönen blauen Augen weit auf.

»Aber, Schatzi!«

»Nichts da, mit Schatzi! Du hast Zeit bis zum kommenden Wochenende, mir meinen Anteil in bar auszuzahlen. Sonst übergebe ich die Angelegenheit meinem Anwalt.«

Karel ist nicht imstande, der Forderung termingerecht nachzukommen. Auch nicht bis zu einem späteren Termin. Er hat das Geld bereits während der laufenden Wintersaison in diversen Online-Casinos verprasst. Was sollte er schon tun? Wer würde ihn retten aus der hoffnungslosen Situation?

Der Gerügte fährt wie in Trance mit der Gondelbahn zu *Karels Top* hoch. Noch ist dort wenig los. Die Bedienung bewältigt den Service gut alleine, während ihr Chef ratlos in einer zerknitterten Regionalzeitung blättert. Die Lektüre verschafft ihm insofern etwas Trost, als offensichtlich auch andere Menschen vom Pech verfolgt sind: »Nach einem Lawinenniedergang am Niesen werden zwei Alpinisten vermisst. Bisher konnten bei einem Helikopterüberflug des Lawinenkegels lediglich vereinzelte Gegenstände gesichtet werden. Es muss daher mit dem Schlimmsten gerechnet werden.«

Weiter informiert und warnt das Blatt: »Die Lawinengefahr ist mit der Gefahrenstufe drei erheblich und wird es bis auf Weiteres bleiben. Bei Schneedecken oberhalb der Waldgrenze sind ausgeprägte Schwachstellen vorhanden. Stellenweise können Lawinen schon von einzelnen Wintersportlern ausgelöst werden. Mit Westwind entstehen im Tagesverlauf Triebschneeansammlungen. Skitouren, Variantenfahrten und Schneeschuh-

Wanderungen erfordern deshalb Erfahrung in der Beurteilung der Lawinensituation. An steilen Sonnenhängen sind Gleitschneelawinen möglich. Besondere Vorsicht geboten ist auch in Hängen mit Gleitschneerissen.«

»Das ist es!«, entfährt es Karel plötzlich.

Die Angestellte mustert ihren Chef einigermaßen überrascht.

Umgehend sucht Karel seine Skibrille und den leuchtend roten Kaschmirschal, den er von Heidelinde zu Weihnachten geschenkt bekommen hat. Der Serviertochter gegenüber lässt er die Bemerkung fallen, er beabsichtige, am nächsten Vormittag eine kleinere Skitour im Turbachtälchen zu unternehmen. Es ist ihm zu Ohren gekommen, dass dort öfters mit Lawinenniedergängen zu rechnen sei.

Wie angekündigt, begibt er sich mit Heidelindes Offroader ins abgelegene Seitental. Tief hinten in der stillen Einsamkeit glitzernder Schneefelder stellt er den Wagen auf einen geräumten Abstellplatz der Forstbetriebe. Nur ungern lässt er den BMW hier zurück.

Mit dem Feldstecher sucht er die verschneiten Hänge nach einem frischen Lawinenkegel oder einer potenziellen Gefahrenzone ab. Oberhalb der Baumgrenze erblickt er die geeignete Stelle. Er schnallt sich die Skier mit den Steigfellen unter die Füße und wagt den Aufstieg in den Lawinenhang. Im Rucksack stecken neben Schal und Skibrille auch ein paar leichte Schneeschuhe. Auf ein Lawinensuchgerät verzichtet er leichtfertig.

Schweißüberströmt erreicht er nach stündiger Wanderung den angepeilten Lawinenkegel. Inzwischen ist es bereits Mitte Vormittag. Die Sonne erwärmt die Schneehänge, und die Lawinengefahr nimmt erheblich zu. Karel steigt weitere fünfzig Meter den Steilhang hinauf. Dann beginnt er, die Skibrille, den Schal und einen Skistock über mehrere Meter verteilt kunstvoll in die Schneedecke zu implantieren. Nicht zu offensichtlich und trotzdem gut erkennbar. Allein schon die rote Farbe des Schals sollte eigentlich nicht zu übersehen sein.

Er entledigt sich der Skier und schmeißt sie in weitem Bogen den Abhang hinunter. Das eine Brett bleibt stecken, während das andere zuerst zwanzig Meter nach unten saust, um sich erst danach mit offener Sicherheitsbindung im Seitenbereich des Lawinenkegels zu verkeilen.

Nun montiert Karel die Schneeschuhe und verlässt den Ort des inszenierten Unglücks, möglichst ohne dabei Spuren zu hinterlassen. Er verwedelt sie mit einem Tannenzweig, den er beim Aufstieg vorsorglich behändigt hat.

Im Tal wechselt Karel die verschwitzte Kleidung und verstaut sie zusammen mit den Schneeschuhen im Rucksack. Wehmütig wirft er einen Blick auf seinen Wagen, der höchstwahrscheinlich als Erstes entdeckt werden wird. Mit öffentlichen Verkehrsmitteln reist Karel nach Thun, wo ihn keiner kennt.

Die Dinge entwickeln sich erwartungsgemäß.

Als er bis am Abend nicht in *Karels Top* erscheint, reagiert die Serviertochter. Sie informiert die Polizei, die ihrerseits einen Helikopter und einen Suchtrupp aufbietet. Karels BMW wird rasch gefunden. Auch die Utensilien im Lawinenhang bleiben nicht unentdeckt. Zu Karels Glück müssen die Bergretter die Suche jedoch abbrechen. Er gewinnt dadurch Zeit. Die Lawinensituation ist prekär! An eine Fortsetzung der Sucharbeiten ist erst wieder zu denken, wenn das Wetter kälter geworden ist und sich die Lawinengefahr damit reduziert hat. Natürlich ist den Helfern klar, dass die Überlebenschance des vermissten Lawinenopfers dadurch gegen null sinkt.

Zwei Tage später lässt die Presse verlauten: »Am späten Sonntagnachmittag ist ein Mann bei der Kantonspolizei Bern als vermisst gemeldet worden, nachdem er nicht wie geplant von einer Skitour zurückgekehrt war. Ersten Erkenntnissen zufolge hat sich der Wintersportler von Turbach aus (Gemeinde Saanen) auf eine Skitour begeben, als sich ein Schneebrett löste und ihn verschüttete. Beim Opfer handelt es sich um einen 27-jährigen Tschechen mit Wohn- und Arbeitsort in Gstaad. Im Laufe des Montags wurde der Vermisste mit einem Helikopter der Air-Glaciers und von Mitgliedern der Alpinen Rettung Schweiz im Gelände gesucht. Aus Sicherheitsgründen musste die Suche jedoch abgebrochen werden, weshalb sich Ortung und Bergung der Leiche verzögern würden. Gebirgsspezialisten der Kantonspolizei Bern unter der Leitung der Regionalen Staatsanwaltschaft Oberland werden für die Untersuchung der Umstände des Lawinenunglücks zuständig sein.«

Karel Jankulovski ist tot! So ein Glück für ihn!

Mit großer Genugtuung stellt er fest, dass sein Plan aufgegangen ist. Ein toter Mann kann selbst von Heidelinde nicht mehr vor Gericht gezerrt werden!

Danach wird Karel übermütig.

Er kommt auf die fatale Idee, sich bei Heidelinde in Gstaad noch Wertsachen zu holen. Die wird sie kaum freiwillig herausrücken. Also soll sie sterben. Karel kann sich ja jetzt alles erlauben. Wie könnte ein Toter töten?

Inzwischen ist ihm ein Dreitagebart gewachsen. Zudem hat er sich eine Glatze rasiert und eine Hornbrille besorgt. So kann er es riskieren, mit der Bahn unerkannt ins Saanenland zurückzureisen.

An der Oldenhornstraße erkennt ihn selbst Heidelinde nicht auf Anhieb! »Ka -Ka-Karel? Du? Aber, du bist doch …«

Die Überraschung ist gelungen.

»Hallo, Schatzi. Ja, du siehst schon richtig. Ich lebe noch.«

»Aber …«

»Was aber? Freust du dich nicht?«

»Und wie ich mich freue, Karel! Ich habe mir so ein Gewissen gemacht!«

»Weshalb?«

»Du weißt schon, wegen der Sache mit der Anklage. Die tut mir so leid. Als ich realisierte, dass du von uns, also von mir gegangen bist, habe ich tief bereut, dich unnötig verdächtigt und unter Druck gesetzt zu haben.« Heidelinde scheint den Tränen nahe. »Ich liebe dich! Ich hätte dich bestimmt nie und nimmer vor den Kadi gezerrt. Das musst du mir glauben, Liebling!«

Karel ist ganz gerührt ob so viel weiblicher Empathie. Verunsichert setzt er sich. Kann er seiner Heidelinde jetzt noch den Hals umdrehen?

Sie erhebt sich und geht auf Karel zu.

Er realisiert: Jetzt oder nie! Doch er zögert.

Heidelinde hat sich bereits zu Karel in den Sessel gequetscht. Es wird eng und intim. Dadurch schwindet Karels Entschlusskraft. Er sieht sich außerstande, diesem lieben und liebenden Menschen etwas Böses anzutun. Sie küssen sich inniglich und lieben sich anschließend, dass es selbst im robusten Gebälk des Chalets zu ächzen beginnt.

Beim Frühstück meint Karel: »Nun müssen wir der Polizei irgendwie erklären, warum ich noch lebe.«

»Das hat noch Zeit«, beschwichtigt ihn Heidelinde. »Da lassen wir uns eine glaubhafte Geschichte einfallen. Am besten beurteilen wir das vor Ort. Den BMW können wir bei der Gelegenheit auch gleich mitnehmen. Ich befürchte nämlich, dass er im Turbachtälchen den Forstarbeitern im Wege stehen könnte.«

»Gute Idee, Schatzi«, meint Karel erleichtert.

Tage danach setzen die beiden die Idee in die Tat um. Als Heidelinde und Karel nach riskantem und mühevollem Aufstieg endlich zum Steilhang gelangen, erblicken sie einen der beiden Skier. Heidelinde stampft, ungeachtet der latenten Gefahr, in den Lawinenkegel.

»Lass ihn liegen!«, warnt Karel. »Der ist sowieso hin. Und die Sicherheitsbindung ist bestimmt auch völlig demoliert.«

Heidelinde versucht trotzdem, den Ski aus dem schweren Schnee zu zerren.

»Komm her, Karel. Hilf mir!«

»Das lohnt sich nicht. Der ist futsch. Ich kauf mir neue. Mach dir keine unnötige Mühe!« Besorgt wirft er einen Blick auf den instabilen Hang.

»Er soll zu einem Erinnerungsstück werden«, argumentiert Heidelinde dessen ungeachtet.

»Erinnerung woran? An meinen Lawinentod etwa?«, lacht Karel nervös.

Heidelinde lacht mit. Danach insistiert sie: »Jetzt tu mir den Gefallen und komm endlich her, du Angsthase!«

Unwillig stampft Karel durch den knirschenden Schnee. Dabei hält er seinen Blick konzentriert gesenkt, um trittsicher den kurzen Anstieg zu bewältigen. Kurz bevor er Heidelindes Standort erreicht hat, passiert es!

Ein Ski kracht mit voller Wucht auf seinen Schädel. Die scharfe Metallkante zersplittert seine tschechische Schädeldecke mit Leichtigkeit. Für einen kurzen Moment bleibt der Getroffene aufrecht stehen. Fast macht er den Anschein, als wolle er sein blutüberströmtes Haupt heben, um Heidelinde einen letzten, ungläubigen Blick aus tiefblauen Augen zuzuwerfen. Dazu kommt er jedoch nicht mehr. Tödlich verletzt sinkt Karel in den Schnee. Auf einer kurzen Rutschpartie reißt er Schnee mit sich.

Eine Weile dauert es, bis Heidelinde ihn gänzlich verscharrt hat. Dabei werden ihr die Hände klamm, jedoch nicht das Herz.

Im Gegenteil! Heidelinde frohlockt über die guten Aussichten, dass das vermeintliche Lawinenopfer womöglich erst im Frühling entdeckt und geborgen werden wird.

Einen neuen Geschäftsführer hat sie schnell gefunden. Dieses Mal ist die Wahl auf einen Einheimischen gefallen. *Karels Top* floriert. Heidelinde darf mit einem ordentlichen Gewinn rechnen. Ihr Anlageberater macht ihr Komplimente. Er hat übrigens dieselben blauen Augen wie ihr verblichener Liebling. Blauäugig wird Heidelinde jedoch kaum mehr sein.

Gisa Pauly

Knacki des Jahres

Münster

Über die Autorin:

Gisa Pauly lebt als freie Schriftstellerin in Münster und hat mittlerweile über dreißig Bücher und diverse Drehbücher veröffentlicht. In ihren turbulenten Sylt-Krimis prallt das Temperament von Mamma Carlotta auf die Mentalität der Inselbewohner. 2020 erschien bereits der 14. Band dieser erfolgreichen Reihe. Neben den Sylt-Krimis landen auch ihre Italienromane regelmäßig auf der Spiegel-Bestsellerliste, ebenso wie ihre neue Reihe, die in Siena spielt: *Jeder lügt, so gut er kann* (2018) und *Es wär schon eine Lüge wert* (2019). 2018 wurde sie von den Lesern der Fernsehprogrammzeitschrift RTV zur beliebtesten Autorin des Jahres gewählt.
Mehr Infos unter: www.gisapauly.de

Knacki des Jahres

Im letzten Jahr war ich dicht dran. Zweiter Platz! Nur drei Punkte haben mir gefehlt. Doch was hilft es, der zweite Platz ist nicht besser als der letzte. Ich habe nicht gewonnen, darauf allein kommt es an. Aber in diesem Jahr werde ich es schaffen. Todsicher! Das wäre doch gelacht. Immerhin gibt es für den Sieg einen Gloria-Gartenschlauch nebst Schlauchaufroller, Bewässerungsdüse und – der helle Wahnsinn! – mit Schlauchwagen. So was wünsche ich mir schon lange. Klar, notfalls könnte ich mir das auch selbst kaufen. Den Rasenroboter, den es im letzten Jahr gab, habe ich mir ja auch zugelegt, als er im Baumarkt im Sonderangebot war. Demonstrativ! Damit nur keiner meint, es wäre mir darum gegangen. Nein, es kommt mir nur auf die Anerkennung an, ist ja klar. Die kann man sich nicht kaufen, die muss man sich verdienen. Und wenn einer sie verdient, dann ich. Da können Sie fragen, wen Sie wollen, der Sieger der Herzen bin ich schon lange. Dass Kevin im letzten Jahr den Titel bekommen hat, liegt nur daran, dass er unfair gekämpft hat. Jünger, kräftiger, mit großer Klappe – da hat man es leichter. Und dann dieser Name! Viele haben Mitleid mit ihm, weil er ständig gefragt wird, ob er allein zu Haus ist, und diesen Mitleidsfaktor hat der voll ausgenutzt. Unsereins dagegen, älter, nicht mehr ganz so muskulös und rhetorisch nicht so gut drauf wie Kevin, hat da das Nachsehen. Dass ich Walter heiße, ist auch nicht wirklich ein Riesenvorteil. Dieses »Mein Gott, Walter!« kann ich auch schon nicht mehr hören. Aber ich habe, seit ich Rentner bin, den jungen Kerlen etwas Entscheidendes voraus: Ich habe Zeit. Viel mehr Zeit als Kevin, der im mittleren Management arbeitet und manchmal sogar sonntags im Garten vor seinem Laptop sitzt. Das verschafft mir einen enormen Vorteil. Und den werde ich in diesem Winter voll ausnutzen. Gnadenlos! Am besten zur Weihnachtszeit, um auch noch den emotionalen Faktor zu nutzen.

Auf der letzten Jahreshauptversammlung wurde ja sogar darüber diskutiert, ob man den Frauen erlauben soll, sich zur Wahl zu stellen. Stellen Sie sich das mal vor. Nicht, dass ich was gegen die Gleichberechtigung hätte, natürlich nicht. Aber in diesem Fall? Eine Frau als »Nachbar des Jahres«? Den Titel »Nachbarin des Jahres« gibt's ja gar nicht. Schon deswegen geht das nicht. Wir könnten die Satzung ändern, das müssten wir aber erst ganz korrekt beschließen, vorher geht das nämlich nicht. Und würde es bei der »Nachbarin des Jahres« nicht um etwas anderes gehen? Wer der anderen bei der Erdbeerente oder beim Gardinenwaschen hilft, wer die kleinen Kinder einer Nachbarin hütet oder den größeren bei den Schularbeiten hilft, zum Beispiel. Hat man je eine Frau gesehen, die dem Nachbarn das Garagendach ausbessert oder ihm die Bäume schneidet? Da haben Sie's!

Die Gloria soll bloß nicht glauben, dass sie mit ihrer Eingabe Erfolg haben wird. Nur über meine Leiche! Ich stimme glatt dagegen, das ist ja wohl klar. Und viele andere auch, da bin ich sicher. Und was soll die Gloria mit dem Gloria-Gartenschlauch? Da kann die doch gar nicht mit umgehen! Und die würde glatt so tun, als wäre das Ding nach ihr benannt worden. Gloria ist aber auch ein verrückter Name, nicht viel besser als Kevin. So was passt eigentlich gar nicht nach Angelmodde.

Bei uns in Angelmodde gehen die Uhren nämlich anders als in der Stadt. Klar sind wir alle für die Gleichberechtigung, aber sie muss ihre Grenzen haben, das ist wichtig. Auch die Frauen wollen das so. Von Gloria mal abgesehen, aber deren Meinung fällt nicht weiter ins Gewicht. Was die Emanzipation angeht, ist die eine richtige Außenseiterin. Neulich hat sie versucht, selbst den Anlasser ihres Autos zu reparieren. Dass sie das nicht hinkriegt, habe ich ja gleich gewusst. Das habe ich ihr auch gesagt. Und dann habe ich ihr nach diversen Fehlversuchen gezeigt, wie ein Mann so was erledigt. Da hat die vielleicht geguckt … Ne, ne, Angelmodde ist zwar vor fünfzig Jahren eingemeindet worden und nennt sich nun Stadtteil von Münster, aber eigentlich sind wir immer noch ein Dorf. Und in einem westfälischen Dorf schreitet die Zeit langsamer voran als in der Großstadt. Hier sollte mal ein junges Mädchen auf die Idee kommen, Kfz-Mechaniker zu werden. Nicht auszudenken! Angelmodde ist so, wie es klingt: alt und ein bisschen plump, nicht so schnittig wie die City und die citynahen Stadtteile. Wenn es bei uns schneit, braucht auch kein Räumfahrzeug zu kommen. So was machen wir selbst, jeder bis zur Grenze des Nachbarn und die Straße genau bis zur Mitte, damit man dem Reihenhausbesitzer von gegenüber nichts wegnimmt. Wenn die Stadt dann doch ein Räumfahrzeug schickt, ist in Angelmodde schon alles erledigt. Ja, so sind wir. Wir sind auch der einzige Stadtteil von Münster, der jedes Jahr den »Nachbarn des Jahres« kürt.

Unser Nachbarschaftsverein e.V. ist wirklich rührig. Ich hatte glatt überlegt, ob ich mich als Vorsitzender bewerben soll, aber als der Professor, der einzige Akademiker in unserer Gegend, dazu bereit war, habe ich mich zurückgehalten. So einer ist am besten für den Posten geeignet. Der kann reden, und der wird ernst genommen. Auf den Stellvertreterposten hatte ich spekuliert, doch da war Kevin mal wieder schneller. Ich wurde dann zum Schriftführer gewählt, war mir auch recht. Jedenfalls gehöre ich zum Vorstand und sitze immer, wenn wir Vereinsversammlungen haben, neben dem Professor. Den gucken immer alle an, weil der so gut reden kann, und ein bisschen geht diese Aufmerksamkeit dann auch auf mich über. Das spüre ich ganz genau. Und das ist ein echt gutes Gefühl.

Leider schneit es bei uns in Westfalen ja nicht besonders oft. Und wenn, dann schmilzt der Schnee schnell weg, wird zur Matsche und im schlechtesten Fall zu gefrorener Matsche. Da gibt's nur eins: sofort den Schneeschieber rausholen und weg mit dem Dreck.

Am ersten Advent ist es so weit. Ausgerechnet! Am Samstag sah es gar nicht danach aus, aber am Sonntag werde ich wach und spüre es gleich: Da draußen hat sich was verändert. Sie kennen das vielleicht. Wenn frischer Schnee gefallen ist, wird die Welt leiser. Der Schnee deckt alle Geräusche zu, macht Schritte lautlos und packt Stimmen – sogar Automotoren – in Watte. Ich wäre gern aus dem Bett gesprungen und hätte mir Gewissheit verschafft, aber nicht an diesem Tag. Am Abend vor dem ersten Advent findet immer das Rentnertreffen des Gartenbauvereins statt. Als ich heimkam, war von dem Schnee noch nichts zu sehen, sonst hätte ich trotz der vielen Bierchen den Wecker gestellt. Ich habe ihn nicht mal gerochen oder in den tief hängenden Wolken vorausgesehen. Nein, ich war komplett ahnungslos. Also denke ich, als ich aufwache, an nichts anderes als an meine Kopfschmerzen, wundere mich eine Weile über die Stille … und dann ist auch schon Schluss damit. Lautes Kratzen und Schaben. Metall auf Gehwegplatten! Ein Schneeschieber! Dieses Geräusch kennt jeder, das ist mit nichts anderem zu verwechseln. Es hat also geschneit, und irgendjemand hat schon damit begonnen, den Schnee vom Bürgersteig zu räumen.

Nun springe ich doch aus dem Bett, bekomme prompt Probleme mit dem Kreislauf, wanke an der Schranktür vorbei, die dummerweise offen steht, knalle mir die Kante an den Schädel und muss mich erst mal an der Fensterbank festhalten, damit ich nicht umkippe. Augen zu, ruhig atmen, an etwas Schönes denken und die Augen erst wieder öffnen, wenn sich im Kopf nichts mehr dreht. Das dauert eine Weile, aber irgendwann hält das Karussell in meinem Kopf an. An der Fensterbank halte ich mich vorsichtshalber weiter fest, als ich die Gardine zurückziehe. Und wen sehe ich? Kevin! Ganz fröhlich, topfit, dynamisch, sportlich, energiegeladen.

»Morgen, Walter! Herrlich, dieses Wetter! Endlich Winter!«

Spinnt der? Am ersten Advent früh aufstehen, um zu räumen? Hat der nichts Besseres zu tun?

Ich klopfe an die Fensterscheibe. »Ich komme runter.«

Aber Kevin winkt ab. »Lass nur!« Er wischt sich mit dem Ärmel die rot gefrorene Nase sauber. »Ich bin gerade in Schwung.«

Der räumt den Gehweg vor meinem Haus! Sogar die Auffahrt zu meiner Garage! Gleich fängt der noch an, den Schnee von der Bürgersteigkante bis zur Mittellinie der Fahrbahn zu schieben! Und wetten, dass er dann in der Nachbarschaft herumerzählt, was er geleistet hat, damit er schon Pluspunkte für die nächste Wahl hat? Ne, Kevin! So nicht! Der nächste »Nachbar des Jahres« wohnt in diesem Haus.

Das habe ich natürlich nur ganz leise gesagt. So leise, dass meine Frau es nicht hört. Die findet es nämlich sehr lästig, dass ich unbedingt »Nachbar des Jahres« werden will. Sie meint, ich soll mich einfach freuen, wenn mir jemand hilft, und nicht dauernd den anderen meine Unterstützung aufdrängen. Angeblich helfe ich sogar denen, die auch ohne mich bestens klarkommen. Das sagt sie mir mehrmals täglich und versucht dann, mich im Haushalt einzuspannen. Ich könne ihr doch beim Bügeln helfen. Sie würde mich dann auch zum »Ehemann des Jahres« ernennen. So ein Blödsinn! Frauen wissen wirklich nicht, worauf es ankommt und was einem Mann wichtig ist.

Ich komme zu spät. Kevin ist schon fertig, als ich endlich angezogen bin. Ich musste ja noch die Schneestiefel aus dem Keller holen, die dort seit dem letzten Februar stehen, das ging nicht so schnell. Inzwischen hat Kevin überall den Schnee weggeräumt, vor meinem Haus, vor dem Haus der Nachbarin, natürlich vor dem des Professors, ist ja klar, und reibt sich die Hände, als hätte er sich gerade für den nächsten Marathon fit gemacht.

Er lacht, als er mich sieht. »Wetten, dass das Christkind zu mir kommt, weil ich so fleißig bin?«

»Das wird sich erst noch zeigen«, knurre ich. »Sind ja noch vier Wochen bis Heiligabend.«

Will der jetzt etwa von Haus zu Haus gehen und für die Weihnachtsfeier von »Nachbarschaft e.V.« sammeln und ganz nebenbei erwähnen, dass er nicht nur vor dem eigenen Haus, sondern auch vor drei Nachbarhäusern den Schnee weggeräumt hat? O nein, mein Freund! So nicht!

Zähneknirschend winke ich ihm ein Dankeschön zu, dann ziehe ich die Pantoffeln an, entschlossen, sie an diesem Tag nicht mehr auszuziehen. Es sei denn …

Meine Frau nörgelt rum, sie will ihre Schwester besuchen, wie immer am ersten Advent, aber ich lehne es kategorisch ab, sie zu begleiten. »Es könnte noch mal schneien. Was, wenn jemand vor unserer Tür auf dem Schnee ausrutscht und sich ein Bein bricht?«

Meine Frau tippt sich an die Stirn, und ich bleibe zu Hause. Und zwar auf dem Stuhl neben dem Wohnzimmerfenster, damit ich die Straße im Blick habe. Von dort kann ich auch den Fernseher und Florian Silbereisens »Adventsfest der hunderttausend Lichter« sehen. Das will ich keinesfalls verpassen. Als meine Frau heimkommt, setze ich mich natürlich flugs aufs Sofa. Sie hat ja wenig Verständnis für mich, wenn es um den »Nachbarn des Jahres« geht.

Der nächste Tag ist ein Montag. Vorsichtshalber habe ich den Wecker auf fünf gestellt. Und richtig! Es ist Neuschnee gefallen! Meine Schneestiefel stehen neben der Tür, der Schneeschieber davor, es ist noch keine sechs, als ich die Haustür öffne. Jetzt werde ich allen zeigen, dass ich der »Nachbar des Jahres« bin, dem die Krone gebührt. Ich werde nicht nur vor unserem Haus, vor dem der alten Nachbarin und dem des Professors den Schnee räumen, sondern natürlich auch vor Kevins Haus. Na, der wird sich wundern! Auch die Fahrbahn wird dann gleich mit geräumt, und zwar nicht nur bis zur Mittellinie, sondern bis zur anderen Gehwegkante. Das Lehrer-Ehepaar von gegenüber wird sich freuen. Und natürlich werden sie mich fragen, ob ich wüsste, wem diese unglaubliche Freundlichkeit zuzutrauen sei. Wenn ich dann milde lächelnd und ein wenig verlegen die Augen niederschlage und was von guter Nachbarschaft murmle, wissen sie Bescheid. Aber selbstverständlich werde ich jeden Dank weit von mir weisen. »Als guter Nachbar ist so was doch selbstverständlich!«

So mein Plan. Aber was sehe ich, als ich aus dem Haus trete? Kevin! Ich hätte es mir denken können, auch er hat den Wetter-Radar im Blick und hat mitbekommen, dass Schnee erwartet wird. Er ist schon fertig, als ich endlich die Mütze aufgesetzt und die Handschuhe angezogen habe. »Kein Problem, Walter! Mache ich doch gern. Du bist ja nicht mehr der Jüngste.«

Am nächsten Morgen stellt sich die Frage, ob es sich überhaupt gelohnt hat, zu Bett zu gehen. Ich stehe schon auf, als die

Nachtschwärmer noch nicht zu Hause sind. Natürlich muss ich vorsichtig sein. Das Kratzen und Schaben darf nicht zu hören sein. Wer sich im Schlaf gestört fühlt, wird mich nicht zum »Nachbar des Jahres« wählen.

Doch meine Rechnung scheint aufzugehen. Meine Frau wird nicht wach, um drei bin ich fertig, und es fällt bis zum Morgen kein Schnee mehr. Die Nachbarin, eine Witwe von knapp achtzig, hat sowieso einen Anspruch an alle Nochverheirateten, bedankt sich aber herzlich und tut so, als wäre sie von meiner Hilfe total überrascht worden. Der Professor steht nie früh auf, der verdient sein Geld ja mit Denken, und das kann er auch ab zehn. Bestens gelaunt schlägt er mir auf die Schulter, als wir uns später an den Mülltonnen treffen, und behauptet, er habe sich gleich gedacht, dass ich es war, der ihm den Weg freigeschaufelt hat. Das Lehrer-Ehepaar muss erst zur dritten Stunde, und sein männlicher Teil verspricht, sich bei Gelegenheit zu revanchieren. »Spätestens in den Weihnachtsferien.«

»Kommt nicht infrage!«, rufe ich zurück und ergänze gönnerhaft: »Ich bin doch Rentner. Da unterstützt man gern die arbeitende Bevölkerung.«

Ja, heute habe ich viel für meinen Wahlkampf getan. Auch Kevin bedankt sich wohl oder übel bei mir, aber es wurmt ihn, das ist klar zu erkennen. Dass der Schnee schon geschmolzen ist, als der Briefträger kommt, ist blöd. Ich höre sogar, dass Kevins Frau mit einem Seitenblick auf mich zu ihm sagt: »Für so was steht der extra früh auf. Das hätte die Sonne schneller erledigt.«

Ich schlendere an den beiden vorbei, als hätte ich nichts gehört. Kevins Frau soll bloß nicht meinen, dass ich mich provozieren lasse.

Am zweiten Advent hat der Wetterbericht erneut Schnee angesagt. Ich habe meinen Wecker diesmal auf vier gestellt, um ganz sicher zu gehen. Die Prognose war zwar nicht eindeutig, aber mir reicht es schon, dass es hieß, in einigen Lagen sei Schnee zu erwarten. Und richtig! Kevin hat das vielleicht nicht ernst genommen, aber es muss schon gegen Mitternacht angefangen haben. Als ich vors Haus trete, ist alles weiß. Tiefe Dunkelheit herrscht noch, als ich den Schneeschieber schultere, eiskalt ist es, in den Häusern brennt, wenn überhaupt, nur die Adventsbeleuchtung. Sterne in den Fenstern, elektrische Kerzen in der Hecke, glitzernde Punkte an den Dachrinnen. Was für eine Verschwendung! Aber was geht mich das an? Ich will nicht »Sparfuchs«, sondern »Nachbar des Jahres« werden. Und deswegen räume ich nicht nur vor meinem Haus, vor dem der verwitweten Nachbarin, vor dem des Professors und des Lehrer-Ehepaares, sondern selbstverständlich auch vor Kevins Haus. Dort schiebe ich sogar den Schnee von der gesamten Garagenauffahrt, und die ist mindestens zwanzig Meter lang. Damit überhaupt kein Zweifel aufkommt, dass ich der beste Nachbar aller Zeiten bin, ist bei Sonnenaufgang auch der Schnee vor der Feuerwehr verschwunden und der Weg zur Agatha-Kirche frei. Als Kevin aufsteht, sinke ich fix und fertig zurück ins Bett, lasse mich von meiner Frau ausschimpfen, aber jedes ihrer Worte von mir abperlen.

»Bist du verrückt? Warum machst du so was?«

Soll ich auf eine derart dumme Frage antworten? Wer sie mir stellt, hat keine Ahnung von meinen Wünschen und kennt meine Ziele nicht. Ganz anders dagegen die Bäuerin, die einmal pro Woche mit ihrem Lieferwagen durch Angelmodde fährt und Eier, Obst und Kartoffeln von ihrem Hof verkauft. In Angelmodde gib es ja keine Einkaufsmöglichkeiten mehr. Supermarkt, Drogerie, Bäcker, Sparkassenfiliale, Reinigung, Tankstelle – alles weg. Die kleinen Ortsteile von Münster sind infrastrukturell ausgebeutet worden, jawoll. Aber ich schweife ab … Diese Bäuerin lobt ausdrücklich die freie Straße durch Angelmodde und mich dann ganz besonders, als ich dezent durchblicken lasse, dass mir dieser angenehme Zustand zu verdanken ist.

Am dritten Advent bricht der Krieg aus. Mittwoch hat es zu tauen begonnen, aber am Samstag wird es kälter, der Himmel wird schwerer und nimmt dieses Grau an, das aussieht, als wären die Wolken voller Schnee. Ich habe es gerochen, doch dafür muss man natürlich sensibel sein. Kevin? Nein, der ist so sensibel wie eine Dampfwalze. Von dem Schnee, der in der Luft liegt, hat der nichts gespürt. Ich habe gesehen, wie er mit seiner Frau zu einer Party aufbrach, und mir heimlich die Hände gerieben. Kevin ist so wie alle Kerle in Angelmodde, sie teilen das Autofahren gerecht auf. Kevin fährt hin und seine Frau zurück. Er wird sturzbetrunken sein, alles andere würde mich wundern.

Meine Stunde ist gekommen. Als ich gegen zwei Uhr nachts aufstehe, sehe ich, dass ich recht hatte. Es schneit. Auf Kevins Garagenauffahrt ist noch keine Reifenspur zu sehen. Er feiert also noch. Um vier fällt kein Schnee mehr, und Angelmodde ist glatt gefegt, vor allen Wohnhäusern, auf den Straßen, vor der Feuerwehr und der Kirche. Ich bin völlig erledigt und schleiche ins Bett, so leise, dass meine Frau nichts davon bemerkt. Die hält mich glatt für verrückt, wenn sie hört, was ich getan habe.

Am nächsten Morgen lässt sie mich nicht mal ausschlafen. »Stell dir vor, der Kevin hat das halbe Dorf gefegt.«

Ich rapple mich hoch, dafür brauche ich eine Weile. »Kevin? Woher weißt du das?«

»Das hat er mir gerade erzählt.«

Nun fällt die Müdigkeit schlagartig von mir ab. »Was? Er hat dir gesagt …?« Mir bleibt die Spucke weg. Was für eine Unverfrorenheit!

»Jedenfalls hat er es nicht bestritten, als ich mich bei ihm bedankt habe.«

»Du hast dich …« Jetzt merkt meine Frau, dass ich nicht im Schlafanzug im Bett liege, sondern mit den Sportklamotten, die ich beim Schneeräumen getragen habe. Darüber regt sie sich schrecklich auf. Ob ich eigentlich wüsste, wie abtörnend eine Jogginghose sei, der Karl Lagerfeld habe schon ganz recht gehabt … und so weiter und so fort. Kevin habe sie noch nie in solchen Klamotten gesehen. Selbst beim Autowaschen und Schneeräumen sähe der noch sexy aus.

Nun reicht's. »Sexy?«

»Und nett! Und hilfsbereit! Und …« Meine Frau holt so tief Luft, dass ich mich um ihren Brustumfang sorge, der mir vorkommt wie ein prall gefüllter Luftballon.

»… und ich weiß wirklich nicht, für wen ich stimmen werde, wenn der ›Nachbar des Jahres‹ gewählt wird.«

Wie bitte? Meine eigene Frau will mir ihre Stimme verweigern? Und nicht nur das, sie will sie meinem größten Rivalen geben? Das macht mich jetzt echt fertig. Total! Weil Kevin angeblich in der Nacht halb Angelmodde gefegt hat und ich in einer Jogginghose im Bett liege?

»Es ist genau umgekehrt!« Blöde, dass ich schreie. Ich weiß ja, wer schreit, hat unrecht.

Meine Frau verzieht das Gesicht zu diesem fiesen Grinsen, das sie auch aufsetzt, wenn sie behauptet, ich hätte ihrer besten Freundin auf den Hintern geguckt. »Du willst behaupten, Kevin liegt in Jogginghosen im Bett?«

Diese Diskussion wird mir jetzt zu grundsätzlich. Überhaupt will ich nicht mit meiner Frau über Kevin reden. Keiner, der den Krieg erklären will, redet erst lange drum herum. Durchs Reden ist noch kein Krieg gewonnen worden. Wer siegen will, sorgt dafür, dass etwas passiert. So einfach ist das.

Am vierten Advent, fünf Tage vor Heiligabend, wird es ums Ganze gehen. Warum? Weil ich das so will!

Kevin hat keine Chance. Ich weiß, wo sein Schneeschieber steht, und ich weiß auch, wie ich verhindern kann, dass er ihn aus der Garage holt. Ha, ich weiß sogar, dass er vor dem Garagentor den Autoschlüssel versteckt, weil er ihn ständig im Haus vergisst. Ich sag doch, dass durchs Reden kein Krieg gewonnen wird. Handeln muss man! Handeln!

Ich sehe genau, dass bei dem Lehrer-Ehepaar in der ersten Etage das Licht angeht und jemand mit dem Smartphone am Fenster erscheint. Nicht etwa, um die zugeschneiten Dächer zu fotografieren, beileibe nicht. Da will mich jemand aufnehmen! Klar, dass ich mich gerne in Positur stelle, das Kinn auf meine Hände lege und mich auf dem Schneeschieber stütze. Wer dieses Foto sieht, muss wissen, wer demnächst »Nachbar des Jahres« wird.

Aber dann … dann stelle ich fest, dass es dem Lehrer gar nicht um mich geht, jedenfalls nicht nur. Er will vor allem dokumentieren, wie ein Polizeiwagen hinter mir auftaucht. Vermutlich hält er noch drauf, als zwei Beamte aussteigen und an mir vorbei zu Kevins Garage gehen. Ein dritter bleibt neben mir stehen und klimpert mit den Handschellen.

Den beiden Polizisten ist es völlig egal, dass die Auffahrt vor Kevins Garage noch nicht gefegt ist, dass dort der Schnee noch unberührt ist. Einer von ihnen schwingt das Garagentor hoch, der andere setzt sich in Kevins Volvo und fährt ihn heraus. Ich brauche nicht hinzusehen, ich weiß, was passiert. Kevin, den sein Volvo an die Rückwand der Garage geklemmt hat, dürfte jetzt vornüberfallen. Es klirrt, der Schneeschieber, den er vor der Brust gehalten hat, liegt vermutlich eher am Boden als er.

Ich höre, dass mein Nachbar weint, weil er Heiligabend gern zu Hause wäre, und der auf der anderen Seite schlägt gegen die Wand und verwünscht das Christuskind. Später dürfen wir alle um den riesigen Baum in der Halle herumstehen und singen. Dann werde ich den Nachbarn zur Rechten trösten und den anderen von seiner Wut abbringen. Es gibt da noch ein paar, die Beistand brauchen. Der Junge, der seine Tante umgebracht hat, weil er an ihre Kohle wollte, der Opa, der seine Frau erschlagen hat und nun ständig um sie weint, der Drogenboss, der ausgerechnet am Heiligen Abend heimlich seine Opfer zählt und plötzlich Angst vorm Jüngsten Gericht bekommt. Sie alle brauchen mich. Ich bin der Einzige, der ihnen helfen kann und vor allem will. Hier muss es einfach klappen, alles andere wäre ungerecht. Auch hier bin ich gewissermaßen ein Nachbar. Oder …

»Knacki des Jahres!«

Auch ein schöner Titel, oder?

Romy Fölck

Süßer die »Glock« nie klingt

Hamburg

Über die Autorin:

Romy Fölck wurde 1974 in Meißen geboren und arbeitete nach ihrem Jurastudium zehn Jahre in einem großen Unternehmen. Mittlerweile lebt sie als freie Autorin in einem Haus in der Elbmarsch bei Hamburg. Derzeit arbeitet sie nach den Bestsellern *Totenweg, Bluthaus* und *Sterbekammer* an ihrem vierten Kriminalroman in der Reihe um die sympathischen Ermittler Frida Paulsen und Bjarne Haverkorn. Fölck ist Mitglied im Syndikat.
Mehr Infos unter: http://www.romyfoelck.de/

Manfred landete am frühen Abend des 24. Dezember auf dem Hamburger Flughafen. Er war seit beinahe dreißig Stunden unterwegs gewesen, war müde und hungrig. Sein Rücken schmerzte, obwohl er in den letzten zwanzig Jahren jeden Morgen Rückengymnastik gemacht hatte. Und seitdem er gelandet war, fragte er sich, was ihn alten Knacker verdammt noch mal geritten hatte, sich ins Flugzeug zu setzen, um an Weihnachten diesen Auftrag anzunehmen.

Gestern Vormittag war er von seiner Heimatstadt Tula mit dem Zug nach Moskau gefahren, hatte in einem billigen Hotel am Flughafen »Sheremetyevo« übernachtet, aber kein Auge zugetan vor Aufregung. Er war seit zwanzig Jahren ein Rentner in seinem Berufszweig. Warum also blieb er nicht einfach auf dem Altenteil? Profikiller, wie er einer gewesen war, gaben ihr Geschäft auf, solange sie noch in den besten Jahren waren. Wenn der Körper erst anfing zu zwicken, konnte es zu spät sein. Wer in diesem Job zu langsam war, lag schneller unter der Erde, als er das Wort »Rente« aussprechen konnte. Er hatte mit fünfundvierzig Jahren seinen letzten Job erledigt, einen Anwalt, der betrügerische Machenschaften eines Millionärs aufgedeckt und weder auf dessen Drohung noch Erpressung reagiert hatte.

Warum seine Auftraggeber die Leute um die Ecke bringen wollten, interessierte Manfred nicht. Moral stand bei anderen in den Bewerbungsunterlagen, nicht bei ihm.

Der Job war damals glattgegangen. Manfred hatte die Zielperson liquidiert und die Tatwaffe, eine Glock 17, entsorgt, hatte seine Spuren verwischt und das Land verlassen. Er war nach

Moskau geflogen und schließlich in Tula gelandet. In Russland hatte er von den zwei Millionen, die er über die Jahre angespart hatte, gelebt wie die Made im Speck. Aber das Geld war jetzt, zwanzig Jahre später, beinahe aufgebraucht. Natascha, seine Freundin, war fünfundzwanzig Jahre jünger und liebte teure Geschenke. Schon seit einem halben Jahr hatte er nachts wach gelegen und überlegt, wie er sein Konto auffüllen könnte. Vielleicht, hatte er gedacht, sollte er es machen wie alle anderen, die keinen richtigen Beruf gelernt hatten, und Influencer werden. Damit verdienten doch genügend Hohlbirnen heute das große Geld. Nur sah er mit seinen fünfundsechzig Jahren leider nicht so gut aus wie sie.

Er hatte sich den Kopf zerbrochen, wie er seine finanziellen Reserven aufstocken konnte, bis Anfang Dezember diese Nachricht im Mailaccount, seinem toten Briefkasten, aufgetaucht war, den er nie gelöscht hatte. Der Absender, der sich »Rudolph« nannte, stellte ihm einen Auftrag in Aussicht. Er bot ihm eine Summe von einhunderttausend Euro an, wenn er eine letzte Seele ins Jenseits befördere, zehn Prozent Anzahlung bei Zusage des Auftrags, weitere zehn, wenn er in Deutschland gelandet war. Den Rest nach Ausführung.

Eine Woche hatte er darüber nachgedacht, das Für und Wider abgewogen. Er war Mitte sechzig, viel zu alt für diesen Auftrag, aber immer noch in Topform. Er lief jeden Morgen zehn Kilometer, machte wöchentliche Schießübungen im Wald. Seine Hand zitterte nie, er verfehlte sein Ziel nicht um einen Millimeter.

Hunderttausend Euro, leicht verdientes Geld. Nach drei schlaflosen Nächten hatte er zugesagt.

Um sechs Uhr morgens war sein Flug nach Amsterdam gegangen, wo er fünf Stunden Aufenthalt gehabt und ein paar Geschenke für Natascha gekauft hatte. Er vermisste die vorlaute

Russin, die zu Hause in Tula auf ihn wartete. Er hatte ihr gesagt, dass es sich um eine Familienangelegenheit in Deutschland handele. Ein Onkel dritten Grades sei gestorben und würde ihm etwas vererben.

Manfred nahm sein Handgepäck und lief über den beinahe menschenleeren Flughafen. Er blieb stehen, das ungute Gefühl in seinem Magen wurde mit jedem Schritt stärker. Dieser Auftrag roch förmlich nach einer Falle. Sollte er umkehren?

Was, wenn Rudolph eigentlich beim BKA in Wiesbaden arbeitete und hier gleich ein paar schwarze Männer mit Sturmhauben auftauchten, um ihn zu verhaften?

Er blieb stehen, sah sich in der Ankunftshalle um. Eine Frau und ihre Tochter begrüßten freudig einen Mann, der mit einem Geschäftskoffer auf sie zulief. Ein junges Paar knutschte, als ob es kein Morgen gäbe. Er trug eine dämliche blinkende Zipfelmütze, sie ein Engelskostüm mit Fellstiefeln. Drei junge Mädchen standen über ein Smartphone gebeugt und kicherten.

Nichts, was ihn beruhigte.

Niemand, der ihn beachtete.

Manfred verließ die Halle, um zu seinem Zielort zu fahren, wo der Auftraggeber die Glock 17 hinterlegt hatte, eine Kunststoffpistole, die er früher manchmal im Flieger in der Tasche mitgeschmuggelt hatte. Aber das war lange vor *Ground Zero* gewesen. Heute zogen sie dich schon wegen eines Feuerzeugs raus.

Manfred sah blinkende Weihnachtsbäume an den Ausgängen. Irgendwo dudelte ein amerikanischer Weihnachtssong. Heute war ja Heiligabend! Den hatte er nicht mehr gefeiert, seit er in Russland lebte. In seiner neuen Heimat wurde das Weihnachtsfest anders begangen. An Silvester, wenn Väterchen Frost den Kindern Geschenke brachte, würde er längst zurück sein bei seinem russischen Täubchen. Und am siebten Januar, wenn in Russland Satschelnik, das Russische Weihnachtsfest, gefeiert wurde, wenn Natascha Kutja, Pelmeni und Prjaniki kochte, würde er mit ihr und Wodka auf das Fest anstoßen.

Übermorgen würde er zurück sein in Tula.

Wenn er heute Nacht nicht versagte.

Den Flug hatte er geschafft. Niemand hatte hier am Flughafen auf ihn gewartet und ihn verhaftet. So nervös war er noch nie gewesen! Früher hatte er Nerven wie Drahtseile besessen. Deshalb war er gefragt gewesen in seinem Metier. Ob Mafiamord oder bleierne Scheidung, wie er es nannte, wenn ein Ehepartner das Ziel war, er hatte alles zur absoluten Zufriedenheit seiner Auftraggeber erledigt. Ein-, zweimal war es knapp gewesen, aber er hatte sich aus der Schlinge gezogen, was er unter Berufsrisiko verbucht hatte.

Manfred kaufte sich an einem Bäckereistand, in dem Teigstücke mit Bärten und Zipfelmützen lagen, zwei Franzbrötchen. Das süße Hefegebäck hatte er damals geliebt. Der buttrige Zimtgeschmack erinnerte ihn an seine Kindheit in Steinwerder. Sein Hungergefühl verschwand endlich. Vor einem Auftrag hatte er nie viel gegessen, weil die Verdauungstätigkeit den Körper träge machte und die Sinnesorgane trübte.

Im Taxi sah er die große Hansestadt, in der er geboren worden war, an sich vorbeifliegen. Aber er erkannte lediglich die Reeperbahn wieder, die nicht mehr den Charme der abgewrackten sündigen Meile von früher hatte, sondern zu einem bunten, gesichtslosen Vorzeigeviertel verkommen war. Wie hatte man es zulassen können, das Hamburger Wahrzeichen für den Massentourismus zu verramschen? Er schüttelte den Kopf, und der Taxifahrer warf ihm im Spiegel einen langen Blick zu. Aber er schwieg. Er schien ein gutes Gefühl dafür zu haben, wem er ein Gespräch aufdrängen konnte und wem nicht.

In Moskau hatte es am Morgen geschneit, aber hier lag keine einzige Flocke. Graue und nasse Straßen flogen an ihm vorbei, Menschen mit Regenschirmen, teure Autos, bunte Werbeschilder, Weihnachtsketten und blinkende Lichter in den Fenstern. Wirklich einladend sah diese Stadt trotzdem nicht aus. Oder war es sein dumpfes Gefühl, hier mittlerweile fremd und zweitausend Kilometer entfernt von zu Hause zu sein? Er sehnte sich nach seinem Häuschen mit den geschnitzten Fensterläden in dem kleinen Vorort von Tula, wo die Nachbarn ihn als Frühpensionär kannten, der einen Herzinfarkt gehabt hatte. Er war der nette Nachbar, der Onkel Artjom das Holz sägte und Polina, der jungen Witwe, im Garten zur Hand ging. Dort war sein Leben, das er liebte. Das, was er hier in Deutschland tat, fühlte sich für ihn an, als würde ein Klempner eine Herz-OP durchführen.

Noch konnte er umkehren. Einfach den nächsten Flug nach Hause nehmen. Er wollte gerade den Taxifahrer anweisen, zurück zum Flughafen zu fahren, als eine SMS auf seinem Handy einging. Manfred checkte online seine Bankverbindung. Die Anzahlung war eingegangen, zehntausend Euro.

Er sah hinaus in den Regen, auf die pulsierende Stadt. Spürte das altbekannte Kribbeln. Ein gutes Gefühl.

Das Display seines Smartphones war erloschen. Er verwarf alle Bedenken. Er wollte nicht nur die Anzahlung. Er wollte alles!

Richard schob den Teller mit dem abgenagten Gänseknochen weg, stellte den Fernseher wieder laut. Wie immer hatte er sich die Portion Gans mit Klößen und Rotkohl von Tarek, dem türkischen Imbiss seines Vertrauens, liefern lassen. Der kochte deutsche Hausmannskost, als wäre seine Großmutter hier in Hamburg geboren und nicht in Anatolien. Seit Helga tot war und er allein Weihnachten feierte, orderte er die Gans bei Tarek auf der anderen Straßenseite. Dessen Geschäft boomte an Heiligabend, weil eine Menge Alleinstehende auf diesen Lieferservice vertrauten. Wenn schon allein, dann wenigstens mit gutem Essen und einem noch besseren Rotwein!

Richard brachte den Teller in die Küche und spülte ab. Die Haut der Gans warf er Hanno auf seinen Teller. Der Cockerspaniel machte sich sofort darüber her. Danach trottete er zu Richard in die Stube, wo sie sich zusammen auf die Couch setzen und durch das weihnachtliche TV-Programm zappen würden.

Nach einer Viertelstunde stand Richard auf, ging zu seinem Schreibtisch und nahm das Schreiben in die Hand, das vor ein paar Tagen in seinem Briefkasten gelegen hatte. Anonym verschickt, ausgedruckt, ohne Fingerabdrücke, das hatte er sofort überprüft.

24.12., 22.00 Uhr, stand dort. Dahinter eine Adresse im Industriegebiet am Hafen. *Du willst den Mörder von Thomas Kaltmann? Sei pünktlich! Komm allein! Rudolph.*

Der Name Thomas Kaltmann löste etwas in ihm aus. Richard atmete tief durch und faltete den Brief zusammen. Jeder Kriminalbeamte hatte diesen einen unaufgeklärten Fall, den er sein Leben lang mit sich herumschleppte. Der Fall Kaltmann war der seine.

Vor zwanzig Jahren war der dreißigjährige Anwalt Thomas Kaltmann neben seiner Kanzlei in der Speicherstadt aus geringer Distanz erschossen und seine Leiche in den Annenfleet geworfen worden. Tatwaffe war eine 9 mm gewesen, auf dem Hinterkopf aufgesetzt und abgedrückt. Waffe und Täter hatten sie nie gefunden. Der Fall des Annenfleetmörders war wochenlang in der Presse gewesen. Die Mordkommission hatte reichlich Überstunden gemacht. Er selbst, als Leiter der Abteilung, hatte sich persönlich verantwortlich gefühlt für das Scheitern und hatte nach einem halben Jahr seinen Hut genommen. Noch immer lag eine Kopie der Akten in seinem Schlafzimmerschrank. Dieser Fall begleitete ihn seit zwanzig Jahren. Der Mord war höchst professionell ausgeführt worden. Ein Auftragsmord, das war ihm recht schnell klar gewesen. Es hatte keine Spuren gegeben. Nur einen Verdacht, der Richard nie losgelassen hatte. Er und seine Kollegen hatten monatelang gegen den Millionär Nils Schaffhausen ermittelt, der ein starkes Motiv gehabt hatte, den Anwalt zu beseitigen. Doch sein Alibi war wasserdicht gewesen. Es gab nicht einmal Indizien, die ihn belasteten.

Bis heute gab es keine Spur zum Mörder von Thomas Kaltmann. Bis dieser Brief in seinem Briefkasten gelegen hatte. Ein erster Hinweis, aber konnte Richard dem Verfasser dieser Nachricht vertrauen?

Er hatte überlegt, seine Kollegen in der Mordkommission anzurufen oder ihnen von dem Brief zu erzählen. Selbst war er zwar schon seit über fünf Jahren pensioniert, er hielt aber den Kontakt und traf sich regelmäßig mit ein paar der alten Hasen, die noch im Dienst waren. Der Verfasser des Briefes war jedoch eindeutig gewesen. *Komm allein!*

Kurz vor neun entschied er sich, dem Rätsel auf den Grund zu gehen. Er zog sich an und hinterließ auf seinem Schreibtisch eine Nachricht für seine Schwester, die ihn morgen besuchen wollte, sollte ihm heute Nacht etwas zustoßen. Er hatte sein Leben gelebt. Seit Helga fort war, war es trist geworden, ein Tag glich dem anderen. Er würde es nicht vermissen.

Er wollte nur eines: endlich die Wahrheit kennen.

Manfred ließ sich drei Kilometer entfernt von der Adresse, die Rudolph in in der letzten Mail angegeben hatte, am Hafen absetzen. Er war froh, nach den langen Stunden im Flugzeug etwas Bewegung zu bekommen. Er hatte noch genug Zeit, würde die Glock aus dem Versteck in dem alten Industrieloft holen und danach zum Haus seiner Zielperson fahren, die heute den letzten Weihnachtsbraten ihres Lebens gegessen hatte. Danach würde er direkt zum Flughafen fahren und den ersten Flug nach Amsterdam nehmen. So weit der Plan.

Es begann wieder zu regnen. Diese nasse Hamburger Kälte hatte ihn schon immer gestört. Typisches »Schietwetter«, das hatte er in Russland nie vermisst. Dafür das norddeutsche Essen: Labskaus, Grünkohl und Matjesbrötchen. Und die Nähe zur Nordsee. Er sog eine feuchte Brise Seeluft ein, hustete und spuckte aus. Die trockene Kälte in Tula war ihm dann doch lieber. Er freute sich darauf, übermorgen mit Natascha vor dem Kamin zu sitzen. Wenn der letzte Auftrag erledigt war.

Manfred checkte die Navi-App auf dem Smartphone. Genau, dieses alte Industrieloft da vorn, eine ehemalige Metallfabrik, war die Adresse, wo er die Waffe und alle weiteren Instruktionen finden würde. Seine Anspannung stieg, der Puls auch. Er blieb im Schatten einer Hausecke stehen und atmete tief durch. Als er seinen Ruhepuls erreicht hatte, holte er ein handliches Nachtsichtgerät aus dem Rucksack und beobachtete minutenlang das Gebäude gegenüber. Nichts, kein Licht, keine Geräusche, keine Bewegung.

Er war hier mitten im Industriegebiet. An Heiligabend war hier tote Hose. Jeder normale Mensch war um diese Uhrzeit zu Hause, saß unterm Weihnachtsbaum, packte Geschenke aus, aß mit seinen Lieben. Es war der perfekte Zeitpunkt, heute Nacht zuzuschlagen. Dennoch bewegte er sich nahe an den Häuserwänden, um unsichtbar zu bleiben. Das altbekannte Prickeln hatte eingesetzt. Sein Körper arbeitete wie der eines Raubtiers. Jeder Muskel war bereit zu reagieren, jeder Sinn war geschärft. Er fühlte sich plötzlich zwanzig Jahre jünger.

Manfred erreichte eine Hintertür des Gebäudes. Sie war nicht abgeschlossen. So, wie es ihm sein Auftraggeber angekündigt hatte. Er öffnete die Tür, spähte in den dunklen Gang, lauschte. Nichts rührte sich hier drin. Das Nachtsichtgerät zeigte ihm einen langen Gang. Er trat ein und zog geräuschlos die Tür hinter sich zu. Die Waffe sollte in einem alten Spind im ersten Obergeschoss liegen, wo damals die Umkleideräume der Arbeiter waren, als diese Blechbude noch gelaufen war. Er erreichte die Treppe, horchte, stieg hinauf, schlich auf leisen Sohlen den kurzen Flur hinunter bis zur letzten Tür. Er legte sein Ohr daran, zog sie auf und spähte mit dem Nachtsichtgerät hinein. Aber er sah lediglich zerbeulte Spindschränke an der gegenüberliegenden Wand. Im dritten von rechts sollte die Glock mit Munition liegen. Er ging hinüber, öffnete die Schranktür, fand das Päckchen. Er knipste die Maglite an. Die Handfeuerwaffe war in ein Tuch eingeschlagen. Er nahm sie heraus, spürte ihr Gewicht in der Hand. Ein vertrautes Gefühl.

Manfred stutzte. Den Kratzer am Lauf kannte er.

Diese Waffe lag doch seit zwanzig Jahren im Annenfleet? Dort hatte er sie damals versenkt!

Scheinwerfer flammten auf. Schon lag er auf dem Boden und rollte hinter einen der Schränke.

Scheiße! Manfreds Herz pumpte. Wie ein Amateur war er in die Falle getappt.

Richard vergewisserte sich, dass die Adresse stimmte, bevor er aus dem Taxi stieg. Er befand sich in einem reinen Industriegebiet. Dunkel reihte sich Gebäude an Gebäude. Keine Menschenseele war hier heute Abend unterwegs.

»Wollen Sie jetzt aussteigen oder nicht?«, fragte der Taxifahrer. Es war seine letzte Fahrt heute, hatte er erzählt. Er wollte nach Hause zu seinen Lieben und endlich das Fest feiern.

Richard zahlte und gab zehn Euro Trinkgeld. Der Fahrer bedankte sich und wünschte ihm frohe Weihnachten. Die Rücklichter des Wagens verschwanden im Nieselregen.

Richard spürte ein dumpfes Gefühl in der Magengegend. Aber jetzt war es zu spät umzukehren. Er klappte den Kragen seines Mantels nach oben. Wie gern hätte er jetzt seine Dienstwaffe darunter im Holster getragen. Aber als Kriminalkommissar a. D. und somit Zivilperson hatte er längst keine Waffe mehr zu Hause. Die Hintertür des Industrielofts stand offen. Er zog sie hinter sich ins Schloss und knipste die kleine Taschenlampe an, die er in der Manteltasche hatte.

Er blieb stehen, lauschte.

War das Musik?

Gedämpft hörte er »Süßer die Glocken nie klingen« irgendwo im Gebäude. Seltsam! Die Musik wurde lauter, je weiter er ging. Er stieg eine Treppe hinauf, trat in einen weiteren Trakt. Hier brannte Licht. Jetzt waren die Stimmen des Kinderchors klar zu verstehen. Das nächste Weihnachtslied hatte begonnen. »Stille Nacht, heilige Nacht …«

»Hallo?«, rief Richard. Er trat in einen Raum, sah am Ende der Wand alte Spindschränke stehen. Davor stand ein Tisch, an dem ein Mann saß. Er bewegte sich nicht, drehte nur den Kopf, als Richard eintrat.

»Sind Sie Rudolph?«, fragte er laut.

Keine Antwort.

Vorsichtig ging er näher, inspizierte den Raum. Jetzt wurde ihm klar, warum der Mann nicht antwortete. Er war an den Stuhl gefesselt, sein Mund mit Klebeband zugeklebt.

Richard sah sich nochmals um, prüfte den Raum. Er war allein mit dem Gefesselten. Und einem alten Plattenspieler, auf dem die Kinderplatte dudelte.

Er zog sein Handy aus der Tasche und dachte nach, steckte es wieder ein. Auch wenn ihm klar war, dass er sofort den Polizeinotruf hätte wählen sollen, ging er hinüber. Der Mann auf dem Stuhl war um die sechzig, schlank, graue Haare. Nein, das Gesicht kam ihm nicht bekannt vor. Und er hatte ein gutes Personengedächtnis, auch wenn er in die Jahre gekommen war. Während Richard mit einem Taschenmesser die Kabelbinder an den Handgelenken durchtrennte, starrte der andere ihn erschrocken an.

»Haben Sie keine Angst! Ich helfe Ihnen!«

Vorsichtig zog er ihm das Klebeband von den Lippen.

Der Mann stand auf und rieb seine Handgelenke. »Sie hat Sie auch eingeladen?«, fragte der Fremde mit einem leichten Akzent. Osteuropa, tippte er.

»Wen meinen Sie?« Richard sah dem Mann in die Augen, die ihn aufmerksam musterten. »Ich habe einen Brief von Rudolph bekommen.«

Der Mann schüttelte den Kopf und begann zu lachen. »Ich glaube es nicht, dass sie uns beide reingelegt hat.«

»Klären Sie mich bitte auf. Wer sind Sie? Und vom wem reden Sie?«

Der Angesprochene ging zur Tür, rüttelte daran. Er fluchte laut in einer fremden Sprache. Russisch? Der Mann kam zurück. »Sie hat uns eingeschlossen. Sind Sie allein gekommen?«

»Das war die Bedingung.« Richard öffnete den Mantel und setzte sich auf den zweiten Stuhl. »Was soll das hier? Diese ganze Inszenierung? Wer hat sich mit uns einen Spaß erlaubt?«

»Sie war das, diese verdammte …«

»Setz dich hin und halt die Klappe!« Die Frau stand plötzlich im Raum, als sei sie eine Erscheinung. Hinter den Schränken musste es eine weitere Tür geben. Sie war klein, weit über siebzig, mit kurzen grauen Haaren. Sie erinnerte Richard an Judi

Dench, die er zuletzt als »M« in James Bond gesehen hatte. Der gleiche wache Gesichtsausdruck, die befehlende Stimme. Eine Schusswaffe in ihrer Hand.

Es dauerte einen Moment, bis es klick bei ihm machte. Weit über zwanzig Jahre war es her, dass er diese Frau zuletzt gesehen hatte.

Manfred saß dem Bullen gegenüber, der ihn damals gejagt hatte. Er hatte die Presse nach dem Mord an dem Anwalt verfolgt. Richard Wagner war der Leiter der Mordkommission gewesen, hatte auf Pressekonferenzen neben dem Polizeipräsidenten und dem Pressesprecher gestanden, hatte sogar einige Interviews gegeben. Sein Gesichtsausdruck hatte mit jedem weiteren Auftritt in der Öffentlichkeit zerknirschter gewirkt. Bis er irgendwann ganz aus den Medien verschwunden war. Der Bulle war alt geworden, wie er selbst. Nur wusste der Kriminalkommissar a.D. nicht, wer ihm hier gegenübersaß.

Na, die Alte würde ihn sicherlich gleich einweihen.

Wie hatte er sich so hinters Licht führen lassen können? Er hatte seine Fingerspuren auf der Tatwaffe von damals hinterlassen, die natürlich nicht geladen gewesen war. Sie hatte sie ihm abgenommen und eingesteckt. Dann hatte er sich mit einer Hand selbst an den Stuhl fesseln müssen. Er hatte sie austricksen, sie überwältigen wollen. Sie hatte, ohne mit der Wimper zu zucken, neben seinem Fuß auf den Boden geschossen. Da hatte er gewusst, dass sie ernst machen würde.

Die Witwe stand am Plattenspieler und legte eine neue Vinyl auf. David Bowie. Das *Let's Dance*-Album aus den Achtzigern. Sie drehte sich um. »Mein Mann hat Bowie geliebt.« Sie kam zu ihnen, hielt die Waffe locker in der Hand, aber sie hatte ihn genau im Blick. »Das waren schöne Zeiten damals!« Sie schwelgte in alten Erinnerungen. »Er war ein gut aussehender

Mann und legte mir die Welt zu Füßen. Welche Frau hätte sich da nicht verliebt?«

»Kommen wir zu Sache!«, unterbrach sie Manfred. »Was willst du von uns?«

Sie warf ihm einen wütenden Blick zu, ließ sich jedoch nicht beirren. »Wir heirateten Ende der Achtziger, bekamen eine Tochter. Ich war viele Jahre glücklich in dieser Ehe.« Sie kam näher und beugte sich ganz nah zu ihm, hob die Hand. Mit der Glock streichelte sie seine Wange. »Bis ich herausfand, dass mein geliebter Ehemann gefälschte Medikamente in die dritte Welt liefert.« Sie richtete sich auf, ging rüber zu dem Bullen. »Sie ahnen, von wem ich rede, Herr Wagner?« Ihre Stimme war kalt wie Stahl. »Mein Mann war Nils Schaffhausen.«

Nils Schaffhausen, dachte Richard. Um seine Witwe war es in den letzten Jahren ruhig geworden. Sie hatte sich zurückgezogen nach dem frühen Tod ihres Mannes. War es ein Herzinfarkt gewesen oder Krebs? Er erinnerte sich nicht mehr genau. Aber er spürte seine Aufregung, weil Helen Schaffhausen soeben bestätigt hatte, was er damals nicht hatte beweisen können: Dass Nils Schaffhausen Millionen mit gefälschten Medikamenten gemacht hatte, die er nach Afrika und Südamerika verschob. Thomas Kaltmann, ein junger Anwalt, hatte das bei einer Afrikareise damals herausgefunden und Schaffhausen öffentlich schwer belastet. Er hatte ihn angezeigt, wollte ihn zu Fall bringen. Bis Kaltmann eines Abends tot aus dem Annenfleet gefischt worden war, in der Nähe seiner Kanzlei in der Speicherstadt.

Schaffhausen hatte ein wasserfestes Alibi gehabt. Er war am Tatabend mit seiner Frau in Rom gewesen. Es gab Zeugen, Fotos, die Aussage seiner Ehefrau.

Richard war klar gewesen, dass Schaffhausen einen Profi für den Mord angeheuert hatte. Er war kein Mann gewesen, der sich die Hände selbst schmutzig machte. Er überließ anderen die Drecksarbeit. Trotz monatelanger Ermittlungen hatten sie keine Spur zu ihm gefunden. Und dann war er gestorben. Einfach so. Da war die Ermittlungsakte schon längst geschlossen worden.

Er sah den Mann auf der anderen Seite des Tisches an und wusste plötzlich, wen er vor sich hatte. Sein Puls beschleunigte. »Sie haben Thomas Kaltmann umgebracht?«, fragte er ruhig.

Ihre Blicke begegneten sich.

»Und was willst du jetzt tun?«, fragte der Fremde und sah zu Helen Schaffhausen. »Der alte Mann hier ist außer Dienst. Er hat keine Befugnisse mehr.« Der Killer blickte ihm ins Gesicht. »Und auch keinen Schneid!«

Die Witwe zog eine Folientüte aus der Tasche und hielt sie in die Luft. Richard erkannte darin eine Glock 17.

»Das ist die Tatwaffe von damals«, sagte sie. »Der Beauftragte meines Mannes …« Sie warf ihm einen langen Blick zu. »… hat sie damals in den Fleet geworfen, aber mein Mann hat ihn offensichtlich beschatten und die Waffe herausholen lassen.« Sie steckte den Beutel wieder in die Tasche. »Ich habe sie nach der Beerdigung meines Mannes in seinem Safe gefunden. Zusammen mit dem ausgedruckten Schriftverkehr, den Nils über einen anonymen Mailaccount geführt hat, über den der Auftragsmord an Thomas Kaltmann abgewickelt wurde. Und den Kontoauszügen eines Schweizer Bankkontos. Das war wohl seine Lebensversicherung. Mein Mann misstraute allen! Er sicherte sich gegen jeden ab, der mit ihm Geschäfte machte.« Sie sah lange den Mann an, den sie gerade schwer belastet hatte. »Die Sachen im Safe meines Mannes sind über die Jahre in Vergessenheit geraten, weil der Herr Profikiller sich mit dem Geld ins Ausland abgesetzt hat. Bis ich sie gefunden habe.«

»Das nützt dir gar nichts!«, sagte der Fremde laut. »Die Fingerabdrücke auf dieser Waffe stammen von heute. Das ist doch kein Beweis, dass ich damals an dem Mord beteiligt war!«

Ein kaltes Lächeln auf ihren Lippen. »Deshalb habe ich den toten Briefkasten wieder aktiviert und dich hierhergelockt. Mit einem neuen Auftrag. Auch dieser Schriftverkehr liegt dort in der Aktentasche. Du bist hier, um die Waffe abzuholen. Das dürfte ausreichen, um den Zusammenhang zu dem Mord vor zwanzig Jahren herzustellen.«

Schweigen.

»Warum haben Sie mich angeschrieben und nicht meine Kollegen?«, fragte Richard. »Ich bin längst pensioniert!«

Ihr Blick wurde weich. »Ich habe die Reportage über Altfälle gelesen, an der Sie mitgeschrieben haben. Sie erwähnten den einen großen Fall, die große Niederlage Ihrer Karriere, die Sie bis heute nicht in Ruhe lässt.« Sie wirkte plötzlich müde. »Ich wollte, dass Sie den Mörder von Thomas Kaltmann doch noch seiner gerechten Strafe zuführen. Das ist sozusagen mein Weihnachtsgeschenk an Sie.« Sie seufzte leise. »Es ist das Mindeste, was ich tun kann, nachdem ich damals meinem Mann das Alibi gegeben habe und ihn, ohne es zu wissen, damit entlastete. Das Wissen, dass mein schönes Leben auf einer solchen Lüge aufgebaut war, dass er ein eiskalter Mörder war, wenn er auch die Waffe nicht selbst geführt hat, ertrage ich nicht.« Sie wankte, fing sich wieder, reichte Richard die Waffe. »Machen Sie mit ihm, was Sie wollen. Es liegt nun in Ihrer Hand.« Sie wies auf eine Aktentasche, die an einem der Schränke lehnte. »Darin sind alle Beweise, die Sie brauchen.« Sie zog die Folientüte mit der Mordwaffe aus ihrer Tasche. »Auf dieser Waffe sind die Fingerabdrücke des Mörders von Thomas Kaltmann. Das Projektil finden Sie sicherlich noch in der Asservatenkammer.«

»Was ist mit den Geschäften Ihres Mannes?«

»Alle Unterlagen, die seine Schuld diesbezüglich beweisen, habe ich einer investigativen Journalistin zugeschickt. Sie wird dafür sorgen, dass die Wahrheit ans Licht kommt. Mit dem Erbe meines Mannes habe ich einen Hilfsfonds für die Opfer seines Medikamentenskandals gegründet, um Wiedergutmachung zu leisten.« Sie ging zur Tür und schloss sie auf. »Mögen auch Sie endlich Ruhe auf dem Altenteil finden, Herr Wagner. Frohe Weihnachten!«

Manfred stand langsam auf, als die verrückte Witwe gegangen war. Dieser abgehalfterte Bulle würde ihn nicht daran hindern, Deutschland zu verlassen und zu Natascha zu fliegen. Aber er hatte die Waffe. Eins zu null für ihn.

»Wie viel?«, fragte Manfred ruhig. »Ihre Pensionsbesoldung ist ein Witz! Sie haben sich jahrelang für Ihr Land den Rücken krummgemacht und können sich nicht mal etwas Luxus leisten auf Ihre alten Tage. Zwanzigtausend Euro für die Glock und die Tasche dort.«

Schweigen. Im Gesicht des Bullen arbeitete es.

»Dreißigtausend!«

»Hinsetzen!«, sagte der ehemalige Kriminalbeamte ruhig und zog sein Handy aus der Tasche, drückte drei Tasten. »Geld ist nichts wert, wenn man endlich wieder spürt, wofür man gelebt hat.« Er drückte die Ruftaste. »Frohes Fest, Kollegen! Ich habe ein Geschenk für euch!« Er lächelte ins Telefon.

Nicht einmal kam ihn Natascha in Santa Fu, der Hamburger Justizvollzugsanstalt, besuchen. In einem der Briefe von Onkel Artjom stand, sie habe jetzt einen Jüngeren, einen Friseur oder Fotografen. Sie sei bereits bei ihm eingezogen, kurz nachdem Manfred nach Deutschland gereist sei, habe das Weihnachtsfest und den Jahreswechsel mit ihm gefeiert.

Mütterchen Russland, dachte Manfred. Du hast die kältesten Nächte und die schönsten Frauen. Aber ich werde nun dort sterben, wo ich geboren wurde. Wo die Winter feucht sind, die Sommer kühl, und wo Hans Albers einst St. Pauli besang. Er lehnte sich auf seiner Pritsche zurück und summte leise: *Auf der Reeperbahn nachts um halb eins.*

15

Christiane Franke /
Cornelia Kuhnert

Streit um Josef

Neuharlingersiel

Über die Autorinnen:

Christiane Franke lebt gern an der Nordsee, wo ihre bislang 19 Romane und ein Teil ihrer kriminellen Kurzgeschichten spielen. Mit ihren Büchern stürmt sie regelmäßig nicht nur die regionalen Bestsellerlisten, Franke war 2003 für den Deutschen Kurzkrimipreis nominiert und erhielt 2011 das Stipendium der Insel Juist »Tatort Töwerland«.

Cornelia Kuhnert lebt und schreibt in Isernhagen. Sie war nach dem Geschichts- und Germanistikstudium Lehrerin an verschiedenen Schulen. Seit einigen Jahren arbeitet sie freiberuflich als Autorin von Kriminalromanen und Kurzkrimis aus dem niedersächsischen Kleinstadtmilieu. Cornelia Kuhnert ist Herausgeberin von Anthologien in verschiedenen Verlagen (zuletzt *Mord macht hungrig,* Rowohlt). Sie hat das Krimifest Hannover aus der Taufe gehoben und mehrere Jahre organisiert.

Beim winterlichen Boßeln entstand 2012 die Idee zu einer gemeinsamen Ostfriesen-Krimireihe. Die letzten vier Bände der heiteren Neuharlingersieler Krimireihe um den Dorfpolizisten Rudi, den Postboten Henner und die Lehrerin Rosa (Rowohlt) waren allesamt auf der Spiegel-Bestsellerliste vertreten.

Mehr Infos unter: www.christianefranke.de, www.corneliakuhnert.de, www.kuestenkrimi.de

Es schneit an diesem ersten Samstag im Dezember. Dicke Flocken rieseln leise vom Himmel und legen sich als weiße Decke über den beschaulichen Kutterhafen in Neuharlingersiel. Wie gemütlich das aussieht! Rosa Moll kann sich gar nicht daran sattsehen. Im kuscheligen Daunenmantel, mit pinkfarbener Mütze auf dem Kopf und selbst gestricktem Schal um den Hals würde sie am liebsten durch die Flocken tanzen.

»Ach, wie schön!«, jauchzt sie. »Genau passend zur Adventszeit ist der Winter da. Hoffentlich bleibt der Schnee bis Weihnachten liegen.«

»Hoffentlich nicht«, brummt ihr Kumpel Henner, der als Postbote täglich mit dem Rad unterwegs ist. Sie kommen gerade von der Besprechung des Weihnachtsstücks, das der Heimatverein wie jedes Jahr im Sielhof aufführt. Für Rosa ist es das erste Mal, dass sie daran teilnimmt. Sie ist erst vor Kurzem von Hannover hierhergezogen und hat wirklich Glück mit ihrem Nachbarn Henner gehabt, der sie in alle Vereine mitgeschleppt hat. Und jetzt hat sie sogar die Rolle der schwangeren Maria ergattert.

»Ach Henner, du Spielverderber. Lass mir doch meine Freude über den ersten Schnee in diesem Jahr.«

»Is nicht der erste«, widerspricht Rudi, Henners bester Freund und Polizist des Ortes. »Den ersten hatten wir schon im Januar.«

»Ihr Meckerfritzen.« Rosa hakt sich links und rechts bei beiden unter und singt: »Josef, lieber Josef mein, hilf mir wiegen mein Kindelein …« Als keiner der beiden Männer einstimmt, hält sie mitten in der ersten Strophe inne. »Nun macht schon mit!«

»Ich sing nicht«, murrt Henner. »Nicht mal im Weihnachtsgottesdienst.«

Rosa stupst ihn fröhlich in die Seite: »Na, dann können wir ja von Glück sagen, dass wir die Weihnachtsgeschichte nicht als Musical aufführen.«

»Hätt ich sonst auch nicht mitgemacht«, sagt Henner. »Überhaupt: Ich als Josef. Weiß gar nicht, warum ich mich von dir hab breitschlagen lassen. Viel lieber wär ich einer der Heiligen Drei Könige oder Hirte. So wie immer.«

Das ist mal wieder typisch Henner. Was hat sie sich vorhin ins Zeug gelegt, um ihm die Hauptrolle an ihrer Seite zuzuschanzen, nachdem Gerhard, der den Josef seit fünfundzwanzig Jahren gespielt hat, letzte Woche plötzlich verstorben ist. Da sollte Henner dankbar sein und nicht rumnörgeln. Schließlich steht er bei den Ausruferwettbewerben doch auch in Kostümen auf der Bühne. Ach, es ist immer das Gleiche: Undank ist der Welten Lohn.

»Henner, hör auf zu meckern. Nicht auszudenken, wenn Hartfried sich durchgesetzt hätte. Den kann man sich nun wirklich nicht an meiner Seite vorstellen. Diesen dürren Hering. Reicht völlig, wenn der den Nikolaus spielt.«

Als hätte Hartfried geahnt, dass sie gerade über ihn spricht, läuft der prompt an ihnen vorbei.

»Fühlt euch nur nicht zu sicher«, faucht er die drei beim Überholen an. »In dieser Sache ist das letzte Wort noch nicht gesprochen. Ganz Neuharlingersiel erwartet, dass ich nach dem Tod meines Vaters seine Rolle übernehme. Der Josef ist Familientradition.«

»Blödsinn«, widerspricht Rosa beherzt. »Es wird auch hier Zeit für Veränderungen. Wirst schon sehen: Henner gibt einen fantastischen Josef.«

»Von wegen! Den Josef muss man einfühlsam spielen. Henner

kann doch bloß seine Ausrufer-Texte brüllen«, motzt Hartfried und stapft weiter.

»Stimmt überhaupt nicht«, ruft Rosa ihm hinterher und lächelt Henner an. »Du kannst auch einfühlsam und sensibel sein. Das weiß ich. Und viel Text hast du ohnehin nicht. Ich hab mir das Drehbuch angesehen.«

»Du hast was?« Henner schaut sie entgeistert an.

»Mir den Text im Vorfeld besorgt. Und eine Kopie für dich gemacht. In weiser Voraussicht.« Sie zwinkert ihm zu und greift in ihre Tasche. »Hier.«

Henner grunzt kurz, und Rudi feixt: »Wie gut, dass ich mal wieder bloß als Statist dabei bin. Als Hirte auf dem Feld muss ich ja nur nach oben auf den Stern zeigen, dem alle folgen.«

»Hätte mir auch gereicht«, brummt Henner.

Die nächsten Tage hört und sieht Rosa nichts von ihren Freunden. Dabei wohnt sie in der Wohnung über Henner und begegnet ihm nicht nur oft im Hausflur, sondern sieht ihn auch mit dem Postfahrrad durch den Ort radeln. Das passt ihr gar nicht, denn sie muss dringend mit den beiden reden. Was sie da nämlich heute beim Friseur aufgeschnappt hat, lässt ihr einfach keine Ruhe.

Kurz entschlossen schlüpft sie am Abend in ihren Daunenmantel, zieht sich Mütze und Schal an und stapft durch den Schnee zum Dattein, der urigen Kneipe am Hafen. Sie weiß, dass Henner und Rudi in der Vorweihnachtszeit hier gern an der Winterbude stehen, bei weihnachtlicher Musik und Kerzenschein einen Glühwein mit Schuss trinken, über den Kutterhafen auf die stimmungsvoll beleuchteten Häuser blicken und über Gott und die Welt reden.

Kaum ist sie die paar Stufen hinaufgestiegen, entdeckt sie ihre Kumpel. Jeder mit einem dampfenden Becher in der Hand.

»Hab ich's mir doch gedacht, dass ihr hier steckt.« Sie begrüßt beide mit einem Wangenkuss, geht an die Bude, holt sich auch einen Glühwein und stellt sich mit dem heißen Becher vor die Männer. »Sagt mal: Weicht ihr mir eigentlich aus?«

Henner und Rudi sehen erst sich, dann Rosa an. »Natürlich nicht«, behaupten beide wie aus einem Mund.

»Das will ich auch hoffen. Ich muss euch nämlich was erzählen. Also, ich war heute beim Friseur. Da hab ich was gehört, was hat mir fast die Sprache verschlagen – Hartfrieds Vater ist gar nicht einfach so gestorben.«

»Wie? Nicht einfach so? Was willste damit sagen?« Rudi nimmt einen großen Schluck.

»Gerhard Jenssen hatte einen anaphylaktischen Schock!« Rosa trinkt ebenfalls und wischt sich mit der Hand über den Mund. »Der ist wohl hochgradig allergisch gegen Nüsse gewesen. Ist das nicht schrecklich?« Sie schüttelt den Kopf, und die Bommeln ihrer Mütze schwingen hin und her.

»Hat er vielleicht nicht gewusst«, meint Rudi.

»Glaub ich nich«, widerspricht Henner. »Als Allergiker weiß man, worauf man reagiert.«

»Stimmt auch wieder«, gibt Rosa zu. Henner kennt sich schließlich damit aus. »Bei dir sind es nur Tierhaare, oder?«

»Nur ist gut. Das reicht mir vollkommen.« Henner schnaubt. »Deswegen konnte ich den Hof nicht übernehmen.«

»Wenigstens bist du in deiner Heimat geblieben.«

»Aber als Postbote. Nicht als Bauer.« Henner kann sich immer noch nicht gänzlich mit seinem Schicksal anfreunden, das weiß Rosa.

»Ist ja jetzt auch egal«, wimmelt sie deshalb ab. »Jedenfalls ist so ein Tod tragisch.« Sie beugt sich zu den beiden vor. »Im

Friseursalon haben sie davon gesprochen, dass Hartfrieds Vater erst vor wenigen Tagen seinen 65. Geburtstag gefeiert hat. Ganz groß. Wart ihr eigentlich auch eingeladen?«

Henner und Rudi nicken. »Klar«, sagt Rudi. »Wir kennen Gerhard ja schon von klein auf. Hat doch mit Henners Vadder Skat gespielt. Da war unsere ganze Sippe eingeladen.«

»Und was der alles geschenkt bekommen hat«, ergänzt Henner. »Allein die Schnapsflaschen hätte der bis zu seinem achtzigsten Geburtstag gar nicht aussüppeln können. Gerhard hat ja mehr so Bier getrunken.«

Rosa beugt den Kopf vor. »Also, beim Friseur wurde gerätselt, wieso Gerhard was mit Nüssen gegessen hat. Ob die wohl in einem seiner Geburtstagsgeschenke gewesen sind, und er hat's nicht gewusst?«

Henner sieht sie an. »Dann muss sich jetzt aber jemand gewaltige Vorwürfe machen.«

Rosa kneift die Augen zusammen. »Vielleicht auch nicht. Vielleicht war das gar kein unglücklicher Zufall. Vielleicht hat ihm da einer extra was reingemogelt. Der soll ja manchmal richtig unausstehlich gewesen sein.«

Am Samstagmorgen erwacht Rosa ungewöhnlich früh. Die Sache mit Gerhard Jenssens tragischem Allergietod geht ihr nicht aus dem Kopf. Sie sollte Hartfried und seiner Mutter einen Kondolenzbesuch abstatten. Zum einen gehört sich das in einem kleinen Ort wie Neuharlingersiel. Zum anderen spielt sie neuerdings in Hartfrieds Theatergruppe. Und last, but not least: Auf diese Weise kann sie vielleicht etwas mehr über die Allergie des Verstorbenen erfahren. In Rosa steckt nämlich eine kleine Miss Marple, auch wenn sie im echten Leben Lehrerin ist.

Nachdem Rosa in Ruhe geduscht und gefrühstückt hat, macht sie sich auf den Weg. In der Nacht hat es wieder geschneit, sie sieht die Reifenabdrücke von Henners Rad. Der hat heute früh bestimmt geflucht, weil kein Tauwetter in Sicht ist.

Weit ist der Weg nicht. Rosa klingelt, aber es dauert, bis ihr die Tür von Hartfrieds Mutter geöffnet wird. Sie trägt eine rot geblümte Schürze und trocknet sich die Hände an einem Geschirrtuch ab. »Ja, bitte?«

»Moin, Frau Jenssen. Mein Name ist Rosa Moll. Wir kennen uns zwar noch nicht persönlich, aber ich bin die neue Maria im Weihnachtsstück. Ihr Mann wäre da ja mein Mann gewesen. Und deshalb wollte ich Ihnen mein Beileid zum Tod Ihres Gatten persönlich überbringen. Hartfried habe ich bei der Besprechung bereits kondoliert. Es tut mir so leid.« Treuherzig plinkert sie mit den Wimpern.

»Ach, Sie sind das?« Besonders herzlich klingt das nicht. Trotzdem bittet die Witwe Rosa herein. »Ist vielleicht ganz gut, dass Sie hier sind. Hartfried hat mir schon von Ihrem Husarenstreich erzählt. Darüber wollte ich sowieso mit Ihnen reden. Gehen Sie doch schon mal vor in die gute Stube. Ich koche uns einen Tee und stelle noch schnell die Hühnerleber in den Kühlschrank. Bin gerade dabei, ein Leberparfait zu machen. Wie jedes Jahr vor Weihnachten. Im Hause Jenssen legt man Wert auf Traditionen!«

Kaum sitzt Rosa in dem kalten Raum, hört sie Frau Jenssen im Flur rufen.

»Hartfried, komm runter, wir haben Besuch. Frau Moll!«

Schade. Rosa hat gedacht, sie könnte mit Frau Jenssen allein sprechen. Nun denn. Neugierig sieht sie sich in dem plüschig eingerichteten Raum um. Auf den Sessellehnen liegen Brokatdeckchen mit Häkelrand, in der Schrankwand reihen sich Porzellanpuppen aneinander. Auf der Anrichte sind verpackte

Schnapsflaschen und aufgestellte Grußkarten zu sehen. Das scheint noch der Geburtstagstisch des Verstorbenen zu sein.

Die Tür geht auf, und der schmächtige Hartfried tritt ein.

»Hallo, Rosa. Gut, dass du es einsiehst. Das rechne ich dir hoch an.«

Rosa runzelt die Stirn. »Dass ich was einsehe?«

»Na, dass ich den Josef spiele. Und Henner Hirte bleibt.« Er setzt sich ihr gegenüber auf einen Sessel, seine Mutter kommt mit dem Teetablett herein.

»Tut mir leid, das ist ein Irrtum. Ich wollte nur kondolieren.«

Mit einem Knall stellt Elsbeth Jenssen das Tablett auf den Tisch. »Das verstehen Sie nicht. Sie sind neu zugezogen. Ich sagte doch gerade: In unserem Hause und in ganz Neuharlingersiel legt man Wert auf Traditionen. Und der Josef ist Familientradition. Schon der Vater meines Mannes – Gott hab ihn selig – hat die Rolle des Josef gespielt. Und wo mein Gerhard nun tot ist, ist Hartfried dran.«

»Stimmt«, sagt Hartfried, nimmt zwei Haselnüsse aus der Glasschale und knackt sie.

»Aber das ist jetzt anders beschlossen.« Rosa ist nicht bereit, auch nur einen Zentimeter nachzugeben. Fest sieht sie Hartfried in die Augen. »Lass Henner den Josef. Du machst doch schon seit Jahren den Nikolaus bei der Weihnachtsfeier. Und der ist eigentlich viel wichtiger!«

»Der Nikolaus ist überhaupt nicht vergleichbar mit dem Josef«, beharrt Hartfrieds Mutter. In diesem Moment klingelt das Telefon im Flur. Elsbeth Jenssen steht auf und geht hinaus. Einen Augenblick später steht sie wieder im Wohnzimmer. »Hartfried, für dich. Fenja.«

Hartfried wird rot wie ein Feuermelder, springt aus dem Sessel und geht in den Flur. Die Tür schließt er fest. Ob er Schiss hat, dass Rosa das Gespräch mitkriegt?

Fast vertraulich beugt sich Elsbeth Jenssen zu Rosa vor. »Hoffentlich wird es mit der Deern was. Wird ja langsam Zeit, dass Hartfried eine Frau findet. Ich war mit dreiundzwanzig schon verheiratet. Und der Bengel wird nächstes Jahr vierzig!«

Die Wohnzimmertür öffnet sich, und Hartfried kommt zurück. Er strahlt übers ganze Gesicht. »Fenja kommt zur Aufführung.«

»Wie schön, mein Junge. Das freut mich für dich.« Elsbeth Jenssen greift nach Hartfrieds Hand.

»Es gibt nur einen Haken an der Sache.« Hartfried setzt sich, nimmt wieder zwei Nüsse und blickt Rosa an. »Ich hab ihr nach dem Tod meines Vaters gesagt, dass ich nun endlich die Familientradition fortführe und der Josef bin.« Er atmet hörbar ein. »Rosa, ich muss den Josef spielen. Ich muss! Ich hab es Fenja gesagt. Henner ist als Nikolaus bestimmt auch prima!« Er wirft Rosa einen eindringlichen Blick zu. »Ich darf vor Fenja nicht mein Gesicht verlieren!«

Das Gesicht verlieren. Herrschaftszeiten, der bauscht das aber auch auf. »Ach, Hartfried«, sagt sie betont friedfertig. »Das geht nicht mehr. Heute Abend ist doch schon die Nikolausfeier und morgen die Generalprobe und Aufführung. Henner hat tüchtig geübt. Und du kennst den Nikolaus-Text doch aus dem Effeff.«

»Nein! Wo ein Wille ist, ist auch ein Weg. Ich *muss* den Josef spielen.« Hartfrieds Blick ist starr, als er sie ansieht. Wieder knackt er zwei Haselnüsse. Rosa läuft es direkt kalt den Rücken herunter.

Am späten Nachmittag fängt es wieder an zu schneien. Heimeliger könnte es für so eine weihnachtliche Feier gar nicht sein. Plötzlich hört Rosa draußen ein schabendes Geräusch.

Schiebt Henner etwa schon wieder den Gehweg frei? Tatsächlich. Schnell öffnet sie das Küchenfenster. »Huhu, Henner. Wir müssen gleich los. Hast du dein Wichtelgeschenk eingepackt?«

Er hebt den Kopf und schaut zu ihr hoch. »Klar doch.«

In diesem Moment kommt Rudi über die Straße gelaufen. In der Hand einen Jutebeutel, aus dem Tannenzweige ragen. Er runzelt die Stirn, als er Henner mit dem Schneeschieber in der Hand sieht. »Seid ihr noch nicht fertig?«

»So gut wie.« Henner lehnt die Schippe gegen die Hauswand. »Bin gleich da.«

Es dauert dann aber doch noch zehn Minuten, bis sich die drei auf den Weg machen. Rosa hakt sich bei ihren beiden Freunden ein, damit sie mit ihren hochhackigen Stiefeletten auf dem glatten Gehweg nicht ausrutscht. »Ich bin richtig aufgeregt«, gesteht sie. »Ist schließlich meine erste Nikolausfeier mit dem Heimatverein.« Von ihrem Besuch bei Hartfried und seiner Mutter sagt sie lieber nichts. Gutmütig, wie Henner ist, überlässt er Hartfried sonst glatt doch noch die Rolle des Josef. »Ich bin so gespannt, wie mein Geschenk ankommt. Es ist ein Eier …«

»Psst, das verrät man nicht. Soll doch eine Überraschung sein«, fährt Rudi ihr über den Mund.

»Aber euch kann ich das doch sagen.«

»Nein, vielleicht steckt der Nikolaus ja ausgerechnet dein Geschenk in meinen Stiefel. Und dann ist es ja kein Geheimnis mehr, von wem das ist.«

Das wäre schon ein ziemlicher Zufall, findet Rosa. Schließlich gehören mehr als fünfzig Leute zum Heimatverein. Allein Henners Familie ist mit einem Dutzend vertreten. Aber sie verkneift sich einen Kommentar, schließlich stehen sie schon vor der Treppe des Sielhofs. Aus dem Café tönt lautes Stimmengewirr, direkt an der Tür steht ein doppelstöckiger Servierwagen, darauf jede Menge Stiefel.

»Was hat das denn zu bedeuten?« Rosa sieht Rudi vorwurfsvoll an.

»Na, jeder zieht jetzt einen Stiefel aus, da kommt dann das Wichtelgeschenk rein. Ist doch logo. Oder?«

»Würde auch ohne Stiefel gehen«, hält Rosa dagegen. »Außerdem wird mein Fuß dann kalt.«

»Machen wir immer so.« Rudi zieht seinen geschnürten schwarzen Stiefel aus und holt aus der Jackentasche ein paar dicke Wollsocken. Einen streift er sich über, den anderen gibt er Rosa. »Hier. Beim nächsten Mal denkst du dran, dir selbst welche mitzubringen.«

Rosa nickt und zieht den Reißverschluss ihrer Stiefelette herunter. »Hättet ihr mir auch vorher sagen können, dann hätte ich mir einen längeren Stiefel mitgenommen«, mosert sie. »In das lütte Ding passt ja gar kein richtiges Geschenk rein, und außerdem muss ich nun mit einem Socken am Fuß durch die Gegend hinken. Das sieht nicht gerade elegant aus.«

»Ach, Rosa, das machen die anderen auch so.« Henner knotet ebenfalls die Schleife seines Schuhs auf und schlüpft aus dem gleichen Modell wie Rudi. Vadder Steffens hat die gleichen. Echtes Leder. Nicht kaputt zu kriegen, hat er mit Stolz gesagt. Er trägt seine schon fünfzehn Jahre.

Rosa stellt ihre Stiefelette auf den Servierwagen und schmunzelt. Sieht lustig aus, dass alle nur noch einen Stiefel an den Füßen haben. Na ja, nicht alle. Hartfried steht in seinem Nikolauskostüm mit zwei schwarzen Stiefeln, einem geöffneten großen Jutesack und der obligatorischen Rute an der Tür und wartet darauf, dass jeder sein Wichtelgeschenk in den Sack legt. Zu allen sagt er: »Hohoho. Herzlich willkommen bei der Weihnachtsfeier.« Nur Rosa zischt er das Hohoho ohne den weiteren Gruß zu. Blödmann! Sie lässt ihn einfach stehen und sucht sich einen Platz.

Im Raum herrscht lautes Geschnatter. Rosa setzt sich an den großen Tisch zu Henners acht Schwestern. Auch sie sind bestens gelaunt. Rosa schenkt sich Tee ein und nimmt ein Stück von dem Weihnachtsstollen, den der Neuharlingersieler Tortenklub gebacken hat. Kauend blickt sie sich nach Henner und Rudi um und sieht, wie Hartfried den prall gefüllten Jutesack nach draußen trägt. Seine Mutter und zwei andere Frauen vom Heimatverein schieben den Servierwagen in den Flur.

»Der Nikolaus befüllt mit seinen Helferinnen die Stiefel«, erklärt ihr Henners jüngste Schwester. Auch so eine Tradition. Rosa wendet sich wieder dem Gespräch der anderen zu. Es geht um Enkelkinder. Kein Thema, das Rosa interessant findet. Hätte sie sich nur einen anderen Tisch ausgesucht. Sie könnte zum Klo gehen und sich anschließend anderswo hinsetzen. Ja, das ist eine gute Idee. Energisch schiebt sie den Stuhl zurück. »Ich geh mal eben für kleine Mädchen«, sagt sie und humpelt aus dem Raum. Im nächsten Jahr wird sie sich ein Paar Ersatzschuhe einpacken, das steht fest.

An der Tür kommen ihr Elsbeth Jenssen und die anderen beiden Frauen entgegen, auf dem Flur steht Hartfried vor dem Servierwagen. Er fixiert die Stiefel, als ob er mit ihnen reden würde. Komischer Typ.

Als Rosa vom Klo zurückkommt, sieht sie, dass er sich den Finger ableckt und etwas Weißes zwischen die Stiefel schiebt. Was soll das denn? Misstrauisch guckt sie ihn an. »Was machst du denn da?«

»Nichts.«

»Sicher?«

Ohne ihr zu antworten, packt er den Griff des voll beladenen Servierwagens. »Halt mir lieber die Tür auf.«

Rosa zuckt mit den Schultern und greift nach der Klinke.

Mit einem kräftigen »Hohoho! Heute, Kinder, wird's was geben …«, schiebt er den Stiefelwagen ins Café. »Hohoho! Wer von euch sagt mir denn ein Gedicht auf?«

Keiner meldet sich.

Sein Blick wandert durch den Raum, dann dreht er sich zu Rosa um. »Rosa, du als Neumitglied im Heimatverein solltest den Nikolaus mit einem kleinen Gedicht willkommen heißen. Das wäre eine schöne Geste.«

Erleichtert atmen die Anwesenden auf, das merkt Rosa ganz genau. »Gerne, lieber Nikolaus!« Praktischerweise hat sie diese Woche mit ihrer Klasse eins eingeübt. »Von drauß' vom Walde komm ich her, ich muss euch sagen, es weihnachtet sehr, all überall …«

Tosender Applaus erschallt, als sie endet. Sie nickt dankend in alle Richtungen und ist über sich selbst begeistert. Entweder man hat Talent oder man hat es nicht. Wer noch gezweifelt hat, dass sie die beste Besetzung der Maria ist, sollte ab jetzt besser schweigen.

Sie sonnt sich noch in ihrem Gedichtvortrag, als Hartfried den ersten Stiefel hochhält und mit tiefer Stimme fragt: »Na, wem gehört denn dieser wunderschöne Schuh?«

»Mir«, kreischt Henners älteste Schwester und eilt nach vorne. Rudi bekommt den nächsten, Henners folgt auf dem Fuße.

Hartfried hält einen Stiefel nach dem anderen hoch. Rosas Stiefelette ist die letzte. Das hat Hartfried garantiert extra gemacht.

Was für ein Gelächter und Gejohle, als die ersten ihre Geschenke hochhalten. Beim Steckdosenlicht in Form einer Teekanne werden die Augen verdreht, der Dildo in Gemüseform löst Lachsalven aus, und der uralte Pflaumenschnaps mit eingelegten Früchten aus dem Jahr 1972 wird bejubelt.

Henner packt einen kleinen, halbierten Fußball aus Kunststoff aus. »Was soll das denn sein?«

Rosa kichert. »Das ist ein Eierschalenbrecher. Den setzt du oben aufs Ei, drehst, und schon kannst du die Kappe der Schale abziehen.«

»Wer braucht denn den Schwachsinn?«, fragt Henner.

Enttäuscht zieht Rosa einen Flunsch. Sie blickt durch den Raum. Hartfried steht an der Tür. Wie ein fröhlicher Nikolaus wirkt er allerdings nicht. Im Gegenteil. Er guckt verkniffen zu ihrem Tisch rüber. Egal. Soll er doch.

Am nächsten Morgen wacht Rosa schweißgebadet in aller Herrgottsfrühe auf. In der Nacht hat sie geträumt, dass sie ihren Text nicht konnte. Sie kocht sich einen grünen Tee und schnappt sich das Drehbuch. Als sie sich um zwölf Uhr ihren Mantel anzieht, ist sie beruhigt. Sie kennt den ganzen Text auswendig. Sie packt ihr Kostüm und das dicke Sofakissen, das sie nachher in die schwangere Maria verwandeln wird, in die Tasche und läuft die Treppe hinunter zu Henners Wohnung.

Der ist ausnahmsweise schon fertig angezogen. Sein Kostüm kriegt er im Sielhof, zum Glück hatte der verstorbene Gerhard fast die gleiche Figur. Um Hartfrieds spindeldürren Körper wären die Klamotten nur herumgeschlackert.

»Na, sitzt dein Text?«, fragt sie Henner, während sie zum Sielhof laufen.

»Klar. Ist ohnehin nicht viel.«

»Ich weiß«, stimmt Rosa ihm zu. »Ich kann ihn auch.«

»Meinen Text?« Henner runzelt die Stirn.

»Sicher ist sicher.«

Im großen Saal im Obergeschoss des Sielhofs hat das Bühnengestaltungsteam des Heimatvereins schon alles hergerichtet. Ein faltbarer Pavillon dient als Stall, der Boden ist mit Stroh bedeckt. Ein Schaf aus Holz und mit Wolle beklebtem Bauch steht neben der Krippe. An einem geöffneten, dunkelblauen Sonnenschirm ist ein großer, von innen beleuchteter Stern befestigt.

Begeistert schlägt Rosa die Hände zusammen. »Oh, das ist ja wundervoll!«

Sie schält sich aus ihrem Daunenmantel und zerrt ihr Kostüm aus der Tasche. Ein schlichter brauner Leinenüberwurf, ein lederner Gürtel und ein Unterhemd von Henner, das sie sich ausgeliehen hat. Schließlich will sie ihre eigene Unterwäsche nicht durch das dicke Sofakissen ausleiern. Auf der Toilette verwandelt sie sich in Maria. Richtig begeistert ist sie, als sie ihr Bild im Spiegel sieht. Henner steckt bereits im Josefkostüm, als sie zurück in den Saal kommt. Gut sieht er aus.

Hartfried und seine Mutter sind ebenfalls da. Das wundert Rosa. Die beiden spielen doch überhaupt nicht mit. Egal, ein paar Zuschauer mehr bei der Generalprobe können nicht schaden. Das Bühnenbauteam bleibt ja ebenfalls.

»Ihr dürft nach der Probe aber nicht klatschen«, sagt Rosa. »Das bringt nämlich Unglück.« Sie stiefelt zur Bühne, wo alle Laienschauspieler stehen. Nein, nicht alle. Einer fehlt.

»Wo ist Rudi?«, fragt sie Henner.

»Woher soll ich das denn wissen? Bin ich sein Babysitter?«

Meine Güte, dass Henner aber auch immer so schnell eingeschnappt ist. In diesem Moment kommt Rudi durch die Tür. Schon im Hirten-Kostüm, aber ganz blass um die Nase.

»Rudi, um Himmels willen, wie siehst du denn aus?«, ruft Rosa.

»Mir geht's total beschissen.« Rudi lässt sich auf einen Stuhl fallen. »Ich hab solche Bauchschmerzen.« Er guckt Rosa aus waidwunden Augen an. Schnell hockt sie sich neben ihn. »Könnte es der Blinddarm sein?«

»Nö, den hab ich schon mit sechs Jahren rausgekriegt, das hier sind richtige Krämpfe.« Er krümmt sich, springt augenblicklich auf und rennt raus. »Durchfall hab ich auch«, ruft er, als er schon fast an der Tür ist. Besorgt blickt Rosa ihm nach. In dieser Verfassung kann Rudi nicht spielen. Nicht mal einen Hirten. Jemand muss für ihn einspringen. Sie dreht sich um. Das Bühnenbauteam sitzt auf den Heuballen und trinkt Tee aus Bechern. Elsbeth Jenssen und Hartfried sitzen als Einzige in der letzten Stuhlreihe. Elsbeth redet auf ihren Sohn ein. Es scheint kein angenehmes Gespräch zu sein, so wie der aus der Wäsche guckt. Er wird sicher gerne die Rolle des Hirten übernehmen. Auch wenn er damit nicht wirklich vor seiner Freundin punkten kann. Fragen kostet ja nichts. Langsam nähert sie sich den beiden und hört, wie Elsbeth ihrem Sohn etwas zuflüstert. Sie spitzt die Ohren.

»Dein Vater hatte recht, du bist ein Versager. Sogar Fenja hast du jetzt mit deiner Weinerlichkeit vergrault. Du Dummkopf! Jede Frau will einen Mann, auf den sie stolz sein kann. Was musst du ihr auch vorjammern, dass du die Rolle des Josef nicht bekommen hast. Du Waschlappen. Dabei hab ich dir gesagt, ich kümmere mich drum. Was meinste denn, wer deinem Vater die pürierten Nüsse untergejubelt hat? Und nun war alles vergebens.«

In diesem Moment krümmt sich Hartfried. »Aua. Mein Bauch. Das tut so weh.«

»Reiß dich zusammen. Bist selber schuld, wenn du heute nur den Aushilfshirten geben kannst statt den Josef. Wie konntest du das Schälchen mit dem Leberparfait nur in Rudis Stiefel stecken statt in Henners? So dämlich kann man doch gar nicht sein.«

Was meint Hartfrieds Mutter? Rosa will schon etwas sagen, doch in diesem Augenblick kommt Rudi zurück. Er sieht wieder besser aus.

»Ich glaube, das war's. Hab einmal kräftig gekotzt und nun ist hoffentlich das Schlimmste überstanden.«

»Was war denn los?«, fragt Rosa, obwohl sie nicht alle Details seines Toilettengangs hören möchte.

»Ich hab heute Morgen einen Joghurt gegessen. Der stand hinten im Kühlschrank, hab ich mir nichts bei gedacht. Der schmeckte auch. Erst beim Wegwerfen des Bechers hab ich das Verfallsdatum gesehen. War der dreißigste Juni.«

»Rudi!«, stöhnt Rosa auf. Bevor sie noch mehr sagen kann, bemerkt sie, dass Elsbeth und Hartfried Rudi anstarren. Hartfrieds Gesicht ist dabei vor Schmerz verzerrt.

Entsetzt sieht Elsbeth ihren Sohn an. »Hartfried. In welchen Stiefel hast du gestern das Töpfchen mit dem Leberparfait gepackt?«

»In gar keinen. Das hab ich aufgegessen. Als ob ich Henner das gönnen würde! Erst darf er den Josef spielen, und dann kriegt er von dir noch meine Lieblingsspeise«, presst er unter Krämpfen heraus. Mittlerweile hat er Schweißperlen auf der Stirn.

»Um Gottes willen!« Elsbeth ringt mit sich, ruft dann jedoch: »Wir brauchen einen Krankenwagen. Sofort! Es geht um Leben und Tod!«

Erschrocken blickt Rosa sie an. »Um Leben und Tod?«

Elsbeth nickt unglücklich. »Hartfried hat versehentlich etwas gegessen, das ihm wohl nicht bekommen ist, bitte, schnell …«

Es hat dann doch noch alles geklappt. Der Rettungswagen hat Hartfried ins Krankenhaus gebracht, die Generalprobe verlief fehlerlos, und auch die Abendvorstellung war ein großer Erfolg.

Erschöpft sitzen Rosa, Henner und Rudi auf den Heuballen im Stall auf der Bühne, während die zahlreichen Gäste zufrieden und weihnachtlich gestimmt den Saal verlassen.

»Das ist ja echt der Hammer.« Rosa schüttelt den Kopf. »Ich kann noch gar nicht fassen, dass Elsbeth Jenssen ihrem Mann nicht nur die gemahlenen Nüsse untergejubelt hat, sondern auch noch dich außer Gefecht setzen wollte, Henner. Nur, damit ihr Sohn endlich die Rolle des Josef spielen und seine neue Freundin beeindrucken kann.« Sie blickt Rudi an. »Muss Henner sie nun eigentlich anzeigen, oder geschieht das automatisch?«

»Das geht automatisch. War ja immerhin Rattengift, das sie in diese Leberpastete getan hat. Wenn's angeblich auch nicht viel war. Sie wollte ja nur dafür sorgen, dass Henner Bauchkrämpfe bekommt. Dennoch: Das ist kein Kavaliersdelikt. Und den Gerhard wird man auch noch exhumieren.«

Rosa seufzt. »Was für eine kranke Mutterliebe. Dabei geht es doch gerade in der Weihnachtszeit um Frieden und Mitgefühl für die anderen.«

»Dein Wort in Gottes Ohr.« Rudi steht auf. »So, Maria und Josef. Wie sieht's denn jetzt mit einem vernünftigen Glühwein an der Bude beim Dattein aus?«

»Für mich nicht.« Lachend legt Rosa die Hände auf ihren Bauch. »Immerhin habe ich gerade erst ein Kind zur Welt gebracht.«

Katja Bohnet

Die Schwarzfahrerin

Berlin-Kreuzberg

Über die Autorin:

Katja Bohnet, Jahrgang 1971, studierte Filmwissenschaften und Philosophie, bevor sie ihr Geld mit Fahrradkurier-Fahrten, Porträtfotos und Zeitungsartikeln verdiente. Sie lebte im Südwesten der USA, in Berlin und Paris, arbeitete im Kibbuz und bereiste vier Kontinente. Jahrelang moderierte sie eine Livesendung in der ARD und schrieb als Autorin für den WDR. 2012 verfasste sie ihren ersten Roman. Ihre Erzählungen wurden in Literaturzeitschriften und Anthologien veröffentlicht, u.a. im Rahmen des MDR-Literaturwettbewerbs 2013. Bei Knaur schreibt sie eine Thriller-Serie über die Berliner LKA-Ermittler Lopez und Saizew. Heute lebt sie neben vielen Büchern, Platten und Kindern zwischen Frankfurt und Köln.

Der brennende Junge kommt auf mich zu. Sein Mund ist weit aufgerissen. Er muss schreien, aber ich höre ihn nicht. Seine Haut schält sich von den Knochen. Flammen züngeln aus seinem Haar. Ich werde nicht weglaufen. Gleich wird er mich umarmen.

Mein Handy klingelt, ich schrecke hoch. Wische mir über das Gesicht. Sieben Uhr. Ich muss zur Schule. Warum ich den Wecker jeden Morgen stelle, weiß ich selbst nicht mehr. Um die Albträume zu unterbrechen? Damit Mutter denkt, ich würde zur Schule gehen? Ich stelle die Weckfunktion auf Stopp. Drehe mich auf die Seite. Atme tief ein und aus. Bemerke, dass die Luft in unserem Zimmer abgestanden ist. Dass meine Schwestern schon aufgestanden sind. Dass die Angst vor dem Schlaf stärker als die Angst vor der Schule ist. Ich stehe auf, öffne zuerst den Vorhang, dann das Fenster. Schneeregen. Wie das Vorspiel von Schnee. Nur grauer, nasser, näher am Wasser gebaut. Ich ziehe mich an, gehe ins Bad, putze mir die Zähne, wasche mein Gesicht. Checke den Kühlschrank, finde darin nur Bierflaschen, Paprika im Glas und Medikamente, die abgelaufen sind. Toastbrot ohne alles ist auch okay.

Der Vorteil, wenn du im Erdgeschoss wohnst:

Du musst keine Treppen steigen, wenn der Aufzug wieder einmal gesperrt ist, weil jemand darin gekokelt hat.

Der Nachteil:

Jeder pisst vor unsere Tür.

Es ist genau dieser Geruch, den ich mit meinem Zuhause verbinde. Er begrüßt und verabschiedet mich. Mutter schläft nicht, aber sie bleibt liegen. Wenn wir uns begegneten, würden wir nur streiten. Ich mache einen großen Schritt über die Türschwelle, gehe vorbei an den Wänden, die unter den Parolen kaum noch zu sehen sind. Die Parolen gelten uns. Wenn du sie täglich siehst, bemerkst du sie kaum noch. Drücke die Haustür unseres Wohnblocks mit dem Ellbogen auf. Die Halbstarken aus dem Zehnten rotzen wirklich alles voll.

Mein Name ist … Dazu später mehr. Meine Familie nennt mich Judy. Meine Mitschülerinnen Jude. Ich nenne mich J.D. Ich schaue auf die Uhr. Das Ziffernblatt schreit mich an. Es ist klar, dass ich zu spät komme. Neubert sieht mich an, als könne er es nicht glauben. Für eine Überraschung bin ich immer gut. Er verkneift sich einen ironischen Kommentar, weil er will, dass ich bleibe. Ein Rest Berufsethos regt sich noch in ihm. Vielleicht täusche ich mich auch. Ich setze mich auf einen freien Stuhl. Ich schwänze so oft, die Sitzordnung erscheint mir völlig neu. Manchmal sogar die Mitschülerinnen. Ich wiederhole jetzt zum zweiten Mal. Auch das quält mich. Dass alle jünger sind. Noch ein Grund, warum sie mich nicht verstehen. Neubert schreibt etwas an die Tafel. Für mich könnte es auch Ägyptisch sein. Ägyptisch? Gibt es das? Es nicht zu wissen, vermittelt mir das Gefühl, dumm zu sein. Mein ewiger Konflikt: Gegen das Gefühl würde nur Lernen helfen. Die Schule tötet aber jedes Lernbedürfnis in mir ab. Nie habe ich mich dümmer als in der Schule gefühlt. Neubert ruft mich auf. Ich schaue ihn nur wortlos an. Er kann doch nicht ernsthaft glauben, dass ich etwas dazu zu sagen habe. Er erklärt, dass wir nächste Woche eine Arbeit schreiben werden. Fragt, wie ich den fehlenden Stoff noch aufholen will. Er schlägt das Klassenbuch auf, macht sich eine Notiz. Die anderen glotzen. Er könnte mir genauso gut den Kopf abschlagen. Ich stehe auf, gehe. Nach zehn Minuten Unterricht. Ich glaube, das ist mein persönlicher Rekord.

Ich fahre in die Stadt. Schwarz. Ich habe schon zwei Anzeigen. Aber wir können ohnehin nicht zahlen. Wir sind ein hoffnungsloser Fall. Ich mache auf Mitleid, weshalb sie mich meistens laufen lassen.

Am Mehringdamm drücke ich mich in der Nähe des 1-Euro-Shops rum, bis er aufmacht. Ein paar Penner kriechen aus ihren Schlafsäcken. Einer sitzt auf einem Gitter über dem U-Bahn-Schacht. Ich beneide ihn um die warme Luft, die aus dem Untergrund aufsteigt. Übermorgen ist Weihnachten. Ich muss noch Geschenke kaufen.

Samuel Ehrlicher wurde zwei Monate vor Chanukka in der Nähe seiner Schule angezündet. Er besuchte die Schule schon länger nicht mehr. Er wurde freigestellt. Seine Eltern hatten darum gebeten. Er war einen Meter fünfundsiebzig groß, hatte schwarze, kurze Haare. Er trug zum Zeitpunkt seines Todes einen flaschengrünen Pullover, dessen synthetischer Materialanteil mit seiner Haut verschmolz. Seine Jeans verbrannte beinahe rückstandslos. Die Rechtsmedizinerin riet Samuels Eltern davon ab, den Leichnam ihres Sohnes nochmals in Augenschein zu nehmen. Der Vater folgte dem Rat, die Mutter nicht.

Ich verbringe viel Zeit in 1-Euro-Shops. Mich erstaunt, was man alles für einen Euro bekommen kann. Eine Haarbürste, Socken, Geschirrspülmittel, Marken-Süßigkeiten, Deko, Tassen, Töpfe, Dosen, Nagellack und Kopfhörer. Ein Euro. Das ist der Bereich, in dem ich mich sicher bewegen kann. Bei meinen Schwestern fällt es mir leicht. Ich wähle eine Handyhülle für Anne und ein Ausmalbuch für Miriam. Geschenkpapier kaufe ich nicht. Ich werde mir etwas Hübsches im Altpapier neben unserem Wohnblock suchen. Ich zögere am längsten bei dem Geschenk für meine Mutter. Greife zu einer Kerze, lege sie zurück. Es könnte sie an den Leuchter erinnern. Wir haben ihn schon lange weggepackt. Dann kaufe ich Schokolade. Damit kann ich nichts falsch machen. Wir feiern Weihnachten. Etwas anderes feiern wir nie. Wir sind gute Deutsche, nicht das, wofür uns immer alle halten. Ich bezahle. Starre auf den Geldbeutel, den er mir geschenkt hat. Ich hüte ihn wie meinen Augapfel. Nicht wegen des Geldes, sondern weil ich nur diesen Geldbeutel und einen Pullover von ihm habe. Das ist nicht viel, wenn man bedenkt, dass wir uns schon eine Weile kannten.

Wieder auf der Straße möchte ich am liebsten direkt wieder umdrehen. Die Sachbearbeiterin vom Amt für Jugend und Soziales kommt mir entgegen. Wir befinden uns beide außerhalb unserer gewohnten Welt. Sie lächelt, als hätten wir uns lange nicht gesehen. Wenn man zwei Monate als lang bezeichnen kann. Wassertropfen kleben an ihren Brillengläsern. Sie weiß, dass ich schwänze. Die Tatsache leuchtet wie ein Blaulicht über mir. Wie könnten wir uns sonst um diese Uhrzeit hier treffen? Aber sie erwähnt die Tatsache nicht. Der Elefant steht im Raum, aber sie läuft direkt durch ihn durch. Sagt: »Hallo, Judy!« Fragt mich, wie es mir geht. Bittet mich, doch mal wieder vorbeizukommen. Reicht mir eine Bäckereitüte, die sie in der Hand hält. Sagt, dass sie zu viele belegte Brötchen gekauft hat. Drückt sie mir einfach in die Hand. Ich schweige, weil zu schweigen mir leichter fällt, als mich laut zu schämen. Sie geht weiter. Ich möchte am liebsten ertrinken. Aber dafür reicht der Schneeregen nicht.

Judensau. Erst leise auf dem Schulhof, wenn sie an ihm vorbeigingen. Dann laut auf dem Nachhauseweg. Er kannte die Jungen kaum, die ihn so nannten. *Drecksjude. Judenehrlicher*. Die Variationsmöglichkeiten der zusammengesetzten Begriffe, ihre Fantasien schienen unerschöpflich zu sein. Und immer wieder Hitlergrüße. Danach Hakenkreuze auf Wänden, Heften, Mäppchen. Samuel hatte erst geschwiegen, hatte sich gewehrt, irgendwann petzte er. Er wandte sich an seine Mitschüler. Bat Lehrer um Hilfe. Erzählte seinen Eltern davon. Die Schule schrieb einen Brief an die Familie. Darin wurde bezweifelt, dass derart antisemitische Übergriffe überhaupt denkbar waren. Der Direktor stellte infrage, dass Samuel all das wirklich erlebt hatte. Er warf ihm Geltungsbedürfnis vor. Jedes Wort in diesem Brief zeugte von der ernsthaften Bemühung, so zu tun, als gäbe es kein Problem.

Samuel Ehrlicher wurde kurze Zeit später nach der Schule das erste Mal geschlagen. Er trug ein blaues Auge und einen Riss in der Unterlippe davon. Handelte es sich hier tatsächlich um einen Übergriff oder nicht eher um eine leicht aus dem Ruder gelaufene »Rangelei unter Gleichaltrigen«? Das fragten die Elternschaft und der Direktor. Die Schüler schwiegen. Es folgten Formulierungen wie »die Kirche im Dorf zu lassen« und »nichts wird so heiß gegessen, wie es gekocht wurde«.

In einem Café gehe ich auf die Toilette. Dort ziehe ich mich um, stopfe Hoody und Jeans in meine Tasche. Ziehe mir einen Lidstrich, tusche die Wimpern. Ich gehe zur Kurfürstenstraße. Die Frauen kennen mich. Es ist ihr Geschäft, ihr Platz, weshalb ich dort nicht rumstehen darf. Nur eine Querstraße weiter lehne ich mich an die Wand. Eine Viertelstunde später hält ein Wagen. Die Fensterscheibe surrt hinunter. Ein Mann mit Hornbrille und Krawatte sieht mich prüfend an. Ich lächele nicht.

Aus Prinzip. Das Auto ist teuer, Ledersitze, polierte Holzarmaturen. Wir einigen uns über den Preis. Er schaut in den Rückspiegel, ich nach links und rechts. Erst dann steige ich ein.

Eins habe ich gelernt. Nur weil jemand einen Maßanzug trägt, muss er noch lange kein Gentleman sein. Ein Schüchterner kann dich hart anfassen und einer, der Witze reißt, kann dich von hinten ficken. Aber die meisten sind okay. Die meisten zahlen. Die meisten wissen, du könntest ihre Tochter sein. Was sie nicht davon abhält, ein Mädchen zu vögeln, aber diesen Widerspruch muss man aushalten. Ich hatte mal einen Job in einem Supermarkt. Regale einräumen. Hat nicht zu mir gepasst.

»Ich will kein Geld«, höre ich mich sagen.

Der im Anzug sagt: »Was willst du dann?« Er klingt alarmiert.

»Darf ich mal fahren?«

Er macht sich gerade die Hose zu. Erst schüttelt er den Kopf, aber dann lächelt er.

Ich lasse mir von ihm zeigen, wie es geht. Vom Gas, kuppeln, hochschalten, Gas geben. Bremse: in der Mitte. Auf einem Rewe-Parkplatz tauschen wir die Plätze. Ich frage ihn, ob er nicht zur Arbeit muss. »Später«, antwortet er mir. Ich kann es nicht glauben, dass er mir vertraut. Er sitzt auf dem Beifahrersitz und nickt mir zu. Ich drücke den Knopf am Armaturenbrett. Der Motor springt an. Ein machtvolles Geräusch. Für einen Augenblick verspüre ich Glück.

Ich parke ein, wir steigen aus. Ich übergebe ihm den Schlüssel. Wortlos schiebt er sich auf den Fahrersitz, wendet, fährt los. Neben dem Supermarkt befindet sich eine Bäckerei. Ich setze mich mit einem Kakao an einen der Tische. Fühle mich gut. Mir ist warm. Weihnachten kann kommen.

Samuel Ehrlicher ging in die elfte Klasse des Geschwister-Scholl-Gymnasiums. Einer seiner Mitschüler kaufte das Benzin an der Tankstelle Ecke Skalitzer. Sein Freund brachte das Feuerzeug mit. Er rauchte heimlich. Seine Eltern waren Akademiker, die Rauchen strikt ablehnten. Der dritte Mitschüler überzeugte die anderen von der Notwendigkeit, ein Video zu drehen. Er hatte gerade von seinem Vater ein neues iPhone X bekommen. Mit Vertrag. Die Kamera versprach Fotos und Videos in höchster Qualität.

Schulschwänzer erkennen sich. Er saß auf einer Bank auf dem Spielplatz. Das war, bevor er über die Übergriffe sprach. Ich schaukelte. Klar, dass er viel zu alt für einen Spielplatz war. Eine Kirchenglocke schlug zur vollen Stunde. Die Luft war kalt und klar. Die Sonne kroch mühsam an den Hauswänden empor. Wir beobachteten uns eine Weile. Irgendwann setzte ich mich neben ihn, bot ihm eine Zigarette an. Ich wollte cool wirken. Ich selbst rauchte so gut wie nie. Aber ich hatte oft ein paar Kippen dabei, um sie den Freiern anzubieten. Das ließ mich älter wirken. Es machte den Anschein, als ob ich Geld hätte. Es kommt immer nur auf dein Image an. Kippen verleihen einem Mädchen Macht. Samuel lehnte dankend ab. Er hatte eine sehr leise Stimme. Schlanke Finger. Ein Profil wie eine der Marmorstatuen im Pergamonmuseum. Ich war mal da am Tag der offenen Museen. Wir schwiegen eine Weile. Eine Amsel sang um ihr Leben. Eine Kreuzberger Mutter schob einen Kinderwagen auf den Spielplatz. Telefonierte, machte wieder kehrt.

Irgendwann musste ich gehen. »Bist du öfter hier?«, fragte ich.

Er sagte: »Immer.«

Beim dritten Treffen verriet er mir seinen Namen. Beim vierten Mal berührte ich seine Hand. Beim fünften Mal wäre ich fast zu spät gekommen, weil ich beim Schwarzfahren erwischt wurde. Am neunundzwanzigsten Februar haben wir geknutscht. Mir war kalt. Er zog seinen Pullover aus, ich streifte ihn über. Zurückgegeben habe ich ihn nie. Er hat mich nie danach gefragt. Auf Park- und Spielplatzbänken in Kreuzberg haben wir uns alles erzählt, während die anderen in den Klassen saßen. Nur dann konnten wir uns sicher fühlen. Nur dann waren wir allein. Wir erzählten uns, dass wir die Schule hassten und warum. Was wir mal werden wollten und warum. Samuel wollte auswandern. Nach Israel. Was für ein exotischer Ort. Er sagte: »Ich habe ihnen nichts getan.«

»Zum Auswandern brauchst du Geld«, wandte ich ein.

Umständlich holte er seinen Geldbeutel hervor, gab ihn mir. »Falls du mitkommen willst, nimm das als Anzahlung.«

Träume bestehen aus dreizehn Euro und vierundvierzig Cent.

Ich sitze im Fotoautomaten. Die Scheibe spiegelt mein Gesicht. Viermal blitzt das Licht auf. Ich ziehe den Vorhang zurück, warte, bis die Bilder trocken sind.

Martha kenne ich vom Strich. Sie ist eine Künstlerin in allem, was sie tut. Wir tauschen Bargeld gegen Führerschein. Die restlichen drei Fotos gibt sie mir zurück.

Sie zwinkert mir zu. »Hoffentlich hast du geübt.«

»Keine Sorge«, antworte ich.

Ich bin so gut wie pleite, aber das macht mir nichts.

Mutter ist merkwürdig still, als ich die Wohnung betrete. Etwas klappert, wahrscheinlich Glas. Ich gehe in die Küche. Sie sitzt vor der leeren Tischplatte. Wie meistens, seit Vater uns verlassen hat. Sie fragt, wie mein Tag war. Ich lüge und sage: gut. Frage, wie ihrer war. Sie lügt und sagt: okay. Ich weiß, dass sie die Flaschen versteckt. Normalität, für die wir alle Opfer bringen. Bierkreise auf dem Tisch. Uns gegenseitig etwas zu verheimlichen, das gehört zum Spiel. Eine Kerzenflamme zittert vor ihrem eigenen Spiegelbild im Fensterglas. Ich täusche ein Gähnen vor und sage, dass ich müde bin. Mutters Mundwinkel zucken, ihre Augen füllen sich mit Feuchtigkeit, und ich gehe, bevor sie anfängt zu weinen. Ihre Tränen haben etwas Anklagendes, das uns allen gilt. Obwohl wir nichts getan haben. Bevor ich in mein Zimmer verschwinde, um die Geschenke zu verpacken, taste ich nach dem Schlüssel in meiner Hosentasche. Noch ein Tag.

Vier kleine Schweinchen,
drei hatten Bock auf Keilerei,
ein Schwein haben sie angezündet,
da waren's nur noch drei.

Sie sangen, als Christian Samuel in Gesicht und Magen boxte, bis er zu Boden ging. Heiko hatte den Kanister mitgebracht. Er übergoss Samuel mit Benzin. Marco schnippte mit dem Feuerzeug und zündete Samuels Pullover an. Heiko feuerte Marco noch mit Worten an, und Christian erfand neue Schimpfwörter. Er öffnete die Foto-App und stellte die Videofunktion auf Play. Das iPhone funktionierte fehlerfrei. Am Anfang ruckelte das Bild, weil die drei Jungen schrien. Wahrscheinlich vor Überraschung, wie schnell ein Mensch Feuer fängt. Oder vor lauter Begeisterung. Schwer zu sagen. Samuel erhob sich brennend und wankte über die Straße. Ein Auto konnte nicht mehr rechtzeitig bremsen. Immerhin. Die Meldung schaffte es in der Bild auf Seite eins.

Ich trage seinen Pullover. Er riecht nach ihm. Es ist, als bedeckte sein Körper meine Haut. Zum ersten Mal seit Wochen habe ich völlig traumfrei geschlafen. Mutter döst vor dem Fernseher.

Ich setze mich an den Küchentisch. Dort streiche ich die Zettel von der Schule glatt. Mutter geht schon lange nicht mehr zu Elternsprechtagen oder Aufführungen. Sie geht auch nicht mehr wählen. Aber das ist nicht der einzige Grund, warum die Partei immer stärker wird. Mutter bekommt nichts mit, weiß nichts von diesem Gottesdienst. Noch eine Woche bis Heiligabend. Sie werden alle in die Kirche gehen. Heute endet Chanukka. Ich spüre den Schlüssel in meiner Hosentasche, öffne die Tür, ignoriere den Gestank. Laufe die Straße entlang bis zu dem Mietwagen. Ein Mercedes Sprinter, deutsche Markenqualität. Ich entriegele die Tür, steige ein. Entschließe mich, den Gurt nicht anzulegen. Trete die Kupplung bis zum Anschlag durch, drücke mit dem anderen Fuß auf die Bremse, drehe den Schlüssel im Schloss, lege den ersten Gang ein, gebe Gas und parke aus. Ich brauche ewig, aber endlich kann ich den Wagen aus der Lücke herausbugsieren. Das Auto vor mir hat jetzt einen Kratzer am Kotflügel, aber für die ersten Male allein Auto fahren ist das okay. Ich rolle langsam an, dann schneller auf den mehrspurigen Straßen. Selbst wenn ich geblitzt würde, wäre das kein Problem. Die Briefe werden erst Wochen später verschickt. Also, was soll's. Selbst Polizeikontrollen wären mir egal. Der Führerschein sagt, dass ich neunzehn bin. Könnte auch sein, dass ich bald umziehe.

Die Nacht kommt früh, sie frisst den Tag. Mit ihr fällt auch der Schnee! Es dauert, bis ich die Scheibenwischer anbekomme. Noch länger suche ich nach dem Knopf für die Scheinwerfer. Zweimal verfahre ich mich. Die Verzögerung macht mich nervös. Die Zeit wird knapp, aber da sehe ich die Kirche schon. Die Glocken läuten wie an dem Tag, als wir uns auf dem Spielplatz trafen. Ich halte am Straßenrand. Wie die fetten SUVs stehe ich in der zweiten Reihe, mache den Warnblinker an. Sie wollen sich vor der Schule treffen und geschlossen zur Kirche gehen.

Gedenkgottesdienst haben sie es genannt. Ich weiß, dass seine Familie nicht dabei sein wird. Sie haben Angst. So wie viele andere. Genau so fängt es an.

Nein. Genau dann ist es zu spät.

Ich werde warten, bis sie sich vor dem Portal versammeln. Die Mörder befinden sich nicht einmal mehr in Untersuchungshaft. Es dauert noch einen Moment, dann kommen sie mit den Eltern, Mitschülern, Lehrern um die Ecke. Einige von ihnen tragen Fackeln. Sie singen. Ein Pulk von Schweigenden, die jetzt – danach – laut zu hören sind. Meine Hände umfassen das Lenkrad fester. Ich bin ganz ruhig. Ich betätige das Gaspedal. Erst einmal, dann mehrfach, sodass der Motor aufheult. Kaum kommt er gegen das Geläute und die Gesänge an. Ich muss an ihn denken. Er möchte mich zurückhalten. Aber WIR, ER, das existiert nicht mehr. *Er hatte ihnen nichts getan.* Dann löse ich die Bremse, gebe Gas, trete die Kupplung, schalte hoch. Die Tachonadel zittert vor Geschwindigkeit. Ich rufe: »Judith Dreyfuss wird euch holen.«

Nur noch wenige Meter, dann ist Weihnachten.

Christian Kraus

Der Nussknackermann

Hamburg

Über den Autor:

Christian Kraus wurde 1971 in Hamburg geboren. Nach dem Studium der Humanmedizin und Promotion an der Universität Hamburg war er lange als Arzt und wissenschaftlicher Mitarbeiter im Zentrum für Psychosoziale Medizin, Psychiatrie und Psychotherapie des Universitätsklinikums Hamburg-Eppendorf tätig.
Seit 2006 ist er Facharzt für Psychiatrie und Psychotherapie. Er absolvierte Zusatzausbildungen in Psychoanalyse, forensischer Psychiatrie und Sexualtherapie und arbeitet heute als niedergelassener ärztlicher Psychotherapeut und Psychoanalytiker in eigener Praxis in Hamburg. Seine Erfahrungen und Expertise fließen in seine Kriminalromane ein und verleihen ihnen faszinierende Authentizität. Zuletzt erschienen sind seine beiden Thriller *Töte, was du liebst* (2018) und *Nichts wird dir bleiben* (2019) im Knaur Verlag.
Christian Kraus ist verheiratet und hat eine Tochter.

Malte Schäfer schob sich das letzte Stück Weihnachtsstollen in den Mund, kaute sich mit mäßiger Begeisterung durch das trockene Gebäck und spülte es mit einem Schluck lauwarmem Kaffee herunter. Er stellte den Becher zurück auf den Tisch, zog sein Handy aus der Hosentasche und wählte Julias Nummer.

»Hey, Malte!« Laute Geräusche im Hintergrund übertönten die Stimme seiner Freundin. Das Geklapper von Geschirr. Gespräche in weinseliger Lautstärke. Das aufgeregte Geplapper zweier Kinder. Julia war gerade bei ihrer Familie.

Malte stellte sich vor, wie sie alle zusammensaßen, in dem riesigen Wohnzimmer mit dem funkelnden Weihnachtsbaum in der Ecke, den ihre Mutter, allen Umweltbedenken zum Trotz, jedes Jahr aufs Neue mit Riesenmengen Lametta behängte. Zwischen wild im Zimmer herumfliegendem Geschenkpapier spielten sich Julias reizende Nichten durch einen Berg Geschenke. Geschirr stapelte sich auf dem großen Eichentisch, an dem Julias Eltern, ihre Schwester und ihr Schwager mit Weingläsern in den Händen entspannt schwatzten. Fast meinte Malte, den Duft der Kerzen und des Bratfetts durchs Telefon riechen zu können.

Der Kontrast zu seinem mickrigen Zimmer mit den kahlen Wänden und dem nackten Tisch konnte kaum größer sein.

»Wie läuft dein Dienst?« Er verstand Julia jetzt besser, bestimmt war sie vom Wohnzimmer in die Diele gegangen.

»Ganz gut«, sagte er nicht ohne Stolz. Er knöpfte den Kittel auf und lehnte sich in seinem Stuhl zurück. »Drei Krisengespräche, eine Aufnahme auf der Geschlossenen, etwas Papierkram auf der Station. Gut was los.«

»Noch immer aufgeregt?«, fragte sie.

»Es geht«, sagte er. »Ist ja nicht mein erster Nachtdienst in der Psychiatrie.«

»Nein. Dein zweiter.«

Sie lachten beide. »Du wirst sehen«, sagte Julia, »die Nacht wird im Nu vergehen. Und morgen früh verwöhne ich dich mit einem leckeren Weihnachtsfrühstück. Und was immer du sonst noch für Wünsche hast.«

Er lächelte. Es fühlte sich an, als würde Julia in seinem Herzen eine Weihnachtskerze entzünden. »Du bist ein Schatz.« Er wollte noch mehr sagen, aber ein lauter Piepton ließ ihn zusammenzucken. »Wir müssen aufhören«, sagte er. »Ich werde gebraucht.«

»Alles klar«, sagte Julia. »Ich bin stolz auf dich. Und noch mehr freu ich mich auf dich. Fröhliche Weihnachten!«

»Hab dich lieb.« Malte steckte sein Handy in die Hosentasche und sah auf den Dienstpieper, der mit einem Befestigungsclip an der Brusttasche seines Arztkittels klemmte. Auf dem Display blinkte die Rufnummer der psychiatrischen Ambulanz. Er stand auf, knöpfte den Kittel zu und machte sich auf den Weg.

»Scheiße, ist das kalt!« Hauptkommissar Rolf Bode rieb die Hände aneinander und pustete warme Atemluft in den schmalen Spalt zwischen den Handflächen. »Was haben wir?«

»Eine Leiche, Herr Hauptkommissar.«

»Mann, Frau? Jung oder alt?«

»Männlich, Herr Hauptkommissar. Um die sechzig.« Der junge Schutzpolizist, der ihn in Empfang nahm, hieß Schultz.

Zumindest behauptete das der Aufnäher auf seiner Polizeijacke. Er war offensichtlich grün hinter den Ohren. Sonst hätte er ihn mit einem heißen Kaffee im Pappbecher empfangen. Und sich nicht jedes Detail aus der Nase ziehen lassen.

Bode schlug die Tür seines Dienstwagens zu und lief dem jungen Kollegen hinterher. Es ging quer über einen Grünstreifen und weiter auf einen schmalen, parallel zum Ufer der Außenalster verlaufenden Sandweg.

Ein einsamer Jogger mit Schal, Mütze und Handschuhen trabte an ihnen vorbei. Unglaublich, dachte Bode. Es war kurz nach zweiundzwanzig Uhr, und einige dieser Hansestadtyuppies hatten nichts Besseres zu tun, als mit Stöpseln in den Ohren und am Oberarm festgeschnalltem iPhone in der arschkalten Heiligen Nacht um die Alster zu joggen. Der Läufer verlangsamte seinen Schritt, um einen Blick auf das zu erhaschen, was sich gerade weiter unten am Wasser abspielte.

Nun gut, dachte Bode. Ehrlich gesagt hatte er an Heiligabend auch nichts Besseres vor. Deswegen meldete er sich seit einer gefühlten Ewigkeit freiwillig für die Nachtschicht beim Kriminaldauerdienst. Dann lieber arbeiten als allein in der Bude hocken, zu viel Rotwein trinken und das tun, was diese Joggerfuzzies heutzutage als ›netflixen‹ bezeichneten. Also stumpf vor der Glotze hängen.

»Ein junges Pärchen hat den Mann in Ufernähe im Wasser treiben sehen.« Jetzt wurde Schupo Schultz richtig gesprächig. Sie näherten sich dem Alsterufer, wo zwei Kollegen damit beschäftigt waren, Scheinwerfer und einen Sichtschutz aufzubauen.

»Der Zeuge ist reingestiegen und hat den Toten an Land gezogen, die Frau hat den Notruf gewählt. Rettung und Polizei waren nach wenigen Minuten vor Ort, aber der Notarzt hat gar nicht erst mit der Wiederbelebung angefangen, weil … Nun, sehen Sie selbst.«

Die Leiche hätte sich keinen schöneren Ort zum Herumtreiben aussuchen können. Zu allen Seiten der düsterkalten Wasserfläche weihnachtete es um die Wette. Direkt gegenüber am anderen Alsterufer buhlte das von unzähligen Lichterketten und mehreren Christbäumen hell erleuchtete Restaurant ›Alster-Cliff‹ um späte Weihnachtsgäste, dahinter strahlte der imposante Turm der Johanniskirche in die Nacht. Weiter links verschmolz die Festbeleuchtung von Michel, Rathaus, Nikolaikirche, Fernsehturm und unzähligen anderen Gebäuden zu einem funkelnden Lichtermeer. Sogar die Kuppe der Elbphilharmonie war von hier zu sehen. Und über allem blinkte der sternenklare Nachthimmel.

Bode ertappte sich dabei, dass er gern noch etwas länger die hübschen Lämpchen betrachtet hätte. Aber die Pflicht rief.

»Lampe bitte!« Der Schupo reichte ihm eine Taschenlampe. Bode ergriff sie mit seinen schmerzend kalten Händen und richtete den Strahl auf den leblosen Körper, der rücklings am Ufer lag. »Das ist jetzt nicht Ihr Ernst, oder?«

Malte Schäfer betrat den hellen Flur im Erdgeschoss. Schwester Petra saß hinter einem breiten Empfangstresen und nickte ihm zu. »Ihr Patient sitzt im Wartezimmer. Er wollte seinen Namen nicht sagen.« Petra war eine hochgewachsene, streng dreinblickende Frau, die schon eine gestandene Psychiatrieschwester gewesen war, als Malte noch die Schulbank gedrückt hatte.

Er ging den Flur entlang, bis er vor dem offenen Wartebereich stand. Dort saß ein Mann und starrte auf den Fußboden. Malte trat auf ihn zu. »Guten Abend.«

Sein Patient zuckte zusammen und sah hoch. Nur für eine Sekunde. Malte erheischte einen Blick auf kleine, unruhige Augen, die sich in ihren tiefen Höhlen zu verstecken schienen. Ein ungepflegter Kinnbart zog das ohnehin schmale Gesicht des Mannes zusätzlich in die Länge. Auf dem Kopf trug er eine graue Wollmütze, unter der dünne, schwarze Haare hervorlugten.

»Herr Doktor.« Der Mann schob sich von seinem Stuhl und baute sich vor Malte auf. Er stand etwas gebückt, erreichte dennoch eine stattliche Größe, mit der er Malte mühelos überragte. Er trug eine verfilzte Wolljacke, deren beide Ärmel klatschnass an den Unterarmen klebten. In der rechten Hand hielt er einen Stoffbeutel mit dem Aufnäher eines Lebensmitteldiscounters.

»Mein Name ist Schäfer«, sagte Malte. »Ohne Doktor. Kommen Sie bitte mit!«

Er ging voraus, den Gang entlang zum Arztzimmer. Hinter sich hörte er die schlurfenden Schritte seines Patienten. Ganz wohl war ihm nicht bei der Vorstellung, mit diesem Kerl allein zu sein. Er könnte Petra oder einen männlichen Kollegen von der Geschlossenen zum Gespräch dazubitten. Allerdings hatten die in aller Regel genug zu tun und wären nicht begeistert, Babysitter für den diensthabenden Arzt zu spielen. Und Malte wollte sich nicht bereits in seinem zweiten Bereitschaftsdienst den Ruf eines Feiglings einhandeln. Also los! Er würde schon zurechtkommen.

Er führte den Mann in den Raum, der mit zwei Stühlen und einem kleinen Arbeitsplatz mit Telefon, Computerterminal und Schreibutensilien höchst funktional, um nicht zu sagen steril eingerichtet war. Irgendein Witzbold vom Tagdienst hatte einen gut dreißig Zentimeter hohen Plastiktannenbaum neben den Monitor gestellt, sich aber nicht die Mühe gemacht, das trostlose Teil irgendwie zu schmücken.

Sie setzten sich gegenüber. Der Patient trug eine schlichte Jeans. An den Rändern seiner Lederschuhe haftete eine Schicht Matsch.

Der Blick des Mannes klebte einige Sekunden am Fußboden, ehe er den Kopf hob und Malte anstarrte. In seinen Augen wechselten in langsamer Folge die Gefühle: zunächst Unsicherheit, dann Scham, schließlich unverkennbare Angst mit einem Hauch von Misstrauen.

»Was kann ich für Sie tun?«, fragte Malte, bevor das Misstrauen seines Patienten an Intensität zunehmen konnte. Er zwang sich zur Ruhe. Trotzdem kroch ihm ein nervöser Schauer den Rücken hoch.

Aufgeschlagene Schädel hatte Rolf Bode in seinen über dreißig Berufsjahren bei der Polizei zur Genüge gesehen. Das war es nicht, was ihm beim Anblick der Leiche ins Staunen versetzte. Vor ihm lag der Weihnachtsmann. Besser gesagt: EIN TOTER Weihnachtsmann. Lange konnte der nicht im Wasser gelegen haben – das Gesicht war weder aufgedunsen noch von Wassertieren angeknabbert. An den zerborstenen Schädelknochen oberhalb der Stirn waren im grellen Licht der Scheinwerfer, die die Techniker endlich in Stellung gebracht hatten, sogar noch verwaschene Blutreste zu erkennen. »Was wissen wir noch?«, fragte er den Schutzpolizisten Schultz.

»Das Pärchen, das den Toten entdeckt hat, hat einen Mann hier unten am Ufer gesehen. Er sei weggelaufen, als die beiden sich näherten.« Der junge Polizist schien seine Augen auf Teufel komm raus von der Leiche fernhalten zu wollen. »Es könnte sich um den Täter gehandelt haben.«

»Haben Sie eine Beschreibung?«

»Ja.« Der Junge hibbelte von einem Bein aufs andere. »Groß. Dunkle Jacke.«

Bode starrte weiter auf den Toten. Noch etwas irritierte ihn.

Nicht die Verkleidung, sondern das Gesicht. Irgendwie kannte er diesen Mann. »Haben Sie ein Diensthandy?«, fragte er den Uniformierten. Schultz nickte und reichte ihm sein Telefon. Bode beugte sich zum Toten hinunter, hielt das Handy über dessen Gesicht, schoss ein Foto und richtete sich wieder auf. »Hier, schicken Sie das an die Zentrale. Ich will wissen, wer das ist.« Er gab das Telefon zurück. »Außerdem brauchen wir die Spurensicherung, jemanden von der Gerichtsmedizin und die Kollegen vom Wasserschutz. Die Zentrale soll klären, wie schnell wir zwei Taucher kriegen. Die sollen da unten nach der Tatwaffe suchen, falls wir hier oben nichts finden. Und, ach ja. Können Sie mir mit Gummihandschuhen aushelfen?«

»Klar«, sagte der Junge. Er griff in seine Jacke und reichte Bode ein Paar. »Und … sollen wir … ich meine … eine Fahndung rausgeben?«

»Hervorragende Idee«, sagte Bode.

Schultz zog Stift und Notizblock aus der Tasche.

»Der Tatverdächtige ist mutmaßlich männlich«, sagte Bode, »groß und trägt eine dunkle Jacke.« Er sah den Uniformierten an und genoss dessen verdutztes Gesicht. »So ungefähr? Ich fürchte, wenn Sie das rausschicken, werden heute Nacht die Arrestzellen knapp.«

Der Schutzpolizist murmelte etwas Unverständliches, steckte den Notizblock weg und schwirrte ab. Bode starrte auf das blasse Gesicht der Leiche. Woher kannte er diesen Mann? Er kam einfach nicht drauf. Er streifte die Handschuhe über und beugte sich erneut hinunter. Unter dem Weihnachtsmannmantel trug der Tote eine dunkle Lederjacke. Mit spitzen Fingern öffnete er den Reißverschluss, klappte die Jacke auf und staunte nicht schlecht, was er darunter zu sehen bekam.

»Ich muss was loswerden«, sagte der Mann im Arztzimmer. Er sprach mit leiser Stimme, saß mit durchgestrecktem Kreuz auf dem Stuhl, wackelte ununterbrochen mit dem rechten Bein und musterte Malte aus zusammengekniffenen Augen.

»Okay, deswegen sitzen wir ja hier.« Malte sprach so ruhig, wie er konnte, und nickte seinem Patienten freundlich zu. Tatsächlich war ihm der Mann ganz und gar nicht geheuer. Er beruhigte sich mit dem Gedanken, dass er notfalls um Hilfe rufen könnte, sollte der Kerl unvermittelt ausrasten. Schwester Petra wäre in wenigen Sekunden hier.

»Als ich ein Kind war, ist immer der Weihnachtsmann zu uns nach Hause gekommen.« Der Mann nestelte mit den Fingern an den Ziernähten seiner Jeans und senkte den Blick. »Einmal hatte ich Angst vor ihm. Da habe ich das hier genommen. Ich wollte mich wehren.«

Der Kerl griff mit einer raschen Bewegung in seinen Stoffbeutel, zog einen massiven, gut dreißig Zentimeter langen Gegenstand heraus. Es war ein hölzerner Nussknackermann. Maltes Eltern hatten früher auch so einen besessen. Angeblich ein Original aus dem Erzgebirge. Als Kind hatte Malte immer Angst gehabt vor diesem stocksteifen Kerl mit dem starren Gesicht und dem unheimlichen Klappmund, auf dessen Ober- und Unterseite unnatürlich große weiße Zähne aufgemalt waren und in dem man sich böse die Finger klemmen konnte.

»Lächerlich, nicht wahr?« Der Mann umfasste seinen hölzernen Begleiter mit beiden Händen und schien jetzt, wo er ihn hervorgeholt hatte, kaum mehr den Blick von ihm abwenden zu können. »Ich war so klein. Ich konnte ihn kaum in die Höhe halten.« Etwas blitzte in seinen Augen. Wie das Echo eines alten Gefühls, das vor langer Zeit mächtig und überwältigend gewesen sein musste. Er beugte sich zu Malte vor, sah ihn an und senkte die Stimme zu einem Flüstern. Malte schluckte, hielt unwillkürlich die Luft an.

»Damals hat er zum ersten Mal zu mir gesprochen«, sagte der Mann. »›Lauf weg! So schnell zu kannst‹, hat er gesagt. Und ich bin gerannt. In meinen Hausschuhen. Ohne Jacke. Zusammen mit dem Nussknacker.« Er betrachtete den kostbaren Schatz in seinen Händen, lächelte. »Es ist noch der von früher.«

»Und hat er noch mehr zu Ihnen gesagt?«, fragte Malte.

Sein Patient packte den Holzmann mit der rechten Hand an den Beinen und riss ihn unvermittelt in die Höhe. Wie eine Keule.

Malte wich zurück. Lauf weg! So schnell du kannst! Das war seine eigene innere Stimme, nicht die des Nussknackers. Tatsächlich zuckten seine Beine, aber Malte konnte sich beherrschen. Er war der diensthabende Arzt. Er hatte alles im Griff und wusste, was er tat. Dies hier war nicht sein erster Patient mit einer paranoiden Psychose. Gelassen bleiben war das oberste Gebot. Ruhig sprechen, das Vertrauen des Patienten gewinnen. Vielleicht sollte er ihn besser nicht weiter auf seine Halluzinationen ansprechen.

»Er ist kaputt, Ihr Nussknacker«, sagte Malte. »Und nass ist er auch.«

»Ja, tatsächlich. Er ist mir runtergefallen. Dabei sind ein Arm und ein Teil der Krone abgebrochen.« Er warf ihm einen Blick zu, aus dem blankes Misstrauen sprach. Er schauderte.

Nicht gut, dachte er. Er durfte nicht riskieren, dass sein Patient ihn am Ende in sein psychotisches Erleben einbezog. Dann könnte es wirklich ungemütlich werden. »Wie schade«, sagte er. »Aber das lässt sich bestimmt reparieren.«

Der Mann nickte. Das Misstrauen schwand aus seinen Augen. Er senkte den Arm mit dem Nussknacker und legte ihn sich so auf den Schoß, dass das hölzerne Gesicht zu ihm hochblickte. »Jedes Jahr an Weihnachten erwacht er zum Leben und fängt wieder an, zu mir zu sprechen.«

Irre!, dachte Malte. »Und was sagt er?«

»›Du musst sofort los! Raus aus der Wohnung!‹«

»Und das wiederholt sich Jahr für Jahr?«, sagte Malte. »Sie hören die Stimme, bekommen Angst, laufen von zu Hause weg?«

»Ja.« Der Mann senkte den Kopf, warf seinem hölzernen Freund einen langen Blick zu. Malte fragte sich, ob der Nussknacker auch jetzt zu dem Patienten sprach. Hoffentlich nichts in der Art: Der Psychiater ist böse, du kannst ihm nicht trauen. Schlag ihm am besten den Schädel ein!

Der Mann blickte wieder hoch, sein Gesicht sah noch immer friedlich aus. »Aber wissen Sie was? Dieses Jahr ist es anders.« Er presste die Lippen zusammen, als verriete er gerade ein Geheimnis.

»Ach ja?«

»Dieses Jahr ist mir etwas klar geworden.« Der Mann warf der Holzfigur einen fragenden Blick zu. Und nickte, als hätte sie ihm geantwortet. »Mein Nussknacker wollte gar nicht, dass ich einfach davonrenne. Nein, ich sollte etwas erledigen. Das habe ich nur lange Zeit nicht verstanden. Ich sollte …«

Sein Blick verlor sich irgendwo auf halbem Weg zwischen Zimmerdecke und Schreibtisch. Seine Aufmerksamkeit schien noch weiter abzudriften. Raus aus diesem Raum, weg von ihrem Gespräch. An welchen Ort auch immer.

Malte wurde nicht schlau aus den Worten des Mannes. Er war verrückt, so viel stand wohl fest. Irgendeine seltene Art von Psychose, die für kurze Zeit immer nur zu Weihnachten auftrat. Immerhin hatte sein Patient sich halbwegs beruhigt.

»Ich war schon einmal hier«, sagte er unvermittelt und nahm

Malte erneut mit den Augen ins Visier. »Vor über dreißig Jahren, als alles begonnen hatte. Damals wurde ich hier behandelt.«

»Tatsächlich?«, fragte Malte.

»In der Abteilung für Kinder und Jugendliche. Deswegen ist hier der richtige Ort, um alles zu beenden.« Sein Blick fiel auf den Nussknacker in seiner Hand. Er hob die Figur erneut in die Höhe.

Malte schluckte.

Hauptkommissar Ralf Bode hockte neben der Leiche und begutachtete im Schein der Halogenstrahler die Ausrüstung, die der tote Mann unter seiner Lederjacke trug. Ein Revolver steckte vorne im Hosenbund. In einer Gürteltasche waren drei Rollen Panzertape, Kabelbinder und mehrere Stofftücher verpackt.

Er betrachtete erneut das Gesicht des Toten, und dann hatte er es. Bode wurde schwindelig, seine Knie wurden weich, und er musste sich mit der Hand am kalten, feuchten Boden abstützen, sonst wäre er umgefallen.

Hinter sich hörte er die Schritte des jungen Polizisten. »Ich habe das Foto in die Zentrale geschickt«, sagte der. »Die melden sich, wenn sie ihn identifiziert haben.«

»Nicht mehr nötig.« Bode schüttelte den Kopf, quälte sich auf die Beine. »Ich weiß jetzt, wer das ist.«

Der Patient stand von seinem Stuhl auf, drehte sich zum Tisch und stellte den lädierten Nussknacker direkt neben den Plastikweihnachtsbaum. Er hielt ihn weiter mit beiden Händen umfasst. »Ich brauche ihn jetzt nicht mehr«, sagte er mit feierlichem Tonfall. »Ich würde ihn gerne hierlassen, wenn Sie nichts dagegen haben.«

Malte zuckte mit den Schultern. Streng genommen passte das schrabbelige Holzteil gar nicht schlecht zu der Dekotanne. Er konnte beides nach den Feiertagen still und heimlich im Krankenhausmüll entsorgen. »Okay, einverstanden.«

Der Mann löste seine Hände von der Holzfigur. Ganz vorsichtig, als traute er dem Frieden nicht so recht. Er trat einen Schritt zurück, drehte sich zu Malte herum. Um seinen Mund herum deutete sich sogar der Hauch eines Lächelns an. »Danke«, sagte er. Er streckte Malte die Hand mit dem nassen Ärmel entgegen.

»Das ist Robert Pontiak«, sagte Hauptkommissar Bode.

»Wirklich? Der Weihnachtsmörder?« Der junge Schutzpolizist riss die Augen auf.

»Genau der.« Bode presste die Hand vor den Mund. Doch das half nicht. Seine Gefühle fanden einen anderen Weg nach draußen und trieben ihm die Tränen in die Augen. In seinem Kopf startete ein Film, er konnte es nicht verhindern. Eine luxuriöse Stadtvilla, gar nicht mal weit von hier. Ein riesengroßes Wohnzimmer mit unverschämt hoher Decke und einer prächtig geschmückten Weihnachtstanne genau in der Raummitte. Unzählige liebevoll verpackte Geschenke in allen Farben und Formen, rund um den Baum verteilt. Und drei Leichen. Ein Mann Mitte dreißig in Tuchhose und Baumwollweste mit einem Monstrum von Loch in der Stirn. Ein kleines Mädchen im Blümchenkleid, der bunte Stoff von zwei Schüssen in die Brust blutdurchtränkt. Und dann noch die Frau.

»Pontiak hat vor über dreißig Jahren an Heiligabend verkleidet als Weihnachtsmann eine Familie in ihrem Haus überfallen.« Ralf Bode musste tief durchatmen, bevor er weitersprechen konnte. »Er hat den Vater und die kleine Tochter erschossen, die Mutter erst vergewaltigt, anschließend ebenfalls getötet.«

»Mein Gott.« In dem grellen Licht und mit tränenverschleiertem Blick war es schwer zu erkennen, aber Bode hätte wetten können, dass dem jungen Polizisten sämtliches Blut aus dem Gesicht wich.

»Ich war damals ein junger Beamter bei der Schutzpolizei. So wie Sie heute. Ich war einer der Ersten am Tatort.« Bode schluckte einen dicken Kloß herunter. »Der sechsjährige Sohn der Familie konnte als Einziger entkommen. Er hatte sich in einer Kommode im Flur versteckt und ist aus dem Haus gerannt.«

Bode wandte das Gesicht Richtung Alster. Die Tausenden Weihnachtslichter der Stadt brachen sich in dem feuchten Film, der seine Augen benetzte, und bildeten ein verschwommenes Muster aus hellen Streifen und Punkten.

»Aber Pontiak wurde damals doch gefasst, oder?«, sagte der Schupo.

»Er wurde verhaftet und zu lebenslanger Haft verurteilt.« Bode wischte sich die Tränen aus den Augen und drehte sich zurück zu seinem Kollegen. »Er saß über dreißig Jahre in Haft. Aber er musste diesen Sommer nach langem juristischem Hin und Her entlassen werden. Die Zeitungen haben darüber berichtet. Eine Bürgerinitiative hat sogar den neuen Wohnort von Pontiak publik gemacht.«

»Und diese Ausrüstung? Die Waffe? Bedeutet das …« Der Schutzpolizist zeigte mit der Hand auf die Leiche.

»Pontiak wollte wieder zuschlagen.« Bode nickte. »Genau wie damals. An Heiligabend. Nur diesmal hat ihn jemand aufgehalten.«

Marc Hofmann

Wir auch nie vergeben unseren Schuldigern

Landkreis Rottweil

Über den Autor:

Marc Hofmann, Jahrgang 1972, ist Gymnasiallehrer für Deutsch und Englisch in Freiburg. Von diesem Halbtagsjob nicht ganz ausgelastet, hat er bereits zwei Romane veröffentlicht und tritt regelmäßig mit seiner Band *Die Ständige Vertretung* sowie seinem Kabarettprogramm *Der Klassenfeind* auf, das sich rund um das Thema Schule dreht. Im Frühjahr 2021 erscheint *Der Mathelehrer und der Tod* als Auftakt einer neuen Krimireihe um den Hercule-Poirot-Fan und Gymnasiallehrer Gregor Horvath bei Knaur.

Rache ist ein Gericht, das man am besten kalt genießt, hatte Agnes Stiller einmal irgendwo gelesen. Fünfzehn Jahre waren kalt genug, fand sie.

Das Haus roch genau wie früher. Sie stellte ihre Tasche ab und sah sich um. Viel hatte sich nicht verändert, seit sie hier ausgezogen war. Ihre Eltern hatten immer davon geredet, das Haus einmal gründlich sanieren zu lassen, neu zu streichen, zu tapezieren, die Bodenfliesen auszutauschen, doch sie schoben es immer vor sich her, und nun war es zu spät. Im ersten Stock schaute sie kurz in ihr altes Zimmer, das ihre Mutter zum Nähzimmer umfunktioniert hatte, und stieg dann auf den Speicher.

Ihre Eltern waren kurz hintereinander gestorben, es war ihr immer klar gewesen, dass ihr Vater nicht lange ohne seine Frau überleben würde. Sie hatte kurz getrauert, wie man um jemanden trauert, den man einmal geliebt hat, weil man musste. Vermisst hatte sie ihre Eltern als Kind und Jugendliche, als Agnes sie gebraucht hätte, später nicht mehr.

Auf dem Speicher hatte sie als Kind viel Zeit verbracht. Er war ihr Refugium gewesen. Ein Ort, an dem niemand sie finden konnte und sie nichts zu befürchten hatte. An dem sie sicher war. Von dort hatte man auch die beste Sicht. Da das Haus auf einer Anhöhe lag, konnte man hier fast das ganze Dorf überblicken.

Sie öffnete ihre Umhängetasche und holte ihren Laptop heraus.

Agnes erinnerte sich daran, wie sie ihren ersten Laptop auf die Gleise geschmissen hatten, als sie von der Informatik AG nach Hause gelaufen war.

Zwei von ihnen wohnten noch in ihren Elternhäusern, zwei hatten selbst gebaut. Von hier aus konnte sie alle vier Häuser sehen. Agnes wusste nicht nur, wo sie wohnten, sie wusste eine ganze Menge über jeden von ihnen, mehr als ihre Ehepartner und Freunde, vermutete sie.

Als Kind hatte sie nie gedacht, dass man mit Computerkenntnissen Geld verdienen konnte. Es hatte ihr einfach Spaß gemacht. Und man brauchte dazu keine anderen Menschen. Zumindest nicht die, mit denen man zur Schule ging oder zufällig im selben Ort wohnte. Und nun lebte das unscheinbare, schüchterne Mädchen, das sich regelmäßig heulend hier oben verkrochen hatte, in Frankfurt und verdiente womöglich mehr als sie alle zusammen, während die ehemaligen Könige und Königinnen des Schulhofs, denen die Welt offenzustehen schien, in diesem Kaff mit Berufen versauerten, die keiner von ihnen mit zwölf Jahren als Traumjobs genannt hätte. Es war wohl nur eine sehr kleine Welt gewesen, die sie regierten, für die große hatte es dann doch nicht gereicht.

Nicht so bei Theresa Bönke, die früher anders hieß, die tolle, beliebte und gut aussehende Reiterin, mit der alle befreundet sein wollten und die sich schließlich ausgerechnet Matthias Bönke geangelt hatte. Der war schon in der Schule so phlegmatisch gewesen, dass er nicht einmal mitgemacht hatte, wenn sie regelmäßig und gnadenlos auf Agnes losgegangen waren. Mit ihm hatte sie im Grunde keine Rechnung offen, aber wenn er wirklich so dumm war, Theresa zu heiraten, konnte sie ihm auch nicht helfen. Die beiden hatten einen fünfzehnjährigen Sohn, Marvin, der der Grund für die Ehe seiner Eltern war und den Theresa schon kurz nach dem Abitur bekommen hatte. Marvin verbrachte einen Großteil seiner Freizeit am Computer, weshalb Agnes fast alles über ihn wusste, auch, dass er gerne kiffte.

Agnes sah Theresa vor sich, wie sie mit einem breiten Grinsen ihre Trinkflasche in ihre Schultasche ausleerte oder Agnes' Kleider in der Dusche der Sporthalle verteilt und das Wasser angestellt hatte, sodass sie im Winter in ihren kurzen Turnsachen nach Hause laufen musste. Familie Bönke würde ein aufregendes Weihnachtsfest erleben, dachte sie versonnen und fuhr ihren Laptop hoch. Die Programme, die sie benötigte, hatte sie alle schon geöffnet.

Zunächst schrieb sie eine WhatsApp-Nachricht an Theresa Bönke. Sie kannte Theresas komplette WhatsApp-Korrespondenz und hatte dabei etwas Interessantes herausgefunden. Theresa hatte über mehrere Monate eine Affäre gehabt. Bis ihr Mann es bemerkt hatte. Natürlich hatte Agnes etwas nachgeholfen, von alleine hätte der lahme Kerl nie etwas gemerkt, aber nachdem sie eine von Theresas WhatsApp-Nachrichten an ihren Lover auf das Handy ihres Mannes umgeleitet hatte und es so aussehen ließ, als hätte Theresa sie versehentlich an ihren Mann geschickt, hing der Segen im Hause Bönke für eine Weile schief, auch wenn Theresa die Affäre sofort beendete.

»Können wir uns sehen? Es ist wichtig«, schrieb sie an Theresa. Für Theresa sah es so aus, als käme die Nachricht von ihrem Ex-Lover, der davon natürlich nichts wusste, weil er bereits mit einer neuen Geliebten auf Teneriffa weilte. Agnes hatte es so eingerichtet, dass alle Nachrichten, die Theresa nun als Antwort sandte, auf ihrem Laptop hier auf dem Speicher landeten. Es dauerte nicht lange, bis Theresa sich meldete.

»Geht nicht. Weihnachten. Schmücken gerade den Baum. Was willst du?«

»Es ist wahnsinnig wichtig. Dauert nicht lange. Warte am Reitstall.«

Der Reitstall, Theresas zweite Heimat in ihrer Jugend, lag weit genug außerhalb der Ortschaft, sodass Theresa – und auch ihr Mann, wenn er sich so verhielt, wie Agnes glaubte – mindestens eine halbe Stunde außer Haus sein würde. Zeit genug.

»Ok, ich komme, aber nur kurz«, schrieb Theresa.

Agnes wandte sich nach rechts, wo sie das Haus von Thomas Herber in Augenschein nahm. Es war schwer zu sagen, wer von ihnen der oder die Schlimmste gewesen war, aber Thomas Herber war definitiv der Brutalste. Waren die anderen eher hinterrücks psychologisch vorgegangen, musste man bei ihm immer auch mit körperlicher Gewalt rechnen. Einmal hatte er sie so heftig in den Magen geboxt, dass sie erst keine Luft bekam, sich dann übergeben musste und danach mehrere Tage Schmerzen hatte. Schmerzen, von denen Agnes niemandem erzählen konnte.

Eine weitere Drehung brachte das Haus von Stefanie Schorf in ihr Blickfeld. Sie war für sämtliche Lügengeschichten und Gerüchte zuständig gewesen. Sie verbreitete zum Beispiel das Gerücht, sie hätte Läuse, was natürlich nicht stimmte, aber dafür sorgte, dass jeder, dem Agnes zu nahe kam, schreiend wegrannte und sie fast eine Woche lang nicht nur alleine war wie sonst, sondern regelrecht räumlich isoliert, auch im Klassenzimmer.

Das Haus direkt daneben gehörte Chantal Grobmüller. Sie hatte Agnes im Winter in den Teich neben der Schule gestoßen, worauf sie vier Wochen lang mit Lungenentzündung im Bett lag. Niemand hatte ihr geglaubt, nicht einmal ihre Eltern; man hatte ihr unterstellt, sie sei ohne Fremdeinwirkung hineingefallen, weil Agnes körperlich schon immer so ungeschickt war.

Theresas Auto verließ das Grundstück. Kurz darauf ein zweites. Es gehörte Theresas Mann. Er war sicherlich misstrauisch, wohin seine Frau am Weihnachtsnachmittag so unvermittelt aufzubrechen hatte. Agnes' Plan ging auf.

Sie verließ den Speicher und machte sich auf den Weg.

Agnes war nicht ganz ohne Freunde gewesen, damals. Ein paar Jungs waren es, mit denen sie die Nachmittage verbrachte. Heute würde man sie Nerds nennen. Es waren Jugendliche wie sie, die es, obwohl die Schule ihnen leichtfiel, dort nicht leicht hatten. Durch sie lernte sie den Umgang mit Computern, der sie hierhergebracht hatte. Es war ihre Rettung gewesen. Und ihre Zukunft. Wäre nicht ihr Informatiklehrer Herr Jones gewesen, der ihr nach dem Verlust ihres eigenen Laptops einen neuen besorgt hatte, wäre alles anders gekommen.

Agnes betrat das Grundstück der Bönkes. Sie schlich sich nicht in den Hof, sie lief einfach hinein – sie wusste, dass Marvin nichts mitbekam, weil er vor dem Computer saß und *Fortnite* spielte. Das Haus war von hohen Hecken und Mauern umgeben, sodass man es von den Nachbargrundstücken nicht einsehen konnte. Lange genug hatte sie unter der katholischen Bigotterie in diesem Ort gelitten, aber zumindest sorgte diese für hohe Hecken, dachte sie schmunzelnd.

Sie ging über den Hof in den Garten hinterm Haus und von dort in das Gartenhäuschen.

Das Päckchen deponierte sie hinter den Säcken mit der Blumenerde an der hinteren Wand.

Eine Minute später war sie wieder auf der Straße und machte sich auf den Weg zu Thomas Herbers Haus. Der Herr Bankberater Herber, dachte sie lächelnd.

Als Jugendlicher liebte er das Risiko. So fuhr er grundsätzlich ohne Helm mit seinem frisierten Moped herum. Heute arbeitete er als Anlageberater bei der Sparkasse. Ein wenig Aufregung erlebte er, wenn er in seiner Freizeit mit Aktien handelte. Agnes wusste, dass er dabei gerne spontane Entscheidungen traf, aber in der Regel entweder einen guten Riecher oder berufsbedingt die richtigen Informationen hatte, womit er in den letzten Jahren beträchtliche Gewinne erzielen konnte.

Aber das konnte sich natürlich schnell ändern. Und zwar in genau – sie sah auf die Uhr und lächelte –, genau jetzt. Das Programm, das für den Geldfluss Thomas Herbers zuständig war, hatte sie selbst geschrieben.

Und das Beste war, das Geld war nicht einfach weg. Es landete auf dem Konto eines gewissen Herrn Jones, Informatik- und Mathelehrer am hiesigen Gymnasium, der sich sein Gehalt zufällig auch mit Aktien aufzubessern versuchte. Bisher erfolglos, wie sie wusste. Ein kleines Weihnachtsgeschenk einer ehemaligen Schülerin. Nicht zurückzuverfolgen, es würde in keiner steuerlichen Übersicht auftauchen. Er würde nie erfahren, woher das Geld wirklich kam.

Agnes schlenderte ganz unbefangen durch ihren alten Wohnort, weil sie wusste, niemand würde in der elegant gekleideten Frau mit der Sonnenbrille das pummelige, pickelige Mädchen mit den Zöpfen, der Brille und der Zahnspange vermuten, über das sich einst alle lustig gemacht hatten. Ohne anzuhalten wählte sie die Nummer der Polizei in Rottweil und informierte die Frau am anderen Ende der Leitung anonym über die beträchtliche Menge Kokain in der Gartenlaube der Bönkes.

Nachdem sie aufgelegt hatte, traf sie auf ein älteres Ehepaar auf der Höhe von Thomas Herbers Haus, das sie neugierig musterte und ihr nachblickte. Agnes spürte ihre Blicke in ihrem Rücken. Wenn man hier aufgewachsen war, kannte man diesen bohrenden, neugierigen Blick nur zu gut.

Sie betrat das Grundstück und klingelte an der Haustür. Sie wusste, dass Thomas nicht zu Hause war, ja, sie kannte sogar seinen momentanen Aufenthaltsort. Denn Thomas hatte noch ein anderes Hobby außer Aktien. Glücksspiel. Poker und Blackjack im Hinterzimmer eines Lokals im Nachbarort.

»Guten Tag«, sagte sie, als Thomas Herbers Frau die Tür

öffnete. »Mitscherlich, Gerichtsvollzieherin«, stellte Agnes sich vor und hielt einen gefälschten Ausweis in die Höhe.

»Ich möchte Sie davon in Kenntnis setzen, dass ich mit der Zwangsvollstreckung Ihres Vermögens betraut bin. Wie Sie sicher wissen, ist Ihr Mann seit Langem einigen beträchtlichen Zahlungen nicht nachgekommen. Ich müsste mich einmal kurz im Haus umsehen.«

Durch die Büsche sah sie, wie das Ehepaar von gerade eben zu ihnen herüberblickte.

Frau Herber sah sie völlig entsetzt und verwirrt an.

»Aber …«, stammelte sie, deutlich eingeschüchtert von dem forschen und autoritären Auftreten der Frau vor ihr, die sie schließlich beiseitetreten ließ.

»Mehr kann ich Ihnen leider nicht sagen. Ich schaue mich nur nach pfändbaren Gegenständen um.«

Agnes klebte einige gefälschte Pfandsiegel auf die teure Siebträgerkaffeemaschine und den Plasmafernseher. Dann füllte sie ein Protokoll aus, auf dem die Gegenstände samt Schätzwert vermerkt waren, unterschrieb es und hielt es Frau Herber hin. Verwirrt unterzeichnete auch sie das Dokument.

»An Weihnachten …?«, fragte Frau Herber, welche offenbar gar nicht die Sache als solche, sondern nur der Zeitpunkt irritierte.

»Tja«, sagte Agnes, »immer noch ein halber Werktag, nicht wahr. Ich komme nach Weihnachten wieder.«

Zurück auf der Straße sah Agnes, wie das Ehepaar noch immer nicht wesentlich weiter gekommen war und sich verstohlen nach ihr umsah. Frau Mitscherlichs Besuch bei Familie Herber würde nun die Runde machen. Heute Abend in der Kirche würde es die ganze Stadt wissen.

Sie ging weiter zu den Häusern der beiden zerstrittenen Nachbarn. Es war mittlerweile fast dunkel. Perfektes Timing.

Die Männer von Chantal und Stefanie hassten sich, was aus bisher drei juristischen Auseinandersetzungen hervorging, bei denen es um typische Nachbarschaftsstreitereien ging: ein Hund, der zu laut bellte, Bäume, die zu viel Schmutz auf der falschen Seite des Zaunes machten, ein Pool, der zu viel Lärm verursachte.

Auch Chantals Mann hatte sich ihr ins Gedächtnis gebrannt, hatte er ihr doch nicht nur nicht geholfen, als Chantal und Stefanie mit roter Farbe gefüllte Luftballons auf sie geworfen hatten, nein, er hatte das Ganze auch mit seiner Digitalkamera dokumentiert und im Internet verbreitet.

Vor Stefanie Schorfs Haus stellte Agnes zufrieden fest, dass ihr Hund Rollo draußen war. Ein ewiger Streitpunkt mit den Nachbarn, wie sie wusste, da Rollo auch gerne Löcher grub, um unter den Zäunen hindurch die Gärten der Nachbarn aufzusuchen. Familie Schorf ließ sich aber nicht davon abhalten, ihren Hund frei in ihrem Garten herumstreunen zu lassen. So musste man weniger mit ihm Gassi gehen.

Sie öffnete das eiserne Hoftor mit dem Schild ›Warnung vor dem Hunde‹. Wie bestellt kam Rollo kläffend angerannt. Schnell zog sie die Tüte mit dem Rindfleisch hervor, lief ein paar Schritte zur Seite hinter einen der Büsche, um zu verhindern, dass sie vom Haus aus gesehen werden konnte, und legte den Inhalt auf den gefrorenen Rasen. Rollo machte sich gierig darüber her und lag eine Minute später regungslos neben der Mahlzeit, die er nicht hatte beenden können.

Es dauerte nicht lange, da öffnete sich die Terrassentür, und die ersten Rufe nach dem Familienhund wurden laut. Kurze Zeit später versammelte sich die Familie einschließlich der zwei weinenden kleinen Kinder um ihr totes Haustier.

»Jetzt reicht's!«, rief Stefanies Mann.

»Andi, was machst du?«, rief seine Frau.

»Das wirst du gleich sehen! Dem Arschloch zeig ich's!«

Er ging in die Garage und kam mit einer Motorsäge zurück.

Die Kinder knieten schluchzend vor ihrem Hund. Die Motorsäge sprang an. Stefanie war anscheinend hin- und hergerissen zwischen ihren eigenen Rachegelüsten angesichts des toten Hundes, der weinenden Kinder und einer Stimme der Vernunft, die sie trotz aller Verkommenheit irgendwo in ihrem kleinen Hirn hören konnte. Herr Schorf stellte eine Klappleiter neben die Hecke, die die beiden Grundstücke trennte, und sägte den Ahorn der Nachbarn auf Höhe der Heckenspitze ab. Es war unklar, ob er wirklich wusste, was er da tat, oder einfach nur Glück hatte, aber der bestimmt dreißig Meter hohe Baum neigte sich auf das angrenzende Grundstück, wo mittlerweile wütende Stimmen zu hören waren, die sich unter den Lärm der Motorsäge mischten.

Hinter ihrem Busch beobachtete Agnes fasziniert das Schauspiel, das sich ihr bot. Das war besser als erwartet.

Der Baum fiel. Und er fiel direkt auf die gläserne Terrassenüberdachung der Grobmüllers, die laut klirrend und berstend unter seinem Gewicht einbrach. Fast hätte sie applaudiert.

Während Familie Grobmüller abwechselnd die Zerstörung beklagte und ihre Nachbarn beschimpfte, schlich sie in deren Hof und warf den Brief in den Briefschlitz. Post für Papa.

Eine nicht-existente Anwaltskanzlei mit eigener Website und Spezialisierung auf Abmahnungen für das illegale Herunterladen und Streamen von Internetvideos hatte Herrn Grobmüllers exzessiven Pornografiekonsum entdeckt und verlangte nun eine beträchtliche Summe dafür. Das würde der Familie für dieses Weihnachtsfest den Rest geben. *Hasta la vista, Babies,* dachte sie, und schlich zur Straße, die sie zurück in ihr Elternhaus brachte.

Lächelnd sah sie der Polizeistreife nach, die zum Haus der Herbers fuhr.

Zu Hause angekommen, machte Agnes das Radio an und bereitete ihr Weihnachtsmenü zu. Kartoffelsalat und Wiener Würstchen, wie früher. Nur diesmal fertig gekauft statt selbst gemacht, und sie musste zugeben, dass es früher besser geschmeckt hatte. Kochen konnte ihre Mutter.

Im Radio lief *I will survive.* Kein Weihnachtslied, aber ein passender Soundtrack für diesen Teil ihres Lebens.

Sie ging auf den Speicher und sah hinunter. Blaulicht bei Herbers und den Nachbarfamilien Schorf und Grobmüller. Ausgezeichnet. Sie sah auf die Uhr. Zeit, sich umzuziehen.

Um kurz vor zehn Uhr betrat Agnes die Kirche zur Weihnachtsmesse. Die Unruhe war deutlich spürbar. Die Ereignisse des Abends hatten sich herumgesprochen wie erwartet. Das Gute an einem so katholischen Ort wie diesem war seine absolute Berechenbarkeit. Trotz aller Widrigkeiten, das wusste sie, würde an diesem Abend keiner ihrer alten Schulkameraden der Messe fernbleiben. Der gute Ruf war wichtiger als alle persönlichen Probleme.

Und da betrat auch schon das Ehepaar Bönke den Raum. Theresa mit dunkler Sonnenbrille, wohl um die Tränen zu verstecken, die sie heute vergossen hatte, er hatte getrunken, das war nicht zu übersehen, Marvin mit gesenktem Kopf.

Das Tuscheln schwoll an.

Nach und nach erschienen auch die anderen drei Familien, und jedes Mal konnte man die erregte Sensationslust, mit der die anderen Besucher Informationen austauschten, Urteile sprachen oder Empathie vortäuschten, förmlich greifen.

Über das Tuscheln, Flüstern und Räuspern hinweg, das Anstoßen mit den Ellbogen und die Kopfbewegungen, mit denen man, Kinn voraus, die Aufmerksamkeit des jeweiligen Nebensitzers in Richtung der einen oder anderen Familie wies, begann der Pfarrer zu sprechen.

Er redete von Schuld, Vergebung und Erlösung. Aber in diesem Ort gab es keine Erlösung. Dazu war er zu gnadenlos. Nicht einmal für Agnes, die seit Jahren nicht mehr hier lebte. Man konnte diesen Ort verlassen, aber er verließ einen nie.

Und dennoch, das heute, das fühlte sich schon verdammt gut an. Genauso gut, wie sie es sich all die Jahre vorgestellt hatte.

Irgendwann wurde gebetet. *Vater unser, der du bist im Himmel.* Eine Zeile hatte Agnes als Kind immer falsch verstanden. Und vergib uns unsere Schuld, *wir auch nie vergeben unseren Schuldigern.* Grammatikalisch falsch, aber inhaltlich viel überzeugender. Ein Satz, der seit weit über fünfzehn Jahren ihr Mantra gewesen war. Das Neue Testament sagte ihr nicht so zu. Das Alte entsprach mehr ihren Vorstellungen. *Auge um Auge, Zahn um Zahn.*

Als das Abendmahl begann, erhob sie sich und ließ ihren Blick schweifen. Sie betrachtete Familie Bönke. Theresa mit angespanntem Gesichtsausdruck, voller Schuldgefühle, Verwirrung, Unverständnis. Und Sorge um die Zukunft ihres Sohnes, der offenbar völlig unbemerkt von seinen Eltern mit Drogen handelte und immer noch nicht wagte, den Blick zu heben.

Ihr Gatte mit glasigen Augen, verletzt, enttäuscht, wütend. Er würde sich nicht länger auf der Nase herumtanzen lassen. Was er jetzt brauchte, war das Machtwort, vor dem er sich sein Leben lang verkrochen hatte.

Dahinter Thomas Herber, schwer atmend mit gehetztem Blick und mahlenden Kiefern. Alles war aus. Niemand würde sich von ihm, dem bankrotten Anlageberater, mehr erzählen lassen, wie er sein Geld bestmöglich anlegen sollte. Neben ihm seine enttäuschte Frau.

Und dann die zerstrittenen Nachbarn. So weit wie möglich voneinander entfernt sitzend, würden sie sich die nächsten Monate gegenseitig in Grund und Boden verklagen und sich dabei auch innerhalb ihrer Ehen zerfleischen. Da mochte ihr Mann es noch so abstreiten, Chantal würde ihm nie völlig glauben, dass er wirklich nicht den Hund ihrer Nachbarn vergiftet hatte. Wie bitte schön sollte denn sonst das vergiftete Fleisch in ihre Gartenhütte gelangt sein? Und wer glaubte schon einem Mann, der seine Freizeit damit zubrachte, sich Pornos im Internet anzuschauen?

Nicht zuletzt Familie Schorf, der man ansah, wie sie Blut geleckt hatte angesichts der zerstörten Terassenüberdachung ihrer Nachbarn. Das hatte gutgetan, half über die Tränen der Kinder wegen des toten Familienhundes hinweg. Es gab doch sicher noch andere Möglichkeiten, wie man es denen heimzahlen konnte. Agnes schätzte, dass in spätestens einem Jahr mindestens eine der beiden Familien von hier wegziehen würde.

Agnes stellte sich in die Schlange der Wartenden fürs Abendmahl, und als sie dran war, nahm sie lächelnd die Oblate in Empfang und trank von dem Wein, der weit weniger sauer schmeckte, als sie ihn in Erinnerung hatte.

Sondern unglaublich süß.

Hanni Münzer

Zimtleiche

München

Über die Autorin:

Hanni Münzer ist eine der erfolgreichsten Autorinnen Deutschlands. Mit ihrer *Honigtot-*, *Seelenfischer-* und *Schmetterlinge*-Reihe erreichte sie ein Millionenpublikum in bisher 17 Ländern. Nach Stationen in Seattle, Stuttgart und Rom lebt Hanni Münzer heute mit Mann und Hund in Mittelerde.

Die Weihnachtsparty in der Firma war im vollen Gange, die Belegschaft feierte ausgelassen. Er hörte ihr Gelächter, das Gläserklirren und sah zu, wie sie haufenweise Schnittchen in sich hineinfutterten, die man neuerdings Fingerfood nannte. Im Hintergrund dudelte Bing Crosbys »White Christmas«, alle Jahre wieder dieses Lied. *Fröhliche Weihnachten!* Die Kollegen fieberten den freien Tagen entgegen, freuten sich auf den Urlaub mit der Familie, das Durchatmen. Die Ruhe.

Er nicht. Er hasste Urlaub. Wenn es nach ihm ginge, würde er jeden Tag arbeiten. Aber leider war heute nicht nur der letzte Arbeitstag in diesem Jahr, sondern auch der letzte seines Lebens angebrochen. Ruhestand ... *Horror!*

Seit dem Morgen befand er sich im freien Fall, fiel einem schwarzen Loch entgegen, einem Brunnen ohne Boden. In wenigen Minuten würde der Chef eine Rede halten und ihn mit den gleichen uninspirierten Worten in die Rente schicken wie vor ihm die anderen Kolleginnen und Kollegen während seiner Firmenzugehörigkeit. Als Dank für vier Jahrzehnte Zahlenschlachten würde ihm zum Abschied eine Uhr überreicht, als handele es sich um einen Orden. Als Buchhalter kannte er den Einkaufswert des guten Stücks: 199 Euro netto, made in China.

Vorerst hatte er sich in den Waschraum geflüchtet. Aus dem Spiegel blickte ihm ein müder alter Mann mit abgelebten Augen entgegen, auf einem zu kurzen Hals saß ein zu großer Kopf, das restliche Haar darauf genauso verblichen wie die Träume seiner Jugend.

Alles an ihm war Durchschnitt – sein Gesicht, sein Auto, sein Haus. *Sein Leben.* Bis auf seine Frau, die Despotin. Ihre Boshaftigkeit kannte keine Grenzen, zeitlebens hatte sie alles aus ihm herausgesaugt, seine Kraft, seinen Willen, seinen Mut. Sie war der Grund, weshalb er den Ruhestand fürchtete, warum er lieber sechs Tage die Woche bis spätabends als Buchhalter malochte und am Sonntagmorgen bei jedem Wetter aus dem Haus floh, um seinem Hobby, der Ornithologie, zu frönen. Wenn er heimkehrte, saß seine Frau bereits vor dem Fernseher, und er bereitete sich sein Abendbrot selbst in der Küche zu.

Heute Morgen hatte ihn seine Frau gefragt, ob er nun die ganze Woche Vögel anglotzen wolle?

In diesem Augenblick hatte sein freier Fall begonnen …

Kommissar Alfons Huber erfreute sich bei den Kollegen im Münchner Polizeipräsidium großer Beliebtheit. Er übernahm freiwillig Wochenend- und Feiertagsschichten, und auch in diesem Jahr hatte er sich für den Dienst während der Weihnachtstage gemeldet. Kurzum, er war bereit, jederzeit einzuspringen, wenn Not am Mann herrschte. In diesem Jahr würde er das letzte Mal dazu Gelegenheit haben. Im Frühjahr würde man ihn nach zweiundvierzig Dienstjahren in Pension schicken. Die jüngeren Kollegen bedauerten seinen Abschied sehr. Er hatte ihnen versichert, den ihm zustehenden Resturlaub nicht zu nehmen, sondern auch während der Faschingszeit noch zur Verfügung zu stehen.

An diesem Heiligabend hatte es sich Alfons in seinem Büro gemütlich eingerichtet. Seine fürsorglichen Kollegen hatten ihm einen Teller Weihnachtsgebäck und ein kleines Plastikbäumchen hingestellt, dessen bunte Lämpchen fröhlich blinkten. Den Baum stellte er in die Küche, das Geblinke machte ihn mit der Zeit ganz wuschig. Stattdessen holte er eine Kerze aus seiner abgegriffenen Aktentasche. Als er sie entzünden wollte, stellte er fest, dass er vergessen hatte, das verflixte Feuerzeug einzustecken.

Er durchwühlte die Küche, nichts. Auch auf den Schreibtischen der Kollegen wurde er nicht fündig. In den alten Zeiten lagen immer irgendwo Zündblättchen herum. Aber seit die Kollegen nicht mehr im Gebäude rauchen durften … Schade, da musste er heuer auf seine Kerze verzichten. In den Schreibtischen sah er nicht nach, das entsprach nicht seiner Ethik. Außerdem waren sie ohnehin verschlossen. Dienstanweisung.

Er hoffte auf einen ruhigen Abend. In den alten Zeiten geschahen an Heiligabend weniger Morde, selbst die schlimmsten Ganoven legten eine Pause ein. In den letzten Jahren hatte sich das geändert, aus dem Fest des Friedens wurde zunehmend ein Fest des Unfriedens. Er beneidete die jüngeren Kollegen nicht. Die Zeiten wandelten sich. Aber früher hatte es auch mehr geschneit.

Die Plätzchen schmeckten köstlich, besonders die Zimtsterne. Seine Frau buk auch. Leider nicht für ihn. Was sie selbst nicht vertilgte, verschenkte sie an die Damen ihres Bridgeklubs. Alles Gevatterinnen mit Haaren auf den Zähnen. Er versuchte tunlichst, jede Begegnung mit ihnen zu vermeiden, weil ihn dann stets der Wunsch nach Schutzkleidung und Motorhelm überkam.

Das Telefon klingelte. Er sollte sich den Treppensturz einer Hilde Meyerling ansehen. Er schob sich das letzte Vanillekipferl in den Mund und fuhr zur angegebenen Adresse.

Die Gegend wirkte auf ihn seltsam vertraut. Er wohnte in einer ähnlich austauschbaren Vorstadtsiedlung in einem ähnlichen Reihenhaus.

Bereits im Flur roch es nach Zimt. Er besah sich erst die Leiche. Sie lag auf dem Bauch am Fuß der Kellertreppe, neben ihr eine offene Gebäckdose. Der Inhalt, Zimtsterne, lag überall verteilt. Sein erster Leichenfund, bei dem es gut roch. Er hatte noch den Geschmack des Kipferls im Mund, und der Anblick der Zimtsterne machte ihm Lust auf mehr davon.

Er sprach zuerst mit dem Arzt, der den Tod festgestellt hatte, darauf mit der Streife, die der Arzt verständigt hatte. Wegen der Auffindesituation des Opfers hatten die Polizisten wiederum ihn, einen Ermittlungsbeamten, hinzugeholt. Alles streng nach Vorschrift.

Im Wohnzimmer saß der Ehemann in einem Ohrensessel und starrte auf seine Füße.

Der Raum bescherte dem Kommissar ein Déjà-vu. Gehäkelte Schondeckchen auf bahamabeigen Polstern, ein Wohnzimmerschrank der Marke Eiche brutal, und in der Ecke hatte eine Stehlampe aus den Siebzigern in neuerdings wieder angesagtem Orange die Jahrzehnte überdauert. Beinahe genauso sah es bei ihm zu Hause auch aus – als würde er in einen Spiegel blicken … Er fühlte sich sofort unwohl. Rasch musterte er die spärlichen Fotos im Regal. Zwei ältere Paare in Schwarz-Weiß, die steif und gesetzt in die Kamera schauten, daneben einige verblasste Polaroids der Hausbewohner. Eines zeigte unscharf Frau Meyerling im Profil, die Dame des Hauses, beim Kartenspielen in der Damenrunde, ein anderes den Ehemann in Freizeitkleidung, mit einem Fernglas um den Hals. Ein Bild, das die beiden zusammen ablichtete, suchte er vergeblich.

»Mein Beileid, Herr Meyerling«, sagte der Kommissar und nahm im zweiten Sessel Platz. »Können Sie mir trotzdem ein paar Fragen beantworten?«

Der Ehemann rührte sich nicht, er wirkte seltsam schlaff, wie in sich selbst zusammengefallen; eine Marionette, der man die Schnüre abgeschnitten hatte.

Der Kommissar wiederholte seine Bitte nochmals lauter.

Da hob der Mann den Kopf und sah den Kommissar trübe an. Mit lebloser Stimme, als sagte er einen auswendig gelernten Text auf, entgegnete er: »Natürlich, Herr Kommissar. Ich stehe Ihnen zur Verfügung.«

»Gut, dann erzählen Sie mir, was passiert ist. Wo waren Sie, als Ihre Frau auf der Treppe stürzte?«

Der Mann namens Hubert Meyerling gab an, seine Frau habe aus dem Vorratsraum im Keller noch schnell Gebäck holen wollen. Er selbst habe in der Zwischenzeit auf ihr Geheiß die ersten Kerzen am Weihnachtsbaum entzündet.

Kommissar Huber schenkte dem Weihnachtsbaum einen wohlwollenden Blick. Echte Wachskerzen, kein LED-Geblinke.

»Plötzlich«, sagte Herr Meyerling leise, »hörte ich den Schrei meiner Frau. Ich rannte sofort in den Keller, und da fand ich sie reglos am Fuß der Treppe. Es ist so furchtbar, Herr Kommissar! Ausgerechnet an Heiligabend. Was soll ich denn jetzt ohne meine Hilde machen?« Der Witwer raufte sich das schüttere Haar.

Der Mann tat dem Kommissar leid. Aber er hatte eine schwierige Entscheidung zu treffen: Handelte es sich beim Tod von Hilde Meyerling um einen bedauerlichen Unfall, oder steckte womöglich mehr dahinter? War Hubert Meyerling ein trauernder Ehemann oder ein Tatverdächtiger? Freigabe der Toten an den Leichenbestatter oder Anruf bei der Spurensicherung?

Er machte sich die Entscheidung nie leicht. Zweiundvierzig Jahre Dienst hatten ihn gelehrt, dass alles möglich und nichts unmöglich war. Er begab sich nochmals in den Keller, wollte dem Opfer ins Gesicht sehen. Eine Gewohnheit, die er seit seiner ersten Leiche pflegte. Ein Gesicht im Moment des Todes konnte eine Menge verraten.

Wie sich herausstellte, auch in diesem Fall. Die Tote gehörte dem Bridgeklub seiner Frau an! Na so was aber auch. Er kannte Frau Meyerling zwar nur vom Sehen, aber da sie mit seiner

Frau Paloma befreundet gewesen war, glichen sich ihre herrschsüchtigen Charaktere vermutlich genauso wie ihre Wohnzimmer. Plötzlich bedauerte er den Witwer nicht mehr ganz so sehr. Der Mann hatte es hinter sich, er war frei.

Ihm fiel etwas auf. Kein Licht. Der Keller wurde durch einen Polizeischeinwerfer beleuchtet. Er prüfte kurz den Lichtschalter und beauftragte zuletzt den Streifenpolizist mit einer Personenabfrage.

Bevor er zum Witwer zurückkehrte, besah er sich die oberen Wohnräume. Zwei Schlafzimmer. In dem einen standen ein breites Bett, bezogen mit flauschiger Biberwäsche, ein Kleiderschrank mit Spiegeltüren, ein Frisiertisch mit einer Auswahl an Tiegeln und Parfümflaschen, die Gardine luftig, der Sessel bequem, und die Füße versanken in herrlich weichem Teppichflor. Das zweite hingegen war mehr Abstellkammer als Zimmer. Ein schmales Bett an der Wand teilte sich sein Dasein mit einem aufgestellten Bügelbrett, Wäschekörben, Staubsauger und diversen anderen Utensilien, die man nicht jeden Tag vor Augen haben wollte.

Im Bad ergab sich ein ähnlich bedrückendes Bild. Alles Ehefrau … Lediglich ein Plastikkamm mit einem grauen Haar darin, eine Zahnbürste und ein Rasierwasser erinnerten daran, dass hier auch ein Ehemann lebte. An den einsamen Rand gedrängt. Was Kommissar Huber erneut an die eigene häusliche Situation erinnerte. Es fühlte sich gerade an, als würde sich sein eigenes Dasein mit dem von Herrn Meyerling überschneiden. Als legte sich sein Leben wie eine zweite Tonspur über das des Witwers.

Huber kehrte zu dem trauernden Ehemann zurück und unterzog ihn einiger weiterer Fragen. Der Witwer erteilte bereitwillig Auskunft.

Der Abruf durch die Streife ergab: Unauffälliges Ehepaar, keine Kinder, keine Vorstrafen. Ein völlig unauffälliges Leben.

Was tun? Huber dachte nach. Dachte an die Tote, dachte an

seine Frau. Am Ende erhob er sich und gab die Leiche zur Bestattung frei. Verzichtete auf SpuSi und Gerichtsmedizin.

Bevor er ging, fragte er den Witwer. »Oh, haben Sie vielleicht Streichhölzer, die Sie mir leihen könnten?«

»Natürlich.« Es dauerte eine Weile, bis der Mann in der Küche in einer Lade fündig wurde. »Hier, Herr Kommissar.«

»Danke. Alles Gute für Sie. Schöne Weihnachten kann man Ihnen ja nun leider nicht wünschen, nicht wahr? Haben Sie jemanden, den Sie anrufen können, einen Freund, der sich um Sie kümmert?«

»Ja, ich kann mich an meine ehemaligen Kollegen wenden.«

»Sie sind in Rente?«

»Seit gestern.«

Der Mann tat Huber noch mehr leid. Auch ihm graute vor der anstehenden Pension.

Sie verabschiedeten sich.

Kurz nach Neujahr meldete sich Kommissar Huber bei Herrn Meyerling zurück. Er schlug ihm vor, man könnte doch einmal gemeinsam Vögel beobachten? Zufällig handele es sich auch um sein Hobby.

Sie verabredeten sich gleich für den nächsten Sonntag.

Im Laufe des Jahres wuchs die Freundschaft zwischen den beiden Männern. Anfänglich trafen sie sich nur am Wochenende, nach der Pensionierung Hubers immer öfter. Zum Schluss saßen sie beinahe jeden Abend im Wohnzimmer des Witwers zusammen und genossen eine Flasche Rotwein. Nach der Entrümpelung und dem Kauf neuer Möbel wirkte der Raum neuerdings richtig gemütlich. Die beiden Männer erzählten sich alles, und bald glaubte der Witwer Meyerling, Paloma Huber mindestens so gut zu kennen wie seine verblichene Ehefrau Hilde. Er bedauerte Alfons Huber zutiefst.

Weihnachten jährte sich der Tod von Hilde Meyerling zum ersten Mal, und der Witwer beschloss, seinem Freund Alfons ein besonderes Geschenk zu machen.

Der Heilige Abend bei dem kinderlosen Paar Alfons und Paloma Huber gestaltete sich seit Jahrzehnten gleich. Paloma Huber sandte ihren Mann am Morgen los, damit er die bestellten Getränkekästen für die Feiertage abholte. Als Alfons eine Stunde später schwer beladen zurückkehrte und die Kästen in den Keller bringen wollte, fand er seine Frau Paloma am Fuß der Treppe liegend. Tot. Der pensionierte Kommissar Huber setzte sich erst einmal daneben. Er musste nachdenken.

Dann kehrte er in den Flur zurück, um ein Telefonat zu führen. Erst da entdeckte er die Gebäckdose neben dem Apparat.

Auf der beiliegenden Karte stand: »Fröhliche Weihnachten!« Die Dose enthielt Zimsterne.

Wenige Tage darauf sahen sich die beiden Freunde wieder.

Der pensionierte Kommissar und neuerdings Witwer Alfons Huber brachte eine gute Flasche Wein und die Zimtsterne zum Treffen mit.

»Wirst du mich verhaften?«, fragte Herr Meyerling.

»Ich bin nicht mehr bei der Polizei.«

»Du hast das von Anfang an gewusst, das mit der Hilde …«, sagte Herr Meyerling verzagt. »Wie bist du darauf gekommen?«

»Alles wies darauf hin. Trotz deiner Behauptung, du hättest die Kerzen am Baum entzündet, hattest du keine Zündhölzer parat, jeder Docht war unversehrt und die Glühbirne am Treppenabgang gelockert. Du hattest es geplant.« Huber entkorkte den Wein, schenkte ein, hob das Glas: »Auf die Freiheit, Hubert!«

»Auf die Freiheit, Alfons.«

Wolfram Fleischhauer

Sperrgebiet

Berghütte in den Alpen

Über den Autor:

Wolfram Fleischhauer (* 1961 in Karlsruhe) ist ein deutscher Schriftsteller und Drehbuchautor, der auch als Konferenzdolmetscher für die Europäische Kommission tätig ist. Seit der Veröffentlichung seines ersten Romans *Die Purpurlinie* hat er insgesamt zehn Romane veröffentlicht, u.a. *Die Frau mit den Regenhänden* (Deutscher Krimipreis) und den Tanzthriller *Drei Minuten mit der Wirklichkeit,* der zum Bestseller und Kultbuch im Tanzmilieu avancierte. Zuletzt erschien *Das Meer,* ein Politthriller über die internationale Fischereimafia. Der Autor lebt in Berlin und Brüssel.

Sperrgebiet, stand auf dem Schild. Was sollten sie jetzt tun? Umkehren? Daniel biss sich auf die Lippen. Am liebsten wäre es ihm gewesen, Clara hätte die Warnung gar nicht gesehen. Aber es war zu spät. Sie hielt inne und schaute ihn fragend an. »Ich dachte, du kennst die Strecke in- und auswendig?«

Der vorwurfsvolle Ton war unüberhörbar.

»Tue ich auch«, erwiderte er ein wenig gekränkt. Was jetzt? Umkehren war keine Option. Sie waren seit zwei Stunden unterwegs. Die Hütte lag noch etwa eine Stunde Fußweg von hier entfernt. Er hatte absolut keine Lust, zwei Stunden wieder zurückzulaufen. Und Clara? Sie wäre so enttäuscht.

Er dachte an den Abend und die beiden Nächte, die vor ihnen lagen, weit weg von allem, über ihnen ein sagenhafter Sternenhimmel, romantisches Kerzenscheinweihnachten am Ende der Welt. Seit Wochen freuten sie sich darauf. Niemand besuchte im Winter diese Hütte in einem vergessenen Winkel des Allgäus. Von Oktober bis März war sie geschlossen. Das wusste er, weil er während seines Zivildienstes dort einmal im Einsatz gewesen war. Schon damals hatte er sich vorgenommen, irgendwann einmal im Winter zurückzukehren, ganz allein. Jetzt, mit Clara, war es natürlich noch aufregender. Und nun das! Sperrgebiet.

Das Schild sah nicht sehr neu aus. Vielleicht war es gar nicht mehr aktuell? Und wer würde an Heiligabend schon kontrollieren, ob jemand in dieser einsamen Hütte übernachtete? Niemand würde davon erfahren, solange sie alles so zurückließen, wie sie es antrafen.

»Was soll hier heute Nacht schon passieren?«, fragte er.

Clara rührte sich nicht vom Fleck. Dann schüttelte sie den Kopf.

»Ich gehe nicht weiter.«

»Aber zurückgehen dauert zwei Stunden«, widersprach er. »Und in einer Stunde wird es schon dunkel.«

Sie schaute ihn missmutig an. Ihr Gesicht verdüsterte sich, was es in seinen Augen noch attraktiver machte. Er ging zu ihr hin, küsste sie zärtlich auf die Wange und flüsterte: »Keine Angst, ich beschütze dich schon.«

»Vielleicht gibt es hier Wölfe?«, fragte sie furchtsam.

»Das würde mich wundern«, erwiderte er amüsiert. »Wahrscheinlich warnt das Schild eher vor Zecken. Und die gibt's nur im Sommer. Komm schon, in einer Stunde sind wir da. In dieser Gegend ist um diese Jahreszeit keine Menschenseele unterwegs.«

»Vielleicht wird gejagt?«

»Nein. Das ist hier das ganze Jahr über verboten.«

»Und Militär?«

Er schüttelte den Kopf. »Clara«, sagte er flehend, »das ist ein Naturschutzgebiet. Vermutlich ist es im Herbst aus irgendwelchen Gründen vorübergehend für Tourismus geschlossen worden. Vielleicht wegen Insektenpest oder so. Eichenprozessionsspinner. Borkenkäfer. Wegen so was stellt man diese Schilder auf. Glaubst du wirklich, dass heute Nacht hier kontrolliert wird, ob zwei Leute in einer verlassenen Hütte übernachten? Außerdem können wir immer sagen, wir hätten das Schild nicht gesehen.«

Clara zögerte, doch schließlich folgte sie ihm.

Die Idee, Heiligabend in einer einsamen Berghütte zu verbringen, hatte erheblich romantischer geklungen, als sie es jetzt erlebte. Clara war nicht übermäßig ängstlich, aber der Weg bei einbrechender Dämmerung durch einen unbekannten, winterlichen Wald war ihr schon bald unheimlich geworden. Sie ließ es sich nicht anmerken, wollte Daniel gegenüber nicht als Angsthase dastehen und ihm außerdem die Freude an dem Ausflug nicht verderben. Aber wenn er sie gefragt hätte, wäre sie schon umgekehrt, bevor dieses ominöse Schild aufgetaucht war. Und jetzt?

Sie war gern in der Natur. Aber *diese* Natur war ihr unheimlich. Woher das Unbehagen beim Blick zwischen die um sie aufragenden Stämme hindurch herrührte, wusste sie selbst nicht. War es die Geräuschlosigkeit, die winterliche Erstarrung allenthalben? Stille Nacht, dachte sie, wie um sich zu beruhigen, und schloss zu Daniel auf, der auf dem enger werdenden Weg voranging.

Es war bereits seit einer halben Stunde dunkel, als sie ihr Ziel erreichten. Für das letzte Stück Weg hatten sie Taschenlampen benutzen müssen. Jetzt lag diese verdammte Hütte endlich vor ihnen, eine dunkle, unförmige Masse, die sich vor einem nur unwesentlich weniger dunklen Hintergrund aus Nadelbäumen abzeichnete. Clara wartete, bis Daniel den Schlüssel im Schlüsseltresor unter dem Vordach gefunden und die Tür aufgesperrt hatte.

Beim Eintreten musste sie den Kopf einziehen, denn der Eingang war für sie, mit ihrer Topmodel-Figur, gut zehn Zentimeter zu niedrig. Abgestandene Luft schlug ihnen entgegen. Aber die ganze Atmosphäre bezauberte sie sofort. Daniel entzündete zwei Kerzen und stellte sie auf einen rustikalen Holztisch, der zwischen zwei Bänken am Ende des Raumes am Fenster stand.

Sie schaute sich sprachlos um. »Es ist wirklich wie im neunzehnten Jahrhundert«, sagte sie nach einer Weile und strich mit ihrer Hand über ein Ungetüm von schmiedeeisernem Herd neben sich, der wie mit dem Boden verwachsen schien.

»Genau«, erwiderte Daniel. »Und deshalb erwecken wir jetzt erst einmal diese Antiquität hier zum Leben.«

Er öffnete die Ofenklappe des Herds, stopfte zerknülltes Zeitungspapier und ein paar Holzscheite in den Schacht und entfachte Feuer.

»Komm, ich zeige dir den Rest«, sagte er dann, setzte sich eine kleine Stirnlampe auf und nahm ihre Hand. Direkt neben der Stube gab es einen kleinen Waschraum. Gegenüber befand sich ein winziges Zimmer mit einem Etagenbett.

»Hier sollen wir schlafen?«, fragte Clara mit einem skeptischen Blick auf die beiden schmalen Kojen. Er strich über ihre Haare, küsste sie und sagte nur: »Warte.«

Er griff an ihr vorbei in eine unscheinbare Vertiefung im Wandpaneel und öffnete eine vorher unsichtbare Tür in der Wand. Eine schmale Holztreppe führte dahinter nach oben. Clara musste sich erneut ducken. Alles war so niedrig und eng, als wohnten hier die sieben Zwerge.

»Früher waren die Menschen kleiner«, sagte Daniel, als habe er ihre Gedanken erraten.

Sie erreichten den Dachstuhl.

»Und offenbar auch zahlreicher«, erwiderte sie.

»Na ja, aber hier ist immerhin genug Platz für uns, oder?«, meinte Daniel und leuchtete mit einer langsamen Kopfbewegung ein Matratzenlager aus, das sich vor ihnen erstreckte: Vierzehn Schlafplätze nebeneinander, jeder mit einer zusammengefalteten grauen Decke und einem Kopfkissen. Daniel drehte sich zu ihr um, umarmte und küsste sie. Sie schmiegte sich an ihn, erregt von der Umgebung und seinen Liebkosungen. Ihre Küsse wurden heftiger. Dann löste sie sich sanft von ihm und sagte: »Langsam. Nachher. Erst müssen wir diese Spielwiese noch beziehen. Und außerdem haben wir die ganze Nacht.«

»Ja«, flüsterte er verliebt. »Und das Allerbeste kennst du noch gar nicht.« Er zog sie sanft hinter sich her nach unten und schloss die verborgene Tür zur Treppe wieder. Clara staunte, wie perfekt sie in die Wandverkleidung eingearbeitet war, völlig unsichtbar.

Sie gingen durch die bereits warm werdende Küche, traten in die Nacht hinaus, stapften durch den Schnee um die Hütte herum und gelangten zu einer kleinen Tür an der Rückseite. Daniel öffnete sie und richtete das Licht seiner Stirnlampe in eine kleine Sauna, in der zwei oder drei Personen gerade so Platz haben würden.

»O Mann«, rief sie aufgeregt, »das ist ja traumhaft. Wie lange dauert es, bis sie aufgeheizt ist?«

»Nicht lange. Ich heize gleich ein, dann schaffen wir noch einen Gang vor dem Abendessen.« Er deutete auf ein schneebedecktes Stück Wiese neben der Hütte. »Wenn du dich traust …«

Sie knuffte ihn scherzhaft. »Werden wir schon sehen, wer sich *was* traut.«

Clara kehrte schon in die Küche zurück, während Daniel die Sauna anheizte. Es war inzwischen so warm, dass sie ihre Jacke und ihren Pulli auszog und mit ihren beiden Rucksäcken in dem kleinen Nebenzimmer neben dem Stockbett ablegte. Daniel kam zurück, zog sich auch bis auf seine Jeans und sein Hemd aus und deckte den Tisch. Sie legten eine mitgebrachte gefrorene Gulaschsuppe in einen Topf und stellten ihn auf einer mittelwarmen Stelle auf dem Herd ab, sodass sie sich langsam aufwärmen würde ohne anzubrennen. Clara öffnete eine Flasche Sekt und füllte zwei Gläser.

»Auf ein ganz besonderes Weihnachten«, sagte sie, reichte ihm ein Glas und stieß mit ihm an. Dann tranken sie, nicht nur den Sekt, sondern auch die Blicke ihrer verliebten, glänzenden Augen.

»Und?« fragte sie dann. »Wollen wir?« Sie begann, sein Hemd aufzuknöpfen, küsste seine Brust und verschwand dann plötzlich ins Nebenzimmer. Als sie zurückkam, hatte sie lediglich ein Handtuch um sich gewickelt und trug ein weiteres unterm Arm.

»Na los«, sagte sie, »worauf wartest du?«

Er zog sich rasch aus, genoss dabei ihren Blick und das offensichtliche Wohlgefallen in ihren Augen. Sie reichte ihm das Handtuch und schlüpfte kichernd hinaus.

Das Spiel setzte sich in der Sauna fort. Es war für sie beide nicht ganz einfach, die Kontrolle zu behalten, aber sie hielten die unausgesprochene Übereinkunft ein, die Vorfreude so lange wie möglich auszudehnen. Sie lachten und kicherten in der heißen, fast stockdunklen Kammer. Dann stürmten sie hinaus, warfen sich in den Schnee, japsten und keuchten vor wohligem Zähneklappern, eilten zurück in das warme Kabuff, rieben sich gegenseitig ab, küssten sich, verschnauften, rannten wieder hinaus, tobten im Schnee herum, flüchteten wieder in die Wärme und lagen sich schließlich in der Küche wieder in den Armen, die Handtücher notdürftig um sich gebunden und selig vor Glück.

In diesem Augenblick hörten sie das unverwechselbare Wummern eines Helikopters. Sie hielten inne. Das Geräusch kam näher. Es wurde lauter, intensiver.

»Was ist das?«, fragte Clara.

Daniel zuckte mit den Schultern.

»Keine Ahnung.«

Ein vorüberfliegender Hubschrauber machte nun mal ein solches Geräusch, dachte er. Aber das Wummern und Vibrieren war außergewöhnlich stark. Und es wurde nicht sofort wieder leiser, wie das bei einem vorüberfliegenden Fluggerät der Fall sein müsste. Dreißig, vierzig Sekunden lang schwebte ein massiges, pulsierendes Dröhnen über ihnen, so nah, dass sie das Gefühl hatten, die Erschütterungen, welche die gewaltige Maschine um sich herum erzeugte, am eigenen Leib zu spüren. Dann, ganz plötzlich, entfernte sich der Lärm so schnell, wie er gekommen war, erstarb allmählich zu einem fernen Brummen, einem leisen Surren, bis die vorhergehende Stille wieder alles umfing.

Clara blicke Daniel noch immer fragend und furchtsam an.

»Nun ja, hier kann er jedenfalls nicht landen«, sagte er.

»Aber … was war das?«

»Die Bergwacht vielleicht?«, erwiderte er. »Die machen hier oft Übungsflüge.«

»Hier? Heute?«

»Liebes, diese Hütte ist aus der Luft nicht zu sehen. Es ist rabenschwarze Nacht. Weiß der Henker, warum die dort draußen herumfliegen. Vielleicht irgendeine Übung oder ein Patrouillenflug. Komm. Die Suppe ist fertig.«

Dann hörten sie die Stimme. Daniels eben noch ausgelassene Miene gefror. Clara zuckte erschrocken zusammen. Sie standen wie erstarrt da und lauschten in die Stille. Einige Sekunden geschah nichts. Dann erklang wieder eine Stimme. Ein Ruf. Näher. Auf Englisch!

»EEEEY, Buck, fuck this shit.«

Eine zweite Stimme ertönte, ebenfalls männlich, etwas weiter weg, aber auch Englisch und mit ähnlichen Kraftausdrücken um sich werfend. Eine dritte Stimme wurde hörbar, wieder männlich, aber höher, schriller, in einem hohen Falsett-Ton. Der Mann sprach ebenfalls Englisch. Und was er sagte, war so klar zu hören, als stünde er nur wenige Meter von ihnen entfernt.

»Sieh mal einer an. Da ist schon jemand zu Hause.«

Clara begann zu zittern. »Daniel, wer ist das«, flüsterte sie unwillkürlich. Aber Daniel war auf einmal bleich wie der

Schnee. Er öffnete den Mund, um etwas zu sagen, aber es kamen keine Worte heraus. Mit einem Satz war er an der Tür, schob die beiden Riegel vor und riss Clara dann hinter sich her aus der Stube in das kleine Zimmer.

»Schnell, zieh dich an.«

»Daniel, wer ist das?«

»Ich habe keine Ahnung. Aber hier, nimm deine Kleider, geh nach oben, zieh dich an und mach kein Geräusch. Okay?«

Er öffnete die unsichtbare Tür und schob sie die ersten Stufen hinauf.

»Aber … Daniel, was tun wir nur?«

»Ich weiß es noch nicht. Ich werde sehen, was sie wollen. Aber ich will nicht, dass sie dich sehen, okay? Ich werde so tun, als sei ich hier allein und dann wird sich das schon alles klären. Vertrau mir und keinen Laut. Okay?«

Clara wollte widersprechen, aber der Ausdruck auf Daniels Gesicht belehrte sie eines Besseren. Und bevor sie noch etwas sagen konnte, schloss sich die Tür, und sie stand in völliger Dunkelheit.

Zitternd und frierend stieg sie die Stufen hinauf und versuchte, sich anzuziehen. Aber ihre Hände gehorchten ihr nicht. Ihr Herz raste. Sie keuchte vor Aufregung.

»Hier ist der Weihnachtsmann«, hörte sie die englische Falsettstimme. Und dann ertönte ein lautes Pochen gegen die Eingangstür. »Jemand zu Hause?«

Claras Zähne schlugen aufeinander. Sie hatte endlich ihre Unterhose und Unterhemd angezogen, nestelte nervös an ihren Strümpfen herum und zwängte sich dann in ihre Jeans. Was für ein Albtraum. Wer waren diese Typen? Wo kamen sie so plötzlich her? Der Helikopter musste sie abgesetzt haben. Sie zog ihren Pulli über. Soldaten!, dachte sie dann. Amerikaner? Vielleicht eine Spezialeinheit, die hier eine Übung machte? Wie sollten sie sonst wie aus dem Nichts vom Himmel plötzlich hier aufgetaucht sein.

Daniel war völlig allein dort unten. Hätte sie nicht besser bei ihm bleiben sollen? Wie feige war es, sich hier oben zu verstecken. Oder hatte er recht, war es die bessere Vorsichtsmaßnahme, dass sie sich hier versteckte? Sie lauschte angestrengt in die Stille hinein. Was geschah dort unten? Hatte er die Tür geöffnet, sprach er schon mit diesen Leuten? Sie schlich zum einzigen Fenster am Ende des langen Schlafraumes und ging in die Hocke. Das Fenster war mit zwei Klappriegeln gesichert, die sie vorsichtig löste und einen der Flügel langsam nach innen klappen ließ. Gott sei Dank machte er keinerlei Geräusch. Sie blieb in der Hocke, bis der Flügel ihren Kopf passiert hatte, erhob sich dann langsam und allmählich, bis sie nach draußen sehen konnte. Die Spuren ihrer Herumtollerei im Schnee zeichneten sich deutlich im Mondlicht ab. Konnte sie aus dem Fenster springen? Heimlich weglaufen? Aber wohin? Den ganzen Weg zurück? Allein? Und sie konnte doch Daniel nicht einfach hier im Stich lassen. Dann fiel ihr siedend heiß ein, dass Ihre Wanderschuhe ja noch dort unten standen. Auch ihr Anorak lag dort. Und ihr Rucksack! Es war nur eine Frage von Minuten, bis diesen Männern klar würde, dass eine zweite Person im Haus war.

Von unten waren Stimmen zu hören. Daniel hatte ihnen also geöffnet. Natürlich. Was sollte er denn sonst tun? Was besprachen sie? Plötzlich blendete sie ein Lichtstrahl. Sie ging sofort wieder in die Hocke, aber der Lichtkegel blieb wie der blendende Strahl einer Verhörlampe auf das Fenster gerichtet.

»Good evening, Madam!«, hörte sie die Stimme eines Mannes, den sie nicht sehen konnte. Verdammt! Sie schlug das Fenster zu und rammte die Riegel in die Halterung. Jetzt war alles egal. Sie schlich zum Treppenabgang und starrte in die Dunkelheit hinab. Vielleicht war das alles ja nur ein Missverständnis.

Sperrgebiet, dachte sie. Eine NATO-Übung? Sie hätten niemals hierherkommen dürfen. Aber jetzt mussten sie eben die Konsequenzen tragen. Wenn es Soldaten waren, dann gab es ja wohl irgendwo einen Kommandeur, und man würde sie hier wegbringen. Auf jeden Fall musste sie hier raus. Zu Daniel.

Sie stieg vorsichtig die Treppe hinab und stieß die Geheimtür auf. Clara war sehr groß, aber der Mann, der wie aus dem Nichts plötzlich im Halbdunkel vor ihr stand, überragte sie um einen Kopf. Bevor sie auch nur ein Wort sagen konnte, hatte er sie gegen die Wand gedrückt, ihre Arme auf den Rücken gedreht und hielt ihre Gelenke mit seinen riesigen Händen so fest, dass sie sich nicht rühren konnte. Sie schrie auf. Etwas zog sich um ihre Gelenke fest. Dann griff jemand brutal in ihre Haare und zwang sie in die untere der beiden Kojen. Sie schrie erneut, aber eine zischende Drohung ließ sie verstummen.

»Still, sonst breche ich dir den Arm.«

»Clara?«, hörte sie Daniel rufen. Irgendetwas fiel dort draußen scheppernd zu Boden. Als Nächstes spürte sie, wie sich nun auch etwas um ihre Beine zuzog. Sie bekam Panik, bäumte sich auf, doch nur, um noch brutaler gegen die Matratze gedrückt zu werden. Clara wurde starr vor Angst. Dann glitt etwas über ihren Kopf und sie sah nichts mehr. »Still!«, zischte der Mann erneut.

Aus der Stube kam erneut ein Geräusch. Dann ein erstickter Schmerzensschrei von Daniel. Plötzlich war alles ruhig. Clara hörte den Mann neben sich schwer atmen. Dann erklang die Falsettstimme.

»Gary? Alles klar dahinten?«

»Alles klar, Buck«, raunzte der Mann.

»Na dann«, frohlockte die Stimme. »Das hätten wir erst einmal. Hey, riecht ihr das.«

»Nicht bewegen!«, schrie eine dritte Stimme.

»Verbinde ihm die Augen, Trevor«, befahl Buck.

Clara hielt es nicht mehr aus. Trevor? Buck? Was war das für ein Albtraum?

»Daniel!«, schrie sie.

Eine Tür schloss sich mit einem lauten Krachen. Die nächsten Minuten hörte sie nur gedämpft die Stimmen der drei Männer und das Geräusch von Geschirr, Gläsern und Besteck. Offenbar machten sie sich über die Gulaschsuppe her. Was war mit Daniel? Hatten sie ihn ebenfalls gefesselt? Was hatten die vor? Die Fesseln schnitten ihr das Blut ab. Sie rollte sich auf die Seite. So ging es schon besser. Aber was änderte das?

Wer waren diese Typen? Wie kamen sie hierher? Der Helikopter musste sie abgesetzt haben. Aber wenn dem so war, dann konnte es sich doch nur um irgendeinen offiziellen Einsatz handeln. Doch diese Typen führten sich auf wie Kriminelle! Sie schienen außerdem gewusst zu haben, dass sich jemand in der Hütte befand. Sie waren gar nicht überrascht! Im Gegenteil. Es gab nur eine Erklärung: Man hatte sie beobachtet. Das Gebiet wurde überwacht, und man hatte ihnen diese Truppe auf den Hals geschickt. Aber das konnte auch nicht sein! Niemand konnte einfach so mit ihnen umgehen, ganz gleich, welches unbefugte Betreten man ihnen vorwerfen konnte. Nein. Es ergab einfach alles keinen Sinn. Ihre Lippen begannen vor Angst zu zittern. Es gab nur eine beschissene Erklärung, die denkbar schlimmste, die mieseste überhaupt: Zur falschen Zeit am falschen Ort. Doktor Zufall! Was immer diese Typen hierhergeführt hatte, was immer sie im Schilde führten: Es war mit ihrer Wahnsinnsidee kollidiert, in einer verlassenen Berghütte Weihnachten zu feiern!

Clara begann zu keuchen. Der Stoffbeutel über ihrem Kopf erschwerte ihr das Atmen. Sie warf ihren Kopf so lange hin und her, bis wenigstens ihr Mund frei lag und sie die Luft tief einsaugen konnte.

Die Männer lachten und unterhielten sich lautstark. Einmal hörte sie Daniels Stimme, der sie mit dem Mut der Verzweiflung anschrie, ihm zu erklären, wer sie waren und was sie eigentlich von ihnen wollten. Aber die brutale verbale Drohung, die er erntete, ließ ihn verstummen. Und auch Clara rührte sich danach minutenlang nicht. Das war doch alles nicht wahr? Sie waren in der der Gewalt von drei perversen, primitiven Hunden, Kilometer von jeder Hilfe entfernt, ihnen völlig ausgeliefert.

Plötzlich hörte sie die Tür wieder aufgehen. Jemand griff sie so hart an den Oberarmen, dass sie aufschrie. Wer immer sie aus dem Bett hob, hatte Kräfte wie ein Vieh, lüpfte sie einfach aus der Koje wie ein Paket und stellte sie auf die Beine. Der Stoffbeutel wurde ihr vom Kopf gerissen. Der Mann, den sie Gary nannten, stand vor ihr. Er schnitt ihre Fesseln durch.

»Los«, raunzte er. »Geh!«

Sie taumelte in die Stube hinein. Jetzt sah sie endlich, mit wem sie es zu tun hatte. Zwei Männer saßen am Tisch und schauten sie auf eine Art und Weise an, die ihr sofort klar werden ließ, was sie erwartete. Daniel lag gefesselt auf dem Boden und starrte sie panisch an. Auf seinem Gesicht war nichts als blanker Horror zu lesen. Er musste sich anstrengen, um den Kopf zu heben, denn er lag auf dem Rücken, die Arme nach hinten gebunden, die Beine ebenfalls mit Kabelbinder fixiert.

»Na dann wollen wir mal«, sagte Buck mit der Falsettstimme, und im gleichen Moment spürte Clara, wie Gary sie auf die Sitzbank hinabdrückte.

Es waren tatsächlich Soldaten, dachte sie, sofern sie überhaupt einen klaren Gedanken fassen konnte. Diese Kampfanzüge! Überall Seitentaschen mit irgendwelchen Werkzeugen, Funkgeräten und Instrumenten. Der Mann, der wohl Trevor hieß, trug einen Helm mit aufgepflanzter Kamera. Auf dem

Tisch lag ein weiterer, der wohl einem der anderen beiden Männer gehörte.

»Was … was wollen Sie von uns?«, fragte sie stammelnd. »Wer sind Sie?«

»Ey, Baby, nur keine Panik«, sagte Buck. »Wir wollen nur ein kleines Spiel mit euch machen, bevor wir weitermüssen. Hier.«

Er warf Spielkarten auf den Tisch zwischen die abgegessenen Teller, auf denen die Reste der Gulaschsuppe am Eintrocknen waren.

»Ein paar Runden Blackjack.«

»Ich … ich kann das nicht.«

»Ah, das macht nichts. Gary spielt für dich, nicht wahr, Gary?«

Der Mann hinter ihr grinste nur. »Recht besehen, spielen wir ja um dich. Da ist es nicht so wichtig, ob du die Regeln kennst. Okay?«

Er begann auszuteilen. Trevor, der bis eben noch gestanden hatte, verschwand in den Nebenraum, kam mit einer Decke zurück und warf sie so über den auf dem Boden liegenden Daniel, dass der nichts mehr sehen konnte.

»Musst du ja nicht unbedingt mit ansehen, alter Junge«, sagte er. »Mach's dir gemütlich, wird nicht lange dauern.«

»Also, die Regel ist ganz einfach«, sagte Buck mit der ekelhaften hohen Stimme. »Wer die Runde gewinnt, darf entscheiden, was du ausziehen musst. Und wer die meisten Runden gewinnt, darf als Erster. Siehst du, ganz einfach.«

Clara begann zu keuchen. Das war doch alles nicht wahr. Wieso wachte sie nicht auf aus diesem Albtraum?

»Daniel«, rief sie flehend. »DANIEL!« Sie versuchte aufzuspringen, aber Garys Hände schlossen sich wie Schraubstöcke um ihre Oberarme. Sie schrie auf. Plötzlich hatte Trevor ein gezacktes Nahkampfmesser in der Hand. Er stellte sich breitbeinig über Daniel und schaute sie nur fragend an. Clara rührte sich nicht mehr. Sie schaute stumm zu, wie die Karten auf dem Tisch verteilt wurden. Die erste Runde ging an Gary.

»Pullover«, sagte er nur. Clara rührte sich nicht.

»Zieh den Pullover aus, sonst mache ich das«, knurrte Gary.

»Bitte …«, flehte sie. »Bitte nicht. Was habe ich euch getan?«

»Ey Baby, man muss gar nichts tun«, höhnte Buck mit der Falsettstimme und schaute sie mit seinen kalten Fischaugen an. »Entspann dich und zieh das Ding aus, bevor wir es tun.«

Clara konnte sich vor Angst kaum noch bewegen. Schließlich hielt sie mit der linken Hand ihr T-Shirt fest und zog mit der rechten ihren Pulli über den Kopf. Ihr Unterhemd klebte an ihrem Körper. Sie war schweißnass vor Angst.

Die Karten flogen wieder über den Tisch. Clara starrte zu der Wolldecke auf dem Boden, unter der Daniel lag. Er rührte sich nicht. Wut stieg in ihr auf. Natürlich konnte er nichts tun. Aber dass er einfach so dalag, sich nicht einmal mehr wehrte!

Wollt er ihr irgendwas signalisieren? Dass sie es einfach über sich ergehen lassen sollte? War das seine Strategie, diesen Albtraum zu überleben?

»Shirt«, sagte Trevor, der die nächste Runde gewann.

Clara spürte ein Rauschen in den Ohren. Alles vor ihren Augen begann zu flimmern. Ihr Herz raste. Oder stand es still? Sie konnte das alles gar nicht mehr unterscheiden. Sie roch den Schweiß dieser Männer. Ihre Blicke waren wie Pranken, die sie schon jetzt überall anfassten und sie in der nächsten halben Stunde vergewaltigen würden, einer nach dem anderen. Sie konnte sich nicht bewegen. Tränen liefen ihr die Wangen hinab. Sie spürte etwas Warmes zwischen ihren Beinen, schaute an sich herunter und sah mit Grauen, dass sie sich eingenässt hatte. Gary sah es jetzt auch.

»Shit«, schrie er. »Die Schlampe hat sich vollgepisst.«

Buck schaute zu Trevor. Der stand auf, trat neben Clara und schaute auf die nasse Stelle zwischen ihren Beinen. Nein, er filmte! Diese perversen Hunde wollten sie nicht nur vergewaltigen. Sie würden alles aufzeichnen, vielleicht im Darknet verkaufen. Und wenn dem so war, würden sie sie danach überhaupt freilassen?

Clara spürte einen Krampf hinter dem Brustbein. Und dann geschah es. Bevor sie auch nur wusste, wie, erbrach sie sich auf den Tisch. Die Männer schrien auf, wichen angeekelt zurück. Der säuerliche Gestank von Erbrochenem erfüllte den kleinen Raum sofort. Sie würgte. Eine zweite Ladung landete auf den noch herumliegenden Spielkarten.

Im gleichen Augenblick klopfte es an der Tür.

Einen endlosen Augenblick lang sagte niemand etwas. Clara wollte aufspringen, schreien. Aber sie konnte nicht. Buck und Gary wechselten ratlose Blicke.

»What the f…«, entfuhr es Trevor.

Es klopfte erneut.

»Hallo«, rief eine weibliche Stimme. »Ist da jemand?«

»Würden Sie uns bitte öffnen«, fügte eine männliche Stimme hinzu.

Gary schaute völlig verdutzt Clara an. Buck erhob sich.

»Hier stimmt irgendetwas nicht«, sagte er. Und dann, an Clara gerichtet: »Wie heißt du? Wer seid ihr?«

Clara verstand überhaupt nichts mehr. Sie starrte den Mann nur an.

Trevor beugte sich jetzt zu Daniel hinunter, zog die Decke weg und stellte ihm die gleiche Frage.

»Daniel«, antwortete er ängstlich und eingeschüchtert.

»Daniel was?«

»Daniel Bauer.«

»Wer hat euch engagiert? Welche Agentur?«

Daniel begriff nicht.

»Agentur?«

»Shit!«, entfuhr es Trevor.

Der Mann erhob sich, ging zur Tür und öffnete. Draußen stand ein junges Pärchen, dick eingepackt, mit Schneeschuhen. Die beiden wichen augenblicklich einen Schritt zurück, was offenbar an dem Gestank lag, der ihnen entgegenschlug. Der junge Mann blickte völlig konsterniert auf den am Boden liegenden Daniel. Seine Begleiterin stand nicht weniger überrascht da, beugte sich ein wenig zur Seite, um an Trevor vorbei einen besseren Blick in das Innere der Hütte zu bekommen. Was für ein Gestank! Sie hielt sich die Hand vor die Nase. Ein hünenhafter Mann kam jetzt auf sie zu, ging an ihnen vorbei, blieb ein paar Meter entfernt im Schnee stehen, atmete laut durch, zog ein Päckchen Zigaretten aus der Tasche und zündete sich eine an.

»Was ist das für ein beschissenes Durcheinander?«, fragte er auf Englisch. »Wer zum Teufel seid ihr?«

»Wir sind für die Impro hier«, antwortete der junge Mann. »Habt ihr schon angefangen, oder was soll das?«

Buck drehte die Augen zum Himmel. Trevor holte sein Kampfmesser wieder heraus. Clara schrie auf. Aber Trevor bückte sich nur, drehte Daniel herum und schnitt seine Fesseln auf.

»Tut mir leid«, sagte er mit Bedauern in der Stimme. »Das war wohl ein Missverständnis.«

Clara begann wieder zu keuchen, dann zu schluchzen.

»He, ganz ruhig«, sagte Buck. »Also, wir klären das jetzt gleich alles, OK?« Er wirkte plötzlich zahm wie ein Lamm. Auch Trevor hatte auf einmal überhaupt nichts Bedrohliches mehr, sondern kaute nervös am Fingernagel seines linken Daumens. Buck hielt plötzlich ein Telefon in der Hand und tippte darauf herum.

»Hier Mark. Ist Steve da?«, sprach er in das Gerät hinein, als er eine Verbindung bekommen hatte. »Ja. Er soll sofort herkommen. Hier ist etwas übelst schiefgelaufen. Ja. Sofort!«

Daniel hatte sich mühsam erhoben. Er ging zum Wasserhahn, tränkte ein Handtuch mit Wasser und reichte es Clara, die noch immer von einem Weinkrampf geschüttelt wurde. Dann füllte er eine Schüssel mit Wasser und begann, den Tisch abzuwaschen. Buck war zu den anderen vor die Hütte getreten, rauchte nun ebenfalls und unterhielt sich leise mit ihnen.

Daniel sagte kein Wort, säuberte den Tisch, strich manchmal Clara über den Kopf, sprach ihr beruhigend zu. Dann nahm er sie sanft am Arm. Sie erhob sich, noch immer leise weinend.

»Was ist passiert, Daniel?«, wimmerte sie. »Ich verstehe nicht.«

Er schüttelte nur den Kopf. »Ich auch nicht. Aber wir werden es wohl gleich erfahren.«

Er führte sie ins Nebenzimmer, setzte sie auf einem Hocker ab, der dort herumstand, und grub ein frisches T-Shirt aus seinem Rucksack.

»Da, Liebes, zieh das an.«

Sie ließ sich völlig willenlos das T-Shirt anziehen. Als Nächstes streifte er ihr einen Sweater über, holte dann ihre Schuhe, zog ihr auch diese an und schnürte sie.

Gary streckte plötzlich den Kopf um die Ecke. Clara zuckte unwillkürlich zurück. Daniel warf ihm einen vernichtenden Blick zu.

»Hey«, sagte Gary, »also, es tut uns wirklich leid, okay?«

Daniel erwiderte nichts. Clara starrte vor sich hin.

»Ich wollte euch nur sagen, dass unser Regisseur gleich da ist. Wir hatten hier eine Impro geplant. Für einen Film, okay? Die beiden da draußen waren für die Impro vorgesehen. Wir dachten, dass ihr die Rollen spielt.«

Die beiden waren noch immer zu keiner Äußerung fähig.

»Fehler in der Dispo«, erklärte Gary weiter. »Irgendjemand hat die falsche Zeit eingetragen. Die anderen beiden hätten schon vor zwei Stunden hier sein sollen. Wir dachten, ihr seid das.«

»Wir seien wer?«, zischte Daniel.

»Die Opfer. Es soll alles so real wie möglich aussehen, deshalb arbeiten wir wie in einem psychologischen Experiment. Man kennt sich nicht. Die Briefings sind so, dass eine echte Angstsituation entsteht. Alles wird gefilmt. Ihr wart einfach ... so überzeugend. Wie seid ihr überhaupt hierhergekommen? Das hier ist doch ein Sperrgebiet.«

Weder Daniel noch Clara antworteten. Ein Film?, dachte Daniel. Ein beschissener Film!!

»Da müssen doch Schilder gewesen sein«, fuhr Gary fort. »Ich meine ... das konnten wir doch nicht wissen, dass ihr nicht zum Impro-Team gehört.«

Niemand sprach ein Wort. Gary blieb noch einen Augenblick lang in der Tür stehen, dann drehte er sich kopfschüttelnd um und verließ den Raum.

Aus weiter Ferne näherte sich das Geräusch eines Helikopters.

Iny Lorentz

Weihnachtslist

Königreich Bayern

Über die Autoren:

Hinter dem Namen Iny Lorentz verbirgt sich ein Münchner Autorenpaar, das mit *Die Wanderhure* seinen Durchbruch feierte. Seither folgt Bestseller auf Bestseller, die auch in zahlreiche Länder verkauft wurden. *Die Wanderhure* und fünf weitere Romane sind verfilmt worden. Dazu wurde *Die Wanderhure* für das Theater adaptiert und auf vielen Bühnen in Deutschland, Österreich und der Schweiz aufgeführt. Für die Verdienste um den historischen Roman wurde Iny Lorentz 2017 mit dem Wandernden Heilkräuterpreis der Stadt Königsee geehrt und in die *Signs of Fame* des Fernwehparks Oberkotzau aufgenommen. Mehr Infos unter: www.inys-und-elmars-romane.de

Marias schönes Gesicht verzerrte sich zu einer Maske des Zorns. »Wir haben alle Jahre bei Tante Elisabeth Weihnachten gefeiert! Wie kannst du sie jetzt kränken, indem du ihre Einladung für heuer ausschlägst? Dabei hatte ich so gehofft, dass du dich bei ihr entschuldigst, weil wir sie im Sommer so überstürzt verlassen haben.«

Korbinian Mooslechner musterte seine Nichte mit einem herablassenden Blick. »Wieso sollt ich mich bei der alten Schachtel entschuldigen? Sie hat doch diesen Mitgiftjäger eingeladen, wegen dem ich dich wegbringen hab müssen. Ohne den wären wir während der ganzen Sommerfrische bei ihr geblieben.«

Maria schüttelte vehement den Kopf. »Anton von Thürwang ist kein Mitgiftjäger! Er hat selbst Geld genug. Außerdem ist er von Adel und stammt von dem Grafen von Ebersberg ab.«

»Da siehst du, was für ein Haderlump er ist! Die Grafen von Ebersberg sind doch schon vor Jahrhunderten ausgestorben«, trumpfte Mooslechner auf.

»Im Mannesstamm vielleicht! Aber Anton stammt von einer Ebersbergerin ab. Das kannst auch du nicht bestreiten, denn die entsprechenden Urkunden sind da.«

In Mooslechners Gesicht zuckte es. Seit zwölf Jahren war er nun Marias Vormund und verwaltete ihr Vermögen. Er selbst hatte sein väterliches Erbe mit der Zeit durchgebracht. Im Gegensatz zu ihm aber war sein Bruder, Marias Vater, ein erfolgreicher Geschäftsmann gewesen und hatte sich im Lauf der Jahre ein beträchtliches Vermögen geschaffen. Das stattliche Haus, in dem er wohnte, gehörte ebenso dazu wie ein dickes

Aktienpaket, von dessen Erträgen er wie ein König leben konnte. Warum sollte er das alles aufgeben, nur weil seine Nichte sich einbildete, in Anton von Thürwang verliebt zu sein? Der Kerl würde ihm nach einer Heirat die Verwaltung des Vermögens aus der Hand nehmen, während er selbst froh sein konnte, wenn er in einem Kämmerchen des Hauses wohnen bleiben durfte und einen Platz bei Tisch erhielt.

»Ich sag, der Thürwang ist nichts für dich, und damit basta!«, fuhr er seine Nichte schnaubend an.

Als Maria noch ein Kind gewesen war, hatte Mooslechner sie mit diesem scharfen Ton zum Schweigen gebracht. Nun aber stand eine junge Frau vor ihm, die um ihre Liebe kämpfte.

»Ich hab den Anton lieb und er mich. Du hast kein Recht, dich zwischen uns zu stellen! Außerdem vergisst du eines, Onkel! Ich werde am zweiten Weihnachtsfeiertag volljährig. Dann kannst auch du mir nicht mehr verbieten, zu heiraten, wen ich will.«

»Du hast aber auch was vergessen!«, antwortete Mooslechner höhnisch. »Laut dem Testament von deinem Vater bleib ich auch nach deiner Volljährigkeit dein Vermögensverwalter, bis du verheiratet bist. Um zu heiraten, brauchst du deine Papiere. Die kriegst du aber bloß dann, wenn du den Mann heiratest, den ich dir aussuch. Hast du mich verstanden?«

»Das lasse ich mir nicht bieten!«, rief Maria empört. »Ich fahre zu Tante Elisabeth, und dann werden wir sehen.«

»Gar nirgends fährst du hin! Du bleibst hier im Haus und verlässt es bloß, wenn ich es dir erlaub. Versuchst du es heimlich, schick ich dir die Gendarmerie nach. Die holt dich zurück, auch wenn du schon volljährig sein solltest. Es steht im Testament von deinem Vater, dass ich bis zu deiner Heirat auf dich aufpassen soll.«

Mooslechner gratulierte sich noch im Nachhinein, dass er seinen todkranken Bruder vor dessen Ableben dazu gebracht hatte, ein paar Absätze in sein Testament zu schreiben, die ihm im Grunde die absolute Herrschaft über Maria und deren Vermögen gewährten. Wenn er es darauf anlegte, würde sie unverheiratet bleiben, solange er lebte, und sich dann als alte Jungfer mit dem Rest an Geld zufriedengeben müssen, das dann noch übrig war.

»Ich lasse nicht so einfach über mich bestimmen!«, rief Maria zornig.

»So brauchst du mir erst gar nicht zu kommen! Du tust das, was ich sag! Sonst hast du über die Feiertag Zimmerarrest und kannst deinen Volljährigkeitsgeburtstag für dich allein im stillen Kämmerchen feiern. Ich hingegen lass mir das Christfest jedenfalls nicht verderben!«

»Du sollst an dem Gänsebraten ersticken, den die Rosi für dich machen muss!«, schrie Maria aufgebracht.

»Dankschön für den frommen Wunsch! Aber die Rosi wird in diesem Haus keinen Braten mehr in den Ofen schieben. Ich hab ihr nämlich gekündigt und ebenso dem Hausmädchen. Sie verlassen heut noch das Haus und kommen nie mehr zurück.«

Dieser Schritt war für Mooslechner überfällig, denn er hatte die Köchin in Verdacht, Marias Briefe an die Tante und an Thürwang aus dem Haus zu schmuggeln und seiner Nichte deren Briefe heimlich zuzustecken. Daher hielt er es für besser, neues Hauspersonal einzustellen, das wusste, was von ihm erwartet wurde. Mit dem Hausdiener, der noch aus den Zeiten seines Bruders stammte, hatte er vor zwei Wochen angefangen. Der Mann war alt genug für den Ruhestand gewesen und konnte nun von seinen Ersparnissen zehren.

»Du hast die Rosi entlassen? Das hättest du nicht tun dürfen! Seit sie in Dienst gegangen ist, war sie immer bei uns im Haus«, antwortete Maria sichtlich betroffen.

Dann schüttelte sie den Kopf und sah ihn mit eisiger Miene an. »Und wer soll jetzt über die Feiertage bei uns kochen?«

»Ich hab mit dem Wirt der Hundskugel ausgemacht, dass sie uns über die Feiertag das Essen bringen. Das geht so lang, bis wir eine neue Köchin haben.«

Die Hundskugel war Mooslechners Stammwirtschaft und das Essen dort ebenso gut wie das Bier. Außerdem war das Wirtshaus gleich ums Eck, und so konnte er damit rechnen, dass die Speisen noch warm auf seinen Teller kamen.

Jetzt galt es nur noch zu verhindern, dass seine Nichte trotz seiner Drohung mit der Gendarmerie die Feiertage ausnützte, um zu verschwinden. »Nachdem du so aufsässig bist, hast du von jetzt an über die Feiertag hinaus Stubenarrest. Schau aber nach, ob du ein Potschamperl in deinem Zimmer hast. Auf den Abort gehen kannst du nicht, denn ich sperr nämlich deine Tür zu.«

»Onkel, ich sag dir eins …!«, begann Maria.

Da packte Mooslechner sie am Arm und schleppte sie in ihr Zimmer. Dort schob er sie durch die Tür, zog diese zu und drehte den Schlüssel um.

»So! Und da bleibst du jetzt, bis du vernünftig geworden bist«, rief er laut genug, dass sie es durch die geschlossene Tür hören sollte, und kehrte zufrieden in die gute Stube zurück.

Dort läutete er nach seinem neuen Hausdiener. Es handelte sich um einen jungen Mann mit schlechter Haltung und einem Ungetüm von Nickelbrille auf der Nase. Sein dunkles Haar trug er sehr kurz geschnitten, und der Ausdruck seines Gesichts war, wie Mooslechner fand, ein wenig dümmlich. Zwar erinnerte der Diener ihn an jemanden, aber er konnte nicht sagen, an wen.

»Anton, bring mir ein Krügerl Terlaner!«, befahl er. »Danach gehst du in die Hundskugel und richtest dort aus, dass sie den Braten bringen können.«

»Sehr wohl, gnädiger Herr!«, antwortete der junge Mann mit heiserer Stimme und ging schlurfend davon.

Wenig später kehrte er zurück und stellte einen Tonkrug mit Wein und ein Glas auf den kleinen Tisch neben dem Sessel. »Ist es so richtig, gnädiger Herr?«, fragte er.

»Genau so ist's richtig!«, fand Mooslechner und ließ sich den Wein munden.

Maria blieb in ihrem Zimmer eingesperrt. Zwar bot Mooslechner ihr an, es zu den Mahlzeiten verlassen zu dürfen, doch sie bockte, wie er es nannte. Daher saß er am Heiligen Abend allein im Speisezimmer, ließ sich den Terlaner schmecken und aß mit Genuss die Würste, die ihm frisch aus der Hundskugel gebracht worden waren.

Am ersten Feiertag gab es zu Mittag die traditionelle Gans. Da Maria ihren Trotz nicht aufgab, erhielt sie nichts davon, sondern musste sich mit einem Stück Brot und zwei Landjägern zufriedengeben.

Zum Abendessen ließ Mooslechner sich ein schönes Stück Waller auftischen, während der Hausdiener Maria nur ein Stück Brot und eine Bouillon ins Zimmer brachte. Sie war mittlerweile bedeutend ruhiger geworden, und als der zweite Feiertag anbrach, schien ihr Widerstand gebrochen. Als Mooslechner kurz vor Mittag nach ihr schaute, sah sie ihn bittend an.

»Heute ist doch mein Geburtstag, Onkel! Ich würde ihn schon gerne mit dir zusammen feiern.«

»Mir wär's schon recht!«, meinte Mooslechner und gratulierte sich, weil er dem Mädchen sofort die Grenzen aufgezeigt hatte. Schließlich hatte er Maria zwölf Jahre lang aufgezogen und damit ein Recht darauf, von ihrem Geld zu leben.

Diesmal ließ er ihre Zimmertür unversperrt und befahl dem Hausdiener, zu Mittag auch für Maria zu decken. Der Knecht von der Hundskugel hatte mehrere zarte Kalbsschnitzel mit Kartoffel- und Gurkensalat und als Nachtisch eine köstliche Bayerische Creme gebracht.

Als Maria zu Tisch kam, war ihr Gesicht blass, und sie hatte sichtlich geweint. Während des Essens blieb sie schweigsam, blickte dann aber, als der Hausdiener den Tisch abgeräumt hatte, ihren Onkel an.

»Ist von der Tante Elisabeth nichts zu Weihnachten und meinem Geburtstag gekommen?«

Mooslechner schüttelte den Kopf.

»Nicht dass ich wüsst!«

»Aber sie ist doch die Schwester meiner Mutter! Auch wenn sie sich geärgert hat, weil wir im Sommer vorzeitig abgereist sind, hätte ich doch erwartet, dass sie mir ein Geschenk oder wenigstens eine Grußkarte schickt«, sagte Maria und klang gekränkt.

Mooslechner wunderte sich nicht darüber, denn der Brief, den er Marias Tante als Antwort auf ihre Einladung zum Weihnachtsfest geschickt hatte, war ziemlich gepfeffert gewesen. Nun war die Dame anscheinend beleidigt.

»Oder hast du es mir vorenthalten!«, fuhr Maria mit einem gewissen Misstrauen fort.

Mooslechner hob bedauernd die Hände. »Gewiss nicht! Du kannst den Hausdiener fragen. Der Postbote hat nichts gebracht. Übrigens auch nicht von diesem Thürwang. Der feine Herr sucht sich jetzt wahrscheinlich ein neues Opfer, nachdem er gemerkt hat, dass er bei dir nicht landen kann.«

Maria presste ihre Lippen zusammen, dann zuckte sie die Achseln.

»Dann soll es halt so sein!«

Sie bat nun den Hausdiener, ihr ein Glas leichten Weines zu bringen, bevor sie sich wieder ihrem Onkel zuwandte.

»Du wirst gewiss auch ein Glas haben wollen, damit wir auf meinen Geburtstag anstoßen können. Wenn es stimmt, was die Rosi mir erzählt hat, habe ich in zehn Minuten vor genau einundzwanzig Jahren das Licht der Welt erblickt!«

»Freilich stoß ich mit dir an!«, sagte Mooslechner mit einem zufriedenen Lächeln und winkte den Hausdiener zu sich.

»Anton, bring eine Karaffe und zwei Gläser. Aber mach eine der guten Flaschen auf, die ganz hinten im Keller liegen.«

»Sehr wohl, gnädiger Herr!« Die Stimme des Dieners schwankte ein wenig. Er verbeugte sich und ging relativ rasch davon. Maria blickte ihm kurz nach, dann senkte sie den Kopf.

Kurz darauf erschien der Hausdiener wieder und brachte den Wein. Er wirkte angespannt. Mooslechner achtete nicht darauf, sondern ließ seine Nichte nicht aus den Augen. Diese saß mit sittsam gesenkten Augen da und nahm ihr Glas erst auf Anforderung entgegen.

Jetzt bemerkte Mooslechner, dass die Gläser unterschiedlich waren. Anscheinend hatte Anton ihr doch den leichten Rheinwein eingeschenkt. Er hingegen freute sich auf den schweren Bordeaux, den er sich nur an Feiertagen gönnte. Für die restlichen Tage des Jahres zog er seinen geliebten Terlaner vor.

»Auf dein Wohl und auf deinen Geburtstag, Maria!«, sagte er und stieß mit seiner Nichte an.

»Auf dein Wohlsein, Onkel!«

Es klang gepresst. Marias Hände zitterten, und sie musste das Glas mit beiden Händen fassen, damit sie nichts verschüttete. Als sie trank, sah sie immer wieder zu ihrem Onkel hin. Dieser ließ sich den Bordeauxwein schmecken und fand, dass das Leben sehr schön war, wenn man sich so etwas Gutes leisten konnte wie er.

Der Hausdiener zog sich bis an die Tür zurück. Für einen Augenblick trafen sich Marias und seine Blicke wie zu einem heimlichen Einverständnis. Dann aber ließ er Mooslechner nicht mehr aus den Augen.

Marias Onkel stieß plötzlich heftig auf. »Hast du wirklich den guten Wein genommen, Anton? Er hat so einen komischen Nachgeschmack«, fragte er den Diener.

»Das habe ich, gnädiger Herr!«

Diesmal klang Antons Stimme nicht mehr heiser und schleppend wie sonst, sondern fest und entschlossen. Sie kam Mooslechner bekannt vor, doch als er darüber nachdenken wollte, hatte er das Gefühl, als würde sein Gehirn aus wabernden Nebeln bestehen. Ein Zittern überfiel ihn, und vor seinen Augen tanzte Feuer. Er wollte sich erheben, doch seine Glieder gehorchten ihm nicht mehr. Um ihn herum wurde alles schwarz, und das Letzte, was er begriff, war, dass seine Nichte den Hausdiener dazu gebracht hatte, ihn zu vergiften, um sich seiner Vormundschaft für alle Zeiten zu entledigen.

Maria sah, wie ihr Onkel auf seinem Stuhl zusammensank, und schlug die Hände zusammen. »Oh Gott, was haben wir getan!«

»Es musste sein!«, antwortete Anton, der nun auf einmal alles andere als dümmlich wirkte. »Tante Elisabeth sagt, es wäre ihm nur um dein Vermögen gegangen, das er nicht aus den Händen geben wollte. Er hat dich zuletzt fast wie eine Gefangene gehalten und alles getan, um deinen Willen zu brechen. Wir sollten jedoch nicht lange reden, sondern handeln«, sagte er und bedachte den haltlos auf seinem Stuhl zusammengesunkenen Mooslechner mit einem zornigen Blick.

»So können wir ihn nicht zurücklassen! Komm, wir bringen ihn zu Bett.«

Maria nickte und half ihm, den schlaffen Körper ihres Onkels in dessen Schlafzimmer zu schleifen. Inzwischen hatte sie sich so weit gefasst, dass sie zusammen mit Anton Mooslechner seiner Oberkleider entledigen konnte. Sie räumte diese weg und holte ein Nachthemd und eine Nachtmütze aus einem Schrank.

»Die müssen wir ihm anziehen! Sollte man ihn finden, muss es so aussehen, als hätte er sich wie sonst auch zum Schlafen niedergelegt.«

Als dies geschehen war, zog Anton die Bettdecke hoch, sodass nur noch Mooslechners Kopf herausschaute. Dann trat er auf Maria zu und umarmte sie.

»Weißt du, wo dein Onkel deine Papiere aufbewahrt? Ohne die können wir nicht heiraten.«

»Die Papiere sind dort im Schrank. Da bewahrt der Onkel alles auf. Ich weiß aber nicht, wo der Schlüssel dafür ist!«

»Ich hab mir Nachschlüssel machen lassen. Einer davon wird schon passen!« Anton von Thürwang verließ kurz den Raum und kehrte mit einem Schlüsselbund mit gut einem Dutzend Schlüssel zurück.

Der erste Dietrich, den er probierte, passte nicht. Ebenso wenig der zweite. Maria wurde immer nervöser und rang zuletzt die Hände. Da stieß ihr Geliebter einen leisen Jubelruf aus.

»Er geht auf!« Er öffnete die Schranktür und holte mehrere dicke Mappen heraus.

»Bis wir die durchsucht haben, ist Mitternacht. Weißt du was? Wir nehmen alle mit!«, schlug er vor.

Maria nickte und griff nach einer kunstvoll gearbeiteten Kassette. Als sie diese aufmachte, leuchteten ihr Gold und Edelsteine entgegen.

»Der Schmuck meiner Mutter!«, sagte sie traurig. »Ich habe kein einziges Stück davon jemals tragen dürfen.«

Unterdessen hatte Anton die Mappen mit den Papieren in einen Kissenbezug gesteckt. »Hoffentlich sieht uns keiner, wenn wir das Haus verlassen! Wenn wir mit einem Kissenbezug voller Papiere, deiner Schmuckschatulle und meinen Nachschlüsseln erwischt werden, stehen wir morgen eher vor dem Untersuchungsrichter als vor dem Standesbeamten.«

»Die Tante wollte uns doch abholen! Wir sollten warten, bis ihre Kutsche vorfährt. Aber dann drüben im Speisezimmer und nicht hier, wo der Onkel liegt!«, bat Maria vor.

Beide verließen Mooslechners Schlafzimmer und vertrieben sich die Wartezeit damit, im Speisezimmer alles aufzuräumen und die Essenreste in die Küche zu bringen. Sie waren kaum damit fertig, als von draußen Hufschläge und das Geräusch von Rädern aufklangen, die über Kopfsteinpflaster rollten.

»Jetzt ist es so weit!«, sagte Anton erleichtert.

Maria nickte, nahm die Schmuckschatulle an sich und folgte ihm nach unten zur Haustür. Als Anton diese öffnete, stand die Kutsche direkt davor, sodass sie nur noch einsteigen mussten. Marias Tante wartete im Kutschkasten und sah ihnen fragend entgegen.

»Ist alles gut gegangen?«

»Das ist es!«, antwortete Anton.

»Und wie war es als Hausdiener, Herr von Thürwang?«, fragte die Tante weiter.

»Ich glaube, Herr Mooslechner war sehr zufrieden mit mir. Ihr Hausdiener hat mich aber auch ausgezeichnet auf meine Rolle vorbereitet«, antwortete der junge Mann.

»Ich bin froh, dass Maria mir geschrieben hat, dass Mooslechner den alten Hausdiener entlassen wollte. So konnten wir diesen Plan entwerfen und umsetzen. Aber eines sollt ihr wissen: So richtig froh werde ich erst sein, wenn alles vorbei ist.«

»Das sagen wir auch! Nicht wahr Anton?«, antwortete Maria und bedachte den jungen Mann mit einem verliebten Blick.

Das Erste, was in Mooslechners erwachendes Bewusstsein drang, war ein heftiges Klopfen gegen die Haustür. Schlaftrunken stemmte er sich hoch und schimpfte.

»Was ist denn jetzt schon wieder los? Anton, da ist einer an der Tür!«

Das Klopfen hörte nicht auf. Mooslechner stieg aus dem Bett und trat taumelnd auf den Flur. »Anton, die Tür!«

Noch während er es rief, kam die Erinnerung hoch. »Der vergiftete Wein! Der Thürwang! Der Hundsfott hat sich als Hausdiener eingeschlichen. Aber dem werd ich was erzählen!«

Noch heftigeres Klopfen an der Tür beendete seinen Gedankengang, und er mühte sich selbst die Treppe hinab, um aufzumachen. Draußen stand ein halbwüchsiger Junge und streckte ihm einen Brief hin.

»Den soi i eana gem!«, sagte er im breiten Dialekt und wartete, ob er ein Trinkgeld bekommen würde.

Mooslechner nahm ihm jedoch nur den Brief ab und kehrte ins Haus zurück. Drinnen starrte er auf den Umschlag. Der Absender war unzweifelhaft der von Marias Tante Elisabeth, geschrieben aber hatte ihn seine Nichte. Er riss den Umschlag auf, holte den Brief heraus und begann zu lesen.

»Lieber Onkel!«, stand da. »Wenn du meinen Brief in Händen hältst, bin ich bereits vor Gott und der Welt mit meinem Anton ein Paar. Es tut mir sehr leid, dass wir zu dieser List greifen mussten, aber es ging nicht anders. Auch wenn du nicht der Onkel gewesen bist, den ich mir gewünscht hätte, so will ich nicht in Unfrieden von dir scheiden. Weiter mit dir zusammenleben aber will ich nicht. Anton hat vorgeschlagen, dir eine kleine Rente zu zahlen, mit der du in einem angenehmen Winkel unseres Königreichs Bayern ein gutes Auskommen hast. Ich hoffe, dass du darauf eingehst, ansonsten werden wir für alle Zeiten geschiedene Leute sein.«

»Der Teufel soll dich holen!«, schrie Mooslechner voller Wut. Da half nicht einmal der Gedanke, dass seine Nichte ihn nicht vergiftet, sondern nur betäubt hatte, denn er begriff sehr deutlich, dass das schöne Leben, das er sich mit Marias Geld hatte leisten können, von diesem Tag an zu Ende war.

ENDE

Angelika Svensson

Das letzte Kapitel

Grömitz

Über die Autorin:

Angelika Svensson ist das Pseudonym der Krimiautorin Angelika Waitschies. Die Autorin wurde in Hamburg geboren und lebt heute in Schleswig-Holstein. Nach der Ausbildung zur Fremdsprachenkorrespondentin begann sie 1972 ihre berufliche Tätigkeit beim Norddeutschen Rundfunk in Hamburg. Ihre Stationen innerhalb des NDR führten sie in unterschiedliche Bereiche, so auch in die Abteilung Unterhaltung / Fernsehspiel, wo sie auf Produktionsseite an der Entstehung vieler Shows und Krimis mitgewirkt hat. Mittlerweile ist die Autorin freiberuflich tätig. Angelika Svensson ist Mitglied im »Syndikat« und bei den »Mörderischen Schwestern«.

Schau mal, da hinten müsste Poel liegen.«

Markus ist am Ende der vierhundert Meter langen Seebrücke stehen geblieben. Er kneift die Augen zusammen und schirmt sie mit einer Hand gegen den kalten Wind ab, der an diesem düsteren Dezembermorgen von der Ostsee herüberpeitscht. Für heute Nachmittag ist eine Sturmflut angekündigt, die dem schmalen Strandabschnitt hier in Grömitz wieder besonders zusetzen wird.

Ich schaue ebenfalls in die angegebene Richtung. »Nein, das ist Rerik«, sage ich.

»Bist du sicher?«

Natürlich bin ich sicher. Kurz nach unserer Flucht vor fünfunddreißig Jahren sind wir nach Grömitz gezogen; es ist seitdem kein Tag vergangen, an dem ich nicht über die Ostsee in unsere alte Heimat hinüberblickte. Nicht aus Sentimentalität, o nein. Ich blicke hinüber, weil ich Buße tue.

»Lass uns gehen.« Ich wende mich ab. »Mir ist kalt.«

»Jetzt warte doch mal, Stefan! Ich bin immer noch völlig erschlagen von unserem strammen Marsch.«

Ich beobachte Markus, während er seinen Blick über die frosterstarrte Bucht schweifen lässt, auf der sich in Ufernähe große Eisschollen gebildet haben, und zur Tauchgondel zu unserer Linken, der Touristenattraktion von Grömitz. Er sieht nicht so aus, als hätte der Fußmarsch ihm zugesetzt. Im Gegenteil. Groß und durchtrainiert, das mittlerweile ergraute Haar kurz geschnitten, das Gesicht noch markanter als früher. Nie werde ich Claras Blick vergessen, das Leuchten, das in ihre Augen trat, nachdem sie den ersten Schock überwunden hatte.

»Markus, du lebst?«

Clara war mir zur Haustür gefolgt, als es gestern am späten Abend Sturm geklingelt hatte. Voller Unglauben starrten wir auf den Mann, der vor uns stand.

»Aber …«, Clara begann zu zittern. »Wie ist das möglich?« Sie ging einen Schritt auf Markus zu, ihre Augen füllten sich mit Tränen.

»Wir haben gedacht, du bist tot.« Sie griff nach seiner Hand, als müsse sie sich vergewissern, dass der Mensch vor ihr wirklich aus Fleisch und Blut war.

»Wenn ich ehrlich bin, fühle ich mich gerade auch so ähnlich.« Ein erschöpfter Ausdruck lag auf seinem Gesicht. »Dass ich sechzehn Stunden von München hierher brauchen würde, hätte ich nicht gedacht.«

»Wieso München?«, fragte Clara voller Unverständnis, nachdem wir Markus ins Haus gebeten hatten.

»Weil ich dort lebe«, entgegnete er und blickte sich kurz im weihnachtlich geschmückten Wohnzimmer um, in dem nur noch der Baum fehlte.

»So weit weg von unserer Ostsee?«

»Jetzt bin ich ja wieder hier«, sagte er lächelnd und strich zärtlich über Claras Haar.

Es war diese Geste, die mich aus meiner Erstarrung riss. Die mich energisch werden ließ, als meine Frau Markus unser Gästezimmer anbot, in dem die am Vortag erworbene Tanne darauf wartete, in einen festlichen Weihnachtsbaum verwandelt zu werden.

»Er kann dort nicht übernachten! Da stehen doch schon die ganzen Weihnachtssachen.« Meine Stimme muss sehr scharf geklungen haben, denn Clara und Markus sahen mich voller Verwunderung an. Clara wollte Einspruch erheben, doch Markus winkte ab.

»Ich hatte mir sowieso ein Zimmer im Hotel reserviert. Hab das letzte im ganzen Ort ergattert, wie man mir sagte.« Er zögerte einen kurzen Augenblick. »Ich hätte euch nicht mehr so spät überfallen dürfen. Aber ich habe noch Licht brennen sehen und konnte plötzlich nicht mehr bis morgen warten.«

Ich begann, demonstrativ auf meine Armbanduhr zu schauen. »Ihr wollt zu Bett gehen. Wir sehen uns morgen.« Markus lächelte Clara an, als er ihre Ungeduld bemerkte. »Morgen, Clara. Morgen werde ich dir alles erklären.«

Ich wandte mich ab, als meine Frau Markus zum Abschied in die Arme schloss. Bemühte mich, ihr »Ich bin so glücklich, dass du lebst« zu überhören. Ich tat kein Auge zu in dieser Nacht und hatte nur einen einzigen Gedanken. Morgen. Heiligabend. Was würde am Ende dieses Tages noch übrig sein von meinem Leben?

Das Klingeln meines Handys zerschneidet das Pfeifen des Windes. Er hat gedreht; dunkle Wolken türmen sich am Himmel auf.

»Wo seid ihr?«, höre ich Claras muntere Stimme.

Sie war so aufgedreht gewesen an diesem Morgen. Hatte unter der Dusche gesungen und sich für das Ankleiden und Schminken mehr Zeit genommen als sonst. Hatte den Baum geschmückt und überprüft, ob unser Essen für die Weihnachtstage auch für drei Personen ausreichen würde. Was natürlich der Fall war, Clara kochte nicht nur vorzüglich sondern auch immer ausreichend. Mein Einwand, dass ich die Tage gern allein mit ihr verbringen würde, empörte sie, und es kostete mich einige Anstrengung, bis wieder Frieden zwischen uns herrschte.

Dann war der Anruf vom Klinikum Neustadt gekommen, wo sie als Krankenschwester arbeitet. Eine Kollegin war krankheitsbedingt nach Hause geschickt geworden, ob Clara bis zum Schichtwechsel um vierzehn Uhr einspringen könne. Wenn es darum ging, anderen Menschen zu helfen, konnte man sich immer auf Clara verlassen, aber heute war es ihr deutlich anzusehen, wie schwer ihr die Zusage fiel. Da sie Bereitschaftsdienst hatte, blieb ihr jedoch keine andere Wahl, als sich auf den Weg nach Neustadt zu machen. Ich hingegen war erleichtert, dass ich noch eine Gnadenfrist erhielt, und wollte in die kleine Autowerkstatt gehen, die ich seit vielen Jahren betrieb. Aber Clara bestand darauf, dass ich Markus während ihrer Abwesenheit den Ort zeigte.

»Auf der Seebrücke«, entgegne ich auf ihre Frage.

»Dann macht euch auf den Rückweg, ich bin spätestens in einer halben Stunde zu Hause. Falls ihr eher da sein solltet, guck doch bitte nach dem Kartoffelsalat, ob er auch gut durchgezogen ist.«

Kartoffelsalat mit Würstchen, auch bei uns das traditionelle Gericht an Heiligabend.

Ich gebe die Nachricht an Markus weiter, er nickt und sieht mich mit einem schwer zu deutenden Blick an. »Morgen werde ich zum Leuchtturm Dahmeshöved fahren.« Ein kaum wahrnehmbares Lächeln erscheint jetzt auf seinem Gesicht. »Weißt du, wie Clara und ich sein Leuchtfeuer damals genannt haben?«

Ich brauche einen Augenblick, bis ich antworten kann. »Das

Licht der Freiheit«, sage ich gepresst. »Die Dahmer nennen ihren Leuchtturm noch heute so. Sie sind sehr stolz auf ihn.«

Auf einmal spüre ich wieder die Kälte der Nacht, den gewaltigen Sog, der das Schlauchboot erfasst und es mit sich zu reißen droht. Höre die Schreie von Clara und Markus, die Sekunden vorher über Bord gegangen waren.

»Das Licht der Freiheit«, wiederholt Markus gedankenvoll. »Wir hatten so viel Hoffnung, dass es uns sicher geleiten wird. Ich bin froh, dass sich diese wenigstens für Clara erfüllt hat.«

Niemand in unserer Clique hatte gewusst, dass Clara und Markus die Flucht aus der DDR planten. Das hatte nichts mit mangelndem Vertrauen zu tun, wie mir Clara später erzählte. Sie wollten uns vor der Stasi schützen, die nach einer erfolgreichen Flucht unweigerlich jeden von uns befragt hätte.

Auf dem Heimweg versuche ich, das dumpfe Angstgefühl mit Small Talk zu verdrängen. Überhaupt habe ich den Eindruck, nur Belanglosigkeiten von mir gegeben zu haben, seitdem ich Markus heute Morgen im Hotel abgeholt habe.

Dass dieses Hotel nicht seine Preisklasse ist, war mir sofort klar geworden, als Markus vor unserem Spaziergang noch etwas zu seinem Wagen brachte. Der mattschwarze BMW 7er war der Blickfang auf dem kleinen Hotelparkplatz.

»Wie lange willst du bleiben?« Ich hatte die Frage so krampfhaft unterdrückt, und jetzt rutscht sie mir einfach heraus.

»Bis alles erledigt ist.«

»Hast du Geschäfte hier in der Gegend? Oder womöglich sogar im Ort?«

Mein Lachen hört sich selbst in meinen Ohren verkrampft an. Markus sitzt im Vorstand einer großen Münchner Bank, so viel habe ich zumindest schon erfahren. Was für Geschäfte sollte ein Mann in seiner Position ausgerechnet in diesem Landstrich haben?

Er streift mich mit einem kurzen Seitenblick, bevor er seine Schritte beschleunigt. Ich habe Mühe, an seiner Seite zu bleiben. Unwillkürlich taste ich nach dem Asthmaspray in meiner Jackentasche. Gott sei Dank, es ist da.

Wir passieren wieder die weihnachtlich geschmückte Strandpromenade, auf der es inzwischen merklich leerer geworden ist. Die Geschäfte schließen bald, die Menschen sind heimgeeilt in ihre Wohnungen und Häuser, zu ihren Liebsten.

Während wir unsere Schritte in Richtung Ortsmitte lenken, bleibt Markus stehen. »Gibt es hier irgendwo einen Blumenladen?«

Ich nicke und zeige ihm den Weg. Und frage mich, wann ich Clara das letzte Mal Blumen mitgebracht habe. Im Alltag bleibt so vieles auf der Strecke.

Clara ist bereits zu Hause und strahlt, als Markus ihr wenig später den Strauß überreicht. Mich streift sie mit einem kurzen Blick. »Wieso bist du so rot im Gesicht?«

»Dein Mann scheint Probleme zu haben, mit mir Schritt zu halten.« Das Lächeln, mit dem Markus mich ansieht, ist Zeugnis puren Spotts. »Du solltest mal etwas für deine Kondition tun, Stefan. Oder gehörst du mit dreiundfünfzig etwa schon zu den Couch-Potatoes?«

Ich empfinde Claras Lachen wie Verrat. Und dass sie meine fortschreitende Asthmaerkrankung als Erklärung anbringt, macht es nicht besser.

Wir gehen ins Wohnzimmer, wo Clara bereits heute Morgen den Tisch gedeckt hatte. Sie bringt den Kartoffelsalat und die Würstchen und bittet Markus, zuzulangen. »Es ist genug da.«

»Und jetzt will ich endlich wissen, was damals passiert ist«, sagt Clara nach dem ersten Bissen. »Seit fünfunddreißig Jahren leben wir in dem Glauben, dass du bei der Flucht ums Leben kamst, und plötzlich stehst du vor unserer Tür. Wieso erst jetzt? Wo bist du all die Jahre über gewesen?«

»So viele Fragen auf einmal.« Markus trinkt einen Schluck Wasser und sieht mich mit ausdruckslosem Blick an. »Wie hast du damals eigentlich herausbekommen, dass Clara und ich fliehen wollten?«

Die Erinnerung kehrt mit Macht zurück. Nachdem mir damals klar wurde, dass die beiden ein Paar waren, bekam ich meine Eifersucht nicht mehr in den Griff. Also beobachtete ich sie und folgte ihnen, als ich mitbekam, dass sie unser Dorf, das in der Nähe von Boltenhagen lag, verlassen wollten.

Ihr Ziel war immer der Schweriner See. An mehreren Tagen in der Woche hatten sie dort ein hartes Konditionstraining absolviert, das aus Schwimmen und Gymnastik bestanden hatte. Mir wurde klar, dass sie eine Flucht über die Ostsee planten. Als Termin konnte nur der Spätsommer infrage kommen. Zu dieser Jahreszeit war das Wasser noch einigermaßen warm, und abends wurde es früher dunkel. Der Fund eines Schlauchbootes in der Garage von Markus' Eltern beseitigte meine letzten Zweifel.

»Ihr wart so anders. So vorsichtig und misstrauisch.«

»Du hast hinter uns hergeschnüffelt.«

»So kann man das nicht nennen. Ich habe mir einfach Sorgen gemacht, dass ihr etwas Unüberlegtes tun könntet.«

»Und deshalb bist du am Tag unserer Flucht zum Strand gekommen.«

»Wie schon gesagt, ich hatte Angst, dass ihr etwas Unüberlegtes tut.«

Ich hatte gemerkt, dass etwas im Busch war, und das Haus, in dem Markus wohnte, nicht mehr aus den Augen gelassen. Als er kurz vor Mitternacht herauskam, war ich ihm gefolgt.

Das Erschrecken der beiden war groß. Sie hatten das Schlauchboot bereits zu Wasser gelassen, als ich auf sie zugelaufen kam.

Ich erzählte eine wilde Geschichte von Stasi-Leuten, die mir angedroht hätten, mich am kommenden Tag wegen angeblicher Westkontakte zum Verhör abzuholen. Clara glaubte mir, Markus nicht, das sah ich in seinen Augen. Aber auf ihr Drängen hin stimmte er schließlich zu, mich mitzunehmen.

Das Läuten von Claras Diensthandy unterbricht meine Erklärungen. Schon wieder das Krankenhaus, ein Notfall diesmal, wie ich Claras kurzen Antworten entnehme. Mit einem tiefen Seufzer steht sie auf und schaut Markus voller Bedauern an. »Tut mir leid, aber ich muss noch mal weg. Ein schwerer Unfall auf der A 1.«

»Hast du heute Bereitschaftsdienst?«

Sie steht auf und legt Markus eine Hand auf die Schulter. Eine kleine Geste, deren Intimität mir einen Stich versetzt. »Ja, Heiligabend trifft es meistens die, die keine Kinder haben. Ich komme zurück, sobald ich kann.«

Die Tür fällt hinter ihr ins Schloss, Stille breitet sich aus. Ich stehe auf, mein Blick fällt auf die halb vollen Teller, aber mir fehlt die Kraft, sie wegzuräumen. »Möchtest du einen Espresso?«

Markus nickt und folgt mir in die Küche. »Schön habt ihr's hier.« Er schaut in den verschneiten Garten, auf das Futterhäuschen für die Vögel. »Nur keinen Ostseeblick.«

»Für diese Art Häuser fehlt uns das nötige Kleingeld.«

Er lacht und ergreift die Espressotasse, die ich ihm reiche. Trinkt sie auf einen Schluck leer. »Das tut gut.«

Er stellt die Tasse auf der Arbeitsplatte ab und geht hinaus in den Flur. »Ich hätte jetzt Lust auf einen schönen langen Spaziergang. Ich bin so selten an der See, und wer weiß, wann Clara zurückkommt.«

Planlos folge ich ihm ins Freie. Wir passieren den Kurpark und gelangen wieder an die Strandpromenade. Ein eisiger Wind peitscht uns erste Schneeflocken in die Gesichter. Markus geht zum Strand hinunter und betrachtet die bizarren Eisformationen, die sich um die Pfähle der Seebrücke gebildet haben. Er macht sich Richtung Jachthafen auf.

»Was heißt eigentlich ›höved‹?«, fragt er mich, nachdem ich ihn mit Mühe eingeholt habe.

Ich brauche einen Augenblick, bis mir klar wird, dass er wieder von dem Leuchtturm in Dahme spricht. »Anhöhe«, entgegne ich mit einem Keuchen.

»Steht der Leuchtturm unter Denkmalschutz?«

»Ja, verdammt noch mal!« Ich bleibe stehen, die Nerven mittlerweile zum Zerreißen gespannt. »Markus, was willst du hier? Warum bist du gekommen?« Die letzte Frage schreie ich fast heraus.

»Ich wollte euch wiedersehen.«

»Nach fünfunddreißig Jahren?« Ein Gedanke durchzuckt mich. »Wie hast du uns überhaupt gefunden?«

»Durch den Film über die Ostseeflüchtlinge. Er lief letzte Woche in eurem dritten Fernsehprogramm.«

Ich starre ihn an. Ich war so stolz darauf, dass es mir gelungen war, mit Clara in diesen Bericht zu kommen. Der Sender hatte per Internetaufruf nach DDR-Flüchtlingen gesucht, die über die Ostsee geflohen waren. Wir waren interviewt worden und hatten erzählt, wie uns ein Fischerboot in letzter Sekunde gerettet und nach Dahme gebracht hatte. Wie wir uns in diese Seite der Ostsee verliebt und die ersten Jahre in Heiligenhafen verbracht hatten, bevor wir nach Grömitz gezogen waren. Clara war der Auftritt vor der Kamera eher peinlich gewesen. Sie mag es nicht, Aufmerksamkeit zu erregen.

Markus setzt sich wieder in Bewegung, nach einer Weile folge ich ihm. Das Gehen über den Sand wird beschwerlich, ich weiche mehreren großen Eisschollen aus. Schließlich hole ich ein weiteres Mal auf und merke, wie mir die Luft immer knapper wird.

Der Griff nach dem Spray gibt mir ein Gefühl der Sicherheit. Nicht zu oft, hat der Arzt mich ermahnt.

In einiger Entfernung erscheint der Jachthafen vor uns. Ich bleibe stehen und hole mehrere Male tief Luft.

»Dein Asthma macht dir ganz schön zu schaffen, was?« Markus sieht mich prüfend an.

»Es geht.«

»Damals war es aber noch nicht so schlimm.«

»Nein, das ist es erst später geworden.«

Die psychische Belastung der Flucht und der damit verbundenen Ereignisse hatte die Symptome verstärkt. Die Erinnerung tat ihr Übriges.

»Hattest du eigentlich von Anfang an geplant, mich auf der Flucht umzubringen, oder war das ein spontaner Entschluss?«

Ich schnappe nach Luft. Die Gelassenheit in Markus' Stimme lässt mich erschaudern.

»Ich … ich …«, erst nach mehrmaligem Räuspern gehorcht mir meine Stimme wieder. »Was soll das, Markus? Ich habe versucht, dich zu retten, nachdem die Welle dich vom Boot gerissen hatte.«

Damals hatten uns die Lichtkegel der über dem Wasser tanzenden Suchscheinwerfer nach einiger Zeit erfasst. Clara und Markus hatten ihre Gesichter geschwärzt, für mich hatte die Paste nicht mehr gereicht. Markus warf den Motor an und versuchte, zu entkommen. Ohne es zu bemerken, gerieten wir dabei in die Hecksee einer großen Skandinavien-Fähre. Das Boot wurde hin und her geworfen, im Abstand von nur wenigen Sekunden gingen Clara und Markus über Bord.

»Du hast versucht, Clara zu retten. Und nachdem du sie ins

Boot zurückgezogen hattest, hast du begonnen, mit dem Paddel auf mich einzuschlagen.«

»Ich habe dir das Paddel hingehalten, damit du dich daran festhalten konntest. Frag Clara, sie kann es bezeugen.«

»Clara hat in dem Interview gesagt, dass sie sofort ohnmächtig geworden ist, als sie ins Wasser geschleudert wurde, und erst im Krankenhaus in Neustadt das Bewusstsein wiedererlangt hat.«

Ich beginne zu keuchen und merke, wie eine Welle der Übelkeit in mir aufsteigt.

»Die Grenzer haben mich zurückgeholt«, höre ich Markus' Stimme wie aus weiter Ferne. »Ich hatte schwere Kopfverletzungen, als sie mich aus dem Wasser zogen. Nachdem feststand, dass ich überleben würde, haben sie mich nach Bautzen gebracht. Im Dezember 1989 wurde ich freigelassen. Als die Grenze offen war.«

Markus steht jetzt ganz nah vor mir. »Du wolltest mich aus dem Weg haben, Stefan. Meinst du wirklich, ich hätte nicht gemerkt, wie verrückt du nach Clara warst? Du hast die Chance ergriffen, die sich dir so unverhofft bot.«

Ein Hustenanfall beginnt mich zu schütteln, voller Panik ziehe ich das Spray aus meiner Tasche. Im nächsten Moment schlägt Markus es mir aus der Hand. Ich schreie auf, tappe im Sand umher, suche ihn mit den Augen ab. Da! Neben einer Stelle mit Seetang blitzt etwas auf. Ich taumle darauf zu, falle zu Boden, bevor ich es erreiche.

Luft, ich brauche Luft.

Ich versuche, auf die Knie zu kommen, krieche auf allen vieren weiter. Der Gegenstand kommt näher, ja, es ist mein Spray, meine Rettung. Ich will danach greifen, als ich einen dunklen Schatten darauf herabfahren sehe und ein knirschendes Geräusch vernehme.

»Das brauchst du nicht mehr.«

Markus geht in die Hocke, packt meinen Kopf und zwingt ihn in Richtung der aufgepeitschten See.

»Schau genau hin, Stefan. Damit du endlich weißt, wie es sich anfühlt, wenn man kurz vor dem Erstickungstod ist und einem bewusst wird, dass alles, was man sich vom Leben erhofft hat, niemals in Erfüllung gehen wird.«

Ich bäume mich auf und versuche, etwas zu erwidern. Doch nur ein gurgelndes Geräusch kommt aus meinem Mund. Gedankenblitze durchzucken mich. Das Boot, das Paddel, das ich plötzlich in den Händen hielt. Die Schläge auf den hilflos im Wasser treibenden Körper. Das Entsetzen, als ich wieder zur Besinnung kam.

Eine gnädige Ohnmacht hüllt mich ein, zieht den letzten Gedanken mit sich fort …

Michaela Kastel

Zehn Minuten vor Ladenschluss

St. Pölten

Über die Autorin:

Michaela Kastel, geboren 1987, studierte sich nach ihrem Schulabschluss in einer katholischen Privatschule quer durch das Angebot der Universität Wien, ehe sie beschloss, Traum in Wirklichkeit zu verwandeln und Schriftstellerin zu werden. Da sie auch abseits des Schreibens von Literatur umgeben sein möchte, arbeitet sie in einer Buchhandlung. Für den Thriller *So dunkel der Wald* wurde sie 2018 mit dem *Viktor Crime Award* ausgezeichnet, eine Verfilmung des Stoffes ist in Planung. Zuletzt erschien ihr Thriller *Worüber wir schweigen* bei Emons. Sie lebt in Wien.

Es ist bereits dunkel draußen, als ich die enge, vollgeräumte Treppe nach unten schleiche, um die Kellertür zuzumachen. Immer dieser kalte Luftzug, der von unten in die Buchhandlung strömt, Tag für Tag. Sie haben irgendwas mit der Gastherme gemacht. Die Radingers, ich weiß es. Die Heizung springt einfach nicht an. Stromsparen nennt sich das. Ist ja auch nicht wichtig, dass es die Mitarbeiter während der Arbeit warm haben. Ich habe mir meinen Mantel und den Schal von unten geholt und sitze fröstelnd am Computer, während draußen der Wind heult.

Die Zeit nach den Weihnachtsfeiertagen erinnert an einen nuklearen Winter. Wo bis vor Kurzem noch die Massen unterwegs waren, herrscht nun gespenstische Leere in der Innenstadt St. Pöltens. Als hätten Kälte und Dunkelheit sie alle davongeweht. Die Reste von Weihnachten wirbeln wie Laub durch den trostlosen, frostigen Abend. Verbarrikadierte Punschstände, flackernde Festbeleuchtung, Kisten über Kisten an nicht verkaufter Weihnachtsware. Sie stapeln sich in der Buchhandlung, diese Kisten. Sie haben uns aufgetragen, den halben Laden zu remittieren, während sie weg sind. Nur so kommen wir nach Weihnachten über die Runden. Zurückschicken, was geht. Und wenn die Kunden vor halb leeren Regalen stehen. So wird das hier gemacht.

Manchmal, wenn ich abends allein in der Buchhandlung bin, starre ich auf die Bestsellerwand und stelle mir vor, ich hätte eines dieser Bücher geschrieben. Wie leicht dann alles wäre. Oder aber es wäre alles noch viel komplizierter. Erfolgsdruck kann einen Menschen fertigmachen. Mich macht vor allem diese Kälte hier fertig. Das und das seltsame Gefühl, ich werde beobachtet.

So etwas kommt hier öfter vor. Dass man völlig allein ist und trotzdem denkt, man wäre es nicht. Mein Kollege, Harald, sagt manchmal scherzhaft, in der Buchhandlung spukt's. Wenn die verstaubten Spinnweben in den Ecken sich wie von Geisterhand bewegen oder urplötzlich ein Buch aus dem Regal fällt. Harald meint, hier gehe der Geist eines ehemaligen Buchhändlers um – irgendein armer Teufel, der nicht rechtzeitig mit den Remissionen fertig geworden ist und nun seine »unerledigten Sachen« nachholen muss. Ganz ehrlich: Manchmal glaube ich, ich bin dieser Geist. Dass ich eins mit diesen schäbigen vier Wänden geworden bin, dass die Bücher mit mir sprechen, abends, wenn außer mir niemand mehr da ist.

Heute hatten wir fünf oder sechs Kunden. Bisheriger Tagesumsatz: ungefähr 250 Euro. Herr Radinger würde jetzt sagen, wir richten sein hart aufgebautes Geschäft zugrunde. Sechs Kunden in acht Stunden. Da kann man ja gleich zusperren. Sehe ich auch so. Lieber wäre ich zu Hause an diesem trostlosen Wintertag, lieber hätte ich Zeit für mich. Lieber wäre mir warm anstatt fröstelnd kalt. Aber irgendjemand muss schließlich die Stellung halten. Gnade mir Gott, sollte ich krank werden. Das geht hier einfach nicht. Genauso wenig wie die Heizung.

Die Eingangstür wird geöffnet. Der erste Kunde seit über zwei Stunden. Der Mann mit der runden, schwarz eingerahmten Brille und dem hochgeschlossenen Mantel nimmt sich die Mütze vom Kopf und begrüßt mich mit einem strahlenden Lächeln.

»Ganz allein heute?«, fragt er.

»Ja.«

»Wo sind denn die Chefitäten?«

»Die sind über Weihnachten nach Südamerika geflogen.«

»Na, denen geht's aber gut! Diese Radingers, immer unterwegs. Da kriegt man richtig Lust, selbst einen Buchladen zu eröffnen, was?« Er lacht, ich nicht. Er kommt öfters, ist Stammkunde, hat immer Lust auf ein Pläuschchen. Unwillkürlich durchsuche ich das Abholfach nach einer Bestellung für ihn, doch er winkt grinsend ab. »Nein, nein, ich warte auf nichts. Ich hab bereits alles abgeholt.«

»Sind Sie sicher? Ich bilde mir ein, da ist noch eine Bestellung für Sie offen.«

Ich tippe im PC seinen Namen ein und klicke mich durch die Bestellungen. Er sieht mir wortlos dabei zu.

Ich mag ihn nicht. Er grinst zu viel, auf eine Weise, die er lieber lassen sollte. Außerdem ist er irgendwie unheimlich. Mit dieser komischen Brille, seiner hageren Gestalt, den kleinen, wachsamen Augen, die mich immer so merkwürdig anstarren. Im Sommer kam er oft abends in den Laden, weil er wusste, dass ich dann allein bin. Er wollte nie etwas, bloß plaudern. Lange, lange plaudern. Gefährliche Angelegenheit, dieses Buchhändlerinnendasein. Im Grunde bist du hier ein gefundenes Fressen für Vergewaltiger und/oder Psychopathen. Betritt ein Kunde den Laden, musst du freundlich und hilfsbereit sein. Du musst einfach. Das ist dein Job. Du musst dafür sorgen, dass er zufrieden ist und im besten Fall wiederkommt. Und die Serienkiller reiben sich die Hände.

»Sie haben recht«, sage ich und schließe die Suchmaske. »Keine Bestellung offen.«

»Wo ist denn Ihr Kollege?«

»Der hat schon Feierabend.«

»Dann haben Sie ja das Geschäft für sich allein. Was machen

Sie so die ganze Zeit? Ich meine, jetzt nach Weihnachten wird ja nicht allzu viel los sein.«

»Es gibt immer etwas zu tun. Zu dieser Jahreszeit sind die Remissionen dran.«

Er nickt, obwohl er mit Sicherheit nicht versteht, was ich damit meine.

»Fahren Sie gar nicht in die Weihnachtsferien?«, erkundigt er sich.

»Dafür ist leider keine Zeit.«

»Privat so ausgelastet?«

»Eher beruflich. Ich muss ja ständig hier sein, wenn die Radingers verreist sind.«

Er lacht. »Derweil sieht es aber eher nach Müßiggang aus, was Sie hier treiben.«

Ich lächle verkniffen und wende mich ab.

Schritte auf dem schmutzigen Linoleumboden. Er geht sich umschauen. Seine hagere Gestalt verschwindet in den hinteren Bereich der Buchhandlung, wo sich die Ratgeber und Kochbücher befinden.

Ich nutze die Zeit, um an meiner Liste weiterzuarbeiten.

- Falscher Weihnachtsmann entführt Kinder aus Kaufhaus
- Falscher Weihnachtsmann wird von Fanatikern entführt (die ihn aus seiner fleischlichen Hülle befreien wollen)
- Gelangweilte Hausfrau massakriert Ehemann mit dem Festtagsbratenbesteck
- Gelangweilte Hausfrau versucht, Ehemann aus dem Weg zu räumen, und massakriert sich dabei versehentlich selbst (Unfall mit dem Backofen?)

»Was schreiben Sie denn da?«

Ganz plötzlich steht er wieder neben mir. Rasch schlage ich

mein Notizbuch zu und lege es in das Eck hinter dem Telefon. »Nur ein paar Ideen. Ich soll für einen Verlag einen kurzen Weihnachtskrimi schreiben.«

»Ach ja, richtig, Sie versuchen sich ja als Schriftstellerin. Wie läuft es denn so?«

»Gut.«

»Wirklich?«

Punkt, Punkt, Punkt.

»Sie haben bisher zwei Bücher veröffentlicht, stimmt's? Herr Radinger hat mir davon erzählt. Wie sind denn so die Verkaufszahlen?«

Die blödeste Frage, die es gibt. »Kann mich nicht beklagen.«

»Wissen Sie, ich wollte auch mal ein Buch schreiben. Hab es dann aber doch gelassen, zu wenig Zeit.«

Gefolgt vom blödesten Kommentar, den es gibt.

»Wissen Sie, ich wollte auch mal Herzchirurgin werden. Hab es dann aber doch gelassen, zu wenig Zeit.«

Und jetzt macht er auch noch ein saublödes Gesicht.

»Jedenfalls bin ich gerade auf Ideensuche«, rede ich weiter. »Es gibt im Grunde keine Vorgaben. Es muss bloß in irgendeiner Form mit Weihnachten zu tun haben.«

»Wie wäre es damit: Gelangweilte Buchhändlerin bringt nervigen Kunden um, indem sie ihm die Gesamtausgabe von Handke über den Schädel zieht?«

»Das wäre sogar möglich, die Gesamtausgabe haben wir da.«

Er grinst wieder. »Na, ob da die Radingers so eine Freude damit hätten? Stellen Sie sich doch nur mal vor: Sie kommen aus dem Weihnachtsurlaub zurück und Ihre Buchhandlung ist ein Tatort!«

»Nicht auszudenken.«

Er schlendert zu den Regalen mit den Taschenbüchern.

Ich überlege, das Notizbuch wieder zur Hand zu nehmen, und trommle stattdessen nervös mit einem Kuli auf den Tisch. Ein kalter Luftzug kriecht erneut von unten die Treppe hoch. Die Kellertür, steht sie etwa wieder offen? Ich habe sie doch zugemacht. Während die hagere Gestalt sich durch die Neuerscheinungen blättert, wage ich ein paar Schritte auf den Treppenabgang zu. Verstohlen luge ich um die Ecke, versuche, in der Dunkelheit etwas zu erkennen.

Es ist so unheimlich dort unten. Kalt, beengt, schmutzig, manchmal sogar gefährlich. Einmal wäre mir beinahe eine Kiste voller Werkzeug auf den Schädel gefallen, weil irgendjemand sie nicht richtig im Regal verstaut hatte. Im letzten Moment konnte ich ausweichen. Ein anderes Mal fiel der Strom abends aus, und ich musste in der Finsternis nach dem Sicherungskasten suchen. Mich an Spinnweben und Schimmelkrusten vorbeikämpfen, während Herr Radinger oben blieb und wartete, bis der PC wieder ansprang, damit er seine immens wichtige Solitär-Partie beenden konnte. Ich habe mir in der Dunkelheit die Haut aufgerissen. An dieser porösen, verschimmelten Wand.

Ich glaube, die Kellertür ist tatsächlich wieder offen. Durch den Türspalt allein kann unmöglich diese Kälte strömen.

»Wie lange sind die Radingers denn noch weg?«

»Wie bitte?« Ich eile zurück an den Computer, er legt das Buch weg, das er eben aus dem Regal gezogen hat, und kommt wieder zu mir.

»Wie lange die beiden noch weg sind. Bis Mitte Jänner?«

»Das weiß man nie.«

»Ich sehe schon«, antwortet er lachend, »Sie vergehen ja richtig vor Sehnsucht.«

Ich lächele flüchtig, warte darauf, dass er verschwindet. Ich möchte diese Kellertür zumachen. Um Himmels willen, er soll endlich gehen.

»Und wie lange sitzen Sie hier heute noch fest?«

Ich schaue auf die PC-Uhr. »Noch zehn Minuten bis Ladenschluss.«

»Ach, dann haben Sie es ja bald hinter sich.« Er wartet, schaut mich an. In seinen Brillengläsern spiegelt sich das grelle Licht der Lampen wider.

»Kann ich Ihnen vielleicht noch irgendwie helfen?«, frage ich. »Möchten Sie etwas bestellen?«

»Ein anderes Mal vielleicht. Heute hätte ich Lust auf was anderes.«

Etwas dreht mir den Magen um. Diese Kälte, sie kommt von unten, aus der geöffneten Tür, aus dem Raum, wo es dunkel ist. Nein, sie kommt von hier. Direkt vor mir. Er tritt ein Stück näher.

»Dürfte ich Sie etwas fragen?«, spricht er weiter.

»Natürlich.«

»Ich weiß, das kommt vielleicht etwas plötzlich und ungehobelt rüber … aber wenn Sie hinterher noch nichts vorhaben, dann … nun ja, vielleicht könnte ich Ihnen ja helfen. Bei Ihrer Ideenfindung. Eine Weihnachtskurzgeschichte, haben Sie gesagt?«

Ich möchte zurückweichen. Es geht nicht, ich stoße an den Computertisch. »Das, äh … das ist wirklich sehr nett, aber ich muss hinterher schnell nach Hause.«

»Oh«, stößt er aus. »Zu Ihrem Freund?«

»Zu meinem Hund.«

Sein Gesicht entspannt sich wieder. Ich Vollidiotin.

»Aber das macht doch nichts. Vielleicht schaue ich einfach in den nächsten Tagen mal wieder abends vorbei, und wir beide überlegen uns ein paar gute Krimigeschichten?«

»Das … das wäre sicher lustig, aber ich weiß nicht, ob das meinen Vorgesetzten gefallen würde.«

Er zwinkert. »Die beiden müssen es ja nicht wissen.«

Ich antworte nicht.

Plötzlich streckt er die Hand nach mir aus. Ich rühre mich nicht, starre ihn erschrocken an. Seine kleinen braunen Augen funkeln hinter dieser merkwürdigen Brille. Er greift an mir vorbei und holt das Notizbuch hinter dem Telefon hervor. Ungeniert schlägt er es auf und entdeckt auf Anhieb die Liste.

»Gelangweilte Hausfrau massakriert Ehemann mit dem Festtagsbratenbesteck«, liest er schmunzelnd vor. »Sie sind mir eine. Was hinter diesen hübschen Augen für Gedanken kreisen.«

»Das sind bloß Ideen«, erwidere ich nervös und will ihm das Buch aus der Hand nehmen. Er weicht mir aus und blättert ein paar Seiten nach vorn. Seine Stirn runzelt sich.

»Oh, was haben wir denn da? Interessante Notizen. Wurde in Ihrem letzten Buch etwa jemand eingemauert? Klingt ganz nach einer Anleitung.«

»Geben Sie das bitte wieder her, das ist privat.«

Er überlässt mir das Buch und beobachtet amüsiert, wie ich es zurück in die Ecke lege. »Alle Achtung. Dass Sie so finstere Gedanken haben. Aber wissen Sie, genau das fasziniert mich an Schriftstellern. Man sieht es ihnen nicht an, aber in jedem steckt ein kleiner Psychopath.«

»Steckt der nicht sowieso in uns allen?«

»Wahres Wort.« Er lehnt sich an die Schreibtischkante und beugt sich nahe zu mir heran. »Erzählen Sie, wen haben Sie in Ihrem letzten Buch eingemauert? Geht es um einen Serienkiller? Ich mag so was. Wie haben Sie recherchiert? Kommen Sie, ich bin neugierig!«

»Ich … unterschiedlich. Man sucht sich die Infos eben so zusammen.«

»Haben Sie schon einen Verlag dafür gefunden?«

»Noch nicht.«

»Wenn Sie wollen, kann ich den Text gerne testlesen! Das ist mein Ernst, ich würde Ihnen da sehr gerne helfen.«

»Das ist wirklich sehr nett von Ihnen.«

»Bekomme ich dann auch eine Erwähnung in der Danksagung?«

»Natürlich.«

Er beugt sich noch ein Stückchen näher. Ich kann seinen Atem spüren. Mich durchläuft ein Frösteln.

»Jetzt verraten Sie's mir schon«, sagt er leise. »Wie haben Sie recherchiert? Geben Sie's zu, Sie haben Feldforschung betrieben. Wen haben Sie eingemauert? Ihren Kollegen? Ist er deswegen nicht da?«

»Der hat schon Feierabend, das habe ich Ihnen doch gesagt!«

»Schon gut, schon gut«, sagt er lachend, als ich einige Meter Abstand zwischen uns bringe. »Meine Güte, Sie nehmen aber auch alles ernst. Ich glaube, Sie sollten wirklich Schluss machen für heute.«

In dem Moment läuten die Kirchturmglocken. 19 Uhr. Gott sei Dank. Er soll endlich verschwinden, verflucht. Ich hole den Schlüssel aus meiner Tasche und klimpere vielsagend damit herum. Als er nicht reagiert, füge ich hinzu: »Ich fürchte, ich muss Sie jetzt leider hinauskomplimentieren.«

»O mein Gott, Sie haben ja recht! Wo ist nur die Zeit geblieben? Kommen Sie, ich helfe Ihnen beim Reinschieben der Kalender.«

»Nein, das ist wirklich nicht nötig …«

»Keine Widerrede. Ich habe Sie die ganze Zeit aufgehalten, da kann ich ruhig ein bisschen mithelfen. Und die Radingers müssen es ja nicht erfahren.«

Er folgt mir nach draußen vor das Geschäft, wo die Kalenderständer und Drehsäulen mit Post- und Grußkarten stehen. Ich sehe mich um. Kein Mensch weit und breit. Das Druckgefühl in meiner Brust wird stärker. Gemeinsam schieben wir alles nach drinnen. Dann stelle ich mich an die Tür und warte, dass er geht.

Er geht nicht.

Er grinst nur wieder.

»Ganz schön frisch hier«, meint er und nimmt mir den Schlüssel aus der Hand. »Besser, wir machen die Tür zu.«

Er schließt die Eingangstür und dreht den Schlüssel. Ich bin mit ihm allein. Allein in diesem Raum, nur er und ich. Draußen ist es dunkel. Niemand sonst ist da.

»Ich muss noch die Kasse machen«, sage ich heiser.

»Bitte, tun Sie sich keinen Zwang an. Ich bin überhaupt nicht da.«

Ich stelle mich hinter den Kassentresen und beginne mechanisch, das Geld zu zählen. Währenddessen geht er durch das Geschäft und stöbert geruhsam in den Regalen.

Mein Blick fällt auf das Telefon neben dem PC. Dann zu ihm. Er schaut zu mir rüber, schnell konzentriere ich mich wieder auf das Geld. Ich verzähle mich und muss erneut anfangen. Er wird ungeduldig.

»Soll ich Ihnen helfen?«

»Nein. Bin eben fertig geworden.« Ich nehme die heutigen Einnahmen und trage sie eilig in den Keller, wo das Geld in einem alten Schuhkarton aufbewahrt wird. Meine Gedanken springen aufgeregt von einem Punkt zum anderen. Er muss verschwinden. Schnell, bevor ich es sein werde, die verschwunden sein wird. Hier in diesem Keller. Vergewaltigt, verscharrt. Eingemauert. Die Kälte kriecht mir in alle Glieder. Der feuchte Modergeruch verstopft meine Nase. Plötzlich weiß ich, was ich zu tun habe. Ich weiß, wie ich ihn loswerde. Ein für alle Mal. Nie wieder Pläuschchen. Nie wieder freundlich sein. Die

Wände haben es mir zugeflüstert. Hier unten sind die Wände lebendig.

Als ich zurück nach oben komme, steht er an der Treppe. Er hat sich den Mantel ausgezogen. Darunter trägt er einen Norwegerpullover. Er sieht brav und bieder aus. So sehen sie immer aus, die Schweine.

»Sollen wir jetzt ein bisschen an der Kurzgeschichte feilen?«

»Sofort. Ich muss nur noch kurz nach hinten.«

Sein Blick bohrt sich gierig in mich hinein. Ich gehe nach hinten in die kleine Teeküche, wasche mir die Hände, schaue mir im Spiegel ins Gesicht. Fast schon muss ich lächeln. Im Korb unter dem Abwaschbecken liegt der Hammer. Ich habe ihn letztes Mal dort reingetan, nachdem ich ihn gewaschen habe. Seitdem wartet er auf mich.

»Was machen Sie denn da hinten?« Er klingt belustigt, selbstsicher. Er denkt, er hätte gewonnen. »Wir wollten doch plotten.«

»Komme schon.« Ich drehe den Hauptschalter ab, und in der ganzen Buchhandlung gehen die Lichter aus.

»Oho, so dunkel auf einmal.« Er lehnt am Kassentresen, im Zwielicht der Straßenbeleuchtung erkenne ich, dass er mich ansieht. »Wenn die Radingers wüssten, was wir in ihrer heiligen Buchhandlung tun«, flüstert er.

»Was meinen Sie?«

»Blutrünstige Geschichten spinnen, nach Feierabend. Das geht doch nicht.«

»Die werden das sowieso nicht mehr mitbekommen. Keine Sorge.«

»Ach so? Glauben Sie, denen gefällt es so gut in Südamerika, dass sie gar nicht mehr zurückkommen wollen?«

»Sie sind nie aufgebrochen. Um genau zu sein, sie sind sogar noch hier.«

Für einen Augenblick stutzt er, dann beginnt er wieder zu lächeln. »Haben Sie sie etwa eingemauert? Da unten, im Keller?«

»Zwecks Feldversuch. Man muss schließlich wissen, worüber man schreibt.«

»Ihren Thriller muss ich lesen, wenn er rauskommt.«

»Mir ist jetzt auch eine Idee für einen Weihnachtskrimi gekommen.«

»Dann lassen Sie mal hören.«

»Eigentlich war es Ihre Idee. Gelangweilte Buchhändlerin zieht nervigem Kunden beliebigen harten Gegenstand über den Schädel.«

»Verstehe«, antwortet er lachend und fährt sich mit der Hand über den Kopf. »Aber doch nicht wirklich mit einer Handke-Ausgabe. Das wäre viel zu schade.«

»Stimmt, das wäre es wirklich. Es würde auch nicht klappen. Es müsste etwas Effektiveres sein.«

Er sieht sich suchend um. »Das Telefon?«

»Nein.«

»Dann vielleicht … der PC-Bildschirm?«

»Zu groß und unhandlich. Außerdem muss es schnell gehen.«

»Dann bräuchten Sie wohl oder übel ein Werkzeug, junge Dame.«

Ich stelle mich direkt vor ihn, lächle jetzt. Wir kommen der Sache näher. »Ich dachte an einen Hammer.«

Eine kurze Stille. »Trägt denn jede Buchhändlerin so was mit sich herum?«

»Nicht jede Buchhändlerin. Aber jede Thriller-Autorin. Sofern sie was auf sich hält.«

»Tja«, meint er mit einem belustigten Kopfschütteln, »dann brauchen wir nur noch ein Versuchsobjekt, um Ihr Tötungsdelikt auf Tauglichkeit zu überprüfen.«

»Exakt. Wie wäre es mit Ihnen?«

Ein Hauch von Angst huscht über sein Gesicht, als ich den Hammer aus meiner Gesäßtasche ziehe. Im nächsten Moment beginnt er schallend zu lachen.

»Mein Gott, Sie sind mir vielleicht eine! Mauern zunächst die armen Radingers ein, und jetzt wollen Sie mir einen Hammer über den Schädel ziehen. Und das alles für ein paar gedruckte Seiten. Sind alle Autorinnen so leidenschaftlich bei der Sache?«

»Offenbar nur ich.«

»Jetzt kommen Sie, ziehen Sie sich an, ich lade Sie zum Essen ein.« Als ich mich nicht rühre, wird er endlich ernst. »Lassen Sie das. Über so was macht man keine Scherze.«

Ich packe seinen Arm, halte ihn fest. Das Heben des Hammers passiert geräuschlos, aber meine Schritte klingen ohrenbetäubend auf dem Boden. Er steht still wie eine Wand.

»Mach ich auch nicht.«

Neuer Eintrag im Notizbuch:

- Falscher Weihnachtsmann entführt Kinder aus Kaufhaus
- Falscher Weihnachtsmann wird von Fanatikern entführt (die ihn aus seiner fleischlichen Hülle befreien wollen)
- Gelangweilte Hausfrau massakriert Ehemann mit dem Festtagsbratenbesteck
- Gelangweilte Hausfrau versucht, Ehemann aus dem Weg zu räumen, und massakriert sich dabei versehentlich selbst (Unfall mit dem Backofen?)

✓ <u>Gelangweilte / aggressive / erfolglose Buchhändlerin / Autorin bringt Kunden zwecks Recherchezwecke um die Ecke</u>
<u>Wichtig: Kellertür nach dem Einmauern gut verschließen!!!</u>

Susanne Mischke

O Tannenbaum, o Tannenbaum

Voralpenland

Über die Autorin:

Susanne Mischke, geboren 1960 in Kempten im Allgäu, arbeitet nach ihrem Studium der BWL bereits seit 1993 als freie Schriftstellerin. Für ihre Kriminalromane wurde sie mit dem Georg-Christoph-Lichtenberg-Preis für Literatur und dem Frauen-Krimipreis der Stadt Wiesbaden ausgezeichnet. Susanne Mischke lebte längere Zeit in und um Hannover und inzwischen in Wertach im Oberallgäu. Sie schreibt Psychokrimis, Jugendthriller und Jugendromane. Mit dem Roman *Der Tote vom Maschsee* begann 2008 ihre erfolgreiche Hannover-Krimiserie um den kauzigen Kommissar Bodo Völxen und seine Schafe im Piper Verlag. Zuletzt erschien im Frühjahr 2020 *Hättest du geschwiegen,* der neunte Band der Völxen-Reihe.
Mehr über die Autorin unter www.facebook.com/SusanneMischke-Autorin

Als Cilly Birnstiel die Axt niederlegt, ist nur noch ein blutender Stumpf übrig. Sie wischt sich den Schweiß von der Stirn. Ihre Hände zittern, teils von der ungewohnten Anstrengung, teils wegen der aufwallenden Gefühle, aber nach einem ordentlichen Schluck Obstler lässt das Zittern nach. Dafür brennt ihre Kehle wie Feuer.

Sie greift zum Telefon: »Birnstiel, Föhrenweg 12. Man kann ihn jetzt abholen. – Ja, sofort, wenn's geht.« Grußlos legt sie auf. Und weil sie nicht weiß, wohin mit sich selbst, jetzt, wo sie alleine ist in diesem großen, stillen Haus, steht sie einfach nur reglos am Küchenfenster und starrt auf die gen Himmel gereckten Glieder des geschlagenen Feindes, die in der Garageneinfahrt liegen.

O Tannenbaum, o Tannenbaum,
wie grün sind deine Blätter

Sie verzieht den Mund zu einem bitteren Lächeln und denkt dabei: Aber nicht mehr lange! Vielleicht streift die biegsamen Äste und die saftigen Nadeln just in diesem Augenblick der Todeshauch. Aus schierer Gewohnheit schlägt sie beim Gedanken an den Tod ein Kreuz über ihrer fülligen Brust. Als sie sich dessen bewusst wird, ermahnt sie sich, sich gefälligst zusammenzureißen. Todeshauch, was für ein Schmarrn!

Ihr Sinn fürs Praktische regt sich und lässt Cilly Birnstiel darüber nachdenken, ob sie nicht noch schnell ein paar Zweige abschneiden soll. Sie könnte sie über die frisch gesetzten Bodendecker-Rosen auf Tassilos Grab legen, um die jungen Pflanzen vor Frost zu schützen. Doch im nächsten Moment zuckt sie zusammen, entsetzt über ihren Pragmatismus, der anscheinend keine Pietät kennt. Wie kann sie an so etwas nur denken? Das wäre ja … Das wäre ja so, als legte man auf das Grab eines Unfallopfers die Stoßstange des Wagens, der es über den Haufen gefahren hat. Nein, nichts, gar nichts von diesem gottverdammten Baum soll übrig bleiben! Als Brennholz oder zu Pellets geschreddert soll er in fremden Kaminöfen in Rauch aufgehen. Sogar den Stumpf wird sie im Frühjahr entfernen lassen, bis zur letzten Wurzel.

Darauf noch einen Obstler.

Ist es möglich, dass sie ein klein bisschen überreagiert? Ein Baum ist ein Baum ist ein Baum. Weder schuldig noch unschuldig, einfach nur Holz und sattes Grün. Aber es ist ohnehin zu spät, um darüber nachzudenken. Es ist zu allem zu spät.

Wie und wann die Tragödie ihren Anfang nahm, lässt sich im Nachhinein nur schwer exakt bestimmen. Möglicherweise streckte das Unheil schon im vorigen Jahr seine Krallen aus, als das Rentnerpaar Cilly und Tassilo Birnstiel, das neben uns in einem klotzigen Bungalow mit überdimensioniertem Holzbalkon wohnt, eine LED-Lichterkette kaufte und sie um die Kiefer wickelte, die vor ihrer Terrasse stand.

Ich halte nach wie vor nicht viel von Weihnachtsbeleuchtung, und zwar aus Gründen, die für jeden verantwortungsvoll handelnden Menschen in Zeiten des Klimawandels auf der Hand liegen: überflüssiger Verbrauch wertvoller Ressourcen und Energie bei der Herstellung in China, Verseuchung von Luft und Ozeanen beim Transport hierher, Stromverschwendung und Lichtverschmutzung, gefühlsduseliger Kitsch …

Dennoch musste ich zugeben, dass mir das dezente, warmweiße Funzeln im Nachbargarten gefiel. Es hatte etwas Anheimelndes in diesen kalten Winternächten, besonders, als es pünktlich zum ersten Advent auch noch schneite.

Vermutlich war das der Grund, warum ich mich dazu verleiten ließ, eine hölzerne Pyramide mit LED-Kerzen zu kaufen. Das oder der zweite Becher von diesem höllisch starken Punsch, den sie auf dem Weihnachtsmarkt ausschenkten. Dorthin hatte mich tags zuvor mein Lebensgefährte Roland geschleppt, ein hoffnungsloser Weihnachtsromantiker. Roland, meine *späte Liebe*, wie das bei einer Frau jenseits der Fünfzig bisweilen gerne genannt wird, war erst ein paar Wochen zuvor bei mir eingezogen. Dabei hatte ich ihm, unter anderem, deutlich zu verstehen gegeben, was ich von Weihnachtsbeleuchtungen hielt, und Roland hatte mir recht gegeben, so wie er mir fast immer recht gab.

Die Pyramide, hatte er meine Bedenken zerstreut, sei eine Schnitzerei aus dem Erzgebirge, und die LEDs würden wirklich kaum Strom verbrauchen.

Mit der Anschaffung der leuchtenden Pyramide – natürlich war das Ding beim genauen Hinsehen doch *made in China* – hatte ich die Büchse der Pandora geöffnet; das begann ich zu ahnen, als ich am nächsten Tag wieder nüchtern war. Aber wo sie nun schon einmal da war, konnte ich keinen Rückzieher mehr machen, Roland hätte mich für verrückt erklärt. Also stellte ich das scheußliche Ding seufzend auf die Fensterbank im Wohnzimmer. Der kränklich-gelbliche Schein der Kerzen wurde durch einen Zeitschalter geregelt, das Licht ging bei einsetzender Dunkelheit an und erlosch kurz nach Mitternacht. Ähnlich handhabten es die Birnstiels mit ihrer Lichterkette und kurz danach mit dem gelben Lichtschlauch, der eines Tages die Umrisse ihres Kamins markierte.

Ob sie Angst hätten, der Weihnachtsmann würde sonst den Zugang zum Haus nicht finden, witzelte ich, als ich das Paar tags darauf beim Bäcker traf.

Halb im Scherz, aber doch mit einem warnenden Unterton wurde ich daraufhin von Tassilo Birnstiel belehrt, dass wir hier in Bayern lebten, wo es nur das Christkind gebe und keine Weihnachtsmänner oder ähnlichen angelsächsischen Firlefanz.

»Und was ist mit den Nikoläusen?«, trumpfte ich auf.

Das sei etwas ganz anderes, meinte er entsetzt. St. Nikolaus sei ein Heiliger gewesen, ein Märtyrer, der heutzutage kleine Geschenke für kleine Kinder in vor die Tür gestellte Stiefel platzierte. »Aber nur für brave, für die anderen gibt's die Rute«, erklärte Herr Birnstiel, und sein Blick verriet nur allzu deutlich, dass ich in seinen Augen ein klarer Fall für den Knecht Ruprecht war.

»Ganz genau«, mischte sich nun Cilly Birnstiel ein. »Der heilige Mann würde den Teufel tun«, sie unterbrach sich kurz, um sich zu bekreuzigen, »und durch einen Kamin rutschen.« Ob ich denn nach zwanzig Jahren meiner Einwanderung aus dem protestantischen Norden noch immer nichts über die heimischen Bräuche wisse, bohrte sie.

»Sie sind dran«, sagte ich und deutete mit einem nonchalanten Lächeln auf die mürrisch dreinblickende Bäckereifachverkäuferin.

»Zwoa Brezn und zwoa Mohnsemmeln«, beendete Tassilo Birnstiel den Diskurs.

Weihnachtsmann hin, Nikolaus her, diesen LED-Schlauch der Birnstiels fand ich regelrecht obszön. »Ich komme mir vor, als würde ich mitten in einer Autobahnbaustelle wohnen«, beschwerte ich mich bei Roland, der ebenfalls fand, dass der Schlauch scheußlich war. Dies hielt ihn jedoch nicht davon ab, gleich am nächsten Tag in den Baumarkt zu fahren und zwei Lichterketten zu kaufen, und das, ohne mich vorher gefragt zu haben. Mangels Koniferen (unsere Weihnachtsbäume im Container waren leider stets eingegangen) drapierte er sie um die Spitzen des Gartenzauns. Es missfiel mir, wie der antike Eisenzaun auf diese Weise seiner strengen Würde beraubt wurde, aber ich hielt den Mund und versuchte, darüber hinwegzusehen. Weihnachten, sagte ich mir, ist das Fest der Liebe, eine Beziehung erfordert nun mal Kompromisse, und der Spuk würde schließlich in wenigen Wochen vorbei sein.

Dennoch, für meinen Geschmack gab es nun ausreichend LED-Adventsstimmung, erstrahlte doch drüben bei Birnstiels neuerdings zusätzlich zu ihrem Lichtschlauch in jedem Fenster ein weihnachtliches Motiv: ein Stern, ein Engel, ein Tannenbäumchen, ein Nikolaus.

Aber auch daran kann man sich ja gewöhnen. Zumindest redete ich mir das ein. Und bis auf diesen neuerdings ausgebrochenen Beleuchtungsfimmel waren die Birnstiels doch eigentlich ganz gute Nachbarn.

Im Jahr darauf verbrachten Roland und ich die erste Adventswoche bei seiner Schwester. Sie hatte einen Texaner geheiratet und lebte nun am Stadtrand von San Antonio in einer Siedlung für texanische Besserverdienende. Wann immer jemand das Haus der Montgomerys betrat oder verließ, winkte ein von innen beleuchteter Plastikschneemann von der Größe eines Massaikriegers mit seinem Plastikbesen und plärrte mit lauter, blecherner Stimme: *Merry christmas, merry christmas.*

Halleluja, dachte ich nur, als wir wieder gen Heimat flogen, denn verglichen mit dem, was sich jenseits des Atlantiks in puncto Weihnachtsbeleuchtung abspielte, ging es hierzulande wirklich noch harmlos zu.

Nach einer harten Woche glitten wir im Taxi durch die nächtlichen Vorstadtstraßen auf unser trautes, dunkles Heim zu …

Vermutlich hatte es bei Birnstiels Lieblingsdiscounter Lichterketten zum Schleuderpreis gegeben, denn im Garten schlang sich eine solche um jede einzelne Zypresse, um jeden kahlen Busch. Wenn es so weiterging, würden sie bald auch noch die Maulwurfshügel erleuchten. Leider war das noch nicht alles: Um Birnstiels Haustür jagten sich Lauflichter in vier wechselnden Farben, es sah aus wie der Eingang zu einer Dorfdiskothek. Der Taxifahrer grinste, als er vor unserem Grundstück hielt, und ich schämte mich in Grund und Boden für meine Nachbarschaft.

Den folgenden Abend verbrachte Roland zunächst draußen, wobei er, wie im letzten Jahr, den Zaun lichterverkettete. Ich beobachtete ihn zähneknirschend. Als mich vor zwanzig Jahren mein Traumjob, die Leitung der örtlichen Sparkassenfiliale, in diese bayerische Kleinstadt am Rande der Alpen geführt hatte, hatte ich mich auf Anhieb in das schlichte kleine Siedlungshaus verliebt, von dem der Makler gemeint hatte, man solle es am besten gleich abreißen. Stattdessen hatte ich es behutsam renoviert, um seinen schlichten Charakter zu erhalten. Einzig der antike Eisenzaun mit seinen Spitzen in Form der Bourbonen-Lilie wirkte ein wenig pompös. Jedenfalls hatte ich die Birnstiels darüber lästern hören, unter anderem war das Wort *Klein-Versailles* gefallen. Aber was interessierte mich die Meinung der eingeborenen Ignoranten? Der Zaun war das Prunkstück der Straße, ach was, des ganzen Viertels. Ich hatte ihn bei einem halbkriminellen polnischen Trödler erstanden und anstelle des maroden Jägerzauns anbringen lassen. Rosen sollten sich um ihn ranken, nicht Aldi-Lichterketten. Warum hatte ich Roland diesen Unfug im vorigen Jahr bloß durchgehen lassen?

Nach dem Abendessen saß Roland noch eine Weile am Computer und ging dann zu Bett, während ich mich mit einer

Netflix-Serie bis ein Uhr wach hielt. In meinem dunklen Kapuzenparka, in der Tasche die Rosenschere, schlich ich hinaus in die kalte Nacht. Es hätte sehr romantisch sein können. Eine bleiche Mondsichel stand über den Dächern, der Große Wagen funkelte vornehm – und vergeblich – gegen Birnstiels Lichtspiele an, die neuerdings bis in die frühen Morgenstunden andauerten.

Katzengleich glitt ich durch das Gartentor der Nachbarn und näherte mich geduckt der Terrasse. Mein Herz hämmerte wild. Was, wenn sie mich erwischten? Laut den hin und wieder geäußerten Klagen von Cilly Birnstiel schnarchte der wohlbeleibte Tassilo angeblich wie ein Bär, weshalb Cilly Birnstiel mit Schaumgummistöpseln in den Ohren schlief. Aber was, wenn er wach würde und mich zu unchristlicher Zeit in seinem Garten vorfände? Notfalls könnte ich immer noch vorgeben, einen Einbrecher zu jagen. Ich verbot mir, daran zu denken, atmete tief durch und schritt zur Tat. Was heißt überhaupt Tat? Dies war ein Akt der Notwehr!

Im Schutz der herabgelassenen Rollläden zog ich den Stecker der Verteilerdose und schnitt das Kabel mit der Rosenschere durch. Um den Verdacht umzulenken, kaute ich ein wenig auf der Ummantelung herum. Ich wiederholte den Vorgang an den Zuleitungen der diversen Lichterketten, danach steckte ich den Stecker des Verteilerkabels wieder ein und schaute mich um. Es war wie nachlassender Kopfschmerz. Haustür, Kamin und Garten lagen wieder in stillem Dunkel. Nur die Sterne, Engel, Tannenbäumchen und Nikoläuse leuchteten nach wie vor in den Fensterscheiben, da sie ihre Energie aus dem Inneren des Hauses sogen. Geschenkt, dachte ich.

Dieselbe Prozedur wiederholte ich nun auf meiner eigenen Terrasse. Zack, ein Schnitt, und wohltuende Dunkelheit breitete sich aus.

Um den Plastikgeschmack von den Kabeln in meinem Mund loszuwerden, goss ich mir einen großzügig bemessenen Schluck von Rolands schottischem Malt Whiskey ein. Mit dem Glas in der Hand stand ich am dunklen Wohnzimmerfenster, blickte voller Genugtuung nach draußen und sang dabei leise vor mich hin:

Der Mond ist aufgegangen,
die goldnen Sternlein prangen
am Himmel hell und klar.

Und genauso war es.

Drei Tage später traf ein Amazon-Paket ein. Die freundlichen Birnstiels hatten es netterweise für uns entgegengenommen. Als Cilly und Tassilo es zu uns brachten – Größe und Gewicht verlangten nach starken Armen –, beschwerten sie sich bitterlich über den Marder, der während der letzten Tage mehrmals die Kabel ihrer Adventsbeleuchtung durchgebissen hatte.

»So ein Sauviech, so ein elendes!«, wetterte Cilly Birnstiel, und ihr Busen bebte vor Entrüstung.

»Bei uns hat er auch gewütet«, tröstete ich meine hilfsbereiten Nachbarn und fügte hinzu: »Tja, so ist halt der Lauf der Natur.«

»Das wird bald ein Ende haben«, prophezeite Cilly mit düsterem Blick und unheilschwangerer Stimme. »Heute Nacht legt sich mein Mann mit der Schrotflinte am Küchenfenster auf die Lauer.« Sie presste erschrocken die Hand gegen ihre Hasenzähne, als ihr Gatte sie grob anrempelte und mit einem vernichtenden Blick bedachte.

Es sei bloß *der uralte Schießprügel vom Vatter,* wiegelte Tassilo Birnstiel ab und fügte hinzu, alte Waffen dürfe man ohne Waffenschein behalten. Seine Frau nickte eifrig, sodass ihre gelblichen Dauerwellenlöcken wippten. Beider Wangen glühten, und ihre Augen brannten vor Jagdfieber.

Ich wünschte meinem Nachbarn ein herzliches *Waidmannsheil* und zerrte das Paket ins Haus.

Es war an Roland adressiert. Ohne mir etwas über den Inhalt zu verraten, trug er es in den Keller, wo er sich einen Raum als Werkstatt und *Arbeitszimmer* eingerichtet hatte. In Wahrheit zockte er dort unten stundenlang am Computer, was mir manchmal ganz recht war, war ich es doch über Jahre hinweg gewohnt, alleinige Herrin über die TV-Fernbedienung zu sein. Überhaupt verlangte mir das Zusammenleben mit meinem Liebsten mehr an Kompromissen und Zugeständnissen ab, als ich zunächst geglaubt hatte. Inzwischen lebten wir gut ein Jahr zusammen, hatten erste Unzulänglichkeiten an uns entdeckt, und ich ertappte mich zuweilen bei dem Gedanken, dass unsere langjährige Wochenendbeziehung viel aufregender und gleichzeitig harmonischer gewesen war, auch wenn das zunächst etwas widersprüchlich klingt.

Noch am selben Abend bekam ich den tanzenden Weihnachtsbaum zu sehen. Zu den blechernen Klängen von *Jingle Bells* fuchtelte er mit seinen Plastikzweigen in der Luft herum wie eine balinesische Tempeltänzerin. Es war grauenhaft, einfach grauenhaft. Ich forderte Roland auf, das grässliche Ding sofort in sein Kabuff im Keller zu schaffen. Möglicherweise fiel mein Ton dabei ein wenig harsch aus. Roland nannte mich engstirnig und intolerant und verdächtigte mich obendrein der Sabotage an den Kabeln *seiner* Lichterketten.

»Die an *meinem* Zaun hängen«, stellte ich klar.

Daraufhin warf er mir vor, ich würde ihn behandeln wie einen Untermieter, mit dem ich zufällig ein Verhältnis hätte, und es sei ein Fehler gewesen, zu mir zu ziehen.

Da musste ich ihm sogar zustimmen.

Ein Wort gab das andere, angestauter Frust auf beiden Seiten brach sich Bahn, und wir stritten über alles Mögliche. Der Leberkäse zum Selberbacken verbrannte im Ofen, und Roland schleppte sein Bettzeug hinab in sein Arbeitszimmer.

In dieser Nacht schlief ich sehr schlecht. Ich irrte durch die Glühwein- und Bratwurstschwaden eines Weihnachtsmarkts auf der Flucht vor einer riesigen grünen Plastikkrake, die pausenlos *Last Christmas* trällerte. Ich bat einen Nikolaus mit weißem Rauschebart um Hilfe, doch der meinte, ich solle mich an seinen Knecht Ruprecht wenden. Dieser entpuppte sich jedoch als Roland in Verkleidung, und er nutzte die Gelegenheit, mir einen Sack über den Kopf zu stülpen und mit dem Handy die Krake anzurufen. Dabei gab es einen Knall, und ich fuhr aus den Laken. Mein Puls raste, das Nachthemd klebte mir am Rücken.

Es war Viertel nach zwei, und Tassilo Birnstiel feierte offenbar seinen ersten Jagderfolg. Jedenfalls sah ich ihn vom Schlafzimmerfenster aus kurz darauf im Mondschein bekleidet mit Bademantel und Russenmütze durch den Garten hasten. Mit der rechten Hand hob er irgendetwas Graues mit vier Beinen und einem Schweif vom Boden auf, während er die zur Faust geballte Linke gen Sternenhimmel reckte.

Angewidert kehrte ich dem Ganzen den Rücken und ging wieder ins Bett.

Cilly Birnstiel vergoss tags darauf bittere Tränen der Reue und zwang ihren Mann, beim Optiker seine Sehschärfe kontrollieren und vor allen Dingen die Flinte verschwinden zu lassen. Ich weiß das deshalb, weil sie sich in meiner Küche ausweinte und immer wieder betonte, wie leid ihr das alles täte und was für schlimme Vorwürfe sie sich doch machte.

Ich tätschelte tröstend ihre Hand und meinte: »Wie wär's mit einem Tee mit Schuss?«

Vom Rest der Nachbarschaft wurden die Birnstiels dagegen für eine ganze Weile geschnitten, denn alle hatten den pummeligen Kartäuserkater aus Nummer acht gerngehabt.

Als ich am Mittwochabend vom Pilates nach Hause kam, glomm ein roter Punkt von der Größe eines Golfballes neben dem Hauseingang in der Luft. Mir blieb vor Schreck der Atem stehen. Was war das? Wurden inzwischen Infrarotwaffen eingesetzt? Noch ein Schritt, und vor meinen Augen erschien wie eine Fata Morgana ein Rentier in Originalgröße. Hinter ihm, auf dem Schlitten, saß ein dicker, weißbärtiger Santa Claus im roten Mantel. Ich näherte mich dem Ensemble so vorsichtig wie einer angeschossenen Wildsau. Durch meine in Texas gesammelten Erfahrungen war ich auf alles gefasst. Prompt wackelte das Rentier mit seinen Ohren, und Santa auf dem Schlitten ließ ein kehliges *Hou-hou-hou* hören, ehe die Pracht wieder erlosch. Dann glühte von Neuem die rote Nase des Rentiers auf … und so weiter. Minutenlang stand ich wie erstarrt vor dem Schauspiel. Das Rentier hatte hübsche Ohren und einen sanften Blick. Santa Claus sah aus wie Gottvater persönlich. Etwas Anrührendes ging von den beiden aus. Ich fuhr zusammen, als sich die Haustür öffnete. Rolands Haltung glich der eines Hundes, der den Sonntagsbraten gefressen hat.

»Kann man es auch so einstellen, dass es immer leuchtet?«, fragte ich.

Schon am nächsten Tag pilgerten in der Dämmerung Mütter mit ihren Kindern durch unsere Straße, um den Kleinen das Rentier Rudi zu zeigen. Es war *die* Attraktion im Viertel.

»Ach, wie schön sind doch diese leuchtenden Kinderaugen, da geht einem doch das Herz auf«, sagte ich zu Cilly Birnstiel.

Ansonsten grüßten die Birnstiels dieser Tage ein wenig knapp, denn gegen unser Rentier konnten sie mit ihren Lichterketten und Lauflicht-Schläuchen nun mal nicht anstinken.

»Die planen was, das hab ich im Urin«, meinte dagegen mein Roland – und behielt das Nachbargrundstück scharf im Auge.

Und tatsächlich: Am Samstag vor dem vierten Advent sah man Birnstiels mit Verlängerungskabeln und sperrigen Leitern im Vorgarten hantieren. Es hatte mich schon die ganze Zeit über gewundert, dass bei der ganzen Beleuchtungsorgie die prächtige Tanne verschont geblieben war, die auf dem schmalen Streifen Grün zwischen unserem Zaun und dem Pflaster von Birnstiels Garageneinfahrt stand. Vielleicht, weil der Baum inzwischen genauso hoch war wie das Haus der Birnstiels und deshalb aufwendig und sicher auch kostspielig zu illuminieren war. Sparsam waren die Birnstiels, das wusste niemand besser als ich, die ihre Konten führte. Eine Teilbeleuchtung im unteren Bereich hätte geizig und dilettantisch gewirkt, und Tassilo Birnstiel war nun mal ein Perfektionist – man musste nur im Sommer seinen stets perfekt gemähten Rasen betrachten. Den ganzen Tag sah man ihn mit Kabelwerk um die Schultern in gefährlichen Posen zwischen Leiter und Tanne herumturnen, assistiert von seiner Cilly, die abwechselnd die Leiter hielt oder Anweisungen gab.

Am Abend erstrahlte der große Baum mit Hunderten oder eher sogar Tausenden von Lichtern. Aber der Clou war der silbern blinkende große Stern mit dem Kometenschweif, der auf der Spitze der Tanne balancierte.

Bei den Kleinkindern war das Rentier Rudi nach wie vor Favorit, aber die Größeren und die Erwachsenen, das bemerkte ich, wenn ich heimlich am gekippten Schlafzimmerfenster auf die Kommentare lauschte, sympathisierten eher mit Birnstiels Baum mit dem Stern.

»Der Komet hat den Weisen aus dem Morgenland den Weg zur Krippe gezeigt«, erklärte eine Mutter ihrem Sohn.

»Hatten die kein Navi?«, fragte das Kind voller Verwunderung.

Als hätte das alles noch nicht gereicht, setzten die Birnstiels zu Beginn der Woche noch einen drauf und funktionierten ihre Garage zum Stall von Bethlehem um. Zwischen Strohballen, Heuhaufen, Tannenzweigen und einer Futterkrippe standen lebensgroße, grob geschnitzte Krippenfiguren aus einer nahen Behindertenwerkstatt. Das Ganze war in sanftes Licht getaucht, und im Hintergrund dudelte leise *Stille Nacht* und *Es ist ein Ros entsprungen*. Die Lokalzeitung schickte einen Fotografen.

Wir und unser Rentier waren definitiv aus dem Rennen.

»Gib es auf, das ist kein Wettbewerb«, sagte ich zu Roland, der im Begriff war, bei eBay einen ausgestopften Elch von einem aufgelösten Museum in Schweden zu ersteigern.

»Du hast recht«, sagte er, überraschend einsichtig. »Es ist kindisch, was die da drüben veranstalten.«

Zwei Nächte vor Heiligabend wurde ich wach und bemerkte, dass das Bett neben mir leer war. Leer und kalt, Roland musste also schon länger auf sein. Neugierig schlich ich auf Zehenspitzen durchs Haus. Ein kalter Luftzug wehte mich an. Das kam doch aus der Speisekammer. Tatsächlich, dort entdeckte ich Roland. Jedoch hatte ihn keine nächtliche Fressattacke hierher geführt, sondern die blanke Niedertracht. In seinem roten, mit kleinen Nikoläusen bedruckten Morgenrock – ein Geschenk seiner Schwester – stand er am offenen Fenster und schoss mit dem Luftgewehr auf den Stern von Bethlehem. Dessen Umriss wies bereits Lücken auf, und auch der Schweif war schon ziemlich zerfleddert. Ich räusperte mich. Erschrocken fuhr Roland herum. Mir fehlten die Worte, ich schüttelte nur mit dem Kopf und wandte mich ab.

Im Lauf des nächsten Tages erwähnte keiner von uns den Vorfall.

Der Morgen des 24. Dezember zeigte sich von seiner besten Seite: Die sanfthügelige Voralpenlandschaft war bilderbuchmäßig verschneit, Raureif lag auf den Dächern, und bei unseren Nachbarn gab es *schon wieder* etwas Neues zu bestaunen. Offensichtlich hatten sie sich einen von diesen Weihnachtsmännern angeschafft, die man ab und zu an Fassaden baumeln sieht wie schlaffe Gehenkte. Nur hing der von Birnstiels in der großen Tanne, und es konnte unmöglich ein Weihnachtsmann sein, das erkannte ich, als mir meine diesbezügliche Unterhaltung mit Tassilo Birnstiel in den Sinn kam. Aber auch Nikoläuse wurden hierzulande nicht aufgehängt, das wäre ganz sicher ein Sakrileg.

Während ich noch hinüberstarrte und mein morgendlich träger Verstand versuchte, zu verstehen, was meine Augen da sahen, stürzte mein Roland bereits heldenhaft und mit wehendem Nikolausmorgenrock aus dem Haus und erklomm in seinen ledernen Hausschlappen die vereiste Tanne.

Ein sinnloses Unterfangen. Den Männern von der Feuerwehr blieb nur noch, Tassilo Birnstiel aus der Verstrickung der Lichterkette zu befreien, die ihn gefesselt und erdrosselt hatte.

Er habe wohl kaputte Lämpchen austauschen wollen, erklärte Frau Birnstiel weinend den Polizisten. Sie hatte in der Metzgerei für die Weihnachtsgans angestanden, als das Unglück geschah.

Ich dagegen hatte Roland in seinem Nikolausmorgenmantel vom Baum flattern sehen.

Ich sehe zu, wie der Baum von den Männern des örtlichen Gartenbauunternehmens zersägt, verladen und abtransportiert wird, während Cilly Birnstiel mit stoischer Miene am Küchenfenster steht. Die Dämmerung setzt ein, die ersten Silvesterböller knallen. Bald werden unsere beiden Gärten still in der Dunkelheit liegen.

Das leuchtende Rentier hat eine neue Heimat bei der Familie aus Nummer acht gefunden. Was mit Birnstiels Krippe und dem Weihnachtsstern geschehen ist, weiß ich nicht. Roland schwebt vermutlich gerade im Laderaum eines Jumbojets über dem Atlantik. Seine Schwester möchte ihn unbedingt bei sich haben, ich bin damit einverstanden.

Matt schimmern die Spitzen der Bourbonen-Lilien im letzten Abendlicht. Ein paar der Stäbe direkt unter der Tanne mussten die Feuerwehrleute mit der Flex durchsägen, weil sie sich zu fest in Roland verbohrt hatten. Ich werde sie nach den Feiertagen fachkundig erneuern lassen. Alles wird sein wie vorher. Ich zerdrücke eine Träne, genehmige mir einen Schluck Malt Whiskey und rezitiere in Gedanken:

So legt euch denn, ihr Brüder,
In Gottes Namen nieder;
Kalt ist der Abendhauch.

Solidarität im Corona-Jahr:
Krimivergnügen für den guten Zweck!

Sebastian Fitzek (Hrsg.)

Identität 1142

23 *Quarantäne-Kurzkrimis*

Unter dem Motto #wirschreibenzuhause hat Sebastian Fitzek Ende März 2020 seine Instagram-Follower zu einem interaktiven Schreibwettbewerb aufgerufen. Daraus ist diese Kurzkrimi-Sammlung entstanden, bestehend aus den dreizehn besten Laien- und zehn Profi-Geschichten. Der Gewinn dieses Charity-Projekts wird dem Buchhandel gespendet und soll diesem in der Krise zugutekommen.
Mit zehn Erzählungen von Star-AutorInnen: Wulf Dorn, Sebastian Fitzek, Andreas Gruber, Romy Hausmann, Daniel Holbe, Vincent Kliesch, Charlotte Link, Ursula Poznanski, Frank Schätzing und Michael Tsokos

»Sebastian Fitzek ist so sympathisch, dass dieser Begriff womöglich für ihn erfunden wurde.«

Süddeutsche Zeitung

KNAUR